U1075853

有美才有美文

YOU MEI CAI YOU MEIWEN

胡生友 著

江苏大学出版社
JIANGSU UNIVERSITY PRESS
镇 江

图书在版编目(CIP)数据

有美才有美文/胡生友著. —镇江：江苏大学出版社，2017.12

ISBN 978-7-5684-0720-5

Ⅰ.①有… Ⅱ.①胡… Ⅲ.①文学美学一研究 Ⅳ.①I01

中国版本图书馆 CIP 数据核字(2018)第 011892 号

有美才有美文

You Mei Cai You Meiwen

著　　者/胡生友
责任编辑/权　研　吴小娟
出版发行/江苏大学出版社
地　　址/江苏省镇江市梦溪园巷 30 号(邮编：212003)
电　　话/0511-84446464(传真)
网　　址/http://press.ujs.edu.cn
排　　版/镇江文苑制版印刷有限责任公司
印　　刷/句容市排印厂
开　　本/718 mm×1 000 mm　1/16
印　　张/15.75
字　　数/289 千字
版　　次/2017 年 12 月第 1 版　2017 年 12 月第 1 次印刷
书　　号/ISBN 978-7-5684-0720-5
定　　价/36.00 元

写作有美而可言

（代序）

江苏省中小学教研室　张克中

众所周知，用美学精神来看待日常生活，可以超越甚至改变平庸而乏味的状态，让生存诗意化。美学的精神一旦贯穿我们的生活，就会催生出生存智慧，启发我们创造理想的生存境界，让我们从日常生活的工具性的压抑中解脱出来，以美学的思维来缔造自己的生活。这样，我们就可以学会欣赏各种事物，不仅包括优美的事物，而且包括崇高的、悲壮的、幽默的，甚至怪诞的。

当前，“核心素养”一词成为舆论关注的热点，这是因为我国基础教育正从“知识本位”时代走向“核心素养”时代。《普通高中语文课程标准(2017核心素养版)》中有关语文核心素养的培养有四个方面：语言建构与运用、思维发展与提升、审美鉴赏与创造、文化传承与理解。那么问题来了，即使把语文核心分为四个方面，适合落实这些核心素养的教材在哪里？毫无疑问，这要通过编写教科书来实现。所以，学生核心素养的发展，就呼唤着基于这些核心素养的教科书尽早问世。

“审美鉴赏与创造”就是核心素养四个方面中的一个，这是一个大概念，大到无所不包。如何让审美与创造在语文教学中落到实处，这自然也需要有好的抓手，国家规定的教科书固然重要，但有一本符合广大中学生实际的有特色的教材更加重要。在实际教学过程中“审美鉴赏与创造”这一核心素养的培育与作文教学的关系要更密切，因为鉴赏之上的“创造”在很大程度上要落实到写作上。

许多中学生都希望自己能写出令人羡慕的美妙的文章，可以在每次语文考试中妙笔生花、挥洒自如而轻松取胜，更希望让自己的美文付梓而飞向远方。如何让这个梦想变为现实呢？我感觉读一读胡生友老师这本《有美才有美文》大有裨益。

这本书分为上下编。上编着眼于美的事物的内容和形式方面，介绍事物不同性质和特征的崇高、悲、喜、优美、丑等，应该说，这是非常不容易理解、不容易解说的内容，有的方面甚至还众说纷纭，但胡老师能紧扣写作教学这一主线，不蔓不枝，娓娓道来，为学生理解美的性质和特征提供了简明的阅读范本。下编着重从境界、结构、语言等几个方面挖掘写作中的美的元素，这几个方面也是一篇优秀作文必备的要素，可见，胡老师深谙写作教学的真谛。

综观全书，其主要侧重于陈述性知识、策略性知识，而以陈述性知识为多，这大概与本书的性质有关。当然，陈述性知识是必要的，它给学生以对象经验，为写作活动奠定了良好的基础，但这类知识还不能直接转化为能力。要帮助学生形成鉴赏美、创造美的能力，还需要程序性知识。当然，技能的形成过程也是复杂的，简单地说，它需要经历一个“原型示范＋原型操作＋多次实践”的过程，只有这样才能内化并达到熟练的效果。如果不能设计和安排相关训练，学生只能掌握有限的知识和技能，还是不能形成能力，更不能整合成高水平的语文写作核心素养。所以，希望老师和同学们在使用这本书的时候，要善于结合实际设计出作文写作情境，并在这些情境中开展积极的写作实践活动。

读完本书，我想起了老子“天地有大美而不言”的名句，是不是作文有大美也不言呢？答案是否定的。很多时候，我们找不到很好的切入点来言。而胡老师想到了。胡老师将作文与美联系起来，不仅说了，而且说得很好。就这点来说，据我所知，胡老师的这种实践到目前为止算得上是一种开创性的工作。

我和胡老师相识于“江苏省教学新时空·名师课堂”，上半年胡老师受邀上了一堂“让记叙类文章谋篇构段有亮点”作文指导课。这节课上得很有特色，使用的材料全是胡老师自己的下水作文素材，这节课居然撞上了今年的江苏省高考作文试题，这难道是巧合吗？由此我也了解到了胡老师不仅勤于写作，而且善于研究，希望胡老师能有更多的教研成果。

二〇一七年十月十九日于南京

目　录

上　编

下　编

上　编

第一章 崇高美与作文

第一节 认识崇高美

美国哈佛大学神学院教授大卫·查普曼,在一场讲座中为台下近千名学生解读中国神话故事,并不下十次用激情的语调总结中国神话故事的内核:中华民族特征。在他的情绪带动下,现场氛围一直热血高涨。他说:

我们的神话里,火是上帝赐予的;;希腊神话里,火是普罗米修斯偷来的;而在中国的神话里,火是他们钻木取火坚韧不拔摩擦出来的!这就是区别,他们用这样的故事告诫后代,与自然做斗争!

面对末日洪水,我们在诺亚方舟里躲避,但中国人的神话里,他们的祖先战胜了洪水,看吧,仍然是斗争,与灾难做斗争!

如果你们去读一下中国神话,你会觉得他们的故事很不可思议,抛开故事情节,找到神话里表现的文化核心,你就会发现,只有两个字:抗争!

假如有一座山挡在你的门前,你是选择搬家还是挖隧道?显而易见,搬家是最好的选择。然而在中国的故事里,他们却把山搬开了!可惜,这样的精神内核,我们的神话里却不存在,我们的神话是听从神的安排。

每个国家都有太阳神的传说,在部落时代,太阳神有着绝对的权威,纵览所有太阳神的神话你会发现,只有中国人的神话里有敢于挑战太阳神的故事:有一个人因为太阳太热,就去追太阳,想要把太阳摘下来。当然,最后他累死了——我听到很多人在笑,这太遗憾了,因为你们笑这个人不自量力,正是证明了你们没有挑战困难的意识。但是中国的神话里,人们把他当作英雄来传颂,因为他敢于和看起来难以战胜的力量做斗争。

在另一个故事里,他们终于把太阳射下来了,中国人的祖先用这样的故事告诉后代:可以输,但不能屈服。中国人听着这样的神话故事长大,勇于抗争的精神已经成为遗传基因,他们自己意识不到,但会像祖先一样坚强。因此你们现在再想到中国人倔强的不服输精神,就容易理解多了,这是他们屹立至今的原因。

一个女孩被大海淹死了,她化作一只鸟复活,想要把海填平——这就是抗争!

一个人因为挑战天帝的神威被砍下了头,可他没死,而是挥舞着斧子继续斗争!

讲座视频被传到社交网站后,引起国外网友热烈讨论。不得不说,这位大卫·查普曼教授解读中国神话的角度很新颖,也十分到位。我们经常说中华民族几千年来是靠着不断与自然、灾难、环境做斗争才延续到现在,但有几个人想到过,中国人这种延续了几千年的斗争精神是如何保持下来的?

每个民族的神话都有自己的烙印,但你见过哪个民族的神话里有我们这么多战天斗地的抗争故事?

老子的"天地不仁,以万物为刍狗",说的就是要生存就得靠自己,不能靠苍天。这比"神爱世人"听起来残酷,但非常现实。

我们从小听到大,并口口相传给下一代的这些神话故事,体现的绝不仅是故事那么简单。每个文明在初期都是有神论,但唯独我们的文明不畏惧神,也许正因为我们深刻理解老子的那句话,所以我们的祖先从不把生存的希望寄托于神的眷顾,也因为此,很多人说中国人没有信仰。实际上,勇于抗争,不怕输,不屈服,是我们的民族精神,也是我们的信仰。

在我看来,这些故事及故事中折射出的精神都有崇高的意味。"崇高"一词,《辞海》解释为"雄伟、高大"或"高尚、伟大"。商务印书馆第6版《现代汉语词典》解释为"最高的;最高尚的"。美学中的崇高是指那些显得刚强、伟大、雄浑、悲壮等的事物,常常使人感到惊心动魄,或引起敬畏、豪迈之情。"崇高"又叫"雄伟""壮美"。

康德认为,崇高包括两种类型:一种是"数学的崇高",是指事物数量或者体积的无限巨大,如崇山峻岭、大海、天空;一种是"力学的崇高",是指事物力量或者能量的无限巨大,如火山爆发、暴风骤雨、铺天盖地,眼睛都睁不开。

我们在欣赏崇高事物的过程中，第一个阶段是恐惧、拒绝、痛苦，这是由对象的“粗野”造成的；而后一个过程则是愉快，是由什么引起的呢？康德说，那是由于审美的主体战胜了恐惧感后，人的自我的理性力量得到尊敬的一种体现。

中国美学史虽然没有“崇高”这个美学范畴，但却有与崇高的含义“高大雄伟”相似的见解，这个字就是“大”，“大”类似于崇高。孔子、孟子、庄子都区分了“美”与“大”两个不同的概念。

孔子说：“大哉！尧之为君也。巍巍乎！唯天为大，唯尧则之。”意思是说：真伟大啊，尧这样的君主，多么崇高啊，只有天，才是最高大的，只有尧，才能效法天。

孟子说：“充实之谓美，充实而有光辉之谓大，大而化之之谓圣，圣而不可知之之谓神。”孟子的意思是说：“善”充实在身上就叫“美”，既充实又有光辉就叫“大”，既“大”又能感化万物就叫“圣”，圣就是圣人。

庄子说：“天地有大美而不言，四时有明法而不议，万物有成理而不说。”意思是说：天地间无穷无尽的美，四季的变换更替，万物的繁荣枯萎，那都是由于道不尽、说不完的“道”在起作用。这种道的大美体现于自然事物之中，诸如汪洋大海、大山大泽“水击三千里，抟扶摇而上者九万里”的大鹏之美；“乘云气，御飞龙，而游乎四海之内”的逍遥之游。

以上说的“大”都是一种高尚的人生境界之美，和西方的崇高还是有所不同的。中国的“大”是由道推及人生，最终落实于人的伦理道德和精神层面的东西，从而归于“圣人”，没有西方崇高概念中的恐怖感和痛感；西方的崇高强调的是自然事物体积的巨大和自然威力的无穷。

作为艺术的审美范畴之一，崇高美是人类生活中存在的一种特殊的、非常态的审美形态，是崇高的形象化。崇高美亦叫壮美、阳刚之美。

● 第二节　崇高美的特征 ●

一、崇高美的实质是审美主体与客体之间在对立、冲突中趋向动态美

崇高体现在主客体的矛盾冲突中，经过尖锐激烈的对立，主体战胜客体并且终于从痛感转化为快感。如《鲧禹治水》：

洪水滔天，鲧窃帝之息壤以堙洪水，不待帝命。帝令祝融杀鲧于羽郊。鲧复生禹，帝乃命禹卒布土以定九州。禹娶涂山氏女，不以私害公，自辛至甲四日，复往治水。

禹治洪水，通轘辕山，化为熊。谓涂山氏曰："欲饷，闻鼓声乃来。"禹跳石，误中鼓，涂山氏往，见禹方坐熊，惭而去。至嵩高山下，化为石，方生启。禹曰："归我子！"石破北方而启生。

《鲧禹治水》的现代表述为：大水漫上天际，鲧盗取了天帝的息壤来堵塞洪水，违抗了天帝的命令。天帝让祝融在羽山近郊杀死鲧。鲧腹中生出了禹，天帝就命令禹率部下铺填土壤平治洪水来安定九州。

大禹娶了涂山氏的女人以后，没有因为家事耽误公事，每次回家只住4天，就回去治水。大禹治理洪水，为了打通轘辕山，就变成了熊。他告诉涂山氏说，想要给我送吃的的话，听到鼓声再过来。禹在搬动石头的时候，不小心击中了鼓，涂山氏就去了，看见禹变成熊的样子，羞愧地走了。涂山氏来到嵩高山下，变成了石头，才生出启。禹说："把儿子还给我！"石头朝北方破开而启就出生了。

鲧禹父子前仆后继、不屈不挠，表现了要征服自然的伟大斗争精神，这种精神是极为崇高的。崇高的事物一般以巨大、有力、奇异给人强烈的刺激，开始人们往往被它巨大的体积、无比的力量压倒，人们感到对象强大有力，而自己却渺小无力，产生某种畏惧，从而使主客体呈现出矛盾和冲突。接着主体很快调整过来，从客体中发现了自己的力量，认为自己能够战胜、克服客体，实现与肯定人的意志，从而感到人的尊严、勇气与力量，使人获得了惊心动魄、振奋激荡而又酣畅淋漓的审美感受。

黑格尔说："人格的伟大和刚强只有借矛盾对立的伟大和刚强才能衡量出来。"正是在人类与自然、与社会、与人生的斗争中，以及表现这些斗争的艺术作品中，人类的崇高美得到了展现。主体所受到的挑战越严重，遇到的冲突越激烈，斗争的历程越险恶，就越能激发和显示人类自身的本质力量，也就越能令人感到崇高。

二、从崇高对象的表现形式上看，崇高的外表形态常常违反规律、打破平衡

自然崇高常常显现为外在形式的粗犷、严峻、宏伟、雄浑、壮阔、强劲甚至野蛮、怪异。这种粗糙、野蛮、怪异是不那么光滑、好看，但它体现出一种

蓬勃的生气,一种破坏的力量,一种发展、进取的力量,因而是崇高的。

如国家森林公园张家界,其山形怪异,如石笋穿空,又似城堡落地,怪石嶙峋,这就是以奇为美,以怪为美。

崇高更为重要的领域体现在社会生活中。大凡体现着推动历史前进的斗争要求的进步力量及其代表人物,正是社会崇高的本质。在阶级社会中,崇高是先进阶级的、正义事业的不可战胜的威力和本性的显现。从伦理角度看,它的内容是至善。无意中做了好事的人可以让人尊敬,但还不能认为是崇高,只有那些为人类大多数的利益而赴汤蹈火、英勇献身的英雄,才能唤起社会的普遍敬仰。简言之,社会崇高等同于英勇、豪迈、伟大、英雄主义。而这一切,都需要在尖锐激烈的斗争中才能展现出来。社会崇高,可以表现为悲剧式主人公的毁灭,也可以是正剧式主人公的胜利,表现为颂歌式的壮美。

1928 年 2 月 6 日,在广州红花岗畔的刑场上,面对敌人的枪口,两个青年男女革命者,从容不迫地举行结婚典礼。他们就是周文雍和陈铁军。

出身于华侨商人家庭的陈铁军,由一个追求个人上进的大学生,转变为关心国家、民族前途,积极参加进步活动的革命者,并于 1926 年加入了共产党。因为工作需要,周文雍和陈铁军合租一个房子,建立秘密联络点。为了掩护工作,他们假称夫妻,秘密进行活动。在当时,他们都以事业为重,顾不上谈个人的爱情。

1927 年爆发的广州起义失败后,他们俩继续在广州坚持地下斗争。由于叛徒的出卖,两人同时被捕入狱。在狱中,他们不屈不挠,坚持斗争。周文雍在墙上写下了这样的诗篇:“头可断,肢可折,革命精神不可灭。壮士头颅为党落,好汉身躯为群裂!”

周文雍和陈铁军在刑场上态度从容,昂首挺胸,高唱《国际歌》。在广州红花岗刑场上,陈铁军向周围的群众宣布:“我们要举行婚礼了,让反动派的枪声来作为结婚的礼炮吧!”一对革命情侣,就以这样的英勇气概慷慨就义了。

他们以藐视一切反动势力的大无畏革命精神和忠贞不渝的真挚爱情,为后人留下了千古传奇和革命者的光辉风采。至今,在广东省开平市,即周文雍的家乡,有一座著名的“周文雍、陈铁军烈士陵园”。每逢清明,当地人还时常会来吊唁这对不凡的革命夫妻。

三、崇高的审美主体的心理体验特征常常是由恐惧转向愉悦，由惊叹转化为振奋

崇高与优美的美感是不同的，一般美感表现为单纯的愉快，这种愉快是自始至终的，它平和、流畅，充满和谐的味道。而崇高给人的感受或是畏惧或是惊叹。所以康德一方面说崇高感的质是一种不愉快，另一方面又说崇高是通过对于官能利益的兴趣的反抗而令人愉快的。

用一句话概括崇高感的特点，是由恐惧转向愉悦，由惊叹转化为振奋。在大自然面前，我们面对崔巍的高山、无际的海洋、奔腾的洪流、渺茫的星空……自己会感到渺小而激起一种强烈的奋发之情。在社会生活中，我们面对着抛头颅洒热血的斗争，惊天地泣鬼神的事迹，英雄的丰碑及平凡的伟大，也会因感到自己平庸而激起一种高山仰止、奋发向上的感受。

> 夸父与日逐走，入日；渴，欲得饮，饮于河、渭；河、渭不足，北饮大泽。未至，道渴而死。弃其杖，化为邓林。

夸父不畏艰险、不甘屈服，表现出要征服自然（太阳）的伟大气魄，虽然失败，但这种精神是极为崇高的。今天，当我们面对着“邓林”缅怀往古的时候，仍然可以从眼前的山林景色之中感受和想象到夸父那种不屈不挠的斗争精神。

由此可见，无论是直接显现斗争过程的动态对象，还是与斗争相关联，显现着严峻斗争印记的静态对象，只要是以严峻冲突为特征的审美对象，都属于崇高。尽管表现形态不同，但在本质上都是动态的、冲突的、严峻的。

● 第三节　崇高美与写作 ●

崇高作为美的一种存在形式，从写作的角度来看，主要体现在自然领域、社会领域、艺术领域。

一、自然领域的崇高与写作

自然领域的崇高表现为自然事物的巨大体积、力量及粗犷不羁的形式等。因而可以说自然美的崇高偏重于形式，社会美的崇高偏重于内容。

如前所述，康德认为自然界的崇高就是“数学的崇高”和“力学的崇高”。

“数学的崇高”体现在体积和数量的无限大。比如寥廓的大地,浩渺的宇宙,巨大的恐龙,雄伟的喜马拉雅山。“力学的崇高”表现在力量的无比巨大。如崇山峻岭或断崖峡谷,直泻而下的瀑布,惊涛拍岸的大海,汹涌奔腾的长江黄河,拔地而起的高山等,这些大自然的惊人景象,都具有崇高对象的自然特点。如郦道元的《三峡》:

自三峡七百里中,两岸连山,略无阙处。重岩叠嶂,隐天蔽日。自非亭午夜分,不见曦月。

至于夏水襄陵,沿溯阻绝。或王命急宣,有时朝发白帝,暮到江陵,其间千二百里,虽乘奔御风,不以疾也。

春冬之时,则素湍绿潭,回清倒影。绝巘多生怪柏,悬泉瀑布,飞漱其间。清荣峻茂,良多趣味。

每至晴初霜旦,林寒涧肃,常有高猿长啸,属引凄异,空谷传响,哀转久绝。故渔者歌曰:“巴东三峡巫峡长,猿鸣三声泪沾裳!”

可以预言的是,郦道元笔下雄伟奇险、阔大高远、缥缈神奇的三峡风景必将成为永恒的文学风景。

这是一篇经典的写景散文,字里行间充满了崇高美。它给我们如下启示:

选择的景物对象具有崇高的特点。文章写三峡的江岸之美,也就是山之美,对于三峡的地形地貌,特点抓的是很到位的。三峡之所以叫作“峡”,其特点就是江岸很高峻,江面很狭窄。“绝巘多生怪柏,悬泉瀑布,飞漱其间”更是体现了三峡的雄伟奇险之美。而“雄”和“险”密不可分。雄不一定有险,但险能生奇,奇中有雄,这就形成了一种雄奇美。

行文过程中要体现崇高美的特征。“自三峡七百里中,两岸连山,略无阙处”,这不是一般的高峻,而是七百里江岸,这只能用“壮观”来形容了。一般连绵的山,总是有起伏,有峰有谷。但是,三峡的江岸和一般的连山不一样,没有什么高低变化,“略无阙处”,一连七百里都没有低凹下去的地方,可见其壮观之至。以上都是正面着笔,接下来,则是从侧面也就是从人的感受上来写,“自非亭午夜分,不见曦月。”只有中午和半夜才能看到太阳和月亮。这不但说明两岸的山的高峻,而且说明两岸的山只露出头顶上的一线天,这就更为壮观了。

用夸张的想象渲染杳深的情境，使景物呈现缥缈神奇之美。“至于夏水襄陵，沿溯阻绝，王命急宣，有时朝发白帝，暮到江陵，其间千二百里，虽乘奔御风，不以疾也。”以时间为基点，通过动态描写表现三峡的阔大高远之美，也是作家与诗人常用的手法。时间从“朝”到“暮”很短，而距离“千二百里”很远。如此远的距离，却能朝发夕至，可见水流急速导致行船胜过“乘奔御风”；这种千二百里的朝发白帝，暮到江陵，是用夸张的写法形象而动态地绘出了一幅由高远至阔大的峡江行舟图。

渗入审美体验，创造出比真实风景更令人向往的崇高意境。日行“千二百里”，比“御风”还要快，肯定是有些夸张了，这里已经不仅仅是地形之美，而且有人的情绪之豪爽。这种笔端带情的写法，让文章才有了审美价值，才在文学史上有了相当的地位。“巴东三峡巫峡长，猿鸣三声泪沾裳”，并不完全是客观的称引，同时也寄托了作者的某种感情：“属引凄异，空谷传响，哀转久绝。”虽短短几句，然其间感触甚为精致：感之则寒，视之则肃，初闻之则凄异，静聆之则哀转久绝，活写出被吸引而凝神动性，构成了一种凄美、凄迷的情调。而这种情调和前面的“朝发白帝，暮到江陵，其间千二百里，虽乘奔御风，不以疾也”所流露的那种豪情，显然又是一种反差。

再如，孩童时我们已经会背诵的“日照香炉生紫烟，遥看瀑布挂前川。飞流直下三千尺，疑是银河落九天。”巍巍香炉峰藏在云烟雾霭之中，遥望瀑布就如从云端飞流直下，临空而落，这就让我们自然地联想到一条银河从天而降。长大后，我们才更深刻地体会到诗中那种入乎其内、出乎其外、有形有神、奔放空灵的磅礴气势。

二、社会领域的崇高与写作

在社会生活里，崇高直接通过人类为了美好生活而进行的实践活动来表现。在这一领域，崇高通常是指人的伟大。

人的伟大包括人类力量的巨大和人的精神品质的高尚两个方面。

人类力量的巨大主要体现在创造物质文明方面，人类在与自然的斗争中所表现出的征服自然、改造自然的巨大智慧和力量，能够使人感到自豪，产生崇高感，如雄壮的三峡水利工程、都江堰水利工程等。

例文

都江堰

余秋雨

我去都江堰之前，以为它只是一个水利工程罢了，不会有太大的游观价值。只是要去青城山玩，得路过灌县县城，它就在近旁，就乘便看一眼吧。因此，在灌县下车，心绪懒懒的，脚步散散的，在街上胡逛，一心只想着青城山。

七转八弯，从简朴的街市走进了一个草木茂盛的所在。脸面渐觉滋润，眼前愈显清朗。忽然，天地间开始有些异常，一种隐隐然的骚动，一种还不太响却一定是非常响的声音，充斥周际。如地震前兆，如海啸将临，如山崩即至，浑身起一种莫名的紧张。不知是自己走去的还是被它吸去的，终于陡然一惊，我已站在伏龙观前，眼前，急流浩荡，大地震颤。

即便是站在海边礁石上，也没有像这里强烈地领受到水的魅力。这里的水，要说多也不算太多，但股股叠叠都精神焕发，合在一起比赛着飞奔的力量，踊跃着喧嚣的生命。这种比赛又极有规矩，奔着奔着，遇到江心的分水堤，刷地一下裁割为二，直窜出去，两股水分别撞到了一道坚坝，立即乖乖地转身改向，再在另一道坚坝上撞一下，于是又根据筑坝者的指令来一番调整……也许水流对自己的驯顺有点恼怒了，突然撒起野来，猛地翻卷咆哮，但越是这样越是显现出一种更壮丽的驯顺。已经咆哮到让人心魄俱夺，也没有一滴水溅错了方位。阴气森森间，延续着一场千年的收伏战。水在这里，吃够了苦头也出足了风头，就像一大拨翻越各种障碍的马拉松健儿，把最强悍的生命付之于规整，付之于企盼，付之于众目睽睽。

这一切，首先要归功于遥远得看不出面影的李冰。

四川有幸，中国有幸，公元前251年出现过一项毫不惹人注目的任命：李冰任蜀郡守。

此后中国千年官场的惯例，是把一批批有所执持的学者遴选为无所专攻的官僚，而李冰，却因官位而成了一名实践科学家。在李冰看来，政治的含义是浚理，是消灾，是滋润，是濡养，它要实施的事儿，既具体又质朴。他领受了一个连孩童都能领悟的简单道理：既然四川最大的困扰是旱涝，那么四川的统治者必须成为水利学家。

他是郡守，手握一把长锸，站在滔滔的江边，完成了一个"守"字的原始造型。

他开始叫人绘制水系图谱。他当然没有在哪里学过水利。但是，以使命为学校，死钻几载，他总结出治水三字经（"深淘滩，低作堰"）、八字真言（"遇湾截角，逢正抽心"），直到20世纪仍是水利工程的圭臬。他的这点学问，永远水气淋漓，而后于他不知多少年的厚厚典籍，却早已风干，松脆得无法翻阅。

他未曾留下什么生平资料，只留下硬扎扎的水坝一座，让人们去猜详。人们到这儿一次次纳闷：这是谁呢？死于两千年前，却明明还在指挥水流。站在江心的岗亭前，“你走这边，他走那边”的吆喝声、劝诫声、慰抚声，声声入耳。

李冰在世时已考虑事业的承续，命令自己的儿子作三个石人，镇于江间，测量水位。李冰逝世400年后，也许三个石人已经损缺，汉代水官重造高及3米的“三神石人”测量水位。这“三神石人”其中一尊即是李冰雕像。这位汉代水官一定是承继了李冰的伟大精魂，竟敢于把自己尊敬的祖师，放在江中镇水测量。他懂得李冰的心意，唯有那里才是他最合适的岗位。这个设计竟然没有遭到反对而顺利实施，只能说都江堰为自己流泻出了一个独特的精神世界。

石像终于被岁月的淤泥掩埋，20世纪70年代出土时，有一尊石像头部已经残缺，手上还紧握着长锸。有人说，这是李冰的儿子。即使不是，我仍然把他看成是李冰的儿子。

出土的石像现正在伏龙观里展览。人们在轰鸣如雷的水声中向他们默默祭奠。在这里，我突然产生了对中国历史的某种乐观。只要都江堰不坍，李冰的精魂就不会消散，李冰的儿子会代代繁衍。轰鸣的江水便是至圣至善的遗言。

【点评】　第三段浓墨重彩，对都江堰的水流做了极为生动的描绘。表现水的魅力，赞美水的强悍生命力，显示出都江堰水坝工程的神奇功效，肯定了都江堰的游览价值，为下文写李冰精神作铺垫。歌颂都江堰，高度评价李冰从实践中总结治水经验的巨大作用，歌颂了古代水利科学的伟大成就；赞美李冰为民做实事的献身精神，充分肯定李冰为利民、富民，既做官又做水利专家的政治道路；称颂李冰父子为民服务的伟大精神永世长存，并代代相传。

人具有的高尚精神品质主要体现在创造精神文明方面，人类在同自身存在的不良品质进行斗争中表现出的坚强毅力和顽强意志，能够使人产生敬佩、尊崇之情，产生崇高感。

文天祥“人生自古谁无死，留取丹心照汗青”的千古名句，在近代反抗帝国主义列强侵略的斗争中和之后的抗日战争中，引起无数在日本侵略者铁蹄蹂躏下的爱国志士的联想，从而激起巨大的鼓舞力量。凡是那些热爱祖国和人民，为了大众的利益，为美好的理想而英勇奋斗、建功立业甚至流血牺牲的人，都是崇高的。

这些有崇高境界的人，往往有旷达的胸襟与雄伟的气势，使人身心受到感染和震撼，产生共鸣。浩然之气，至大至刚。《孟子·公孙丑上》讲到养浩然之气“配义与道”，故能勇往直前。我更倾向于将此气理解为“血气”：充满正义，充满仁义道德的正气、骨气。这种气，阳刚而气壮山河，气贯长虹，气冲霄汉。“富贵不能淫，贫贱不能移，威武不能屈”（《孟子·滕文公下》），靠的就是这种气。甚至如文天祥《正气歌》中的千古名句：“天地有正气，杂然赋流形。下则为河岳，上则为日星；于人曰浩然，沛乎塞苍冥。”也仍然是源于这种气。正如司马迁称赞屈原“推此志也，虽与日月争光可也”。

近代，中国人民抗日战争的伟大胜利，开辟了中华民族伟大复兴的光明前景，将永载中华民族史册，永载人类和平史册。80 年前，红军如滚滚铁流，长驱数万里，战强敌、跨激流、翻雪山、过草地，完成震惊世界的万里长征。长征这一人类历史上的伟大壮举，留给我们最可宝贵的精神财富，就是中国共产党人和红军将士用生命和热血铸就的伟大长征精神。穿越历史的沧桑巨变，弘扬伟大长征精神，在新的长征路上继续奋勇前进，就一定能实现中华民族伟大复兴的中国梦，推进人类和平与发展。

如今，中国人民生活方方面面发生了奇迹般的转变，足以让世界目瞪口呆。这是我们每一个中国人的骄傲。

下面，我们再看一看从历史人物身上折射出来的高尚的品质。

晋人周处改过自新的故事，告诉我们一个深刻的道理：人是可以转变的，只要下定决心，改恶从善，勇于自新，就能有所成就。这也一样受人敬佩。

“头悬梁，锥刺股，彼不教，自勤苦。”讲的是晋朝的孙敬读书时把自己的头发拴在屋梁上，以免打瞌睡。战国时苏秦读书每到疲倦时就用锥子刺大腿，他们不用别人督促而自觉勤奋苦读。同样，西晋时的祖逖，从小勤练武术，钻研兵法，立志要做一番大事业而闻鸡起舞。这些意志坚强、有毅力有耐心的有志之士的好学行为同样让人尊崇。

左宗棠喜欢骂人，当年骂总兵樊燮“王八蛋”，事情闹到京城，皇帝下令要杀左宗棠，幸好曾国藩、胡林翼等人从中斡旋，左宗棠才死里逃生。左宗棠在曾国藩的举荐下，步步高升。但左宗棠谩骂曾国藩，可以说到了不择时、不择地、不择人的地步。左宗棠有时在家里骂曾国藩“挟私”，结果家庭教师范赓听得都不耐烦了。

左宗棠还多次鼓动大臣上书弹劾曾国藩。1864 年，曾国荃率领湘军攻下江宁，由于疏忽，让幼天王及洪仁玕等人逃了。左宗棠抓住这一点，极力攻击曾国藩、曾国荃兄弟。此后两人断交，但左宗棠征战东南、西北需要粮饷、军械，作为两江总督、直隶总督的曾国藩都是倾力支持。

曾国藩和左宗棠两人名气都很大，朝廷一般多以“曾左”并称。曾国藩要比左宗棠年纪大，并且曾经对左宗棠予以提拔。但左宗棠为人非常自负，从没有把曾国藩放在眼里。有一次，左宗棠很不满地问身旁的侍从：“为何人都称‘曾左’，而不称‘左曾’？”一位侍从大胆直言：“曾公眼中常有左公，而左公眼里则无曾公。”侍从的话让左宗棠深思良久。

无论左宗棠如何骂，曾国藩都是相逢一笑，他曾经这样评价左宗棠：“论兵战，吾不如左宗棠，为国争光，亦以季高为冠。国幸有左宗棠也。”曾国藩的大度，也让左宗棠放下了心中的隔阂。当曾国藩离世时，人们纷纷猜测左宗棠可能不会致祭。而左宗棠却送来了他的挽联：“谋国之忠，知人之明，自愧不如元辅；国心若金，攻错若石，相期无负平生。”

曾国藩说：“士有三不斗：勿与君子斗名，勿与小人斗利，勿与天地斗巧。”这种胸襟也称得上是天地间的大美了。

三、艺术中的崇高与创作

艺术中的崇高来源于自然美的崇高和社会美的崇高。在艺术作品中，艺术家通过突出自然和现实社会事物的崇高特征，使自然领域的崇高和社会领域的崇高得到更为鲜明、生动的体现。如《蜀道难》的雄浑来自于蜀道的险峻，《国际歌》的悲壮来自于巴黎公社的伟大斗争。

第一，艺术美的崇高表现在作品的风格上。有的艺术作品，虽然没有塑造出崇高的人物形象，刻画出崇高的人物性格，但善于在氛围上创造崇高，形成一种磅礴之气，这在偏于表现的艺术中更是多见，实际上是一种崇高的意境。如贝多芬的《英雄交响曲》、毛泽东的《沁园春·雪》、李白的《蜀道难》、王昌龄的《出塞》等就是这样。这方面是值得我们创作时关注或借鉴的。

贝多芬的《英雄交响曲》，它的标题是《英雄交响曲——为纪念一位伟人而作》，原稿上的标题是《拿破仑·波拿巴大交响曲》，是应法国驻维也纳大使的邀请为拿破仑写的。但当贝多芬听到拿破仑称帝的消息时，愤然撕去标题页，改成了现在的曲名。这首交响曲从内容到形式都富于革新精神，感情奔放，篇幅巨大，和声与节奏新颖自由。

毛泽东创作的古典格律诗词,大都具有一种独特的美学风范,意境如画,语言典雅,声韵和谐,神韵风流。其中最突出、最鲜明的美学特征则是崇高美。很多诗句气势磅礴,意境壮阔,形象崇高。这些特点在《沁园春·雪》一词中表现得最为突出。这是一首被柳亚子先生惊叹为“千古词人共折腰”的绝唱,写于1936年。1945年秋天,毛泽东赴重庆谈判,应柳亚子的请求将《沁园春·雪》赠给他,柳亚子迅即将其发表,并称之为“睥睨六合,气雄万古,一空倚傍,自铸伟词”的第一流杰作。

这首词发表后,便轰动了山城,旋即传遍全国。上阕虽然写雪景,但截取的却是整个中国的气势恢宏的横断面,实景有飞雪、冰封、长城、黄河、群山、高原;虚景有雪晴后的红装素裹,大气包举,气象雄伟,高瞻远瞩。“冰封”“雪飘”“惟余莽莽”“顿失滔滔”,前后照应、大气磅礴。“山舞”“原驰”把静止的千里高原、万里雪山写得神采飞扬。这词作之所以有一种扭转乾坤的威力,有似排山倒海、似雷霆万钧、震魂摄魄的气势,这与作者所选的具有崇高特征的景是分不开的。

毛泽东的词虽是咏雪但又不停留在雪上,他以无产阶级革命家的博大胸怀,将恢宏的境界、崇高的思想寄寓在词中,既展示了祖国光辉灿烂的美景,又表现了词人对革命必胜的坚定信念和改造中国的壮志豪情。在1936年,谁能知道1949年新中国会诞生,革命的力量是那么的弱小。当年,毛泽东率红军抗日先锋队东渡黄河,他亲赴黄河岸畔观察地形,俯瞰北国壮丽雪景和大好河山,把群山、高原、长城、黄河尽收眼底,横展北国苍茫画卷。又神驰于历史的高峰,评说叱咤风云的历史人物,“大江东去,浪淘尽,千古风流人物”(苏轼《念奴娇·赤壁怀古》)。读着这囊括数万里,纵贯数千载的意境宏大的词作,那民族自豪感和热爱祖国的感情在升腾、在激荡。作者将“千里”“万里”“长城”“大河”“高山”“高原”这些崇高伟大的形象衬上“秦皇”“汉武”“唐宗”“宋祖”这些杰出人物,在读者心中唤起了一种雄壮的情感。今朝的无产阶级是较之于历史上任何时期都更为伟大的英雄群体,他们肩负着改造旧社会的宏伟使命。这种崇高美的形象,充分地显示了我国人民创造世界历史的伟大动力。

“数风流人物,还看今朝”。这境界好像一个历史巨人,以他响彻云霄的声音,在向全世界宣告:在这“江山如此多娇”的中华大地上,真正的风流人物,真正的主人,只能是中国共产党及其领导的全体人民。这种崇高的思想、伟大的情感让读者为之惊异、赞叹,正因为此,《沁园春·雪》才如殷殷春雷，给重庆进步人士以巨大鼓舞，又如汹涌的怒涛，强烈地摇撼着重庆山城，给了国民党反动派及其走狗文人以极大的震慑和沉重的打击。

在我看来，与毛泽东《沁园春·雪》相媲美的还有曹操的《观沧海》。

《观沧海》是曹操北征乌桓胜利班师途中登临碣石山时所作。这首四言诗借诗人登山望海所见到的自然景物，描绘了祖国河山的雄伟壮丽，既刻画了高山大海的动人形象，也表达了诗人豪迈乐观的进取精神。首二句“东临碣石，以观沧海”，写诗人于挥师北伐之际来到碣石山下，登高观海。诗人登高远眺，举目所及只见一望无垠的大海波摇浪涌，海中的岛屿高高矗立。这是多么辽阔、多么壮观的景象！在历史上，秦始皇、汉武帝都曾东巡至此，刻石观海。如今诗人站在秦皇、汉武游踪所到之处，居高临下，望着水天相连的苍茫大海和海中高耸的岛屿，想到中原地区已经平定，北伐乌桓也已取得决定性胜利，北方统一即将实现，心情该是何等激奋！尽管萧瑟的秋风给人以悲凉肃杀之感，但是疾风劲草，方显其英雄本色；洪波汹涌，愈见其生命不息！这是对自然环境的真实描绘，也是对诗人主观感受的具体写照。曹操在取得一连串的战争胜利之后，他觉得自己的雄图伟业犹如这树木百卉一样，生机勃发，又如这洪波涌起的大海，充满生命的活力。接下来，诗人又展开其丰富的想象，进一步描绘了大海吞吐日月、包蕴星汉的宏伟气魄和博大胸怀。“日月之行，若出其中；星汉灿烂，若出其里。”日月的运行好像出没于大海的怀抱之中，灿烂的银河群星好像包孕于大海的母腹之内。这就是大海的气魄、大海的胸怀。真是太壮观、太奇伟了。

崇高美也体现着时代的风貌，例如王昌龄的《出塞》就折射出盛唐气象。

秦时明月汉时关，万里长征人未还。
但使龙城飞将在，不教胡马度阴山。

这是一首边塞诗。起句用“秦月”“汉关”互文，跨越千古，自有一股雄浑苍凉之气，充溢全篇。继而诗人由士卒不能生还的悲剧写到对“龙城飞将”的期望，融抒情与议论为一体，直接抒发戍边将士巩固边防的愿望和保卫国家的壮志，洋溢着爱国激情和民族自豪感。写得气势豪迈，掷地有声！

第二，艺术美的崇高不仅表现在风格上，更表现在艺术题材上。惊心动魄的题材是感人肺腑的，易于表现崇高美。我们来看岳飞的《满江红》一词：

怒发冲冠，凭栏处，潇潇雨歇。
抬望眼，仰天长啸，壮怀激烈。
三十功名尘与土，八千里路云和月。
莫等闲、白了少年头，空悲切。

靖康耻，犹未雪；
臣子恨，何时灭！
驾长车，踏破贺兰山缺。
壮志饥餐胡虏肉，笑谈渴饮匈奴血。
待从头、收拾旧山河，朝天阙。

这首词充满了爱国主义情怀，表达了英雄不愿虚度年华，强烈要求建立功名事业，报仇雪耻，收复旧山河的雄心壮志，这是多么激动人心的崇高美！

综上所述，作为艺术的审美范畴之一，崇高美是人类生活中存在的一种特殊的、非常态的审美形态，是崇高的形象化。崇高美亦称壮美、阳刚之美。大自然中，汹涌的大海、巍峨的山峰、浩渺的天空等景物常唤起我们崇高的美感；在艺术领域中，如苏东坡的词、曹操的诗歌，亦是一种崇高美。

崇高美在审美主体和客体的矛盾斗争中，表现的是两者的对立与冲突。从崇高美的外观上看，其形体是巨大的、粗砺的、凹凸不平的。

崇高美的形态，往往是在对象上打上人的本质力量的、艰难的、险峻的、严重斗争的印记。无论是自然的崇高还是社会的崇高，都是以对象的无限大间接地显示着人类无限的征服力量。因此崇高是表现人的坚强意志、具有强烈的道德震撼的美，是一种圣洁的美，庄重的美，伟大的美。

崇高美是一切伟大作品所共有的，其特点是伟大、恢宏、庄严、遒劲，其效果是惊心动魄、气吞山河的。郎吉弩斯对崇高美的风格有个非常形象的比喻："崇高到了紧要关头，像剑一样突然脱鞘而出，像闪电一样把一切劈得粉碎。"这正是崇高美的精神特点。

崇高作为一种精神境界，同时也是一种审美境界。我们已经从自然、社会及艺术等各个方面感悟到崇高美的价值。从生命主体方面考察，崇高也是一种人格品质和高尚情怀，是人生应该努力追求的极高的价值标准。在以崇高美为基础构建的境界中，人们感受到一种超越生命的张力。在这种张力中，人的尊严感、使命感油然而生，从中体悟到了生命的本质，体悟到了自身的价值和内在的精神，这也正是当今生活在市场经济环境下的人们所迫切需要的。

作为一个古老的美学命题，当时代的风尚向着优美、感性的审美风尚发展的时候，当一些人的三观异化扭曲的时候，我们更应重新认识崇高美的现实价值，不断提升自己的境界和审美趣味，锤炼崇高的人格，陶冶高雅的性情，使自己的人生有一个更高更美好的追求。

第二章　悲剧与作文

第一节　认识悲剧

美学上的悲剧，是指“悲剧性”和“悲剧意识”，也包括各类艺术中的悲剧意识，以及通过审美的思维方式所感受到的自然与人生中的悲剧精神。

悲剧，作为戏剧的一种，按马克思主义的观点，悲剧的本质是“历史的必然要求与这个要求的实际上不可能实现之间的悲剧性冲突”。悲剧就是代表社会进步力量的人物在斗争中受到严重的苦难或死亡，从而引起人奋发兴起，提高精神境界，产生审美的愉悦感情。简言之，先进的美好的人或事物的毁灭就是悲剧。

悲剧与崇高既密切联系又互有区别。悲剧性的崇高是崇高的一种高级形式，是崇高美的集中形态。悲剧往往能够唤起人们积极向上的审美感情，用鲁迅先生的话说：“悲剧是把有价值的东西毁灭给人看。”这种悲剧的审美特性实质上也是一种崇高的美，因为“在悲剧性主人公进行的斗争中，特别鲜明而充分地显示出人的精神和性格的最显著的崇高和英雄的特点”。

悲剧强调的是实践主体事业的失败和个人的毁灭所带来的令人惋惜的痛感，而崇高则强调的是这种失败过程中实践主体所表现出来的高昂、奋发的斗争精神。在审美感受上，悲剧和崇高都在失败之中激发起主体对人类本质力量的伟大自豪感，并由痛感升华出美感。比如，《三国演义》中的主人公处于时代和个人双重悲剧的交汇点上，他们敢于正视苦难的社会与人生，希望通过自身的努力去变革乱世，然而任谁也逃脱不了时代命运的必然悲剧。在这些被残酷无情的现实推到历史祭坛上的悲剧性的英雄人物身上，就突出地显现着这种悲剧性与崇高性相统一的悲剧性的崇高美。

在现实生活中，人们不希望看到悲剧的产生，毕竟它会带给人类不幸与忧伤。但人们却喜欢欣赏文学作品中的悲剧，赏析作品中的悲剧美。

有时,一个撼动人心的悲剧作品,比那些歌功颂德粉饰太平的平庸作品更有力量。正因为这样,莎士比亚的《哈姆雷特》等四大悲剧、雨果的《巴黎圣母院》、托尔斯泰的《安娜·卡列尼娜》等世界名著,中国古典长篇叙事诗《孔雀东南飞》、元杂剧《窦娥冤》、民间传说故事《梁山伯与祝英台》等才会产生如此强大的艺术感染力。这就是悲剧美的力量。

不同的社会、不同的时代都会出现悲剧,就是社会文明高度发达的今天,由于种种原因,悲剧还是会不断产生。反映社会生活的文学艺术作品就必然有悲剧的内容。因而,正确引导青少年赏析文学艺术作品中的悲剧美的描写,就有着现实意义。

● 第二节　悲剧的特征 ●

悲剧中含有一份惊喜,一份震撼,一份壮烈,一份升华。我们在欣赏悲剧时,也随着这生命、创造及这拼搏精神一起进到崇高壮美的境界。伤感是对价值、力量、性格、生命等被否定被毁灭的痛楚、困惑、惋惜和不平,是对在对抗中所表现的生机勃勃、英勇顽强的性格的景仰和敬畏。在悲恐哀号中,一种誓不低头的精神、前仆后继的精神、追根溯源的精神、慷慨激昂和庄严雄伟的精神便油然而生,这种精神激励着我们向上、向前、向完美。

我们在欣赏悲剧作品时,会心生疑问:悲剧为什么会受人追捧?正剧或者喜剧完满的结局不是更好吗?的确,人生来向往美好的事物,希望看到圆满的结局,但现实生活往往事与愿违。“不完美”才是现实生活的真实写照,灰姑娘和白马王子童话式的完美结局反而让人觉得缺乏真实感。

现实美,是现实生活中人们所向往得到的事物。悲剧美来源于现实美,又高于现实美。悲剧美勇于打破现实美的“完美主义”理念。悲剧就是把人类美好的事物毁灭给人看。

其实生活本应如此,现实生活的残酷令人们觉得童话式的美不真实。现实生活本不完美,这就是悲剧美基于生活的表现。但悲剧美并不完全等同于现实生活中的故事发展,在高度分析、概括和总结后提炼出来的矛盾冲突,更能打动读者,离读者的心更近。悲剧美也就高于现实美。

简单地说,先进的美好的人或事物的毁灭就是悲剧。概而言之,悲剧的美学特征表现为一种主体与客体的矛盾斗争趋向于统一的过程,即体现人的本质力量的实践主体暂时被否定而最终被肯定,代表历史发展方向的实践主体暂时受挫折而终将得到胜利。在马克思主义悲剧理论中，有这样几个要点：(1) 悲剧的根源必须有其历史的必然性，或具有某种合理性的力量。(2) 悲剧所反映的对象是肯定性的社会力量。(3) 悲剧的结局，都是肯定性的社会力量遭受到的苦难或毁灭。(4) 悲剧给人的感受是让人们在悲痛之余，产生激扬向上的崇高感，从而提高精神境界，产生审美愉悦，起到积极作用。

● 第三节　悲剧与写作 ●

一、自然界的悲剧性与创作

自然界的悲剧性特征，体现了审美主体通过比拟手法以己度物的感受，是物态人情化、人情物态化的结果。

人们采用移情的方式，通过诗意的眼光看待自然，把人世间的生离死别的悲剧投射到自然领域。

生离，如蒲公英常常借助清风送走子女，送到遥远的地方，等待它的将是长久的思念与孤独，但为了让下一代有更广阔的生存空间，即使有万般不舍，也心甘情愿。正是人们以己度物，遂把它理解为淡淡的离愁别绪。而灵长类动物如猿猴在人们的体验中更是如此，如母猿失子、悲啼哀鸣的程度之深。同样，人们更从自然中看到死别的悲剧。当父母、子女或同类死去时，不少动物同样会显示出如人类一般悲痛的情感。大猩猩守候在同类身边，直到尸骨腐烂，它们都不会将其遗弃；狮子对同类的尸骨会反复地嗅、舔；大象靠近同伴尸骨时表现出不安，而且还会从太阳穴上流下一些分泌物，以表示它们的哀悼；大雕都是成对的，从一而终，当其中的一只不幸去世时，另外一只必然会极其悲痛，仰天长啸，为之殉情，而决不苟活；鸳鸯也是雌雄形影不离，如失去一只，另一只必然痛不欲生。

自然界有些生物的生命历程本身，在人们的心目中就是一个悲剧，人们通过联想将自然与人生联系到一起。

在主体审美的眼光里，飞蛾扑火，春蚕吐丝，注定是悲剧的，为理想而献身，让人从心里感到悲悯、感动。飞蛾为了得到光明和温暖，不顾一切，哪怕受到了伤害，即使是死亡，都无怨无悔、义无反顾地投身火海，在火中跳着生命最后的舞蹈，动人心魄，让人震撼不已。

自然界弱肉强食、适者生存的规律本身，则更直接地传达出悲剧性的特征，人们常常将自然界的规律与人类社会相联系，尽管这种联系有时是牵强的。

为了生存，为了下一代，没有谦让，没有忍受，有的只是尽一切努力去获取食物，即使赴汤蹈火，粉身碎骨也在所不惜。虎食羊，羊食草；大鱼吃小鱼，小鱼吃虾，虾吃海藻，一条条完整的食物链，处于下一级的生物都必须面临生存挑战、生命危险的悲剧。如"黔驴技穷"的故事，开始"驴一鸣，虎大骇"，但终究被"断其喉，尽其肉"，摆脱不了充当食物的悲剧命运。为了逃避敌人的伤害，自然界最弱小的一类想尽办法，如双翅目大蚊科昆虫等，常常要断其肢体方能保全性命。为了完成下一代的繁殖，雄螳螂常常会牺牲自己的头及前肢，让雌螳螂吃掉，而雌螳螂则会很好地保护它所产下的卵茧，遇有外来干扰时，马上做出本能的反抗，包括与人抗争。

中国的自然悲剧意识表现在创作领域主要包括伤春与悲秋两种模式。

如李煜《浪淘沙》："帘外雨潺潺，春意阑珊。罗衾不耐五更寒"，是在春天里说国恨家仇。而秋风、秋雨、秋叶、秋雁、秋蝉、秋声等，令诗人心潮起伏，思绪难平；尤其是身在异乡多遭磨难、命途多舛的迁客骚人，更容易触景伤怀。自然界的变化与更替会引起伤感，或触景伤怀，或睹物思人，落花飘零，秋草枯死，让人感到时间生命易逝，青春年华不在；鸿雁南飞，寒蝉低叫，勾起游子思乡怀亲之情和羁旅劳顿行愁；望月则怀远，伤春而悲秋；见流水则思年华易逝；梧桐细雨则凄楚悲凉。其他对自然的体验如"感时花溅泪，恨别鸟惊心"（杜甫《春望》）、"废池乔木，犹厌言兵……念桥边红药，年年知为谁生"（姜夔《扬州慢》）、"雁过也，正伤心，却是旧时相识"（李清照《声声慢》）等，都是悲剧感的体验。

凡此种种，事物本身并无喜怒哀乐，而是审美主体通过情景来表达自己内心的悲怆情怀。在认知的意义上，树木不会反对战争，红药也不会考虑为谁生，花不会感到伤心流泪，鸟也不会知道人之恨意，大雁也不会懂得人之离别，但在人们审美的眼光里，这些正是伤感的悲剧情怀。

二、人生的悲剧性与创作

从审美的角度看，人生常常被视为一场悲剧。人一来到这个世界就开始哭泣，由此带来了一系列的痛苦和不幸。人生注定有多种磨难，充满了悲剧性。幸福只是短暂的，人生的悲剧大于喜剧。然而正是悲剧，彰显了人生的价值和意义，乃至用牺牲铸造灵魂，使生命放射出灿烂的光芒。中国古代的有识之士曾经坚持真理，追求理想，至死不渝，其间所表现出来的抗争、批判和叛逆性格，突破了传统文化中庸思想的樊笼，冲击了封建专制的基础。两千多年来，专制中的文人一直伸展着不屈的灵魂，无不从中汲取精神的营养。

人是一种悲剧性的动物。动物的悲哀在于不会思想；而人的悲哀，往往却是因为会思想。他们有思想、有思维，却不能完全主宰自己的命运，只能徘徊苦闷。人们在寻找精神支柱时十分矛盾、痛苦，或者麻痹自己，沉溺于幻想的天堂中；或者成为苦行僧，强制束缚自己的天性。痛苦和幸福是两种最基本的情感，人们都希望幸福，也总是相互祝愿幸福。但是幸福造就不了一个真正的人；反而痛苦使人敏感，使人强烈地渴望和追求生活，使人获得灵魂，最终成就了人的伟大。人生的悲剧不但包含着对现实人生的痛苦体验和深深的哀痛，更包含对不幸无休止的问询并不屈挣扎、反抗的深层心理。只有经历痛苦，人才能真正理解生活，才能超越自我。正因如此，悲剧远比喜剧更动人。

一般认为，悲剧有四种类型的悲剧人物，因而会产生四种不同形态的悲剧美效果。

（一）悲壮的悲剧美

这类悲剧人物是崇高的英雄，是先进的社会力量的代表。他（她）自觉反对旧制度旧势力，不是为了个人利益，而是为了解除人民的苦难，为了人民的解放，为国家民族的独立自由而英勇奋斗，宁死不屈，流血牺牲。悲剧冲突的性质是社会矛盾冲突，或是敌对阶级斗争的冲突，或是民族之间的冲突。

悲剧所产生的美感是悲壮感，主要是壮，壮中带悲，虽使人泪流满襟，但壮怀激烈，气冲霄汉。这类悲剧美，能使人们认识什么是真善美，什么是假恶丑，激励人们去追求美好的幸福生活。如文天祥的《过零丁洋》中的诗人形象，小说《红岩》中的江姐、许云峰，都属于悲壮的悲剧美。

（二）悲悯的悲剧美

这类悲剧人物是善良的，但又是麻木不仁、懦弱的。当遇到反动势力或落后势力的迫害，苦难深重，但又不知苦从何来，以为命中注定；或知苦从何来，但又不敢起来反抗，只是吞声忍气、逆来顺受；或者心中虽有不满，但又不敢大声呐喊。悲剧冲突的性质都是阶级矛盾和民族矛盾，亦有少数人民内部矛盾、家庭内部新旧思想的矛盾。这类悲剧美，主要激起的情感是悲，其次是怜悯和愤怒。由于这类悲剧人物不是崇高壮美的人，只是善良的人、麻木的人，凄凄苦苦地活着，悲悲戚戚地死去，所以不能引起悲壮的感情，只能引起悲悯同情。

悲悯的悲剧美，尽管蒙上一层悲凉凄苦的色彩，缺少悲壮美那样的震撼力，但亦具有较大的认识价值和艺术感染力。而且这类悲剧人物在旧社会具有普遍性，大都是社会最底层、无社会地位的工人、农民、下层知识分子，更真实有力地揭示社会的本质。正如托尔斯泰所言："幸福的人生总是相似的，不幸的人生却各有各的不同。"

正如鲁迅指出："这些极平常的，或者简直近于没有事情的悲剧，正如无声的语言一样，非由诗人画出它的形象来，是很不容易觉察的。然而人们灭亡于英雄的特别的悲剧者少，消亡于极平常的，或者近于没有事情的悲剧者多"(《几乎无事的悲剧》)。鲁迅作品《祝福》中的祥林嫂、《孔乙己》中的孔乙己、法国作家莫泊桑的《我的叔叔于勒》中的于勒等大都属于这类悲剧人物。曹禺的《雷雨》中的侍萍也属这类人物。这类悲剧的审美价值在于启发青少年认识社会的本质、分清是非善恶的道德观念，有助于培养良好的道德情操和对社会弱小群体及善良人民的同情心。

（三）悲愤的悲剧美

这种类型的悲剧人物，虽称不上崇高伟大的英雄，他(她)们的抗争也不全为国家、民族，但他们敢于蔑视旧社会旧势力，抗争到底，而显示其精神品格的光彩。这类悲剧冲突的性质，有阶级斗争的，但更多的是人民内部、家庭内部的两种思想、两种伦理观念的斗争，这种矛盾冲突也是社会斗争的一部分。如元杂剧《窦娥冤》中的窦娥，电影《菊豆》中的菊豆，都属于这类人物。因此，这类悲剧的审美特点，在于激起人们悲愤与赞美之情，愤恨旧社会、旧势力，赞美悲剧人物的反抗斗争精神。这与悲悯的悲剧美的审美效果是有区别的。

（四）喜剧性的悲剧美

这种形态的悲剧人物，总的来说是好人，他们受苦受难，值得同情和悲痛。但这种人同时也有许多缺点，这些缺点又以喜剧的形式出现，引起我们的讥笑。他们的悲剧性格是通过喜剧的形式表现出来的。悲剧矛盾的性质，既有阶级矛盾也有人民内部矛盾。这类悲剧引起的美感很特别，既悲痛又好笑，哭中带笑，或笑中带哭，即人们常说的"含泪的笑"。鲁迅《阿Q正传》中的阿Q就是一个例子。他一生受苦、受压迫、受剥削，想反抗又不知如何反抗，只挥舞着“精神胜利法”这一武器向旧势力进攻，被旧制度、旧势力打得一败涂地，却又以得胜者自居。读作品时，令人感到好笑又难过。

有些人指出还有一类悲剧，就是性格的悲剧，或者人性的悲剧。悲剧人物的苦难或死亡，不是由于社会矛盾的冲突造成的，而是由于人物自身的性格弱点造成的。如莎士比亚笔下的奥赛罗。奥赛罗其实是作者所肯定和同情的人物，他坦率、公正、诚信，但性格中存在敏感多疑、刚愎自用的弱点。他轻信虚假的表面现象，让感情左右理智，以致虽然他和苔丝狄蒙娜的爱情战胜了种族的偏见，但又亲手扼死了无辜的苔丝狄蒙娜，后来知道了真相，奥赛罗悔恨万分，为了惩罚自己铸下的大错，挥剑自杀身亡，酿成悲剧结局。

有人认为，这种揭示人性的弱点的悲剧，给读者的心灵震撼（惋惜、同情、反思）更巨大，更能体现悲剧美的光辉。

第三章　喜剧与作文

第一节　认识喜剧

所谓喜剧，在狭义上即指特有的一种戏剧形式，在广义上则指普遍存在的因对象不会引起恐惧的不和谐，而使人产生审美愉悦的一种审美风貌，即“喜剧性”，或指具有喜剧性的一切现象。

在喜剧中，主人公一般以滑稽、幽默及对旁人无伤害的丑陋、乖僻，表现生活中或丑、或美、或悲的一面。由于喜剧表现的对象不同，艺术家的角度不同，手法不同，所以，喜剧可划分出不同的类型。其中包括讽刺喜剧、幽默喜剧、欢乐喜剧、正喜剧、荒诞喜剧与闹剧等。欢乐喜剧强调人的价值，提倡个性解放，反对禁欲主义，在欧洲文艺复兴时期形成一股强大的思想潮流。正喜剧从表现生活的否定方面变为表现生活中肯定的方面，笑不再用来针砭人的恶习、缺点、卑下，而主要用来歌颂人的美德、才智、自信。荒诞喜剧则把人生最深层的苦难与将死扭曲，送进颠倒的喜剧王国。而闹剧一般属于粗俗喜剧之列，即通过逗乐的举动和蠢笨的戏谑引人发笑而缺少深刻的旨趣意蕴。

著名的喜剧有《鸟》《伪君子》《钦差大臣》《温莎的风流娘儿们》《一仆二主》《老妇还乡》《巴特兰闹剧》等。著名的喜剧作家有阿里斯托芬、莫里哀、莎士比亚、哥尔多尼、迪伦马特等。

第二节　喜剧的特征

喜剧的基本特征是运用各种引人发笑的表现方式和表现手法，把戏剧的各个环节，诸如语言、动作、人物的外貌及姿态、人物之间的关系、故事情节等均加以可笑化，从中产生出滑稽戏谑的效果。鲁迅说：喜剧是把人生无价值的东西撕破了给人看;悲剧则是把人生有价值的东西毁灭了给人看。

一、存在特征

喜剧只存在于人的行动和社会事件中,而不存在于纯粹的自然事物中。在自然界中,有很多事物因不符合种的属性而显示出丑的特征,如树木有美有丑,土地有肥沃有贫瘠,但它们本身都不会有滑稽。因为自然界的一切都顺应自然生成,内容和形式是一致的,也不存在动机与效果的矛盾问题。

二、艺术特征

喜剧的艺术特征是“寓庄于谐”。“庄”是指喜剧的主题所体现的深刻的社会内容;“谐”则指主题思想所赖以表现的形式是诙谐可笑的。在喜剧中,“庄”与“谐”是处于辩证统一的状态。失去了深刻的主题思想,喜剧也就失去了灵魂;但是没有诙谐可笑的形式,喜剧也就不能成为真正的喜剧。因而喜剧对丑的批判总是间接而又是意味隽永的,它往往要调运审美主体的积极情感去抨击丑的事物,在嘲笑中显出正义的力量,达到批判的效果。因而在表现手法中喜剧善用倒错和自相矛盾的技巧,在倒错的形式中显示真实。如《红楼梦》中宝玉、薛蟠等人行酒令一场,呆霸王胸无点墨,粗俗不堪,却偏偏附庸风雅,急得万般无奈,抓耳挠腮,终于闹出了“绣房里钻出个大马猴”之类的喜剧。这个滑稽可笑的情节正是绝妙地讽刺了这个恶少丑的形象,他的伪装斯文掩盖不了自己粗俗无赖的本质,因而这种欲盖弥彰的倒错更为可笑。这种手法不仅表现在喜剧中,在悲剧中它也表现为喜剧的效果。如《窦娥冤》中的县令桃杌给告状的张驴儿下跪叫他衣食父母的情节,这种极端突出地夸张生活中倒错的现象也能创造出绝好的喜剧效果。这类倒错巧合、误会的手法也常用在歌颂类的喜剧中,如《女理发师》《五朵金花》等。另外,喜剧还善用夸张的手法,例如上面举的内容,还有卓别林的表演、中国的传统相声表演技巧等。

第三节　喜剧与写作

喜剧的表现形式主要是讽刺、幽默和夸张。

讽刺大多用于否定性的内容,它是以真实而夸张或真实而巧妙之类的手段,极其简练地把人生无价值的东西撕破给人看,启发人们从中得到否定和贬斥丑的精神和情感愉悦。但是,尽管讽刺的笑具有否定性,由于讽刺的对象不同,讽刺者所持立场态度不同,笑的否定性性质和程度也不会一样,因而它们的美学意义也是不能一概而论的。一般说来,讽刺喜剧以社会生活中的否定事物为对象。喜剧人物通过活动所一心一意追求的目的,或者已是陈腐的、过时的,没有了合理性,或者为达到目的而从事的活动本身即是虚幻的,人物愈是积极活动,便愈是加速目的在现实中的落空。失去历史的真实性和现实意义的喜剧活动,便是滑稽的,足称之为讽刺。如莫里哀的《贵人迷》,嘲笑粗俗的资产阶级暴发户竭力追慕贵族上流社会的生活方式;《伪君子》讽刺那已经丧失任何实在内容的宗教崇拜。又如 H. B·果戈理的《钦差大臣》,锋芒所向直指沙皇黑暗统治下的官僚体制。

幽默也是喜剧表现形式的一种独特形态。它不像讽刺那样辛辣,而是把内容和形式中美与丑的复杂因素交合为一种直率而风趣的形式外化出来。列宁认为:“幽默是一种优美的、健康的品质。”车尔尼雪夫斯基认为:“幽默感是自尊、自嘲与自鄙之间的混合。”幽默所引发的笑,常常带有轻微的讽刺意味。美、丑因素的不同配置组合,又可以塑造出不同的幽默形象。以前者为主导,构成风趣潇洒、可亲可佩的正面形象;以后者为主导,则构成鄙陋可笑却不无可爱之处的反面形象。因此,幽默突出地反映了人们洞察事物本质和坚信历史发展趋向的乐观精神,这种鲜明的美学特征也正突出地表现了喜剧美学的一个主要方面。

在幽默喜剧中,喜剧人物所追求的目的有其正当性、合理性,甚至旨趣是高尚的,有积极意义的,但是他为达到目的而从事的活动本身却与目的背道而驰,他的行动恰恰使他的目的落空。阿里斯托芬流传下来的喜剧,多数属于这类喜剧,如《阿卡奈人》《妇女国》等。著名的喜剧性人物堂吉诃德以自己一躯羸弱之体,要替天下铲除不平之事,堂吉诃德留给世人的印象是可笑而又可敬的。中国古典戏曲《李逵负荆》是一部成功的幽默喜剧,而《看钱奴》则是中国现存的第一部讽刺喜剧。

夸张是喜剧艺术的另一个特点。夸张乃至变形,常常能够产生明显的喜剧效果。例如在卓别林自编、自导、自演的电影《摩登时代》中,工人在自动传送带上不断地拧紧螺帽,这种紧张、重复、简单的机械劳动摧残着工人的肉体和神经,把人变成了机器,以致主人公看见别人的衣服纽扣和鼻子时,也要用钳子去拧。卓别林常常在他的喜剧电影中传达出资本主义社会里小人物的悲剧性,卓别林指出,在艺术中笑声和眼泪具有同样强大的力量，揭示出悲喜剧艺术的内在魅力。笑声不仅是一种揭露的武器，它同时是一种无穷无尽的愉快的源泉，它鼓舞着人们坚定对生活与生活目标的信仰，正是在这个意义上，喜剧性具有不可低估的美学价值。

一、自然对象中的喜剧性

自然对象本身不具备纯粹的喜剧性，而只有喜剧性因素，但这种喜剧性因素会因审美主体的联想和想象而产生喜剧性效果。如弱小的动物战胜表面强大的动物或一块奇形怪状的石头等，都能使人感受到喜剧性。我们觉得有些动物滑稽可笑，例如狗熊的笨拙、狐狸的诡谲，还有可笑的不自量力的螳臂当车，井底之蛙，作为动物本身的属性，它们没有什么滑稽可笑之处，而仅有喜剧性的因素。

二、生活中的喜剧性

生活中的喜剧性更是随处可见。匆忙中穿错了衣服、严肃场合有人打了喷嚏、刚说过的大话就被人戳穿等，当现实生活中事物或现象违背了生活常规存在不协调并暴露出来时，人们就忍不住要发笑了。人生包含着丰富的喜剧性，只要善于发现，每一个都是喜剧的主角。有的人性格就具有喜剧性，善良而冲动、自作聪明、幽默滑稽，这些都容易引发喜剧性的言行。“马大哈”“老好人”“冒失鬼”等称谓就是这类人的标签。

三、艺术中的喜剧性

（一）正喜剧

正喜剧不同于其他喜剧，它的特点在于：从表现生活的否定方面变为表现生活中的肯定方面，笑不再用来针砭人的恶习、缺点、卑下，而主要用来颂赞人的美德、才智、自信。中国元代戏曲作家关汉卿的《救风尘》也可以被列入正喜剧。在这类喜剧作品中，尽管也有戏谑、嘲讽的对象，如《费加罗的婚姻》中贵族初夜权的陋习、贵族老爷的朝三暮四，《救风尘》中放荡、薄情等，但《救风尘》全剧的主旨却在于表现主人公的机智、勇敢，对友谊、爱情的忠贞，对邪恶的憎恨及斗争。中国戏曲《玉簪记》是正喜剧中较成功的作品。正喜剧与正剧比较接近，假如可笑性减弱，正剧的性质便会增强。

（二）荒诞喜剧

在现代西方社会中，把人生最深层的苦难与死之最终被扭曲，送进颠倒的喜剧王国,便构成荒诞喜剧,或曰怪诞喜剧。在F·迪伦马特的《老妇还乡》中,衰老的、肢体不全的贵妇返回故里居伦城,为的是向早年曾将自己抛弃的情人报仇。她以向居伦城捐赠10亿镑为代价,要居民违反人道,杀死她过去的情人。伊尔终于成为拜金教祭坛上的牺牲品。S·贝克特的《等待戈多》,可以看作荒诞喜剧的代表作。在光秃如沙漠的舞台上,剧中人物做着一连串无可奈何、莫明其妙的动作,讲着不知所云的话语,在等待着戈多。然而戈多迟迟不来,也不知何时能来,更不知戈多为谁,但他们却只能这样等待下去。在这部戏剧作品中,发生在人们心中的悲剧意绪竟化为滑稽的境况,用以隐喻人在现实社会中的尴尬处境。

(三)闹剧

闹剧来源于法文farce和拉丁文farcio,前者意为肉馅,后者意为填馅,又可译为笑剧。它一般属于粗俗喜剧之列,即通过逗乐的举动和蠢笨的戏谑引人发笑,而缺少较深刻的旨趣意蕴。其中的人物只有一个被高度夸张的特点,而没有较丰富的性格和心理分析。这种喜剧形式产生于法国中世纪广为流行的市民戏剧,多由城市手工业者演出。其主旨多为反对宗教的禁欲主义,嘲弄僧侣和显贵人物,赞扬世俗的欢乐。其中最有名的是《巴特兰闹剧》(1486),主要表现律师巴特兰骗取布商的布匹,并帮助牧童同布商打官司胜诉,最后,牧童又摆脱了律师的勒索,并把律师教训一顿。莫里哀的喜剧,也包含着某些闹剧的成分。在中国戏剧中,也往往穿插着以插科打诨引人发笑的场面,很能引发普通观众的兴趣。后世往往把那些以插科打诨取胜、充满粗俗的戏谑、人物漫画化、忽视情节合理性、只追求外在喜剧效果的戏剧作品,称为闹剧。

第四章　优美与作文

第一节　认识优美

优美,是实践主体与客体的和谐统一所显现出来的美。优美是被人们最早认识和接受的美学概念,在人类开始有“美”这个概念的时候,首先把握的就是“优美”的概念。西方近代以前的所谓“美”基本上就是指“优美”,“优美”是世界上一切美好事物的总称。优美(grace),也称秀美、婉秀、优雅、典雅,它的审美对象常常以其细小、光滑和柔和的特征,让人在安闲中得到一种适水顺情的感觉。清风明月,炊烟袅袅,小溪小涧,春光明媚等优美的对象,让人在欢欣雀跃、哀愁幽怨的体验中获得欣悦和陶冶。

古希腊的毕达哥拉斯学派提出“美在于和谐”的美学思想。毕达哥拉斯学派都是数学家、天文学家或者物理学家,他们从数量比例的关系找到美的形式因素,他们认为图形中最美的是球形和圆形,建筑、雕塑、人体的美都是从感性上体现一定数的比例关系。

而数的最美的比例是满足“黄金分割”的比例关系,也就是1∶1.618,为什么满足“黄金分割”的比例关系是一种普遍的美的比例关系呢?答案需从人类本身来寻找,这个比例与人的生理构造有密切关系,据有关资料统计,除去手脚和脑袋,人的躯干部分长与宽的比例非常接近黄金分割点。其实人类总是最熟悉自己、最喜爱自己的,当然也就是人类自身的形体,这样由人及物,推而广之,凡是与人这一比例相近的物体,我们便觉得它是美的。

古希腊的苏格拉底说有一种“形式的美”,这种美是形式上的秩序、匀称与明确,并认为这种美“能引起快感,并不和痛感夹杂在一起”,又说:“我的意思是指有些声音柔和而清楚,产生一种单纯的纯粹的音调,它们的美就不是相对的……而是绝对的,是从它们的本质来的。它们所产生的快感也是它们所特有的。”这种美显然就是优美。在另一处,苏格拉底提到“自然的优美”时，说艺术家把这种自然美描绘出来，就会“像从一种清幽境界呼吸一阵清风……”。在这里，“清幽境界”“一阵清风”可以说是对优美特征的最早的形象说明。

苏格拉底把美与效用联系起来看，他认为有用就是美的，有害的就是丑的，他举例说，用金银打造的盾牌，如果是用在战场上，当它是作为防御的武器的时候是美的，假如这个盾牌坏了，放在墙角没有用处，它就不是美的了。

康德在《判断力批判》中说，优美是使人直接产生快感的一种“鉴赏力判断”。他说，优美是一种有限的形式，这种有限的形式不会给人造成任何压抑感，因此优美“直接在自身携带着一种促进生命的感觉，并且因此能够结合着一种活跃的游戏的想象力的魅力刺激”。也就是说，能够直接产生积极的愉快。

德国移情论者里普斯认为，优美是一种无意识的美，不带刚性、尖锐而又粗犷型的美，他说：“凡不是猛烈的、粗暴的、强霸的，而是以柔和的力侵袭我们，也许侵入得更深些，并抓住了我们内心的一切，那便是优美的。”

在中国古代美学中，没有优美这个美学范畴，但有一个美学概念与之相仿，那就是“阴柔之美”，所谓的“阴柔之美”就是优美，也就是司空图在《诗品》中说的“委曲、冲淡、绮丽”，苏轼把这种阴柔之美称为“婀娜、流丽”。

其实，优美本不是中国美学的概念，在中国是以“阴柔”的范畴出现的，最初不是作为美学的范畴，而是关于宇宙哲学的范畴。古代中国人认为宇宙是由“阴”“阳”两极构成的，《易传》上说“立天之道曰阴与阳，立地之道曰柔与刚”，“分阴分阳，迭用柔刚”，又说“‘乾’刚‘坤’柔”。天即乾，为阳为刚；地即坤，为阴为柔。这就是最早出现的“阳刚”与“阴柔”的概念。后来才突破宇宙哲学的范畴，作为美学的范畴。

明确将“阳刚”与“阴柔”作为美学范畴加以阐发的是清朝的姚鼐，他说：“鼐闻天地之道，阴阳刚柔而已。”谈到阴柔之美时，他又说：“……其得与阴与柔之美者，则其文如升初日、如清风、如云、如霞、如烟、如幽林曲涧、如沦、如漾、如珠玉之辉、如鸿鹄之鸣而入寥廓。”姚鼐虽然只对“阴柔之美”做了形象描述而未做理论概括，但我们可以体会到，这与西方美学所讲的“优美”在美学上具有内在的一致性。

综上所述，优美是一种优雅的、柔性的、偏于静止的美，它是审美主体和客体相统一、内容和形式相协调所表现出来的宁静而又和谐的美。

第二节 优美的特征

优美没有任何统一过程的痕迹,是一个已经实现统一的形象实体,以比较单纯、直接的形态表现了现实对实践的肯定;它不是一种压倒式的统一,而是现实与实践、真与善、合目的性与合规律性、交融无间的统一;它不是在自身构成中包含着丑,而恰是在与丑的抗争中显现出人的本质力量的美的形态。它本身排除了丑,并与自身之外的丑相比较而存在。由主、客体矛盾关系的特殊性决定的优美的上述特点,归结到一点,便构成了优美最根本的美学特性——和谐。

一、优美的根本特征:和谐

所谓"和谐"就是完整、协调、融合,是说在审美活动中,主体和客体之间没有表现出激烈的抗争,而是主客体之间的一种统一、平衡、平和的状态。在这里,和谐并不是单一、同一,没有差异与斗争。

古希腊美学家也有这种说法,如毕达哥拉斯学派认为"音乐是对立因素的和谐统一","整个世界就是一部和谐的世界合唱",把杂多导至统一,把不谐调导至谐调。

《论语·子路》里有一句名言:君子和而不同。意思是说,作为君子,当自己的意见不同于别人的意见时,要尊重别人的意见,求同存异,要善于调和各种矛盾,达到跟别人和谐相处。如《国语》中就有"乐从和"的一句话,以后《乐记》就发扬了这一说法,认为"大乐与天地同和,乐者,天地之和也",这些说法都认为美的音乐是和谐的。

唐代张若虚名诗《春江花月夜》,杜甫说"此曲只应天上有,人间能得几回闻?"孔子听韶乐,喜爱之极,说"三月不知肉味"也是一句夸张的话,他听了美妙无比的韶乐之后,整个身体很长一段时间都被韶乐所带来的愉悦和回味所占据萦绕,他可能会不由自主地陷入沉思,浮想联翩;也可能就是发呆,什么都不想,但身心是舒坦的、宁静的、甜美的,感到极大的安慰和平衡,所以,他感慨道:"三月不知肉味!"

以上说明历代美学家对优美审美特性的理解,虽然存在某些差异,但就基本方面说却是一致的。现实世界中优美的事物都体现了对立物的统一,但它并不表现为这种对立物统一的过程,而是表现为统一的结果。

如狂暴的大海，是自然界力的较量，它所显示的不是优美而是崇高，在呈现风平浪静、碧波帆影之时，它所显示的就是优美了。人类社会生活也是如此，严重的阶级冲突，风起云涌的革命斗争，所显示的也不是优美而是崇高，唯有冲突得到解决，斗争趋于平息，整个社会出现安定平和，才显示出生活的和谐、谐调优美。这些从不同时代的艺术中也可以看出。中国古代有“治世之音哀与乐，乱世之音怨与怒”的说法，“治世之音”反映了社会的安定平和，因而具有和谐、舒缓、优美的情调。而“乱世之音”则反映了社会人心的激荡对抗，因而表现出一种不谐调的激越的壮举情调。

因此，优美表现在形态上的一个突出特点是和谐，如风和日丽、鸟语花香的自然景色，典雅文静的人物形象，柔和的线条，调和的颜色，舒缓的节奏，悦耳的声音等，这都是优美的表现形态。它们给人和谐、安静的审美享受。

优美与崇高、滑稽等范畴的不同内涵决定了它们的美感特点也各不相同。宁静和谐的审美感知和情感上的平静愉悦等心理功能突出，是优美感的基本特点。

二、优美在形式上的特征：小巧、轻缓、柔和，是一种偏于静态的美

小巧是指优美的对象占有的空间较小。苏州园林——优美的亭台楼阁体现的是小巧典雅。苏州是中国著名的历史文化名城，有“人间天堂，园林之城”的美誉。这里素来以山水秀丽、园林典雅而闻名天下，有“江南园林甲天下，苏州园林甲江南”的美称。苏州古典园林“不出城郭而获山水之怡，身居闹市而有灵泉之致”。1985 年，苏州园林即被评为中国十大风景名胜之一。

轻缓是指优美的对象变化不明显，表现为舒缓、安静。如淡淡的春风、微微的水波，“杏花春雨的江南”，三月、四月间的春雨明媚而温润。那雨分明是可以滋润到人心田里去的，春雨自天幕垂来，丝丝的，绵绵的，随着湿润的清风扭动着轻盈的身姿，“吹面不寒杨柳风”，所以朱自清说“一切都像刚睡醒的样子，欣欣然睁开了眼”，这是多么优美的画面啊！

柔和，是指优美的对象力量弱小、性质温柔，如女性柔美的曲线，主体与节奏柔和的《夜光曲》。优美不同于崇高之处在于表现事物间的矛盾冲突的过程，优美不是激烈的、动荡的冲突之美，从本质上呈现出舒缓、平和偏于静态的态势。如轻柔的舞蹈、摇曳的垂柳、淡淡的春风、杏花春雨的江南等，体现出的就是这种静态的美。

第三节 优美与写作

一、自然领域的优美与写作

自然领域中的优美偏重于形式，是以审美客体的形式呈现出来的，构成优美的各种因素处于协调平和、多样统一的状态之中。如上面谈到的形式上的比例、对称、有序、均衡等。外在表现为小巧、圆润，线条上的曲线、弧线；色彩的鲜明、柔和，动作上的舒缓、轻盈等。

“小荷才露尖尖角，早有蜻蜓立上头”使人感到春光妩媚、婀娜多姿；“水光潋滟晴方好，山色空濛雨亦奇。欲把西湖比西子，淡妆浓抹总相宜”使人体会到西湖那天生丽质和迷人的神韵；“峨眉天下秀”“青城天下幽”“桂林山水甲天下”之说，都表明自然景观偏重于优美的特色。如韦应物的《滁州西涧》：

独怜幽草涧边生，上有黄鹂深树鸣。
春潮带雨晚来急，野渡无人舟自横。

诗的前两句点明了时间、地点和人物，将读者引入一个碧草丛生、涧水奔流、鸟鸣深树的清幽境界。诗以“独怜”二字领起，诗人把自己置于西涧僻静的环境中，去独自观赏山水美景，感受大自然的声息。也使读者似亲眼见到这位卸任不久的地方官，正踽踽独行于山水之间，充分领略自然美景，一洗胸襟。因此，这“独怜”二字实为赏析本诗的关键。“怜”是爱惜之意，诗人置身西涧上，他喜爱这里的什么呢？首先是他脚下涧边的幽草。草用幽来形容，不仅写出了草的茵绿、繁茂、厚密等形态，而且写出了草的深邃、静谧、未经践踏等意态，传达出环境的幽僻氛围。其次是他头顶上林木深处传来的黄鹂的啼鸣。涧边之上是层层峰峦、树高林密，黄鹂就在林木深处，那婉转悦耳的歌声传到诗人的耳朵里，深深地吸引了诗人的注意。如果说“幽草”给诗人以静的感受，那鸟鸣就带来了动的乐趣。这里用笔简练，意境清幽，还成功地运用了古典诗歌中以声衬静的手法，使画面生机盎然。这婉转动听、清脆悦耳的鸣声，非但丝毫无损于西涧环境的清幽宁静，相反倍显其静。

此两句就诗人的感官而言，既有视觉活动，也有听觉活动；就画中的景物而言，既有上下高低之分，又有纵横远近之别。只寥寥十四个字，诗人便将茂密的绿树、鸣啭的黄鹂、岸边的幽草、奔流的涧水，这些分散的景物聚拢笔端，合成一幅布局和谐、色彩鲜明的画图，给人以自然美的享受。

我发现，将优美的自然景物与美好的人儿叠加在一起，那更是别有韵味。请看盛唐诗人王昌龄的《采莲曲》：

荷叶罗裙一色裁，芙蓉向脸两边开。
乱入池中看不见，闻歌始觉有人来。

这首诗像一幅美妙的采莲图，描写了江南采莲少女的劳动生活和青春的欢乐。歌颂了美好的景物和人物。这首诗写的是采莲少女，但诗中并不从正面描写，而是用荷叶与罗裙一样绿、荷花与脸庞一样红、不见人影闻歌声等手法加以衬托描写，巧妙地将采莲少女的美丽与大自然融为一体。全诗生动活泼，富于诗情画意，饶有生活情趣。

诗的前两句的描写，让人感觉到这些采莲少女简直就是美丽的大自然的一部分；后两句写的是伫立凝望者在刹那间所产生的一种人花难辨的感觉。前两句侧重于客观描写，后两句侧重于主观感受描写，客观描写与主观感受相结合的手法，很好地表现了人花难辨、花人同美的引人遐想的优美意境。

我认为，崇高与优美是可以共生共存的，请同学们结合巴金的《海上日出》认真体会。

① 为了看日出，我常常早起。那时天还没有大亮，周围非常清静，船上只有机器的响声。

② 天空还是一片浅蓝，颜色很浅。转眼间天边出现了一道红霞，慢慢地在扩大它的范围，加强它的亮光。我知道太阳要从天边升起来了，便不转眼地望着那里。

③ 果然过了一会儿，在那个地方出现了太阳的小半边脸，红是真红，却没有亮光。这个太阳好像负着重荷似的一步一步、慢慢地努力上升，到了最后，终于冲破了云霞，完全跳出了海面，颜色红得非常可爱。一刹那间，这个深红的圆东西，忽然发出了夺目的亮光，射得人眼睛发痛，它旁边的云片也突然有了光彩。

④ 有时太阳走进了云堆中，它的光线却从云里射下来，直射到水面上。这时候要分辨出哪里是水，哪里是天，倒也不容易，因为我就只看见一片灿烂的亮光。

⑤ 有时天边有黑云，而且云片很厚，太阳出来，人眼还看不见。然而太阳在黑云里放射的光芒，透过黑云的重围，替黑云镶了一道发光的金边。后来太阳才慢慢地冲出重围，出现在天空，甚至把黑云也染成了紫色或者红色。这时候发亮的不仅是太阳、云和海水，连我自己也成了明亮的了。

⑥ 这不是伟大的奇观吗？

1927 年 1 月

这是一篇很著名的散文，比较单纯，文章不长，应该说视角和层次并不单调。文章分别描写了天气晴好、白云飘浮和乌云蔽日三种不同自然条件下的海上日出奇观，文字简洁，描写传神。

第①段点明作者多次在海上观察日出景象的一般背景：时间、地点、气氛。点明作者十分爱看日出，即向往光明。“我常常早起”，由此可以想见作者曾多次早起看日出的热切心情。开门见山点题，干净利落。“那时天还没大亮”，点明看日出的时间，照应“早起”。周围很静，只听见船里机器的声音。用“声音”反衬看日出时色彩纯净、气氛清幽的“静”的环境，还有交代具体地点的作用。

第②—③段写天气晴朗时海上日出的景象。这一段写得细致而完整，着重描绘了太阳由将出、半升到全都升起时的形状，色彩、动态和光华的变化，层次分明，刻画细腻，优美动人。

天空还是一片浅蓝，天气晴好，碧空如洗。很浅很浅的，“浅”字叠用，并且以“很”加以强调，更加突出天气的晴好。转眼间，时间极短。天水相接的地方出现了一道红霞，东方晨曦初露，是太阳即将升起的征兆。“我知道太阳就要从天边升起来了”，看得多了，摸着规律了。“便目不转睛”形容神情专注、聚精会神地望着那里。指代“出现了一道红霞”的地方。尽管作者“常常”早起看日出。可还是神情专注、满怀欣喜，以十分急切的心情等待着日出辉煌时刻的来临，可见作者看日出，向往光明的强烈愿望。也正因为作者观察时的全神贯注，看得仔细，先后有序，所以写出了海上日出特有的景象。

“果然”承上节“我知道……”。过了一会儿，那里出现了太阳的小半边脸，拟人手法。“红是红得好”，原文作“红是真红”，据作者自述是四川话，“是”字具有强调作用，并为下文语言转折作铺垫，“却没有亮光”。从“浅蓝”到“红霞”到“红得很”写太阳即将跃出海面时光的变化，观察细致。太阳像背着什么重担似的，仍是拟人手法，形容太阳升起之际很缓慢，一纵跳跃。一纵地，使劲儿向上升。到了最后，它终于冲破了云霞，完全跳出了海面，写太阳“喷薄而出”的过程，给人以庄重、艰辛而壮观的印象。一个“冲”字，一个“跳”字，生动地写出了太阳顽强的生命力和势不可挡的伟力，作者笔下的红日出海图是这么壮观，这么辉煌！给人以启迪。这也是作者热爱光明的喜悦心情的表白。“颜色真红得可爱。”“一刹那间”，时间极短暂。这深红的圆东西指代太阳。发出强烈的亮光，由“没有亮光”而突然光芒四射夺目，是光的又一个变化。另外，太阳的形状也在随之变化，由“一道红霞”到“小半边脸”再到“圆”。“射得人眼睛发痛”，结合个人感受写，更见真切。它旁边的云也突然有了光彩。由于云层厚薄不等，对阳光的折射不同，而呈现不同色彩，但都以红、黄为主，因而色彩艳丽，“光彩”照人。

第④段，写天也有云飘浮时，阳光透过云彩照射水面的景观。这一段写得比较简略，作者不再细写日出的过程。而集中描写了阳光穿过云彩时形成的“水天一色”的情状。太阳虽未露面，但人们仍可感受到它的巨大光辉。“有时候”，是另一种情况。“太阳躲进云里”，可见天边白云较多。阳光透过云缝直射到水面上，很难分辨出哪里是水，哪里是天，阳光由上而下地“直射”到水面，水面就把光线由下而上地反射上天，这样天光、水光融为一体，水天一色，所以“很难分辨出哪里是水，哪里是天”。只看见一片灿烂的亮光。不知是阳光还是水光，只是亮闪闪的光，所以用“亮光”。

第⑤段写的又是另一种情况。天边有黑云，而且云片很厚，与上节的背景又有所不同。太阳升起来，人就不能够看见。文中说云厚得达到“蔽日”的程度。然而太阳在黑云背后放射它的光芒，乌云是遮不住太阳的。“给黑云镶了一道光亮的金边。”黑云能挡住太阳的“本体”，却阻挡不了它的万丈光芒。“镶了一道光亮的金边”，描写极其准确、生动，它让我们感受到黑云背后的太阳要冲破黑云的势力。后来，太阳慢慢透出重围，重重包围与“云片很厚”照应。出现在天空，把一片片云染成了紫色或者红色。由于云片的颜色有深浅，与太阳的距离有远近，所以被阳光染成的色彩也有所不同。与晴天的“光彩”有别。一个“镶”和一个“染”，就把太阳的威力刻画了出来，给读者留下了宽广的想象天地。观察细致，用词准确。这时候，不仅是太阳、云和海水，连我自己也成了光亮的了。光明战胜了黑暗，万物都享受着太阳的光泽，连作者自己也沐浴在一片灿烂的阳光之中，享受着无限的温暖。这是作者情不自禁从内心发出的欢呼，是作者对追求光明的热烈情绪的流露。

“这不是伟大的奇观吗?”这是作者发自内心的赞叹,也是对文中大量“奇观”事实的精辟概括,海上日出的景观“奇”在何处?“奇”在它显示了光明的力量如此之伟大!以上为第⑤段。写乌云蔽日和太阳终于冲破重围、普照天地的情状,最后归结到作者自身的感受,为“海上日出”作一礼赞,表达作者向往光明、奋发向上的崇高精神。

(二)社会领域

社会领域的优美偏重于内容,体现了社会事物的真、善、美的和谐统一。在中国古代美学中主要是指情与礼的和谐统一,情与礼和谐统一最初是作为一种伦理道德规范或者人格理想提出来的,实际上也是一种社会优美的观念。

孔子反复强调的“乐而不淫”“哀而不伤”“怨而不怒”“温柔敦厚”等,就是要求情与礼的统一,以礼节情,在喜、怒、哀、乐、怨等情感把握上要克制,不走极端,使之达到“中庸”“平和”,这就是优美的境界。

例文一(笔者的下水作文《寒假三记》)

第一记:给美女刷公交卡

大年初三,太阳特别亮,亮的有些刺眼,浓浓的年味弥漫在空气中。路两旁的行道树上,串串大红彩球红得耀眼,我登上308路公交车。虽然是初三,但公交车上已有不少乘客,大家身着各式鲜亮的品牌服装,脸上洋溢着满满的傻傻笑意。车到了下一站,这时有三个貌若天仙的年轻女孩(在我眼中,女孩都是美女,男孩皆是帅哥)上了车,顿时,车厢内香气满满。其中有一个身披长发、面容姣丽、身着大红羽绒服的女孩,手举100元人民币向乘客换零钱投币,询问了好几个人都没法换开100元大钞。这年月,谁身上还装许多零钱!

我忽然想到两年前的清明节。那天我乘公交车到乡下去祭祖,上了车,我才发现我没有带零钱。当我将100元钱递给售票员时,她说:“没零钱找,要不你下车去换零钱等下班车。”我好不容易等到一班车,怎么肯下车?正在这里,一个年轻的女孩从钱包里拿出4元钱递给售票员说:“我替他垫上。”那也是个长发飘飘的女孩,她的无与伦比的如樱花一般的美丽一直驻留在我的心田里。

此时,我望着公交车上的三个女孩,我恍惚觉得,她们中就有那次替我垫车票的女孩。我收了收神,健步走到女孩们面前,朗声道:你们不用换钱了,我替你们刷卡。三个美丽的女孩齐声说:谢谢您。我当然毫不吝啬地说：不用谢！小小善举，与善同行，一种满足感让我通体舒畅！我在心里表扬自己，人的一生绝不能乏善可陈，做善事，实际上是播撒善的种子，何况给小美女做好事，那可是给美人做美事，这些小女孩以后会做母亲的，让这些女孩心善起来，她们会把这种善传承给她们的孩子。一颗小小的善的种子，说不准能长出苍天的菩提树！千万别小看善举，即使在暗夜中，小小的萤火虫也会给在暗夜中给行路的人带来光明与希望！

那天夜里，我做了个梦，梦见她们的后代有的真的成了慈善家，从事世界上最伟大的慈善事业，一如刘强东名满全球，为宿迁人民争了光。

第二记：砍树杈

一个骑赛车的孩子在人道上急速奔驰。"哐当"一声，自行车应声倒地，孩子在地上哭喊打滚，孩子的眼睛被斜伸在人行道的树杈扎伤了。我猛地从被窝里坐起来，原来是一个梦。这是正月初三夜的梦，是一个日有所思的梦！

正月初四，恰逢大寒时节。西北风不算大，也不是很凛冽，即使太阳已出得很高，但西北风仍会刮痛人脸蛋，刮伤人耳朵。路上，人们大多将自己包裹得严严实实，年轻人将手叉在羽绒口袋中，年长者将手笼进袖口里。

这是一条人行道，准确地说是一条人行盲道。人行盲道被两行高树覆盖，里面的一行是枇杷树。其中有一棵树一枝树杈斜伸在人行道中央，离地不到一米七，树杈头不知被什么人掰断了，整个树杈没有一片树叶，光秃秃的，斜伸向路中央，龇牙咧嘴，张牙舞爪，真像一条悬挂在半空中的毒蛇，随时都有可能咬噬行人。假如有差不多个子的人路过这棵树下，轻则会刮破头皮，重则会伤到眼睛。我早已想除去这个隐患，苦于没有时间。正月初四早饭后，我找到一把平口瓦刀，来到树旁，一刀刀砍向树杈。由于瓦刀几乎没有刀刃，每砍一下都要用尽平生力气，左砍砍，右砍吹，上砍砍，下砍砍，不知砍下多少刀，大约半小时后，我使出吃奶劲，终于将树枝砍下。

这期间，有很多人路过，有几个叼着烟露出疑惑神色的小伙子飘然而过。有一个中年男子说道，这根树枝不砍会伤人的；另一个中年男人说道，这根树枝早该砍了。一位大妈说："你是在做好事的，今年定会得一个大胖孙子。"我抬头望望天，阳光真亮，天真蓝，真是难得的好天气。我归还了瓦刀，边走边扣上羽绒服的纽扣，心满意足地回家了。

从此以后每当我经过这条路或想到这件事，内心就会被暖暖的日光包裹着。

第三记：搓　背

洗澡搓背，一般是一对一。今天一老一少同时给我搓背，平生这是第一次。但是，这却又是不同寻常的一次搓背。

一老一少一起给我搓背，我有些排斥。尽管他们对待我也像对待别人一样认真，可是，我总感觉有些怪怪的。

师傅60岁上下，头发白中带黑，圆胖脸，算不上红通通，至少微红。他给我搓背，没理由嫌他年龄大，人家做活很认真，手法挺好，况且力道也算厚重。他从我的上半身开始打理。那个小伙子从腿部给我搓澡。

他们是不是师徒关系？我也不知道，只是根据脸型来推测，那个约莫25岁的小伙子脸型偏长。据此从遗传学角度推想，他们不应当是父子关系。

我打心里头对小伙子有看法。那么年轻的孩子，学什么技术不行，非要学搓背不可呢？你学搓背也可以，三百六十行，行行都可以出状元嘛。但这个年轻人给我感觉就是心不在焉，搓澡巾从我的左腿上走过时，我感觉力道比老者的差得很远。搓起澡来没有章法，有些乱，搓澡巾在左大腿上挠几下，又漫不经心地移到右小腿。难道不能先把我的左大腿搓完再搞右腿？我很是瞧不起这类做事不认真的年轻人，有时总称这些年轻人为“颓废了的一些人”。要不想吃这行饭就别来学嘛！

我心里有些窝火，想要发作。恰在此时，这个小伙子站到一边，呆头呆脑地望着师傅干活。老师傅给我搓完上身后又给我搓下半身，依然是那么认真，就像我的下半身没被别人搓过一样，依然一丝不苟！此时，我倒像捡了个便宜，我的下半身得到师徒俩服务，应该满足了呀！

师傅的手法确实过得硬，一招一式就像他的根根竖起的白发一样坚挺而不乱。排在我前面的一个年轻人搓背后又捶背，只见老师傅一指划、双拳滚、单臂压……一个程序接着一个程序。那个年轻人的背仿佛是一面鼓，被老师傅敲得“噼啪”“咚咚”作响。老师傅很投入，打起那面“鼓”来很用心，很享受，就凭那忽快忽慢、长长短短的节奏就知道，他捶背是有两下子。

在老师傅滋滋润润的敲打声中，那个年轻人卧躺在雾气缭绕的澡床上舒舒服服地睡着了。“啪，啪，啪啪啪，啪啪啪啪……嘣，嘣，嘣嘣嘣嘣嘣嘣……”老师傅敲背就像在谱写一曲曲动听的旋律，徐疾有致，时而低沉，时而高亢，婉婉转转，粗粗细细，动动静静；又像在写一篇优美的散文一样，起承转合得很得体，腾挪跌宕、变化多端，毫不拖泥带水，最后结尾在“啪啪”声中戛然而止、干净利落。看着躺着不动的小伙子，老师傅大喊了几声“好了”，又轻轻拍了拍小伙子肩几下。那个小伙子睁开朦胧的双眼，满脸困意地望望老师傅，好几秒钟后，才从长长的梦中惬意地美美醒来。

到了大厅，那个我熟悉的大堂经理说，是谁替你搓背的？今天搓背感觉怎么样？我说，是那个老者和小伙子。经理用赞叹口气说：“你巧了，别看那个老者年纪大，但他手艺好，他家四代人都从事这个职业。”顿了顿又说：“他不仅手艺好，而且心好。”我问：“心好在哪？”经理说：“他可以上宿迁好人榜，你看那个年轻人你不觉得有些怪吗？他智商有些问题。好心的老赵收他为徒，教他学点手艺，为了让他能混口饭吃！”听完经理的话，我的心中立刻有了一种异样的感觉！

例文二

因为你心中没有别人

刘子善

余秋雨先生在写《追寻德国》那篇文章时，为了彻底了解德国，只身来到德国，体验生活。

他找了一处出租房子，房东是一位德国老人，和蔼可亲，房子在五楼。余秋雨先生看了看，感觉还不错，就想和老人签长期租房合约。

老人笑了笑说：“不，年轻人，你还没有住，不知道好坏，所以，应该先签试住合约，有了切身体验，再定下一步是否长住。”

于是，余秋雨先生便和老人签了5天合约。房间很温馨，老人信任余先生，从不来检查东西。还有，垃圾不用送到下面，放在门口就有清洁工定时取走，楼道都是一尘不染。

第5天到了，正想和老人谈长租时，余秋雨先生不小心打碎了一个玻璃杯。他很紧张，感觉这个玻璃杯价值不菲，怕因为这个玻璃杯，老人不租给他房子。

可是，当打电话告诉时，老人说：“不要紧，你又不是故意的，这个玻璃杯很便宜，明天我再拿来一个。”余秋雨十分高兴，希望老人过来签长期合约。老人答应了。

打完电话，余秋雨先生就把碎玻璃和其他垃圾扫入垃圾袋里，放在了外面。

过了不久，老人来了，进屋之后，便问道：“那玻璃杯碎片呢？”

余秋雨先生答道：“我打扫完，放在门外了。”

老人赶紧出去，打开垃圾袋看完之后，脸色阴沉地进了屋，对余秋雨先生说：“明天，你可以搬出去了，我不再租给你房子了。”

余秋雨先生感到不可思议：“是不是因为我打碎你最喜爱的玻璃杯，惹你不高兴了?”

老人摇了摇手:“不是,是因为你心中没有别人。”余秋雨被说得一头雾水。

这时,老人拿了一支笔和一个垃圾袋,带上笤帚和镊子,来到外面,把余先生装好的垃圾倒出来,重新分类。老人挑得很仔细,过了好久,才将所有玻璃杯碎片装入一个垃圾袋里,并写上:“里面是玻璃杯碎片,危险!”然后,把其他垃圾装入另一垃圾袋里,写上:“安全”。

余秋雨先生在旁边看着,自始至终除了敬佩,他不知道说什么。此后若干年,先生不断提起这件往事,每次都是感叹连连。

【美点赏析】 德国社会何以文明,德国人在全球何以受到普遍尊重?因为他们素养高。从这个故事,可以窥见德国的国民素质层次和境界高度。

例文三

你是一切的根源

一富豪买了块地,修了别墅,后院更有多棵百年荔枝树,当初买地时他看中了的是这些荔枝树,因为他老婆喜欢吃荔枝。

装修期间,朋友劝他找个风水先生看看,以免犯煞。原本不怎么信这套的富豪,这次居然表示赞同,专程去香港请了个大师。大师姓德,从事这一行三十余年,圈内很有名气。

在火车站接德大师吃过午饭后,富豪开车载着大师前往自己的住宅。一路上,如果后头有车要超,先生都是避让。

德大师笑道:“开车挺稳当呢。”香港大师观察着一切。

富豪哈哈一笑:“要超车的多半有急事,可不能耽误他们。”

行至镇上,街道更狭窄了,富豪放慢了车速。

一名小孩嬉笑着从巷子里冲了出来,富豪脚踏刹车堪堪避开,小孩笑嘻嘻地跑过去以后,他并没有踩油门前行,而是看着巷子口,似乎在等着什么,片刻,又有一名小孩冲了出来,追赶着先前那名小孩远去。

德大师讶然问:“你怎么知道后头还有小孩?”

富豪耸耸肩,“小孩子都是追追打打,光是一个人他可不会笑得这么开心。”

德大师竖起了大拇指,笑道:“真有心。”

到了自家的别墅,下车,拿着门匙准备开门,后院突然飞起七八只鸟,见状,富豪停在门口,抱歉地向德大师说道:“麻烦大师稍等一会。”

“有什么事吗?”德大师再次讶然。

“后院肯定有小孩在偷摘我们的荔枝,我们现在进去,小孩自然惊慌,万一掉下来出事就不好了，先让他们摘一会儿，我们在外边先看看。”富豪笑说道。

德大师默然片刻：“你送我回火车站吧，这房子的风水不用看了。”

这次轮到富豪讶然了：“大师何出此言？”

“是的先生，有您在的地方，都是风水吉地。”

“……”

其实人的行为就是风水……也是命运……没有品行、自私自利之人，再怎么勤奋努力奔波，也许只有徒劳。

“你是一切的根源。”

【美点赏析】 读者可以将题目改为“我是一切的根源”。因为万事发生皆有备于我，我可以使之好，也可以使之坏。日常生活中应懂得反省和自我克制。修集福德，便是福人，福人居福地，那才是真正的风水。

（三）艺术领域

艺术作品中优美体现在内容和形式的完美结合。孔子所说“文质彬彬、然后君子”，实际上就是强调完美的人格必须是精神和外形的协调统一。在艺术美中，一般来说，抒情诗文、山水画、交谊舞、轻缓的舞曲、小夜曲等都在内容和形式上达到和谐而成为优美艺术的典型样式。

古希腊的雕像，尤其是女性雕像，如维拉斯，黑格尔说它具有“秀雅、温柔和爱的魔力”，罗丹说它的身体具有一种“委婉的运动”“安静、平衡、全身具有稳健的优美”。

中国古典园林，既具有自然风光似的优美，也是人工创造的杰作。苏州园林被称为“不出城郭而获山水之怡，身居闹市而有灵泉之致”。这些建造于数百年前的园林，以其精雕细琢的设计，折射出中国文化中取法自然而又超越自然的优美意境。

我国古代的有些富于韵律和节奏感的诗句，体味出诗人丰富而细腻的思想情感。孔子在评《诗》的时候也说“诗三百，一言以蔽之，思无邪”。表明我国古代美学认为优美的艺术在内容上要克制情感，以理节情。

文学中的诗词歌赋，常常使我们沉浸在优美的心境里。

“空山新雨后，天气晚来秋。明月松间照，清泉石上流。竹喧归浣女，莲动下渔舟。随意春芳歇，王孙自可留。”写出了清新、幽静、恬淡、优美的山中秋季的黄昏美景。这首山水名篇，于诗情画意之中寄托着诗人高洁的情怀和对理想境界的追求。刘禹锡《竹枝词》二首之一:“杨柳青青江水平,闻郎江上唱歌声。东边日出西边雨,道是无晴还有晴。”表达出一位沉浸在初恋中的少女的心情,在“睛”“情”的谐音双关中,她的迷惘、她的眷恋、她的忐忑不安、她的希望和等待便都刻画出来了,让人读来兴味盎然。

李敖有一首情诗《只爱一点点》:

不爱那么多,只爱一点点。别人的爱情像海深,我的爱情浅。
不爱那么多,只爱一点点。别人的爱情像天长,我的爱情短。
不爱那么多,只爱一点点。别人眉来又眼去,我只偷看你一眼。

你看啊,别人的爱情轰轰烈烈,比天更长,比海更深,而我的爱情却是:浅、又短,我只敢偷偷看你一眼。

李敖的小诗《只爱一点点》与汉乐府《上邪》的对比:

上邪!我欲与君相知,长命无绝衰。
山无棱,江水为竭,冬雷震震,夏雨雪,天地合,乃敢与君绝!

《上邪》是以誓言形式出现的情歌。其感情之强烈、口气之决绝、意念之坚定,都让人想见作品主人公爱情心理的律动。处在热恋中的男女,难免要海誓山盟一番,但这篇歌辞所流露出的对于感情的忠贞不渝,却大大不同于一般小儿女的卿卿我我扭扭捏捏,斩决、果断、刚烈、火爆,让人产生一种来自灵魂深处的震撼。这又属于崇高的表达方式了。

文中的这个有着火一样热情的女孩子,似乎是个爱情至上主义者,她对于美好爱情的追求没有任何的世俗功利色彩,她要的只是能够和自己的心上人终生厮守,其他一切不在考虑之内。这种爱情容易走向极端。

同学们读了李敖的诗与汉乐府《上邪》,是不是若有所思,要将崇高的爱与理智情很好地统一在一起,从而让自己的情感优美起来,正确地处理好自己的情感呢?

三、优美的审美功用

优美使生活充满乐趣,有益于身心健康。优美的自然环境、生活环境和学习环境对于勤于劳作的、专注奋斗的人来说,能够保持生理上和精神上的平衡,是十分需要的。

如果一个人长期地处于亢奋之中,会因为过度兴奋而疲劳,身心失调,不利于学习和生活,甚至导致生病。那么去郊外走走或观赏优美的自然景物、精美绝伦的艺术作品、酣畅淋漓的歌舞表演,会让我们的心情舒畅、自由、和谐,处于良好的心境之中,有益于工作和学习。例如《淡之美》一文:

例文一

淡之美

李国文

淡,是一种至美的境界。

一个年轻的女孩子,从你眼前走过,虽是惊鸿一瞥,但她那淡淡的妆,更接近于本色和自然,好像春天早晨一股清新的风,就会给人留下一种纯净的感觉。如果浓妆艳抹的话,除了这个女孩表面上的光丽之外,就不大会产生更多的有韵味的遐想了。

其实,浓妆加上艳抹,这四个字本身,已经多少带有一些贬义。

淡比之浓,或许由于接近天然,似春雨,润物无声,容易被人接受。

苏东坡写西湖,曾经有一句"淡妆浓抹总相宜",但他这首诗所赞美的"水光潋滟晴方好,山色空濛雨亦奇",也是大自然的西湖。虽然苏东坡时代的西湖,并不是现在这种样子的,但真正欣赏西湖的游客,对那些大红大绿的,人工雕琢的,市廛云集的,车水马龙的浓丽景色,未必多么感兴趣。识得西湖的人,都知道只有在那早春时节,在那细雨,碧水,微风,柳枝,桨声,船影,淡雾,山岚之中的西湖,像一幅淡淡的水墨画,才是最美的一种艺术。

水墨画,就是深得淡之美的一种艺术。

在中国画中,浓得化不开的工笔重彩,毫无疑义是美。但在一张玉版宣上,寥寥数笔便经营出一个意境,当然也是美。前者,统统呈现在你眼前,一览无余。后者,是一种省略的艺术,墨色有时淡得接近于无。可表面的无,并不等于观众眼中的无,作者心中的无,那大片大片的白,其实是给你留下的想象空间。"空山不见人,但闻人语响。"没画出来,要比画出来的,更耐思索。

西方的油画,多浓重,每一种色彩,都唯恐不突出地表现自己,而中国的水墨画,则以淡见长,能省一笔,决不赘语,所谓"惜墨如金"者也一般说,浓到好处,不易;不过,淡而韵味犹存,似乎更难。咖啡是浓的,从色泽到给中枢神经的兴奋作用,以强烈为主调。有一种土耳其式的咖啡,煮在杯里,酽黑如漆,饮在口中,苦香无比,杯小如豆,只一口,能使饮者彻夜不眠,不觉东方之既白。

茶则是淡的了,尤其新摘的龙井,就更淡了,一杯在手,嫩蕊舒展,上下浮沉、水色微碧,近乎透明,那种感官的怡悦,心胸的熨帖,腋下似有风生的惬意,也非笔墨所能形容。所以,咖啡和茶是无法加以比较的。

但是,若我而言,宁可倾向于淡。强劲持久的兴奋,总是会产生负面效应。

人生,其实也是这个道理。浓是一种生存方式,淡,也是一种生存方式。两者,因人而异,是不能简单地以是或非来判断的,我呢,觉得淡一点,于身心似乎更有裨益。

因此,持浓烈人生哲学者,自然是积极主义了;但持恬淡生活观者,也不能说是消极主义。奋斗者可敬,进取者可钦,所向披靡者可佩,热烈拥抱生活者可亲;但是,从容而不急趋,自如而不窘迫,审慎而不狷躁,恬淡而不凡庸,也未始不是又一种的积极。

一个人活在这个世上,不管你是举足轻重的大人物,还是微不足道的小人物,只要有人存在于你的周围,你就会成为坐标中的一个点,而这个点必然有着纵向和横向的联系。于是,这就构成了家庭、邻里、单位、社会中的各式各样繁复的感情关系。

夫妻也好,儿女也好,亲戚、朋友也好,邻居、同事也好,你把你在这个坐标系上的点,看得浓一点,你的感情负担自然也就重;看得淡一点,你也许可以洒脱些、轻松些。

譬如交朋友,好得像穿一条裤子,自然是够浓的了。"君子之交淡如水",肯定是百分之百的淡了。不过,密如胶漆的朋友,反目成仇,又何其多呢?倒不如像水一样地淡然相处,无昵无隙,彼此更融洽些。淡之美,某种程度近乎古人所说的禅,而那些禅偈(佛经中的唱词)中所展示的智慧,实际上是在追求这种淡之美的境界禅,说到底,其实,就是一个淡字。

人处在世,求淡之美,得禅趣,不亦乐乎?

(摘自《读书文摘》)

【美点赏析】 生活中既有淡之美,也有浓之美,各有各的优点。执恬淡生活观也可以看作是一种积极的态度,表现在以从容、自如、审慎而不甘于凡庸的精神面貌对待人生。

经常受到优美事物的熏陶、可以使人的品行纯洁,风度优雅,感情细腻,待人和蔼。

例文二

善良是人生的"路标"

善良不仅是人人向善,人人具有判断是非与善恶的能力;更是一种本质、一种本性、一种本能、一种品质。这种本质、本性、本能、品质,看似伸手帮助别人,实际上是在帮助自己,是在净化自己,是在为自己留下"路标"。

这个故事说,撒哈拉沙漠横贯非洲大陆北部,气候条件极其恶劣,是地球上最不适合生物生长的地方之一,自古以来,就有"死亡之海"称谓。凡是进入撒哈拉沙漠的人,总是摆脱不了相同的命运:有去无回。而1814年,有一支考古队,第一次打破了这个死亡魔咒。

当时,荒漠中随处可见逝者的骸骨,队长总是让大家停下来,选择高地挖坑,把骸骨掩埋起来,还用树枝或石块为他们树个简易的墓碑。但是,留在沙漠中的骸骨实在太多,掩埋工作占用了大量时间。为此,有队员们抱怨说:"我们是来考古的,不是来替死人收尸的。"而队长却总是固执而充满善意地说:"每一堆白骨,都曾是我们的同行,怎能忍心让他们曝尸荒野呢?"一个星期后,这支考古队,在沙漠中发现了许多古人遗迹和足以震惊世界的文物。

但当他们离开时,意想不到的事情发生了。天空突然刮起风暴,几天不见天日。接着,指南针都失灵了,考古队完全迷失方向,食物和淡水开始匮乏,他们这才明白为什么从前那些同行没能走出来。危难之时,队长突然说:"不要绝望,我们来时在路上留下了路标!"他们沿着来时一路掩埋骸骨树起的墓碑,最终走出了死亡之海。在接受记者采访时,考古队员们感慨地说:"善良,是我们为自己留下的路标!"也许,他们掩埋同行骸骨时,并没有想那么多,只是出于自己的善良和本能,却没想到为自己最终走出"死亡之海"留下了路标。

沙漠中,有善良做路标,我们就可以找到回家的路。就是指南针失灵了,人心不会失灵。在一个风雨交加的夜晚,美国德克萨斯州的克雷斯因为汽车抛锚被困在郊外。正当他叫天天不应,叫地地不灵的危急时刻,一位男子骑马恰好从此经过。见此情景,男子二话没说,就用马帮助克雷斯把汽车拉到了小镇上。事后,克雷斯拿出不菲的美钞对这位男子表示感谢。

男子坦然地说:"这不需要回报,但我要你一个承诺,当别人有困难的时候,你也要尽力帮助他人。"克雷斯记住了这个承诺,在以后的日子里,克雷斯帮助过许多人,并且每次都将"这不需要回报,但我要你一个承诺,当别人有困难的时候,你也要尽力帮助他人"这句话转送给他帮助过的人。很多年以后,克雷斯被一场突发的洪水困在了一座孤岛上。一位少年冒着随时被洪水吞噬的危险救了克雷斯。当克雷斯感谢少年时,少年竟也说出克雷斯说过多次的话:"这不需要回报,但我要你一个承诺,当别人有困难的时候,你也要尽力帮助他人。"

听到这话,克雷斯胸中涌起一股暖流:"原来,我串起的这根关于爱的链条,周转了无数的人,最后经由这个少年还给了我。"克雷斯恍然大悟:"我一生做的这些好事,全都是为我自己做的!"做好事,做善事,是在帮助别人,也是为自己修筑路标。人生在世,谁敢肯定自己一生一世不需要别人的帮助?谁敢肯定自己一生一世遇不到困难?那从现在开始,为自己做好事,做善事;当一件件好事,一件件善事筑起路标时,你就永远也不会迷失方向。

善良就是“路标”。善良永远在路上。古往今来,“助人即助己,好人有好报”的故事,不胜枚举,说也说不尽,道也道不完。对善良,人们往往加以“最美”来形容,“最美司机”吴斌,“最美教师”张丽莉,“最美油条哥”刘洪安……每一个“最美”后面都有一颗善心在跳动,每一个“最美”后面都有一段善行在讲述;善让人间拒绝了冷漠,变成了“爱的奉献”。

有了善行,你的人生路上就会收获春雨;有了善行,危难之时,你才可以走出绝望。

【美点赏析】 德从善而现,路从德中显。善良是人之本性,与人为善是福。善良产生善行,同善良的人接触,往往智慧得到开启,情操变得高尚,灵魂变得纯洁,胸怀更加宽广。与善良人相处,不必设防,心底坦然。善良是我们的人生路标,没有了路,也就没有了生命。给别人一条路也是为自己多留一条路,这就是善良。

四、优美与崇高的区别

(一)空间上的小与大

优美的事物一般体积较小、规模较小。如风景秀丽的小丘、清澈见底的小溪、啾啾鸣叫的燕雀、风中摇曳的小花等。

崇高的事物一般体积巨大、气势宏伟。如一望无际的大海、耸入云霄的高山、三千尺的瀑布、万重山的三峡等。

优美的园林建筑,如苏州的西园、留园等,小桥流水,曲径通幽,以小取胜,体现出江南小型私家园林的特色;;具有崇高美特征的园林建筑,如北京的颐和园、圆明园等,金碧辉煌,气势雄伟,以大见长,体现出北方大型皇家园林的本色。由此中国园林艺术中形成两种截然不同的审美类型和艺术风格。

(二)时间上的慢与疾

优美的事物是舒缓的、平稳的、趋于静态的。

崇高的事物则是疾速的、奔腾的、趋于动态的。如《维纳斯》雕像恬静典雅,宁静安详,体现出一种静态的优美;《拉奥孔》雕像表现了父子三人被巨蟒紧缠,濒临死亡前那一瞬间的竭力挣扎,以静示动,寓动于静,展现出一种动态的崇高美。

（三）形式上的柔与刚

优美的事物一般符合对称与均衡、比例与匀称、节奏与韵律等形式美法则，多曲线不露棱角，多圆形不显生硬，颜色鲜明而不强烈，声音柔和而不刺耳。优美的艺术作品往往情感细腻、形式精美，如奥地利著名作曲家约翰·施特劳斯的《蓝色多瑙河圆舞曲》。乐曲一开头就是小提琴轻轻演奏的颤音，使人联想到微波荡漾的多瑙河、黎明前晨曦微露的宁静村庄，充满生命的气息，洋溢着对春天的多瑙河的无限柔情，是一首享誉世界的优美音乐作品。

崇高的事物却常常有意地突破或违背对称、均衡、节奏、比例等形式美法则，各个部分很不协调，显得突兀、怪诞、凶猛，甚至有意包含一些丑的因素，让人首先压抑、不快、畏惧、痛苦，然后才提升转化为一种独特的审美快感。如苏联作曲家肖斯塔科维奇的《列宁格勒交响曲》，是第二次世界大战时期一部反映反法西斯战争的史诗性作品。作品以这种方式表现了法西斯匪徒僵死、残酷、野蛮的本性，这部史诗性的音乐作品引起了世界的震惊。

（四）力量上的弱与强

优美的事物不呈现主体和客体激烈的矛盾冲突，主要表现主客体双方的平衡、统一、和谐、安宁，强调力量的平衡和稳定，追求一种阴柔之美。元代马致远的《天净沙·秋思》写道："枯藤老树昏鸦，小桥流水人家，古道西风瘦马。夕阳西下，断肠人在天涯。"总共28个字，而且前3句全部用名词缀合而成，短小精悍，语言简练，构思巧妙，具有很高的审美价值，堪称阴柔之美的佳作。

崇高的事物则体现出主体与客体之间的尖锐对立和严重冲突，充满了动荡与斗争，强调力量巨大与气势磅礴，追求一种阳刚之美。而北宋苏轼的名作《念奴娇·赤壁怀古》则抑扬顿挫、气势磅礴，具有崇高之美。它是以气势取胜，以"乱石穿空，惊涛拍岸，卷起千堆雪"的气势，描绘出三国鼎立时一代豪杰的英雄气概，成为千古流传的名篇。

第五章 丑与作文

第一节 认识丑

一、丑

(一)什么是丑

1. 西方

(1)古希腊:美在于物的形式和谐、有秩序、有一定比例、多样统一等。而不和谐、不合比例、呆板无变化就是丑。

(2)苏格拉底:凡是具有某种功用、目的的东西就是美的、善的,否则,就是丑的、恶的。

(3)鲍姆嘉通:美就是外形完善的,不完善就是丑的。

(4)克罗齐:美是成功的表现,不成功的就是丑的。“成功的表现”使心灵达到“自由发展,产生快感,因此称为美”。“不成功的表现”,使心灵活动受到阻碍,现出矛盾、伴随痛苦,故称为丑。

(5)谷鲁斯:丑就是外观上使人感到不快的东西。(它是从主观的感受来规定丑的本质)他解释说丑的东西投进了对生命无价值和否定的东西,比如那些冲突、缺陷或匮乏的东西。

2. 中国古代

(1)《说文解字》释“丑(醜)”:“可恶也。从鬼,酉声。”丑就像鬼一样难看,鬼是被描绘为死了的人的样子,是可怕的、能致人不快的东西。

(2)老子在《道德经》里说“天下皆知美之为美,斯恶已”,意思是说天下人都知道美之所以为美,就知道什么是丑了。这里的“恶”就是丑。

3. 丑的含义

丑是与美相比较而存在的,它是美的反方面。丑是感性经验引起的一种不安甚至痛苦的感情,把自己的非理性的、非道德的意志力直接表现出来,表现在非自然的、变形的、扭曲的或者抽象的形式中,其目的是为了使我们在这种混乱的、扭曲的、恐怖的、非理性的表现中获得陶醉和愉悦。

（二）丑与恶的比较

1. 共同之处表现在外观形式都是丑的,使人产生精神上的不悦。

2. 区别之处就联系看,丑是恶的一个侧面,是恶的形象表现。

（1）恶与功利的关系是直接的,丑的形象与功利的关系是间接的。

（2）丑需从形象上才能把握,丑的东西给人的感觉经常是比较平淡、轻松的,如见到一个五官不端正、身材丑陋的人,人们的心理反应是不屑一顾抑或是厌恶的。

而对恶则可以通过概念去把握。而恶的事物像滥杀无辜,草菅人命,给人的心理作用是激烈、震荡的,带有强烈的社会伦理道德方面的评价和憎恨。

（3）人的长相的丑属于人的生理特征,并不一定和恶有必然的联系。此外,有一些事物的形式上的丑也不一定与恶有联系,如人肢体上的残缺,以及某些奇形怪状的东西。如:

A.《巴黎圣母院》里的敲钟人加西莫多丑陋的外形和美好的心灵。

B. 身残志坚的残疾人也会让人产生敬佩之感。

可见,从丑与恶的内涵上说,丑中有恶,恶中见丑,但丑绝不等于恶。丑从外观形式上可以感受、能摸得到,而恶只有显现为行动、形象时才表现出丑。

二、丑在美学史上发展的轨迹

（一）原始艺术中的丑:人们的审美活动并没有严格地区分出纯粹的美、丑,而是作为一种混沌的美感经验

原始时代,凶恶的、怪诞的形象就已经出现在当时的艺术和神话之中,青面獠牙的青铜器突出在我们面前的特征都是畏惧、恐怖、残酷和凶狠,它们都是变了形的、幻想出来的恐怖的动物形象,它们给你一种神秘的威力和凌厉的美,可以说看起来是丑的,但这却带有原始巫术的色彩。如:埃及狮身人面像、三星堆青铜器。

（二）古典时期,丑作为美的陪衬出现在审美活动之中

审美活动中开始区分美与丑的界限:美就是美,丑就是丑,两者是对立的,不可混淆。

《西游记》中师徒四人可以从各个角度解读,其中猪八戒的形象争议也最大,但从写作学角度来说《西游记》中猪八戒的形象相对于孙悟空而言,是丑作为美的陪衬。安排一个丑的、懦弱的人物,以便显示英雄人物的高大勇敢。《白蛇传》的书生许仙用女演员就是为了衬托白娘子的勇于担当。

(三)作为独立的美感经验的丑

随着西方近代社会的到来,丑的因素就紧敲美学的大门,审美活动中的不和谐、反合理性的、非理性的因素,在审美活动中的作用和地位越来越重要,这样,丑就突破了美的陪衬的地位,变成了独立的美感经验的形态。如:波德莱尔《恶之花》就描写当时法国都市处处充斥的丑陋和罪恶。

第二节　丑的特征

罗森克兰兹认为,丑可以分为自然丑、艺术丑、精神丑三大类。

一、自然丑的形式特征主要表现为变幻不定、不合规则、不自然、不统一、不对称、畸形、混乱、粗野、过度、不合比例等

就一个人的自然风貌而言,两眼两耳对称,鼻居中,且面色红润,头发乌黑油亮,精神抖擞,便具有审美价值。五官不端正,面色苍白,头发枯黄,无精打采,便只有审美的负价值,即通常所说的丑。枯藤老树就其自然特征来说,也是丑的。以此类推,充满生机的清泉是美的,臭水则是丑的。

对于无生命的对象来说,所谓的美丑是主体的情意和想象力赋予对象的。如一块石头,其美其丑,乃是主体从人类的社会性和生命意识的角度看待顽石的结果。当主体把这些石头的形态视为有灵性的造化的杰作时,石头本身从人的眼光看来形式的规范上虽是丑的,却能意趣盎然,从中体现了主体所理解的宇宙大化的生命力。米芾认为石以瘦、绉、漏、透为妙,苏轼则能从中见出文饰及形态之丑。郑燮在画丑石时,也能从丑石中见出雄和秀的美蕴来。刘熙载《艺概·书概》有"怪石以丑为美。丑到极处,便是美到极处。一丑字中丘壑未易尽言"。丑中如果蕴涵了巧妙的构思,就是美的。又如"枯藤""老树""昏鸦"等自然界中普通而又丑陋的景物,但在马致远笔下却构成了一幅凄清、萧瑟、充满离愁的画面,抒写出独行寒秋内心深处无尽伤痛的天涯游子的真实心境。这些丑能产生震撼人心的艺术魅力。

二、艺术中的模糊不清和变化不定，即缺乏确定性、区别性和条理性是艺术丑的形式特征

如齐梁间的诗歌,华艳绮靡,徒具形式,缺乏神韵和风骨,故病弱萎靡,便是形神不能合一的典型。

这是罗丹根据法国诗人维龙写的一首诗《美丽的欧米哀尔》而塑成的。维龙的诗开头写道:“呀!欺人的骄横的衰老,为什么把我摧残得那样早?谁能使我不自伤自捶,而不在伤痛捶击中死掉!”《欧米哀尔》呈现的是比木乃伊还要皱老的裸体的老妓欧米哀尔正在悲叹她的丑陋。她弯着腰无力地低垂着头,绝望地看着自己那干瘪如柴的胸部、布满道道皱纹的僵硬的肚皮,四肢筋节犹如枯干的葡萄藤。昔日的生命活力,如同逝去的岁月永不再回。

假如这真的是一位活生生的老妇人坐在这里,那么在我们的眼中自然是毫无美感的。但是当我们看到这尊塑像的时候,我们却从中看到了美的东西。这是为什么?对于我们常人的认知来说,美就是美,丑就是丑!但是这尊塑像却颠覆了我们的认知,它告诉了我们原来美和丑的界限如此模糊,原来生活中所谓的丑,在艺术中也可以变成如此惊心动魄的美!

因此我们不难看出:艺术中的“丑”,其实是不同于我们以往的认知的。那么艺术中的“丑”究竟是什么呢?许多美学家认为丑是美的对立面。被称为“美学史上破天荒第一次提到了‘关于丑的理论’”的许莱格尔给美所下的定义是“善的令人愉快的表现”,给丑下的定义是“恶的令人不愉快的表现”。近代美学家里普斯认为:“凡是我们投进了对生命无价值或否定的东西,投进了冲突、缺陷和匮乏的东西,这就是丑。”黑格尔用更加简洁的语言概括了丑的本性——“丑总是一种歪曲”。即丑是对审美客体内部之间、审美客体与外部环境之间的关系的歪曲。总之,我们可以看出,同美的观念一样,丑的定义也是千差万别的。

三、精神丑的形式特征则表现为消极的美、不完善、不确定性和分裂等

丑作为美的对立面,有形丑和神丑之分。形丑指形象外在,形式上的不和谐、失比例、不匀称、无秩序等;神丑指一切事物内在品质的恶劣和败坏,是对人的本质力量的异化和扭曲。丑的形象塑造可分为形美神丑、形丑神美、形神皆丑三种表现形式。关于形美神丑的,《林黛玉进贾府》中的王熙凤、《雷雨》中的周朴园都是典型。“彩绣辉煌,恍若神仙妃子”的王熙凤,“丹凤三角眼”“柳叶吊梢眉”,苗条的身量,“风骚”的体格,使人感觉这位贵族少奶奶貌似可喜实则可畏;她知黛玉是老祖宗疼爱的外孙女,便格外亲昵,着意恭维;她察言观色,机巧善变,投合贾母心意,是一个口蜜腹剑的形象。已进入老年的周朴园,他深深怀念已死的侍萍,打听她的坟墓,说侍萍是“贤惠、规矩”的小姐;可一旦认出侍萍后,立刻翻脸不认人,恐吓、哄骗,最后企图用金钱收买……这些把周朴园残忍、冷酷、自私、贪婪而又虚伪的丑陋面目暴露无遗。

形丑神美型,外貌虽丑陋无比,内心却有着高尚的道德情操和聪明才智。外国文学中著名的例子当数法国作家雨果笔下的《巴黎圣母院》中的加西莫多和《笑面人》中的关伯兰。这些丑陋人物的共同特点,用庄子的话说就是“德不显于形”。加西莫多的丑是天生的,关伯兰的丑是人为的;加西莫多丑得麻木不仁,关伯兰丑得清醒。加西莫多因为丑总得不到爱丝梅拉尔达的垂青,关伯兰却是黛娅心中的天神。加西莫多从麻木到清醒有一个过程,是爱使他有了思想,从他人手中的工具变成有血有肉的人。关伯兰的善良天性没被儿童贩子所扼杀,后来,由于生活在善良的人们中间,他善良的天性得到了健康地成长。最后,他们却因为爱而成为可歌可泣的英雄。

精神丑大多数情况下表现为形神皆丑,这种形象从外到内都是丑的。如《红楼梦》中的贾环、《药》中的刽子手康大叔。在贾环状告宝玉一节中,他“话到一半,回头四顾一看”,令贾政知意,屏退众小厮,再说出原委。这一方面是故意显示他并无意将贾家丑事传扬,以掩饰告密的真实目的,迎合贾政心理;另一方面也防着有人将他告密之事说出去,引来麻烦。在述明金钏儿死时,又一再说明“我听母亲说”“我母亲告诉说”。这一种口吻,表明贾环人小鬼大,已为万一所言失实准备好了推卸责任的借口。作者虽无一字写贾环形貌,但其龌龊卑琐的面目,却如在眼前。康大叔满脸横肉,动作蛮横,言语粗鲁;以杀人为职业,以卖人血馒头为“专利”;对群众蛮横凶恶,对革命极

端仇视。他是封建统治阶级的爪牙，是统治阶级镇压革命和群众的工具，代表着封建王朝的权威和秩序，也是一个内外皆丑的典型。

第三节　丑的价值

一、从审美意义来看，现实的丑可以通过审美创造变成美

《金瓶梅》以晚明时期的西门庆一家来展现没落的封建时代的腐朽，但作为艺术作品的《金瓶梅》不是丑，更不是以丑为美，而是通过美的观念和理想来评价丑、否定丑，是美的艺术创作。

现实丑表现为一种否定性思维的存在，否定性思维倾向于一种审美负价值，着眼于揭露理性的有限性和非完备性。现实丑一旦进入艺术中，它就作为一种审美对象进入了审美领域，“审丑”实际上就意味着审美，它是在否定性审美情感的基础上重铸自己的审美情感。鲁迅《阿Q正传》中的“阿Q”可谓社会丑，但这部作品却闪耀着典型人物的社会思想价值之光环。现实丑一开始在生活中是被否定的，人们为了追求美，必须认识丑，克服丑，而艺术家将丑真实地反映出来，此时的现实丑给人的指导意义是肯定的。它体现了合规律的真；同时现实丑渗透着艺术家的否定性评价，是从反面肯定了美，这就体现了合目的的善。“合规律的真”和“合目的的善”共同构建而互溶成特殊价值的艺术美。

二、从认识意义上来说，揭露丑更能使人全面地认识世界

一个全方位的社会构成是复杂多样的，不可能是单一的，既不可能十全十美，也不会是一无是处、丑陋无比。美与丑共同构成了我们的真实生活。

鲁迅通过一篇又一篇的小说和散文的创作，痛快淋漓而又无比痛心地向读者揭示了旧中国人民的民族性格：奴性和惰性。鲁迅先生笔下的阿Q是一个丑的典型形象，在阿Q形象塑造中作者成功地运用了化丑为美的加强办法，以丑为背景，用来增强美的光辉，最终肯定了阿Q形象的美学意义，唤起了人们对美的追求，由此更加厌恶阿Q形象所体现出来的丑。在文学作品中，文学家常常以丑衬美，化丑为美，成功地表现出丑的对象。如卡夫卡的《变形记》，格里高尔突然发现自己变成大甲虫时的惊慌、忧郁。他考虑家庭经济状况时的焦虑、自责，他遭亲人厌弃后的绝望、痛苦，无不展示了一个小人物渴望别人理解和接受的心理。他虽异化成虫，但他的心理始终保

持着人的状态。作者就是使用以丑衬美的方法,以亲人们自私冷漠的丑恶心理,反衬出格里高尔人性中善良、忠厚、富有责任感的一面。

审丑教育有助于帮助学生认识社会人生。文学作品中存在着大量的丑形象,这些丑形象来源于现实生活。文学家在表现丑的过程中渗透自己的审美趣味、审美理想、审美评价,表现出正确的审美情感。例如闻一多的《死水》中描绘了一沟又臭又脏的死水,那些冷嘲热讽的文字充满了嫉恶如仇的破坏欲;义愤填膺、慷慨激昂的后面实际上是一种热切的呼唤,呼唤一种光明美好的新生活,呼唤一个充满生机活力,充满希望正义的新世界。中学文学作品中暴露、鞭挞现实生活中的丑,主要还表现在人性丑。人性丑是指作家通过对人物的语言、行动、外貌、心理等的刻画,所表现出来的人性的丑陋、愚昧、保守、邪恶、贪婪、冷酷等。如《变形记》中家人的自私冷酷,《守财奴》中葛朗台与亲人间赤裸裸的金钱关系等。通过这些"丑形象"教学,可以让学生辨清丑的本质,认识社会人生中客观存在的种种丑恶,具有对美好事物向往和追求的高尚品质。

审丑教育有助于提高学生的审美能力。网络社会、网络文化给青少年学生带来了全新的成长环境,但也带来了消极的影响。网上充斥着各种各样的"另类小说",这些作品展示的是物质生活的享受和人的兽性与欲望。所以,提高学生的审美能力,对于现在这个网络时代来说,具有重要的意义。文学作品对于审美教育之所以重要,是因为它揭开了生活中美与丑的秘密,使人们真正懂得究竟什么是美,什么是丑。在生活中,美丑不仅混淆,有时甚至颠倒。文学作品的力量,就在于使学生从"迷"变"清",能够清醒地认识现实,分辨美丑。

现实生活是一个矛盾的整体,正如法国文学家雨果所说:"丑就在美的旁边,畸形靠近着优美,粗俗藏在崇高的背后,恶与善并存,黑暗与光明相共。"如果没有了美,世界将是一片黑暗,如果没有了丑,世界将是一片透明。在中学语文课堂的审美教育中,丑的形象作为美的对立面和对应面,有着不可忽视的价值。

第四节 美与丑的关系

一、美与丑是相互映衬、互为条件的

没有丑就没有美,世界上没有令人厌恶的丑,就不会有人孜孜不倦地对

于美的追求。

在特定的背景与环境中,美丑判断往往具有相对性,审美活动常常是一种比较判断。如《红楼梦》,写宝玉会过贾雨村回来,得知金钏儿自尽,“五内摧伤”,“茫然不知何往”,以致和贾政撞了个满怀。这些叙述传达出金钏儿的死,给宝玉带来了多么巨大的精神痛苦。再看看金钏儿死后其他人的反应。宝钗到王夫人处道安慰,王夫人说道:“原是前儿他把我一件东西弄坏了,我一时生气,打了几下,撵了他下去。我只说气他两天,还叫他上来,谁知他这么气性大,就投井死了。岂不是我的罪过。”话中隐瞒了事实,虽提到自己的罪过,实在是为自己开脱。而宝钗为劝慰王夫人,把金钏儿说成了“糊涂人”,并道“姨娘也不必念念于兹,十分过不去,不过多赏他几两银子,发送他,也就尽主仆之情了”。这种冷冰冰的话,正反映出宝钗灵魂深处的冷酷无情。宝玉的悲痛、内疚、震撼对照王夫人的推诿、薛宝钗的冷漠,辉映出了宝玉的心灵世界是多么美好而热烈。丑的特征因美的对照而更加显著,反之亦然。

二、美与丑是可以相互转化的

(一)美转化为丑

由于客观规律造成的必然性转化。“花无百日红”讲的是自然美向丑转化;“美如盛夏的水果,是极容易腐烂而难于保持的”(培根语),讲的是人的外表美向丑的转化。

由于人的社会实践干预所发生的转化。葛洪在《抱朴子》中说:“贵珠出乎贱蚌,美玉出乎丑璞。”从丑璞到美玉,是人们进行审美加工的结果。相反,城市面积的不断扩大、旅游资源的不断开发,都有可能导致生态环境的破坏。不合理的经济发展政策,可能导致生态平衡受到破坏,甚至危害到人类的生存和繁衍;原来纯洁善良的青年,由于经不住利益的诱惑,做出各种犯罪行为,也是由美向丑转化的例子。

(二)丑转化为美

荒山经过治理变为风景优美的果园、旅游胜地等。

米勒的《扶锄的农夫》表现一个可怜的农夫,一个被疲劳所摧残的、被太阳所炙晒的穷人,像一头遍体鳞伤的牲口似的呆钝,扶在锹柄上微喘时,只要在这受奴役者的脸上,刻画出他任凭“命运”的安排,便能使这个噩梦中的人物变成全人类最美好的象征。这就是化丑为美。

第五节　丑与写作

现实生活中的事物,既有美的,又有不美的和丑的。但是,通过艺术家的集中概括,生活中的丑也可以转化为供人欣赏的艺术美。这是由艺术创作的特性决定的。艺术创作,是艺术家通过一定的物质手段,把自己对现实生活的审美感悟与评价,借助审美意象的形式表现出来。艺术家通过观察、研究、分析,深刻地认识到生活丑的本质及其背后所隐藏的社会意义,明确了美与丑相比较而存在,相斗争而发展。人们为了追求美,必须认识丑、克服丑,从而将丑的本质揭示出来,这就体现着合规律性的真。同时,生活丑经过艺术处理,便从反面肯定了美,这就体现着全目的性的善。再者,生活丑获取了和谐妥帖的艺术表现形式,就构成了具有审美价值的审美意象。因此,生活丑一旦进入艺术领域,成为反面艺术典型,就获取了一种特殊的审美价值。这是一种以其艺术的存在否定自身现实存在的美。

艺术创作的目的,当然不是为了展示生活中的丑恶现象,而是歌颂美好的事物,表现美好的理想。实践证明,通过对生活丑的否定,达到对艺术美的表现,这是化生活丑为艺术美的奥秘。艺术地表现生活中的丑,在艺术中占有一定的地位。写作中丑的价值的体现最常用的方法有两方面:

一、以丑衬美

这种表现手法在许多优秀艺术作品中都得到了展示。如《最后的晚餐》，以犹大的阴险、丑恶反衬出耶稣的光明与磊落，这种以丑衬美的表现手法符合对立统一、相生相克、相反相成的辩证规律。所以，优秀艺术作品中表现的丑，给人的感受绝不是丑，而是美。它在对丑揭露、批判和否定的同时，肯定了美、讴歌了美。以丑衬美，属于反衬，它是映衬手法中的一种重要形式。以丑衬美，目的在于突出美。以丑相衬，美就会显得更美。

按照人们的思维定式，很多人都希望追求的是十全十美的东西，越完美越好，殊不知，其实有时太完美，反倒显得不真实，在美处中穿插一两个“陋处”，可使人物形象更真实、更生动。

在古今中外的文学作品中，有不少美人形象。纵观这些形象，不难发现，许多作品除了用饱蘸美的色彩的词汇对美人做淋漓尽致的描绘外，还常常在描摹美人“美处”的同时，又独具匠心地点明其一两个“陋处”，以增强人物形象的真切感与生命力，达到寓美于丑、以陋衬美、益增其美的特殊艺术效果。

文学作品中，像这样的人物形象比比皆是。《红楼梦》中的许多男女美人都有其“陋处”：“弱美人”林黛玉，尽管有着“两弯似蹙非蹙罥烟眉，一双似喜非喜含情目”，“似娇花照水”，却是有“两靥之愁，一身之病”，“行动如弱柳扶风”；贾宝玉虽说是个“鬓若刀裁，眉如墨画，鼻如悬胆，睛若秋波”的美男子，却是“绝代情痴”，经常有着一些疯傻怪的“陋处”特征；至于金陵十二钗之一的史湘云，虽也十分标致，却有“咬舌”的陋处，“爱”“厄”之类咬舌音常挂在口；此外，像“无人不怜爱”的香菱之“呆”，“蜂腰削背，鸭蛋脸”的丫头鸳鸯“两边腮上微微的几点雀斑”，“身量苗条，体格风骚”的凤姐的“三角眼”……这一群大观园的美人，都有其各自特征的“陋处”。这种特点，脂砚斋老人曾颇有见地地批注说：“可笑近之野史中，满纸闭月羞花，莺啼燕语，殊不知真正美人方有一陋处。如太真之肥，飞燕之瘦，西子之病，若施于别个不美矣。”他恰切地点明了美与丑的对立统一的关系，揭示了一种美丑对照反衬的特殊审美规律。

其实，这种在描绘美人时写其中一二“陋处”的例子，不仅在我国的古典名著中出现过，在外国文学、现代与当代文学作品中，也颇为常见。法国文学大家莫泊桑的《羊脂球》中的女主人公羊脂球，“脸蛋儿像一个发红的苹果，一朵将要开花的芍药”，还有一双“活溜溜的眼睛”；一张“妩媚的嘴”。然而，她却也有一些显眼的“陋处”：“矮矮的身材，满身各部分都是滚圆的，胖得像肥膘”，“手指头丰满得像是一串短短儿的香肠似的”。尽管她有这样那样的“陋处”，却瑕不掩瑜，羊脂球仍不失是个“始终被人垂涎而被追逐”具有健康而动人风韵的“胖美人”……所有这些含有某些陋处特征的美人形象的刻画，都生动鲜明、多彩多姿地表现了人物性格，把人物写活了，使之更真实可信，更美更典型，更具有艺术魅力。

这种在刻画美人形象时插上一二“陋处”的描写，是审美心理学的辩证原理在文学创作中的具体运用。生活中的美人，不可能“皆是如花似玉一副脸面”的，也较少是“美则无所不美”，十全十美的。写了这些美人的一二“陋处”，不仅不会影响美人之美，相反，由于这种美是以“真”为基础的，因而这些美人形象能有别于那种完美无缺却毫无生命力的“瓷美人”，而显得更加真实可信，更为生动活脱，从而更能增强其美感效应。同时，由于这些“陋处”的描写，能反衬出所写美人的美德形象本质，就像凸面镜一样，凸现出其亲切可爱，“美处”与“陋处”相互映衬，相反相成，从而使其美显得更加鲜明突出，更为光彩夺目。

当然，对美人“陋处”的描写，要达到寓美于丑、益增其美的艺术效果，并非随意性的。首先，它往往要为表现作品的题旨、刻画人物的性格服务。比如，对贾宝玉的“情痴”的“陋处”描写，就是表现其反封建叛逆性格的一种特殊手段；对王熙凤“三角眼”的描写，是与其“明是一盆火，暗是一把刀”的狡黠狠辣的性格特征相契合的。其次，对所描写的美人“陋处”，应精心选择，要典型精当。只有这样，才能形成有别于其他美人的“这一个”美人的特定个别特征。“弱美人”林黛玉“病态”的“陋处”，就是这个一生伴随着眼泪度日、多愁善感的、“叛逆”的贵族少女最典型的个性化的特征；而“胖美人”羊脂球的矮胖“陋处”，则有别于通常女子的苗条美，也恰是这个落入风尘、被人追逐的美人独特的美的特征。

此外，还应指出的是，一个美人的美中之丑，只能是一二处，而且应居整体的次要部分。陋处绝不可压倒美处，破坏美人形象的整体美。这个道理很简单，倘若“陋处”繁多，又极其显眼突出，那势必喧宾夺主，变美为丑，美人也就不成其为美人了。假如从整体来看，羊脂球缺乏美丽动人的风韵美的本质特征，而只有矮胖的陋处，那只能成为一个丑女人，那个贪色而蛮横的普鲁士军官也绝不会看上她，也就不可能塑造出一个热爱祖国、舍己救人的感人的妓女形象了。

美与丑是相比较而存在的，美因丑而显得更美，这是符合现实主义审美规律的。在描写美人形象中，摒弃那种美则无所不美，浅薄于描写公式化概念化的“美”的脸谱,而着意点出其中一两“陋处”,从而塑造出富有独特个性美的人物形象,这正是这种审美规律在文学创作中的实际运用。

以丑衬美,增益其美,正是这样一种美与丑审美形态的衬托与转化,才使得读者在审美体验的过程中感到更加的自然与真实,达到内心深处的审美愉悦。

二、化丑为美

化丑为美,这是从意象的美学效果这个意义上来谈的。并不是说,经过“化”的功夫,丑就不存在了;而是说,经过“化”的功夫,这个“丑”已经不同于一般的生活丑了。从艺术效果上看,它已具备美学意义的美了。

美是文艺的本质,没有美,艺术也就不存在。而现实中的丑人丑事、恶人恶事也是客观存在的。文学艺术是现实生活的反映,所以,在文学艺术创作中,不可能回避对丑的表现。而进入文学艺术中的“丑”必然转化为美,才能成为审美对象,因而,“化丑为美”就显得十分必要。首先,我们必须弄清楚什么是化丑为美。根据文艺美学思想来说,所谓“化丑为美”,实质上是指将现实或自然界中的丑转化为艺术美的一种艺术创造和规律。也就是说,在现实或自然界中,人们以为丑的东西,在进入文学艺术后就变成了艺术美,成为文学艺术中的审美对象,这样的“丑”也就有了审美艺术价值。所以,罗丹说:“在自然界中越是丑的,在艺术中越是美。”

其次,弄清楚这些“丑人丑事”和“恶人恶事”进入文学艺术之中的原因,就能给人以极大的审美享受,也具有了极高的审美价值。对此,我们从罗丹的论述中,可以得到应有的答案。罗丹说:“自然中认为丑的,往往要比那认为美的更显露出它的‘性格’,因为内在真实愁苦的病容上,在皱蹙秽恶的瘦脸上,在各种畸形和残缺上,比在正常的相貌上更加明显地显露出来。”也就是说,自然丑转化为艺术美的条件在于有突出的“性格”,在于有鲜明的性格特征。如,罗贯中的《三国演义》中刘备与曹操的形象形成对照。曹雪芹的《红楼梦》中的贾宝玉和林黛玉、林黛玉与薛宝钗等形象对照。法国雨果的《巴黎圣母院》中的卡西莫多与佛洛姆的对照等。特别是蒲松龄的《聊斋志异》中的“狐狸”形象,狐狸本是使人讨厌的东西,可在作品中,成了漂亮、善良的人,讨人喜欢(内在美)。这不但把形象外在与内在做了比较,更重要的是它们与现实生活中一些丑的人和现象形成对比,读者否定现实中的丑而认同了它们(狐狸精)的美的一面。

下　编

第六章　境界之美

王国维在《人间词话》中说："词以境界为最上，有境界则自成高格，自有名句。""境界"一说虽然常常用于对诗词的创作与鉴赏，但同样适用于各类散文。境界是指整个作品显示出来的一种整体层次和美学特征，包括写作主体的人格意识、品性修养、心智气质等的潜在蕴涵，也包括作品的情意、主旨价值及意象呈现、意境营造、描述对象的价值意义等显性因素。

第一节　培养美好的情性素质

"古人作文一篇，定有一篇之主脑。主脑非他也，即作者立言之本意也。"（李渔《闲情偶寄》）这句话的意思是，古人写文章，每篇肯定都会有一个主脑。主脑不是别的，就是作者写这篇文章所要表达的本意。作文是为了达意。要作文就要先立意。立意是行文的出发点，也是行文的终极目的。立意有无价值，深刻、新颖程度如何，往往是衡量文本价值高低的重要标尺。所谓立意，就是作者在说明问题、发表见解、提出主张或反映生活现象时，通过文本的全部内容所表现出来的基本思想和写作意图。

清人叶燮认为："诗以人见，人以诗见。"他在考察了许多文人、诗人的诗文后说："无不文如其诗，诗如其文，诗与文如其人。"可见文与诗一样，是最能体现人性、人格的文体。人有人品，文有文品，人品决定文品。正如鲁迅先生所说："从喷泉里出来的都是水，从血管里出来的都是血。"人品由人的道德意识、价值取向、意志毅力等因素构成，包括正义、勇气、责任、同情等良心机制的构成。可见，平日里就要在提升人格品位、扩展志气识见、确定价值取向方面下功夫。

作为当代有志青年，必须要培养自己的兼爱之德；还要确立自己的责任心、使命感，这是人类倾向于群体的天性所表现出来的对共同生存空间所特有的一种关切;自己有了这种意识,才能激发人们以天下为己任,从“大我”的角度去关注、参与客观世界的活动;还要增强自我思想境界、心性修养的自觉意识,努力培养对自我行为的判断能力,以及对自我道德修养的自觉意识,这是人们向上、向美、向真,帮助人格自我完善,激发人们关注美与丑、善与恶的抗争的一种内驱力。

一、求真:真诚、真理、真相

(1)真诚即真实诚恳。以诚学习则无事不克,以诚立业则无业不兴。真诚能够使我们广结善缘,使人生立于不败之地,能够缔造幸福美满的人生。真诚能使人笑口常开、好运连绵,祥和社会,温暖人间。它是一种高洁的品质,首先是“真”,不虚假,不做作;其次是“诚”,诚实、守信,拥有良好的人格信誉。特别在今天建设诚信社会这个大背景下,这种品质,是人人都该具备的。暗含着真与善的审美人生,是人生的最高境界,反映了德与智的高度完备,并通过个体的修养推广到整个社会。

例文

我愿与诚信一生相伴

在刚刚踏上人生旅途的时候,我们都是一块块的浑金璞玉,虽然接近于完美,但尚有许多未经打磨的棱角。时间与等待着我们的经历拿着用于打磨的利刃严肃地望着我们,想知道我们有哪些珍爱的品行和财富不愿被磨掉。

当他们威严的目光扫向我时,我颤抖了一下,无数声音敲打着我的鼓膜,无数念头撞击着我的内心深处的道德律,激起一声声深沉的回响。

那最响的声音,是梅菲斯特充满诱惑、带着磁性的呼唤:“丢掉诚信吧,卑鄙是卑鄙者的通行证,高尚是高尚者的墓志铭,诚信将成为傻瓜一生中都要背着的橡木十字架,妨碍他去获得让所有人都掉口水的健康、美貌、金钱和荣誉。”

我轻轻抚摸着还没有被磨去的诚信,阳光下它有着金刚石般坚硬的光泽,也有着泪水咸涩的晶莹。

我的道德律朝梅菲斯特愤怒地吼了一声,于是我坚定地摇了摇头,对时间说:“留下我的诚信吧。”

梅菲斯特刺耳地冷笑了一声:“固执呆板的人啊,想想玛蒂尔德吧,因为诚实守信,她归还了钻石项链,这很高尚,可是看看她付出的代价吧,那脸上玫瑰色的红润与手指羊脂玉般的细腻,在十年后变成了什么?我告诉你,为了诚信,你将比别人更快地失去美丽;为了诚信,在与奸诈的虚伪搏斗的过程中,你将更快地筋疲力尽;为了诚信,那些许多已爬到你手上的金钱将冷笑着离你而去;为了诚信,你也许还会成为可悲的替罪羊,在愚盲者愤怒的咒骂与冰冷的目光中一无所有地死去。"

我望着神通广大的梅菲斯特,伸手抓住了机敏与才学,对时间说:"请把它们也给我留下。"带着自信的微笑,我对梅菲斯特说:"我的诚信将不会成为宋襄公的迂鲁,不会成为义和团战士手中生锈的铁刀。机敏将帮助我躲过你从背后射来的冷箭,才学将帮助我赋予诚信更大的力量。坚持诚信固然是为了不让自己获得的金钱、健康、美貌、名誉成为刺伤善良的刺与刀;固守着诚信,也是为了让自己的良心不背上任何负担;但更重要的,我还要用诚信给善良人以福祉,给社会以良知,给人类一个没有阴霾的春天。"

在我之前,已有许多人选择了与诚信长相守,诚信带给他们良心上的安稳,让他们忘记了长夜的阴冷、风雨的无情;而在我身后,我坚信也会有许多人把诚信作为人生中最珍贵的宝藏,用它驱走长夜,拨开乌云……

【美点赏析】 这是一篇充分发挥话题作文优势进行创新的考场佳作。这位考生编述了一个故事,写"我"与梅菲斯特(歌德《浮士德》中的恶魔)的对话,把两种"诚信观"端到读者面前,以"我"留下诚信表明作者的人生态度,观点鲜明,切合题意。文章的构思非常巧妙,借用名著人物,采用对话形式,就连对话的设计也独具匠心:梅菲斯特的话,既摆事实——玛蒂尔德的悲剧,又讲道理——诚信将带来的后果,很有诱惑力;"我"的一番话,不但说明为什么要留下"机敏与才学",还进一步阐明坚持诚信的原因,针锋相对,理足气畅。对于材料的利用,绝对精彩:"健康""美貌""金钱"和"荣誉"出现在梅菲斯特的话中,"我"则留下"诚信",抓住"机敏"与"才学",至于其他云云,只字不提,用"天衣无缝"来形容一点也不过分。

(2) 真理最纯真,最符合实际的道理,即客观事物及其规律在人的头脑中的正确反映。亚里士多德说:"我爱我的老师,但我更爱真理。"美国《独立宣言》有句话,"我们认为下面这些真理是不言而喻的:人人生而平等,造物主赋予他们若干不可转让的权利,其中包括生命权、自由权和追求幸福的权利"。有句谚语说:真金不怕火炼,真理不怕诡辩。卢梭说:"问题不在于告诉他一个真理,而在于教他怎样去发现真理。"有句谚语说:如果真理是名贵的珍珠,那么实践就是产生珍珠的大海。

真理的内涵很丰富,此处是指广义上的真理,包括了知识、文化、规则、规律等。

例文

规则与道德

高考优秀作文

什么是规则？是白纸黑字的法律条文，还是七大章八大节的校规？应该不是这些。当一个孩子在你身边摔倒时，没有哪条规则要求你必须把他扶起来，但你还是这样做了，因为你心中是有这样一个规则：要帮助比你弱小的人。心中这种规则多了，道德也就随之形成了。

规则与道德是相辅相成的。

没有道德，规则是无法支撑一个社会正常运转的，规则是人定的，如何严密也不能够到“天衣无缝”。若没有道德的支撑，规则是很容易被人钻空子的。你说不许“随地”吐痰，那我就吐到公园的长椅上好了；你说不许“乱涂乱画”，那我就“认认真真”地给你画上一排青面獠牙的小鬼，如何？事情若真到了那一步，恐怕就不是一口痰、一幅画那么简单了。律师们大可钻法律的空子，凭自己的三寸不烂之舌将事情弄得黑白颠倒、是非不分，只怕年年都要“六月飞雪”了。

没有规则的社会更是要方寸大乱。不是所有人都能像范仲淹那样“先天下之忧而忧，后天下之乐而乐”的，也不是所有人都能做到“老吾老以及人之老，幼吾幼以及人之幼”。“路不拾遗”或许还有可能，而“夜不掩户”却怎么听怎么像一个美丽的神话传说，当道德不足以约束人们的行为时，规则将会适时地补上这个漏洞。“各人自扫门前雪，休管他人瓦上霜”听上去是道德的沦落，但美国却制定法律，要求你先把自家门前的雪扫干净了再说，至少不能让路人被你家的积雪滑倒。这就是道德的底线——规则划出来的。

理想的社会应是规则与道德并存的。规则约束着人们，使其不至滑出道德的底线；同时，道德也填补了规则的漏洞，使其更加完美。一个人被外在的规则和内在的道德约束着，才能成为一个真正的人；一个社会的规则与道德相辅相成，这个社会才能充满希望。道德是通向美好未来的路，而规则就是路旁的灯，照亮我们纯洁的灵魂，也照亮那条充满理想的大道。我们将道德埋在心底，将规则挽在手上，勇敢地面对未来。

【美点赏析】 本文从社会学的角度论证了规则与道德的关系，观点鲜明，分析透彻。在论证方法上，主体部分运用了欲擒故纵之法，“你说不许‘随地’吐痰，那我就吐到公园的长椅上好了……”作者放开一笔，然后批驳，出击有力，增强了文章的说服力。

(3) 真相是指事情的真实情况(区别于表面的或假造的情况),即事情的本来面目,或者说事实本身。中央电视台节目主持人、记者柴静在《话语权的另一半》中说:“真相来自探寻,来自我们自身对世界的认识。而这个过程中,平衡是我们的道德责任。”有人说:真相迟早会大白。又有人说:事情总有水落石出的时候。也有人说:许多真相被道出,但更多的真相被隐瞒。

从写作者的角度看,有的直接体现为对真相的探求,有的则写一种怀疑精神,有时表现为对是非的探究等。

例文

拭去心中的浮尘

高考满分作文

浮尘障目,看清流常为浊水,观蓝天常成阴霾,眺绿野常似荒漠。

情感萦心,每易欺于谎言,偏于成见,惑于谗巧。

要看清世界,须拭去眼前的浮尘,欲明白是非,须放下心中的偏见。

古往今来,多少王朝因奸佞当朝、主上昏聩而倾覆?人世千年,又有多少人因受内心情感的左右,失足遗恨,抱憾终身?

汉成帝宠幸赵氏姊妹,迷于儿女私情,溺于声色之娱,难以明断国事,遂至天怒人怨,两百年汉室之基,一朝为王莽所篡。牛顿,这位名震寰宇的物理巨擘,却在晚年为宗教感情纠缠,做出“上帝用拳头一击而运动了地球”的荒谬判断;刘备因兄弟之情无法释怀,贸然出兵,落得个营烧八百里、含恨白帝城的可悲结局,只能带着兴复汉室的遗志托孤于丞相,深可痛哉!

前事不忘,后事之师。我们在今天,若想明辨是非,就必须以史为鉴,以人为鉴,冷静观察,周密分析。

于个人,为前途理想,切忌凭感情盲目行事。若一味相信自己心中认定的好友亲人,难免会排斥许多直言诤言。

于国家,领导人更应当广纳谏议,听取民情,唯其如此,方能保国安民,方可强国富民。

人之一世,殊为不易。想要走好人生的每一步,更是一个严峻的话题。

人皆有情,但如若为情感所役,失去了理智与客观的判断,又如何不是人之大失?

在种种感情的萦绕之下,我们需要让心灵倾听最真的声音,这最真的声音或许来自陌生人,甚至是敌人、仇人,但只要你能静心安神,就可以做一个智者,做出正确的判断与选择。

诚然,亲人、友人也会提出各种有益于我们选择、认识的建议,这时的我们，更不能怀疑自己会因难于摆脱主观感情的束缚而对他们产生隔膜！

学会分清是非，懂得明辨善恶，这正如我们看这个世界一般，要不为障目的浮尘所蔽。那样，我们定会看见清流之清、浊水之浊，看见蓝天之蓝、阴霾之暗，看见绿野之美丽、荒漠之单调。

愿你拭去眼前的和心中的浮尘！

【美点赏析】 本文有以下两个亮点。一、结构明晰：文章前三段首先提出问题，摆出观点，然后举三个例证论述感情蒙蔽人们认知的巨大危害；紧接着谈怎样做，才能避免感情因素影响我们的判断；最后总结，发出号召。提出问题，分析问题，解决问题，本文是议论文层层深入说理的最基本的结构模式。二、语言雅致：最突出的表现就是像“迷于儿女私情，溺于声色之娱”等对偶句在文中俯拾即是。全文句式整齐，读起来朗朗上口，富有节奏感，并使意韵更鲜明。

二、求善：体现在人世间的善良、理解、无私与爱

善良，在《现代汉语词典》中的解释是：纯真温厚，没有恶意，和善，心地好。布尔沃·利顺说：“如果说美貌是推荐信，那么善良就是信用卡。”奥勒利乌斯说：“善的源泉是在内心，如果你挖掘，它将汩汩地涌出。”刘备教导他的儿子“勿以善小而不为，勿以恶小而为之”，成为人生哲理。

儒家所主张的善，有很强的可操作性。读书是善，写文章是善，作诗是善，做对子是善，游山玩水是善，聚会是善……因为这些举动都会直接或间接把人引向善。可以说儒家叫人在不知不觉中行善，而非刻意地行善（如同佛家施舍穷人那样）。“善”作为道德范畴的主要内容之一，体现为善良、理解、无私、奉献与爱等。正是这些极为美好的品质，这些人类共有的道德规范，才让我们这个世界变得如此美好。

李嘉诚早年由于生计所迫，14 岁时就到某个茶楼当了一名小伙计。一次，一位生意人在大谈生意经，李嘉诚听得入迷，竟忘了伺候客人茶水，待听到大伙叫唤，才慌里慌张地持茶壶为客人冲开水，结果不小心洒到茶客的裤脚上。老板立即跑过来，正待斥责李嘉诚，不料那位生意人茶客却为李嘉诚开脱说：“不怪他，是我不小心碰了他。”

茶客走后，老板对李嘉诚说：“我知道是你把水淋到了客人的裤脚，以后做事千万小心，万一有什么过失，要赶快向客人赔礼，说不定就能大事化小。这客人心善，若是恶点，不知会闹成什么样子。开茶楼，老板、伙计都难做。”李嘉诚的母亲知道后，说：“菩萨保佑，客人和老板都是好人。”她又告诫儿子

“种瓜得瓜，种豆得豆”，“积善必有善报，作恶必有恶报”。

李嘉诚从此再也没有见到过那位好心的茶客，他成为巨富后对友人说：“这虽然是件小事，在我看来却是大事，如果我还能找到那位客人，一定要他安度晚年，以报他的大恩大德。”

例文一

你生而为好人，就是最高的奖赏

盛誉德的博客

1963 年，一位叫玛莉·班尼的女孩写信给《芝加哥论坛报》，因为她实在搞不明白，为什么她帮妈妈把烤好的甜饼送到餐桌上，得到的只是一句“好孩子”的夸奖；而那个什么都不干，只知捣蛋的戴维（她的弟弟），得到的却是一个甜饼。

她想问一问无所不知的西勒·库斯特先生：上苍真的是公平的吗？为什么她在家和学校常看到一些像她这样的好孩子被上苍遗忘了。

西勒·库斯特是《芝加哥论坛报》儿童版栏目的主持人，十多年来，孩子们有关“上苍为什么不奖赏好人，为什么不惩罚坏人”之类的来信，他收到不下千封。每当拆阅这样的信件，他心就非常沉重，因为他不知该怎样回答这些提问。

正当他对玛莉小姑娘的来信不知如何回答是好时，一位朋友邀请他参加婚礼。也许他一生都该感谢这次婚礼，因为就是在这次婚礼上，他找到了答案，并且这个答案让他一夜之间名扬天下。

西勒·库斯特是这样回忆那场婚礼的：牧师主持完仪式后，新娘和新郎互赠戒指，也许是他们正沉浸在幸福之中，也许是两人过于激动，总之，在他们互赠戒指时，两人阴错阳差地把戒指戴在了对方的右手上。

牧师看到这一情节，幽默地提醒：右手已经够完美了，我想你们最好还是用它来装扮左手吧。

西勒·库斯特说，正是牧师的这一幽默，让他茅塞顿开。右手成为右手，本身就非常完美了，是没有必要把饰物再戴在右手上了。那些有道德的人，之所以常常被忽略，不就是因为他们已经非常完美了吗？

后来，西勒·库斯特得出结论：上苍让右手成为右手，就是对右手最高的奖赏，同理，上苍让善人成为善人，也就是对善人的最高奖赏。

西勒·库斯特发现这一真理后，兴奋不已，他以“上苍让你成为好孩子，就是对你的最高奖赏”为题，立即给玛莉·班尼回了一封信，这封信在《芝加哥论坛报》刊登之后，在不长的时间内，被美国及欧洲一千多家报刊转载，并且每年的儿童节他们都要重新刊载一次。

前不久，一位中国人不知在什么地方发现了这封信，读后在网页上留言说：

“中国民间有一句古话，叫‘恶有恶报，善有善报，不是不报，时候未到’。我们曾经对恶人迟迟得不到报应感到迷惑不解。现在我终于明白，因为‘让恶人成为恶人，就是上苍对他们的惩罚。’”

人为善，福虽未至，祸已远离；人为恶，祸虽未至，福已远离。

（来源：《读者》）

例文二

好奇心

江苏2008年高考高分作文

为什么？

两个人都长年纪了，相距不过几米的屋子，有什么必要隔几分钟就喊一下？

每次去奶奶家，这件事总是会勾起我的好奇心。

奶奶八十了，但眼不昏耳不聋，还能眯着眼在屋里做针线。大她三岁的爷爷便不行了，不愿走动，总是坐在藤椅上晒太阳。

相隔不过几米，奶奶过几分钟，便会放下活儿，“老头子！”奶奶这么叫。

爷爷不应，奶奶便急，迈着碎碎的步子到跟前。爷爷好好的呢，在藤椅上睡熟了。于是孩子般地嗔笑：“这个死老头子，人家喊了也不睬。”

这样的事天天发生。

我很好奇。

是奶奶闷吗？没有人说话？那她为什么只喊一下而不是和爷爷唠嗑呢？

喊爷爷做什么呢？还这么不停地喊？我想起奶奶每次看见爷爷好好的，满意离去的背影。阳光总是以最完美的角度铺在奶奶身上，每每这样的画面闪烁着温暖的光辉。

是不是只要有人答应便好呢？我好奇地继续想。

那好。再有这种事发生时，我便捂住嘴，学爷爷的声音迟缓地答：“唉——”可每每奶奶都能辨别出来，无论我用布还是用棉花捂以求声音的逼真。“细丫头在这儿捣乱……”奶奶皱纹满布的手会轻拍我，以示责备。微微笑。

奶奶依旧。

我的好奇心不减反增。

算了，我破釜沉舟。“奶奶，你老这么喊来喊去做什么呢？也不嫌烦。”

奶奶看我，宽容地笑：“丫头，你不懂的。知道他好好的，才心安的。”

心，被濡湿了。是花蕊中的一滴露。连日以来如同小虫一样不断噬咬我心的好奇心得到满足。

你在,就心安的。这是人世间最最美丽的风景。粗茶淡饭有什么要紧?年华老去有什么要紧?你在,就心安。

我想,所谓爱,便是如此。就是我所爱的人,我惦念的人,必得在我看得见的地方,我手够得到的地方,我能够走到的地方,好好地存在着。

我庆幸我拥有好奇心,才得以知晓奶奶一辈的关心,温情与爱。我知道了,那声声呼唤是在说,有你在,整个世界,都在。

【美点赏析】 奶奶的言行,的确让孙女好奇。于是,调皮的"丫头"对奶奶进行了一番"侦察",结果"侦察"到了"人世间最最美丽的风景"——濡湿了人们的心,美得如"花蕊中的一滴露"!此文是叙写日常生活的规范的记叙文,能在"尺水"中"兴波",能用鲜活的细节描写展示澎湃的内心波澜,读来意味无穷。这是2008年高考记叙文的拔尖之作,相当难得。(点评者为卢惠红)

三、求美:对美的事物、美的人物有深刻的认识

求美是人类的一种心理需要。爱美是人的天性。有一类高考作文是对美好事物和人物的赏析、品鉴。如对自然风景、家乡特色、书中人物、历史名人、建筑风情等的赏析与品鉴,这属于"求美"的范畴。这类作文不仅要写出外在的美,更要写出内在的美、内涵的美,让人们深刻领略凝结在人物或事物内在的魅力。

自然美即自然事物的美,与社会美合称现实美。主要分为两种形态:一种是经人类加工改造过的自然对象的美,如田地、园林等;另一种是未经人类加工改造过的自然对象的美,如星空、大海等。它以自然的感性形式直接唤起人的美感。最高表现形态是人体美。自然美不仅给我们带来了舒适的视觉享受,也可以陶冶人们的内心世界。高考作文中,往往要写出自然风光、景物等的内涵来,体现出一些人文意识,而不是单纯地刻画自然景致。

例文

感受乡村

浙江考生

拾一穗遗落在秋天原野上的麦芒,心底的某个角落被触动;沾一滴椭圆形包裹着阳光的硕果,心底的某个角落被触动;拔一缕轻笼着湛蓝色天空的薄雾,心底的某个角落被触动。

感受乡村,感受着乡村给我带来的无限浪漫与惊喜。

诗人霍尔顿曾如是说："我愿做一个麦田的守望者，守望麦田，绵延生命。"

诚如所言。

在一片金黄色的麦田中，去田间垄上，默默地感受阳光的气息、泥土的芬芳，思绪变轻了，往事变近了，长久积压在心中的埋怨如今变得连自己也陌生了。

感受乡村，感受乡村给我带来的无限韵味与生机。

明代梅鼎祚面对宁静的田园，情不自禁地感喟："半水半烟著柳，半风半雨催花。半没半浮渔艇，半藏半见人家。"

摇曳的野花，散发着迷人的气息，缱绻的，幽香的，沁入每一个细胞。

而此刻的乡村，此刻的烟柳、渔船，小桥流水，正被轻柔的风雨笼罩。

风怜惜地吹一池碎银，雨温暖地击打一树梨花。水灵动而跃，霎时生机卓尔；花欣然而绽，顷刻芳华满园。

感受乡村，感受着乡村给我带来的无限幸福与快乐。

梵高在给弟弟提奥的信中写道："我躺在一棵老树干边上的沙地上，画这棵老树的素描。我穿着亚麻上衣，叼着烟斗，望着深蓝色的天空，望着沼泽和草地，这使我快乐。"

正是乡村这些平凡质朴的事物，点燃了梵高生生不息的艺术之火。

当罗丹·莫提格里昂尼对着妩媚的美女模特时，梵高正在乡村中，支一方画架，执一支画笔，画这些巴黎大师们心所不屑的事物。

在乡村，我看到了梵高笔下的星空，那样庄严而深邃，让我迷恋，让我神往。

在乡村，我看到了梵高眼中的向日葵，正一丝一缕地将光线贮藏，瞬间迸发出灿烂的光芒。

白鹭飞来，点破一湖秋碧；杜鹃归去，踏残满地落红。朝暾夕月，草长莺飞，在生命的罅隙，感受静谧，感受乡村……

【美点赏析】 读好文如品美酒，本文作者把读者带入一个充满诗情画意的境界里，让如歌的情感自然地流淌在笔端，充溢在字里行间。作者笔下的乡村散发着迷人的芳香，我们感受着乡村的无限韵味与生机，感受着乡村带来的无限幸福与快乐。深邃的思想在作者生动的语言描述中得以完美地展现。作者对乡村的感受既是生活的，又是艺术的。作者采用了散文诗的形式，使文章显得精致而灵动，同时诗词名句的恰当使用也为文章增色不少。最值得称道的是选用的事例皆能突破惯常思维，巧用、活用又不着痕迹。语言清新凝练，生动形象，虚实相生，形神天合，珠联璧合。结尾处意境深远，余韵无穷。

人文美是指人类文化中的先进部分和核心部分，即先进的价值观及其规范。一切由人的文化活动而给人以美感的，都可称为人文美。让人们感受到人类文化中的精华，感受到人文的关怀（重视、尊重、关心、爱护人），这就是人文美的体现。从某种角度说，一切关乎人类文明的人文都在人文美的范畴之内，主要体现为：历史文化美、建筑风格美、思想境界美等。

在历史发展演变的长河中，数不清的历史人物、历史事件、历史故事，在今天的我们看来，透着神奇与瑰丽。

例文

徜徉在历史的河畔

吉林省实验中学　康灵

时间将手搭在质朴的古琴上，恍然间，天地响彻着和谐的琴音，一曲终了，风情万种。

——题记

当我们的祖先从“蒹葭苍苍，白露为霜”的河畔顺流而下，几步间已然千年，历史进入了先秦时代。

先秦，仁者智士和谐的时代。

他们各自挥洒自己的才情，共同谱写纵横的史诗。诸子百家的观点虽有出入，但他们有共同的目标——探求生命意义，彰显个人价值。所以，百家争鸣，鸣出的是一曲和谐的笙歌；百花齐放，绽放出的是智慧的火花。

当历史的清风吹散了秦皇汉武的赫赫武功，京杭大运河由盛极一时走向暂时的沉寂，盛唐的最强音已悄然奏响，一个波澜壮阔的时代开始了。

盛唐，社会和谐的时代。

盛唐的君主用他们海纳百川的胸襟吸收汉胡文化，包容儒道佛的差异，并用他们卓然的见识加以调和，使得盛唐的一切都像唐三彩那样流丽。

有丝绸之路的驼铃不断，有李白的绝妙辞章，有泉州繁盛的海外贸易，有颜柳的谨严碑帖……整个时代都呈现出勃勃的生机，开创者的高蹈胸怀和得风气先的伟大慷慨。

当五代的硝烟弥散，宋朝在一片凄风冷雨中开国了。彻底消散了两汉的气势和盛唐的余热，偏安的宋王朝像一杯茶，清淡，苦涩。

失意的文人忽然发现，昏庸的君主根本不需要他们的壮志和抱负，要的只是他们的辞章装点生平，于是徘徊，彷徨。但无心插柳柳成荫——他们在不经意间构筑了个体生命的和谐。

两宋，士人个体生命和谐的时代。

于是苏轼奉儒家而出入佛老，谈世事而颇作玄思，行云流水，初无定质，嬉笑怒骂皆成文章；林逋结庐西湖，梅妻鹤子，“幸有微吟可相呷，不需檀板共金樽”；马远、米芾指点江山，画中一片清气。

他们用道家的出世抚慰自己被世俗灼伤的心，用儒家的入世指导自己的处世原则，进则兼济天下，退则独善其身，进退俯仰之间士人的和谐尽现。所以当元兵的战火烧亮半个中国时，士人们依旧写得出“润花小雨斑斑”这样烟浓雨润平和冲淡的佳句。

当历史翻过近代沉沦屈辱的那一页，我们进入了现代社会。生活节奏在加快，人与人、人与社会、人与自然的关系都像弹到高亢处的筝弦——太紧张。自古弦太紧易断，所以不妨偷得浮生半日闲，读一读中华民族千年的文明史，读一读那卷和谐史，让我们从中悟得心灵的平衡。

一任云卷云舒，花开花落，我自去留无意：我心和谐，我身自在；吾邦和谐，吾民幸福。

【美点赏析】 作者有着深厚的历史和文化素养，以时间为顺序从三个不同角度谈了对历史上的和谐的认识，尝试着用和谐来重新解读历史，立意颇为新颖。一片好文章就应该用心来写，把自己的思想融入其中。唯其如此，才有震撼人心的魅力。掩卷之余，心胸豁然开朗：当今社会，人心浮躁，何妨以史为鉴，求得一份心灵的和谐，构建社会的和谐。

人类创造了属于自己的物质文明和精神文明，包括我们熟悉的建筑艺术、民风民俗等，这些都是人类创造的美。

例文

山的沉稳，水的灵动

——2004 年高考江苏卷优秀作文

西安与南京：山与水的对话

西安与南京，长安与金陵，十二朝古都与六朝古都，一西一东，伫立在淮水两岸，长江默默，秦岭无言，无声地讲述逝者如斯的历史。

西安，脚踏渭水，背靠秦岭。连绵不断的山峰给了五千多年的中国厚实的依靠。黄帝、汉武帝、武则天……一个个震烁古今的人物，不约而同地挤在秦岭脚下，更有那千古一帝秦始皇。黄色的土壤、玄色的山峰，那是一种来自土地最原始的坚实，一种亘古不变的沉静。

南京，长江南岸的明珠，是苏浙那纵横交错的河流湖泊给了明珠最灵动的光泽。抬眼望，“秦淮水榭花开早”，回头瞧，“红杏褪尽，绿水人家绕”。那里的“六朝旧事如流水”，那里的“夜船吹笛雨潇潇”。南京用那上天赋予的水，勾勒出如梦如幻、如诗如画的“好江南”。

秦岭说：“世事白云苍狗，沧海亦会成桑田。看那盛唐之时，谪仙借大块之文章，为长安涂抹出盛世风华。波斯的宝石，映得我五光十色；天竺的经文，照得我光芒熠熠；更有洛阳的牡丹，衬得我是千娇百媚。谁说大山就没有绚丽多姿的青春？”

长江颔首道：“秦兄言之有理。想当年，中原的文明已繁荣之时，荆楚大地还未褪尽野蛮的外衣，仍是一片荒原。哪里有如今的灵动飘逸？金陵之地，怕仍是一座荒城吧！那时的我，仍只是日夜没心没肺地流淌，许是在孕育着惊天巨变的暗流吧！”

秦岭续道：“江弟！你我都曾有过不一般的性格，可后人为何要为我们的性格贴上标签呢？说什么‘仁者乐山，智者乐水’，如果我只能是沉稳无言，江弟怕只能是美丽洒脱。”

长江回答道：“正因为世人的标签，使得南京灵动有余，而沉稳不足。倒是缺乏你那种坚韧不拔、持之以恒的精神，看那繁华似云烟的六朝啊，想来着实心痛。”

秦岭说：“我也正有同感。现今的西部大开发确实需要那种不拘泥俗规、勇往直前的精神。”

长江欣然道：“那我和你，南京与西安，肩负着中国的历史与未来，应该携起手来，取长补短，让水不仅灵动而且坚韧，让山不仅沉稳而且性灵。”

西安无言，南京无言，一个背靠秦岭，一个脚踏长江，却一起面朝大海，霎时春暖花开。

【美点赏析】 此文妙在扣合题意而又能充分激活自己的诸多文化积淀，因此文章就显得充实而又灵动；哲理与诗情，历史与现实、未来，都融合为一个有机的整体，脱离了泛泛而论的虚浮和正反统一的俗套。应当注意的是，文章中所引用的诸多史事与诗词，都是为作者所驱使，而非作为文章之装饰。因此，显示了作者以一种堪称宏大的气魄来从“战略”上思考问题的能力。结尾“化用”海子的名句，尤为贴切自然，并赋予了新的意蕴。这样的文章，若无丰厚的素养，是不可随便模仿的。

思想境界美主要指人的思想与境界达到了一定的高度，值得我们学习和鉴赏，有人心灵高洁、有人内心世界丰富……这些人深深地影响了我们的选择与价值观。

例文

任是“无情”也动人

福建一考生

那一回，抽花瓶签，她抽到了牡丹，下边一句唐诗“任是无情也动人”。她，艳冠群芳。她，文墨不输黛玉，相貌可比可卿，才能不输凤姐，女工可比袭人。她，饱读诗书，严守礼仪，不失大家风范，可说是世间罕见之女子。身居大观园，在众姐妹之间可算佼佼者。袭人说，宝姑娘原配牡丹花。此言得之。牡丹乃群芳之首。宝钗当之无愧。

她安静、沉着，活生生一位冷美人。有人说，沉默是一种境界。宝钗正是这样的人，把眼光放在高处，在沉默中冶炼性情。她从不多管闲事，她处世隐忍，不拘小节。然而，这并不同于黛玉的孤傲。宝钗有的，是内心的平和与安宁。这样，她学会了冷眼旁观，适时展现，赢得贾府的一致好评。于是我要说，这位冷美人冷得精神！正应了古书上的一句话：宠辱不惊，闲看庭前花落花开；去留无意，漫随天边云卷云舒。她的“冷”造就了她的平和，她的高人一等的安静。

她，还是无情的。然而有一首诗中说：并不只有火才会欢笑，才会释放热能，有的冰比火更热情，只是一般人看不透她表面的寒冷。这正是宝钗。她也有少女的娇羞与热情。她的真情，并不比黛玉弱，只是她把热情放在内心深处，她不是所谓的第三者，她有属于自己的爱情。她是爱宝玉的，尽管宝玉最终选择黛玉为其灵魂的伴侣。而她，依然不悔，也不求改变些什么。然而，她深藏的如海洋般浩瀚的情感，又有多少人能了解呢？真是“恨君不似江楼月，南北东西，南北东西……”再看她自己写出的心情：“不语婷婷又黄昏”。透过宣纸，透过笔尖，蕴藏着多少绵绵不绝的情思啊。

她有着对生命的承诺，“好风凭借力，送我上青天”。这是我们看到的宝钗，勇敢、自信、不屈。这一切都从她的一弯浅笑、一个眼神中流露出来。诗人聂鲁达写过一句话：“当华美的叶片落尽，生命的脉络才历历可见。”当某一天，亲眼见到一棵落尽了叶，只剩下树干的树时，我想到了宝钗。她的生命就像这满树的枝干，清晰，坚强，勇敢。

后来，命运对她背过身去，宝玉出家了。但她面对这一切，没有怨言，她用她小小的身体，用她坚强的生命包容着一切。

她是“无情”的，因为她有她的执着与坚定。这一定是世界上最动人的“无情”了。

【美点赏析】 作者以旁观者的身份用另一种眼光诠释了薛宝钗。每一个以“她”开头的段落，便是一种不同于人的解说。用语简洁独到，彰显文采，又无做作之嫌。引用宝钗描写心情的句子“不语婷婷又黄昏”,“恨君不似江楼月,南北西东,南北西东……”精选得当,真真解读出了“无情”中的有情,用语精巧,可见一斑。

四、求和：社会和谐、人的内心和谐、人与自然和谐

(1) 社会和谐：这是当前社会的主流价值取向,也是人类的普世价值之一。人类应该和谐地相处在这个社会之中,但现实并不容我们乐观,因为经常有各种各样的不和谐现象发生,如随地吐痰、闯红灯等。和谐精神是美学精神的一种。它有助于弥合由日常生活所导致的种种区隔和分裂。就现代生活的特性来说,种种对立与分裂日渐显著,诸如理性与感性的分离,前者压倒了后者;物质对精神的侵蚀,前者吞噬了后者;社会与个体的矛盾,群体与从众行为遏制了个体灵性的自由伸展等。

例文

与你为邻(叙事散文)

广东一考生

你等等,我有话想对你说。

你迟疑地停下脚步,用惊奇的目光打量着我。是的,我喊的就是你,我亲爱的农民工兄弟,虽然你我为邻已久,但我知道你并不习惯被我这样的城市人关注。请恕我冒昧,听我真心实意地讲完这番话。

你来自遥远的农村,为了谋生,来到了这样一座陌生的城市与我为邻。你我并不相识,更从未有过交往,但你拿着微薄的薪水,起早贪黑地为我建设着我的家,阳光晒黑了你的脸,汗水打湿了你的衣裳,但你从来不喊苦不喊累。在你勤劳的手中,一幢幢高楼大厦拔地而起,一间间工厂高速运作,一条条马路连南引北,一个个公园横空出世。没有你,这个城市将不再美丽;没有你,我也没有今天的舒适生活!感激你,我可爱的邻居,我可爱的农民工兄弟!

然而,为什么在人群中我没能看清你的脸?你慢点走,不必躲躲闪闪,城市是我的家,同时也是你的家。你为这座城市做出了巨大贡献,你理应为自己感到骄傲的。我们是邻居,我们应该和睦相处、友好往来的,不是吗?可是,为什么你在恶劣的工作环境中保持沉默不语,默默忍受着那些化学药剂和粉尘对你们身体和心灵的侵害?而直到有一天你发现自己患了病。为什么你不通过法律途径维护自己的合法利益?为什么要用“开胸验肺”那样血淋淋的方式来保护自己?你遇上了不顺心的事,为什么不找

我倾诉？为什么要接二连三地用跳楼的方式结束自己宝贵的生命？你我为邻，无法回避，但城市人大多数是友好和善良的，你为什么不试着选择善良的城市人为邻呢？城市是你和我的，城市会保护你和你的家人的，你应该像个城市的主人公一样，昂首挺胸地走在大路上，让我为你喝彩。

【美点赏析】 作者选取城市生活中常见的现象，表达自己对“农民工”的看法。文中对“农民工”比较艰苦的工作生活环境表示深切的同情、表示不平，情感真挚，内容也很充实。当然，文章最后一段“为什么……”几个排比句，无论意或辞与上文都不统一。

（2）内心和谐：当我们遭遇了人生路上的挫折时，与别人产生矛盾、友情发生暂时的纠葛等，应及时调整心态，使之复归和谐状态，才是一个人成熟的表现。此外，处理人与物之间的关系也是“求和”类作文的重要范围，如发表对金钱的看法，发表对成功的见解等就是典型的人与物之间的关系。当人遇到挫折时，调整自己的内心，让内心永远保持平和、和谐的状态，极为关键。

例文

精神的三间小屋

毕淑敏

人们常常说，安居才能乐业。如今的城里人一见面，就问，你是住两居室还是三居室啊？……喔，两居室窄巴点，三居室虽说不富裕，也算小康了。

身体活动的空间是可以计量的，心灵活动的疆域，是否也有个基本达标的数值？

有一颗大心，才盛得下喜怒，输得出力量。于是，宜选月冷风清竹木潇潇之处，为自己的精神修建三间小屋。

第一间，盛着我们的爱和恨。

对父母的尊爱，对伴侣的情爱，对子女的疼爱，对朋友的关爱，对万物的慈爱，对生命的珍爱……对丑恶的仇恨，对污浊的厌烦，对虚伪的憎恶，对卑劣的蔑视……这些复杂对立的情感，林林总总，会将这间小屋挤得满满，间不容发。你的一生，经历过的所有悲欢离合喜怒哀乐，仿佛以木石制作的古老乐器，铺陈在精神小屋的几案上，一任岁月飘逝，在某一个金戈铁马之夜，它们会无师自通，与天地呼应，铮铮作响。假如爱比恨多，小屋就光明温暖，像一座金色池塘，有红色的鲤鱼游弋，那是你的大福气。假如恨比爱多，小屋就阴风惨惨，厉鬼出没，你的精神悲戚压抑，形销骨立。如果想重温祥和，就得净手焚香，洒扫庭院。销毁你的精神垃圾，重塑你的精神天花板，让一束圣洁的阳光，从天窗洒入。

无论一生遭受多少困厄欺诈，请依然相信人类的光明大于暗影。哪怕是只多一个百分点呢，也是希望永恒在前。所以，在布置我们的精神空间时，给爱留下足够的容量。

第二间，盛放我们的事业。

一个人从25岁开始做工，直到60岁退休，他要在工作岗位上度过整整35年的时光。按一日工作8小时，一周工作5天，每年就要为你的职业付出2 000个小时。倘若一直干到退休，那就是70 000个小时。在这个庞大的数字面前，相信大多数人都会始于惊骇终于沉思。假如你所从事的工作，是你的爱好，这70 000个小时，将是怎样快活和充满创意的时光！假如你不喜欢它，漫长的70 000个小时，足以让花容磨损日月无光，每一天都如同穿着淋湿的衬衣，针芒在身。

我不晓得一下子就找对了行业的人，能占多大比例？从大多数人谈到工作时乏味麻木的表情推算，估计这样的幸运儿不多。不要轻觑了事业对精神的濡养或反之的腐蚀作用，它以深远的力度和广度，挟持着我们的精神，使之成为它麾下持久的人质。

适合你的事业，不靠天赐，主要靠自我寻找。这不但因为相宜的事业，并非像雨后的菌子一样，俯拾即是，而且因为我们对自身的认识，也是抽丝剥茧，需要水落石出的流程。你很难预知，将在18岁还是40岁甚至更苍老的时分，才真正触摸到倾心的爱好。当我们太年轻的时候，因为尚无法真正独立，受种种条件的制约，那附着在事业外壳上的金钱地位，或是其他显赫的光环，也许会灼晃了我们的眼睛。当我们有了足够的定力，将事业之外的赘生物一一剥除，露出它单纯可爱的本质时，可能已耗费半生。然费时弥久，精神的小屋，也定需住进你所爱好的事业。否则，鸠占鹊巢，李代桃僵，那屋内会是鸡飞狗跳，不得安宁。

我们的事业，是我们的田野。我们背负着它，播种着，耕耘着，收获着，欣喜地走向生命的远方。规划自己的事业生涯，使事业和人生，呈现缤纷和谐相得益彰的局面，是第二间精神小屋坚固优雅的要诀。

第三间，安放我们自身。

这好像是一个怪异的说法。我们自己的精神住所，不住着自己，又住着谁呢？

可它又确是我们常常犯下的重大失误——在我们的小屋里，住着所有我们认识的人，惟独没有我们自己。我们把自己的头脑，变成他人思想汽车驰骋的高速公路，却不给自己的思维，留下一条细细羊肠小道。我们把自己的头脑，变成搜罗最新信息网络八面来风的集装箱，却不给自己的发现，留下一个小小的储藏盒。我们说出的话，无论声音多么嘹亮，都是别的喉咙嚷过的。我们发表的意见，无论多么周全，都是别的手指圈画过的。我们把世界万物保管得好好，偏偏弄丢了开启自己的钥匙。在自己独居的房屋里，找不到自己曾经生存的证据。

如果真是那样，我们的精神小屋，不必等待地震和潮汐，在微风中就会悄无声息地坍塌了。它江米纸的窗棂将破裂，它纸糊的墙壁、白雪的顶棚将化为灰烬，露水的地面也将成为沼泽。你的精神，将孤独地在风雨中飘零。

三间小屋，说大不大，说小不小。非常世界，建立精神的栖息地，是智慧生灵的义务，每人都有如此的权利。我们可以不美丽，但我们健康。我们可以不伟大，但我们庄严。我们可以不完满，但我们努力。我们可以不永恒，但我们真诚。

当我们把自己的精神小屋建设得美观结实、储物丰富之后，不妨扩大疆域，增修新舍，矗立我们的精神大厦，开拓我们的精神旷野。因为，精神的宇宙，是如此的辽阔啊。

【美点赏析】 人们常用“人的心灵，应该比大地、海洋和天空都更为博大”的名言来形容人的胸怀，还有人说至少要有“宰相肚里能撑船”的那种度量。其实，我们普通人只要有毕淑敏女士笔下的“精神的三间小屋”那颗大心，能盛得下喜怒，输得出力量就很好了。可是尘世中又有多少人能真正地为自己修建好这三间小屋呢？

（3）人与自然和谐：我国著名的思想家们自古以来就曾提出人与自然和谐的哲学命题。纵观当下，环境保护、低碳生活等也是时代的热点话题，也是人与自然和谐相处的必然选择。

例文

绿色生活

江苏一考生

那是一块地，一块青草地。那时的生活是绿色的，因为，有这块地。

总怀念那天高云淡，总怀念那芳草青青。曾几何时，那片绿地躺在城市近郊，随意地呼吸，恣意地生长，没有人能打扰它的安宁，它的欣喜。它以为可以一直这样下去，一直淡然，我也以为。

那片地上什么草都有，参差而杂乱，远比不上城里的景观草坪美观，但我总觉得多了些什么,一种自然,一种蓬勃,一种生命的本真。

那时的我总爱在这里,一坐一个下午,这块地踩上去软绵绵的,但却厚重,不像城里的水泥地,虽然坚硬,但我总觉得踩上去空荡荡的。

看那些草恣情地生长,任生活被绿意染透,绿得闲适而舒畅。

城市像发酵的馒头,像是要吞没一切,推土机轰鸣着,翻起那一层层的泥土。泥土被掀起,那原本蓬勃的青草已然发黄、干枯,它们的根裸露着,任风摆弄。

我愣在那里,心中一阵痛,泪无声地漫出眼眶。

为什么?为什么要夺走这块地,夺走这一片绿意?夺走这春天的芳草依依,这夏天落花满地,这秋天的金黄热烈,这冬天的莹洁静谧。

我不明白。

绿色,澄净,闲适,却似乎与这现代化的社会格格不入,人们拼命地追逐,追逐着名追逐着利,一刻也不放松,人们喜欢红色,红色代表着财富,代表着利益。

"煮酒话桑麻"已成为一种奢望,"稻花香里说丰年,听取蛙声一片",稻香渐渐飘散,声早已消逝。没有人愿意停下脚步,欣赏一路的风景,看花开花落云卷云舒的心境早已失落。

我怀念那片地,也怀念绿色的生活,绿色的人心。

当城市将我们包围,我们是否还能做一个绿色的人,过绿色的生活?

突然想起一个人来,那个凤凰小镇吊脚楼房的身影——沈从文。一切的尘嚣到他的心里都寂静了,只剩下水的纯粹、泥的厚朴,只剩下一片盎然的绿。不为名,不为利,静静地只为寻求生命的真谛。

让心情变得疏松些吧!稍稍放慢些脚步,给心一片澄明与自然,这样便会感受到阳光与雨露。

淡泊,安静,这便是绿色的人。澄澈,透亮,静静地坚守,静静地追寻生命的本真,这,便是绿色的生活。

【美点赏析】 这是一篇紧扣命题、主题鲜明的文章,引文从一块充满绿色的青草地切入,描写绿色生活的闲适和舒畅,与后文因现代化进程中绿色生活的渐行消逝而失落、惋惜形成鲜明对比。文章语言流畅,表达自然,构思独到,极富生活气息的描写中体现了作者目光的深邃和思考的深入。判为一类卷,得分69分。

五、其他

(1) 尊重。这是一种平等相待的心态及其言行,即无条件承认并接受对方所拥有的一切,不因自己的好恶而挑剔、指责和论断。一切的一切都开始于相互尊重,人是有感情的动物,需要平等、民主,以及理解和信任。席勒说：不尊重别人的人，别人也不会尊重他。

例文

医院的另一种功能

肖复兴

那天黄昏，我去普林斯顿大学的附属医院，它在普林斯顿老镇的西头，很新的一幢大楼。门口的一条防腐木长椅上，坐着一个戴黑礼帽的老太太，旁边放着一个轮椅，一个身穿白衣、脖子上吊着听诊器的男医生，正躬身向老太太说着什么。起初以为是真人，走近一看，原来是雕塑，心想医院门前有这样别致的雕塑，真不多见。

走进医院，走廊蜿蜒，通向各个诊室和病房。让我叹为观止的是，两边的墙壁上，竟然挂满了一个个画框，镜框里面装裱着琳琅满目的绘画作品，而且全部是真品。在有些医院里，倒是常见一些印刷品的宣传画，也有挂几幅美术作品的，甚至是凡高的名画《向日葵》，但都是复制品，纯粹作为装饰点缀用的，而这里却像是一个美术展览的画廊。也许是少见多怪，我还真没有见过一家医院的走廊里，满满当当地陈列着如此丰富的画作。

我凑近观看，每幅画作下面或旁边，都有一方小纸卡，写着作者的名字，都是一些陌生的名字。这些画作和那些美术馆里见到的名画相比，显得稚嫩，甚至差距天壤。但再仔细看，纸卡上还有一行小字，是对作者简单的介绍，才忽然醒悟，原来这些画全都是残障人的作品。小字介绍了他们的病情，或小儿麻痹，或先天脑残，有的已经治愈，有的尚在治疗中，有的则是无法根治。无论哪一个人，他们在绘画方面所呈现的天赋，都与常人无异；而且，他们对于生活的热爱，对于世界的关注，对于未来的向往，更是和我们常人一样，所有的感情，或细腻，或奔放，或抽象，或形象，墨渍水晕，色彩淋漓，渲染在我的面前，使我仿佛能够触摸到他们怦怦跳动的心。

我不由得一阵愧疚，为刚才以为和那些名画有天壤之别的感觉。眼前的这些画作所表现的心情与情感，岂是那些名画所能比的？它们让我看到了这个世界上存在的另一种艺术，这种艺术别具特色，并不因为作者残障而逊色，相反别有一番滋味在心头，那些色彩、线条、画面和意境，因此具有一种与生俱来的魅力和震撼力。

普林斯顿大学附属医院，为这些残障者的画作专门提供展览，和他们的心思是相同的。如果说那些画作体现的是自身的意志和才华，那么，医院体现的则是爱心和责任。关于医院，这一点对残障者，是和对患者救死扶伤同等重要的承当和意义。特别是我知道这里陈列的所有画作，一部分是作者的捐赠，其余的都是医院出资购买的。实在没有想到医院居然还有这样的功能，对于医院这样富有艺术眼光和气质的善举，我心里充满敬意，联想到门外的那别出心裁的雕塑，便觉得一点儿也不意外了。

于是，我更加仔细地观看起每一幅画作：那些油画、水彩、水粉、剪贴、雕塑，特别是一幅大提琴手和海上风景的水彩画，还有用各种材料组装起的一只如我们的凤凰一样的神鸟浮雕，一幅用各种树叶拼贴成一个可爱小姑娘的艳丽拼贴画，实在比我们常人还要手巧、有才华。真的，我们并不比他们强到哪儿去，甚至不如他们。

走出医院，满天繁星怒放在头顶瓦蓝的天空。初秋的普林斯顿，因有这样的医院，有这样的画作，让我有种说不出的感动。并不是每天夜晚的天空都会出星星，这样不期而遇的情景，是我的缘分，也是我的福分。

【美点赏析】 对于残障者来说，他们一方面要承受身体上先天缺陷的痛苦，另一方面还要接受社会对他们的歧视。生理上的疾病也许可以治愈，但是心理上的创伤呢？医院的基本功能是救死扶伤，但这只是对患者生理上的治疗，社会环境对他们心理造成的伤害是无法弥补的。这家医院在救死扶伤的基础上，又生发出另一项功能：发掘每位患者的天赋和才华，尊重每一个人的灵魂。

（2）成长。成长泛指动物或事物走向成熟的过程，简而言之，就是自身不断变得更好更强又成熟的一个变化过程。我们在变化中成长。假设你拒绝了变化，你就拒绝了新的美丽和新的机遇。成长中，我们会学会感恩、学会团结、学会自立……会学会很多很多；我们也会认识真、假、善、恶、美、丑。成长是有坎坷的，哪会有人没有磕磕绊绊？经历得越多，成长得越快。总在父母的关照下生活，永远都不会成长；要相信自己，自己去做好每一件事！这才叫作成长！

例文

晚熟的柿子男孩

小乔公子

姑父一直想当个教育家，可他退休之前最大的官儿就是车间的工会组长。他快离世的那几年，每当立冬，都要在临街的窗台上摆12枚柿子，然后，坐在20米开外的破沙发上，看着这堆柿子。我说：您可太抠门了，这几个柿子值多少钱？姑父说，我是让它们被人偷，然后教育偷它们的人。

有一阵子，每天都有一初中男生和一女生从姑父这里经过。那几天，那个女孩总说，你看那家窗台上的柿子多红啊，快拿过来，咱们一块吃了。

男孩说,好啊,没问题。我姑父到这时候耳朵就竖了起来,精神一下子矍铄了。那个男孩看了看周围,发现有两个小孩在逗一条狗,然后说:“今天人好多啊,等明天吧。”女孩失望地回家了,姑父也失望地回家了。第二天从下午4点半开始,姑父就把他家方圆几十米的地方提前清场。男孩女孩如期而至,女孩说:“今天没人,你是不是可以把柿子给我拿下来?”男孩说:“今天倒是没人,可是我刚上体育课打篮球扭了腰。那窗台太高我可够不到。”

第三天下午,姑父特意把柿子从他家的高窗台上一个个都放到了旁边邻居家的矮窗台上,女孩兴奋地发现了柿子的位置变化,用胳膊肘一个劲儿地捅男孩。男孩望了望四周说:“今天天好亮啊,会不会有监控?”女孩说:“我不管,今天你必须给我拿一个柿子回来,要不就不理你了。”男孩的手还在口袋里,女孩几乎是强拉着男孩伸手拿了一个最小的柿子。

正当姑父要起身鼓励一下,说些“路过的人嘴馋了拿两个柿子尝尝,是不算偷的,关键是男孩子要说话算话”这样的浪漫主义教育学派的话时,突然,一个戴红袖标的老太太不合时宜地出现,一把抓住男孩的手。男孩说:“奶奶,是她让我拿的。”女孩对男孩的表述很惊讶,老太太显然也对这样的反应无所适从。姑父赶紧走了过去,说:“这柿子是我家的,让我来处理吧。”就在老太太把男孩的手交给姑父的当儿,男孩猛地挣脱开一溜烟儿跑了。那女孩儿伤心地哭个不停。姑父说:“男孩儿都成熟得晚,姑娘,你要擦亮眼睛,以后不要嫁给这样的人啊。”后来,再也没见过两人一起的欢声笑语。有一天,姑父家的窗户被砖头打碎了,破碎的玻璃片直插进熟透的柿子温暖的表皮。姑父说,咱坏了人家的好事啊,我们两不相欠了。

姑父去世那天,一个嘴唇上长满绒毛的孩子向姑父的遗像致敬,说几年前的玻璃是他砸的。“男孩儿成熟得晚。”我把姑父的话重复了一遍,然后把他的遗物,一个电动刮胡刀递给孩子,你可以把嘴唇上的绒毛刮一刮了。然后,我又像电影里似的说:“其实,你最对不起的是那个女孩。”可是,我又把话咽下去了,因为我不知道,一个男孩成熟得太晚,到底算不算一件好事。

摘自《三联生活周刊》2014年第8期

【美点赏析】 成长与爱一样,是文学作品永恒的母题。或者可以说,成长与爱相生相伴。爱让我们成长,成长则使我们的爱更加丰盈。电影《恋夏500天》中有句台词:“爱情,要么让人成熟,要么让人堕落。”在这里,对男孩子和女孩子而言,这句话都非常合适。经过这件事情之后,女孩子一定会擦亮眼睛,看清别人,男孩子也一定学会了承担责任,面对自己,尽管这种成熟来得有点晚。所以,可以说,成长就是学会认清自己、看清别人的过程,就像站在雾气弥漫的镜子前,只有擦干了镜子的水气,才能看清自己身后世界的模样。

(3) 喜悦。愉快,高兴。帕斯卡说:“所有的人都以快乐幸福作为他们的目的,没有例外,不论他们所使用的方法是如何不同,大家都在朝着这同一目标前进。”萧伯纳说:“人生真正的快乐,在于能对一个事业有所贡献,而自己认识到这是个伟大的事业。”丰子恺说:“既然无处可逃,不如喜悦。”

例文

变铅字的时候

贾平凹

八年前,我在大学,发疯似的写着各类形式的文艺作品,夜夜像鸡下蛋一样,焦躁不安地在床上构思。但是稿件源源不断地寄到编辑部,却源源不断地从编辑部退回来了。我恨我无能,更羞于同学们的嘲笑。我不得不给编辑部写信说:稿件不用,就不要退稿了。但我还是要写,我还在写,为了刺激自己,每写成一篇,就去校外的饭馆吃一顿有肉菜的米饭,虽然那时很穷,身上从未有过上一元钱的。

我终有一篇文章变铅字了呢!那时候,已是我学创作一年之后的1973年的6月。那天,我正在学校挖防空洞,刚刚从地道里出来,一位老师说:“你给《群众艺术》写过稿吗?”“没有。”我看着身边的同学,脸红了。“你哄老师了!《一双袜子》是你写的吗?”“这,这……”我是有这么一篇故事稿寄给《群众艺术》杂志的。“贾平凹!编辑部来了人,在系办公室,要见见你哩!”“真的?”我看着老师,看出了他脸上的真情,就“噢”的一声,飞跑而去了。我跑得很快,口里大叫着的,我不知道我是怎样跑过了操场,跑过了马路,跑上了60个楼梯台阶之上的系办公室:我完全像一头麝鹿,为我的香气而发狂了!我站在系办公室门口,却惶惑了,我不敢去敲门,不知道那是一位什么人,要说些什么,我拍打着浑身的土,拢着头发,害羞得站在走廊里,把发烫的脸贴着墙壁……但门拉开了,走出一个文文雅雅的人来。“你是?”“我姓贾。”“平凹吗?”“嘿嘿。”此后,我被牵了进去,我一切都迷糊了,谈了些什么,全然不晓得的了,只记得那时很热,汗擦不及,手脚没处去放。

夜里,我失眠了,想,我还行呢,行呢!我恨不得让所有的同学都知道这事,但我又决定,不告诉任何人。我开始构思我的另一篇故事了!从此,我十分注意起《群众艺术》了,整天翻着报纸,查看它的下一月的目录发了没有。但是,第7期目录发了,却没有我的《一双袜子》!我去编辑部查问,回答是:推迟发在8月号了。“哦!”我松了口气,颤巍巍地递上了第二篇故事稿。

过了十天,我又去编辑部了,编辑同志向我祝贺,说第二篇故事稿写得不错,已决定在9月号发表。我激动得几乎要流眼泪了,一出编辑部大门,就直奔街道饭店去了，我掏光了身上仅有的5角5分钱，买了一盘炒肉片吃了。

8月号刊物出版了，我是去编辑部拿的样本，边走边看，一遍又一遍，末了，还对着太阳耀着看了一会。那天太阳很好，街上行人很多，都是笑笑的，我只是想跑，想唱，甚至想像毛驴一样就地打个滚儿。

9月号，我的第二篇故事又出版了，我就觉得我真能写了呢。我相信了我自己，越发发疯似的写下来了。

我写到了今日，已出版了和即将出版的有5本书册，但我常常想起我的《一双袜子》，虽然它只是一个故事，已经不被人理会了，但我怀念它，怀念那时的一片真情。

草于1980年11月3日静虚村

【美点赏析】“春风得意马蹄疾，一日看尽长安花”，这是士子登科后的大喜悦，贾平凹的《变铅字的时候》不亚于“一日看尽长安花”的狂喜，“刊物出版了，我是去编辑部拿的样本，边走边看，一遍又一遍，末了，还对着太阳耀着看了一会。那天太阳很好，街上行人很多，都是笑笑的，我只是想跑，想唱，甚至想像毛驴一样就地打个滚儿”。真是心中升起的喜悦足以让这世界变得温暖。

（4）说谎。约·海伍德说：“世界上只有孩子和傻瓜不会撒谎。”海涅说：“生命不可能从谎言中开出灿烂的鲜花。”当前作文教学中普遍流行“撒谎作文”，我们不仅要修正学校作文教学的应试指向，而且要努力消除“撒谎作文”产生的社会基础、文化土壤，给孩子一个鼓励说真话、要求说真话的生活世界。我们要反思、批评在社会层面充斥的虚假现象，为孩子建设一个健康文明、重诚信讲真话的社会环境。只有社会重诚信，孩子才会说真话。

例文一

说谎者说

徐均生

领导推门进来时，张三刚跳下窗去。我只抓住张三的一只鞋子，面无血色。我说：“张三，张三，他，他跳下去了。”领导连忙扑到窗口，看到了张三扑在花草丛中。我要冲下楼去，却被领导一把抓住。领导说：“我有话对你说！”领导的眼睛都红了。我看着领导点了点头。

领导说：“第一，张三无论是什么原因跳窗的，你对谁都不能说！”领导见我点了点头，又说：“第二，张三从窗台下去是因为他搞卫生，对，为了迎接上级部门大检查，清理窗户时不慎掉下去了。他，张三完全是因公掉下去的。这一点你要特别记住！”我很使劲地点了点头。

这时候，领导就和我一起往楼下快速跑，刚跑了几级台阶，领导马上又对我说：“李四，我有话说。”我连忙停住了脚步，气呼呼地问：“我听着呢。”领导说：“你看这样行不行？张三不是搞卫生掉下去的，而是因为救你掉下去的。”我大惊，眼睛睁得大大的，不解。领导解释说：“你在窗户上搞卫生，脚下一滑挂在了窗台上，张三发现后连忙把你救起来，不料，他的脚一滑，就掉下去了。”我张了张嘴巴想辩解，领导用手制止了，说：“你听我说，这样的话，对你没有任何影响，而对张三就不同了，他可以成为英雄，对他的家人就有很多好处，还有，对我们单位也是好事，你说是不是？”

我想应该是的，我不能因为自己诚实为人而影响张三及他家人的荣誉。我同意了，我说：“我会按您说的要求去说的。”

果然，张三非常风光地去天堂了，张三的家人也得到应有的待遇。我呢，在单位也没受任何影响，反而受到领导的重视了。领导对我重视了以后，我在单位的地位节节上升了，过了没多少时间，领导根据民意测验提我当了办公室主任。这民意是什么，我心里当然非常清楚。就这样，我成了领导的红人，领导做什么都带着我，无论谈工作，还是宴请什么要人，我肯定陪伴在领导的身边，帮领导打理一切琐事。

忽然有一天，领导被检察官带走。带走了领导后没几天，上级组织来找我核实情况。上级组织问：“张三救你落窗的事是不是你们领导安排你说的？”我断然回答：“不是，张三是救我掉下窗去的。”上级组织又问：“你们领导都坦白了，他为了政绩不得不这样让你说谎，你好好想想，是不是这样？”我依然断然回答：“不是的，张三绝对是救我后掉下窗去了。”上级组织说：“请你放心，就算你说出实情，你也不会被撤职的，张三的荣誉也不会收回的。”我很坚决很果断地说：“我所说的话都是真的，经得起任何考验！”

上级组织见问不出他们所希望的结果出来，就让单位的新领导来找我问话。新领导没头没脑地责问：“你为什么不说实话？”我瞟了一眼新领导，断然地说：“我说的句句是实话！”新领导却说：“我给你一个机会，说出实情，我不会追究你的，你还是做你的办公室主任。”我依然断然回答：“我所说的都是实情，每一句话，都经得起历史考验！”新领导冷笑了一声，把一张纸头摔在了我的眼前，喝道：“你睁大眼睛好好看看吧！”我看了，是张三的遗书，要自杀的遗书！我淡淡地说：“这是假的。”新领导一听我的话就怒不可遏地道：“你给我好好听着，这是张三跳窗自杀前亲自给我的！”我气呼呼地反问道：“那你为何不制止？难道是你故意让他自杀的吗？”新领导顿时哑然，狠狠地瞪了我一眼，拿起张三的遗书愤愤地走了。

一切都照旧，太阳照样每天升起。新领导没有把张三的遗书公布于众，不过，我的办公室主任倒是换成了政治处副主任，分管老年工作，有人说我升了，有人说我明升暗降。我只是笑笑，什么话都没说。张三的事一点也没改变，他的家人该享受的待遇一点也不少。我有时也在想：这张三做我的救命恩人，真好！

【美点赏析】 官场上的说谎者如何进行道貌岸然而又拙劣的表演。所有的表演全部借语言描写展现了出来，每一处语言描写的背后都站着一个处心积虑的说谎者。这样的说谎者还影响和改变了一个不相干的小公务员——李四，他如此坚定地维护着谎言，没有任何思考和挣扎。在作者编织的故事里，我们看到了生活的荒谬和人性的扭曲。

例文二

最后的阳光

邹扶澜

1923 年春天的一个午后，一位中年男子神情疲惫地走在柏林的一条大街上，他患有严重的肺结核，生命对他来说已经所剩不多。

一个小女孩坐在地上，哭泣声引起了他的注意。小女孩丢失了心爱的洋娃娃，那个洋娃娃是她用积攒了一年的零花钱买的。

男子摸了摸口袋，他居然连一分钱也没有带，只好哄她说洋娃娃没有丢，可能是到别的地方玩去了。小女孩不听，仍旧哭。

男子皱着眉。突然眼睛一亮，说："洋娃娃要是过几天还没回来，她就会给你写信的。"

"给我写信？"小女孩止住了哭，好奇地看着他。"是的。"男子笑着点头。小女孩露出了笑脸。

几天后，小女孩果然收到了一封信。信里，洋娃娃详细地向她描述了自己在哪里玩，沿途都有什么美丽的风景。她读着，觉得真是神奇极了。

以后，每隔一周，小女孩都会收到一封信，这些信在她的眼前展开了一个神奇的梦幻般的世界。

可是，两个月后，"洋娃娃"再也没有来信，好像突然消失了。小女孩收不到洋娃娃的信，整天哭哭啼啼，饭也吃不进去。

一天，一个中年女子来到小女孩家，拿出一封信。信仍是"洋娃娃"写的——熟悉的笔迹，调皮的口吻。小女孩捧着信，惊喜万分。

女子是男子的遗孀，她在整理丈夫的遗物时发现了这封未及寄出的书信，所以就按照信封上的地址找了来。

小女孩的妈妈抱过小女孩说："孩子，你知道给你写信的人是谁吗？他就是大名鼎鼎的作家卡夫卡啊!”小女孩可不管这些,她知道自己受了欺骗,洋娃娃再也回不来了时,又伤心地哭了。

几年后,小女孩长大了,从课本里,第一次看见卡夫卡这个名字。带着好奇,带着一点点激动和困惑,她开始慢慢走进他的文字世界。那里是如此的广博和深奥,她读不懂,可她已经朦胧地感知到那是一个让她钦敬的人了。

20 岁时,女孩已经读完了卡夫卡的所有著作,再后来,她开始研究他,揣摩他,写了很多关于卡夫卡作品的论述。她在报纸上开设专栏、出版专著,她演讲、游说,为卡夫卡作品的推介起到举足轻重的作用。

40 岁时,已为大学副教授的她接受了一家报社采访。当被问及为什么对卡夫卡的作品情有独钟时,她谈起了 30 多年前那个午后,谈起了那个洋娃娃的故事。

她说:“伟大的心灵产生伟大的作品,当我能慢慢品味出那个善意的‘欺骗’背后蕴藏的大爱和无私时,我就知道,我的生命从此再也无法和一个人的名字分开了。那与其说是一些书信,不如说是一个濒临死亡的人给予一个孩子的最好礼物,给予这个世界的最后阳光和温暖。”

那些书信,她一生珍藏,最后,全部捐给了国家博物馆。

【美点赏析】 小时候家长、老师就教育我们:谎言是不好的。如何理解说谎?以上两篇文章给我们提供了两个角度。《说谎者说》中的说谎可以理解为丑。而《最后的阳光》中卡夫卡对小女孩说的谎可以理解为善意的谎言。小女孩的成长,离不开这个善意的谎言。

假如父亲问:儿子啊,我这次到底是得了啥病啊?如果儿子说:爸爸您老得了癌症呢。您瞧这是您的病历,肝癌晚期,医生说活不了一个月了,你想吃什么,你想到哪里玩,尽管说。试想,谁会忍心对父亲这样说呢?所以,有时善意的谎言是有存在的必要的。我觉得善意的谎言有一个前提“我是为了你好”。我宁可相信善意,因为爱是无敌的。

(5) 孤独。狄德罗说:“忍受孤寂或许比忍受贫困需要更大的毅力,贫困可能会降低人的身价,但是孤寂却可能败坏人的性格。”赫胥黎说:“越伟大、越有独创精神的人越喜欢孤独。”周国平说:“孤独是人的宿命,爱和友谊不能把它根除,但可以将它抚慰。孤独的灵魂总爱寻找‘空山新雨后,天气晚来秋’的慰藉,孤独的种类各异,打发孤独的方式也不尽相同。”

有一副对联是这样的:大处着眼,小处着手;群居守口,独居守心。这副对联出自曾国藩之手,也是曾国藩一生智慧的体现。

大处着眼,是说做人眼界要开阔,古人云:不谋万世者,不足谋一时;不谋全局者,不足谋一域。思考问题一定要有全局意识,一定要看到未来。然而大处着眼必须要与小处着手配合,老子说:“图难于其易,为大于其细。”再大的事,都必须从小处着手,这样才能避免空谈和眼高手低。

群居守口,独居守心是修养之要。曾国藩认为多言,多说话是凶德,是恶习。所以他提出要“戒多言”,不议论他人是非,不吹嘘个人琐事;不说违反原则的话,不讲违背良心的话。

曾国藩“戒多言”的本质并不是要一味地少说话甚至不说话,也不是“沉默是金”,而是在面临人和事的时候,要做到自我控制,避免祸从口出、乱从口出。

“独居守心”是修身的要旨,做人的境界。所谓慎独,就是在别人不能看见的时候,能慎重行事;在别人不能听到的时候,能保持清醒。所谓“守心”就是守住自己内心的道德底线、价值底线、人格底线。

慎独是人生的财富,守心是修行的方便门径。不耐孤独是一种人生遗憾,不会守心是一种做人缺陷。独居要守心,守住一颗善良的心,守住一颗勤劳的心,守住一颗淡泊名利的心,守住一颗平常的心。

例文

城市孤独

石　破

城市孤独症首先是伴随着“邻里”的消失而产生的。

“邻里”是村舍、小城镇和大城市里的单位家属院等生活方式的产物,它的重要功能之一是“守望相助”:红白喜事、起屋种地、孩子生病、女人坐月子、手头不足时借点钱、谁家有好吃的请别家尝尝等,有道是“远亲不如近邻”,其突出表现是互相协作、密切的社会联系,以及强烈的社会情感。

如今中国的城市发展极为迅速,随着大规模拆迁建设,原本邻里间的稳定性和亲密性迅速解体,虽然人们在地理空间上仍比邻而居,但相互之间既无密切的协作又无亲密的联系、交游,每个人像是一间无比巨大的旅店中的不同房客,彼此只有偶然的、临时性的接触,经常相见不相识。

其次是家庭。如今还有多少人是跟自己的父母生活在一起的?流动人口大量拥入都市,很多人都像游牧民那样不停地移动,不停地变换着工作地点和住所;而即使你在城市有一个完整的家庭,家庭成员间的彼此隔膜也日益常见:夫妇两个各忙各的;独生子女一代普遍不擅长对话与讨论,其具有“自我牺牲”精神和“相互之间说说心里话”的意愿都比有兄弟姐妹的人更弱,甚至不与父母交流也成了普遍现象。下班或放学回家,每个人都躲进自己的屋子,开辟出只属于自个儿一人的空间,这是中国历史上罕见的现象。曾经有人抱怨打开着的电视机干扰了家庭聚餐的气氛,那是因为那时候手机还不能上网。如今同是一家人,有时只是呆在不同的房间也要用微信传话的情形也出现了。

然后是朋友。跟邻里消失一样,朋友关系的淡化与时代变迁及社会风尚的变化有着密切关系。"老交情"好像已经是过去年代的事了,为达到预定目标,相互之间可以两肋插刀、肝胆相照的朋友关系越来越少了,原因一是好朋友所要承担的功能很多已由公共设施和公共服务替代,而自我保护隐私的需求渐渐占了上风;二是每个人的朋友都可能只是某一局部接触关系上的朋友,而并非"全面深入的合作伙伴"关系。人与人的相互忠诚,普遍是建立在有所保留的基础上的。

再然后是同事(同学)及生意上的合作伙伴,这个人际圈子在后现代社会似乎越来越占据了主流地位。但,由于我们的孩子从小就被培养成了"考场上的斗士",要想方设法"出人头地",因此其首要目标就是排挤掉同类中的竞争者,"团结协作"倒变得可有可无了;单位内的同事,也未免会受到内部竞争、人事纠葛等影响,而难以长久保持友谊。

当然,放眼整个社会,我们的友谊都已全面市场化了。很多人习惯把基于利益目的而结成的生意伙伴称作"朋友",甚或"好朋友",但在商业社会,世间万事差不多都可以用金钱解决,人与人之间的活动都可以"从钱那里来,到钱那里去",人变成了只是钱与钱之间发生联系的媒介,"友谊"变成了"有益"——相互有(利)益才是交友的前提,"朋友"似乎应该改称"用友"才对:有用的是朋友,没用的拜拜。按照"有用"的轻重缓急,人们都心明眼亮地把自己的朋友们给分了级。

最后要说的是,我们在城市中大量接触到的还是陌生人,要花费大量的时间与陌生人打交道。为了自我保护以及不浪费注意力等目的,我们对陌生人采取的是转瞬即逝的交往形式:不是漠视,而是有礼貌的疏远,不带敌意的含蓄相待,不经意间的无焦点互动……

因此,虽然城市人潮拥挤,我们却永远是孑然自处,焉得不孤独乎?

【美点赏析】 文中的疏远与孤独,不是空间因素,而是社会大规模变迁带来的人际关系功利化使然。人们从"有用"的利己主义出发,让自己患上了城市孤独症。然而,更大的忧虑不在这种病症的出现,而在它还将会持续多久。

(6) 责任。关于这个话题,我想用两句名言诠释。子曰:"士不可以不弘毅。任重而道远,仁以为己任,不亦重乎?死而后已,不亦远乎?"胡适说:"我睡着时梦见生活是美人,我醒来时发现生活是责任。"

例文

最苦与最乐

梁启超

人生什么事最苦呢？贫吗？不是。失意吗？不是。老吗？死吗？都不是。我说人生最苦的事，莫若身上背着一种未了的责任。人若能知足，虽贫不苦；若能安分（不多作分外希望），虽失意不苦；老、死乃是人生难免的事，达观的人看得很平常，也不算什么苦。独是凡人生在世间一天，便有应该做的事。该做的事没有做完，便像是有几千斤重担子压在肩头，再苦是没有的了。为什么呢？因为受良心责备不过，要逃躲也没处逃躲呀！

答应人做一件事没有办，欠了人家的钱没有还，受了人家的恩惠没有报答，得罪了人没有赔礼，这就连这个人的面也几乎不敢见他；纵然不见的面，睡在梦里，都像有他的影子来缠着我。为什么呢？因为觉得对不住他呀！因为自己对他的责任，还没有解除呀！不独是对于一个人如此，就是对于家庭、对于社会、对于国家，乃至对于自己，都是如此。凡属我受过他好处的人，我对于他便有了责任。凡属我应该做的事，而且力量能够做得到的，我对于这件事便有了责任。凡属我自己打主意要做一件事，便是现在的自己和将来的自己立了一种契约，便是自己对于自己加一层责任，有了这责任，那良心便时时刻刻监督在后头。一日应尽的责任没有尽，到夜里头便是过的苦痛日子；一生应尽的责任没有尽，便死也带着苦痛往坟墓里去。这种苦痛却比不得普通的贫困老死，可以达观排解得来。所以我说人生没有苦痛便罢；若有苦痛，当然没有比这个更重的了。

翻过来看，什么事最快乐呢？自然责任完了，算是人生第一件乐事。古语说得好，“如释重负”；俗语亦说，“心上一块石头落了地”。人到这个时候，那种轻松愉快，真是不可以言语形容。责任越重大，负责的日子越久长，到责任完了时，海阔天空，心安理得，那快乐还要加几倍哩！大抵天下事从苦中得来的乐才算真乐。人生须知道有负责任的苦处，才能知道有尽责任的乐处。这种苦乐循环，便是这有活力的人间一种趣味。却是不尽责任，受良心责备，这些苦都是自己找来的。一翻过来，处处尽责任，便处处快乐；时时尽责任，便时时快乐。快乐之权，操之在己。孔子所以说，“无入而不自得”，正是这种作用。

然则为什么孟子又说“君子有终身之忧”呢？因为越是圣贤、豪杰，他负的责任便越是重大；而且他常要把这种责任揽在身上，肩头的担子，从没有放下的时节。曾子还说哩：“任重而道远……死而后已，不亦远乎？”那仁人、志士的忧民、忧国，那诸圣、诸佛的悲天悯人，虽说他是一辈子感受苦痛，也都可以。但是他日日在那里尽责任，便日日在那里苦中真乐。所以他到底还是乐，不是苦呀。

有人说："既然这苦是从负责任而生的，我若是将责任卸却，岂不是就永远没有苦了吗?"这却不然。责任是要解除了才没有，并不是卸了就没有。人生若能永远像两三岁小孩，本来就没有责任，那就本来就没有苦。到了长成，那责任自然压在你头上，如何能躲？不过有大小的分别罢了。尽得大的责任，就得大快乐；尽得小的责任，就得小快乐。你若是要躲，倒是自投苦海，永远不能解除了。

【美点赏析】 痛苦与快乐，是人类永恒的话题。这篇文章从什么是最苦、什么是最乐来谈论人生的责任，本文思想深刻严密、格调高雅、语言凝重，谈到了除两三岁的孩子外，人人都有责任。论证了一个让我受益匪浅的道理：未尽责任是人生最大的痛苦，尽责任是人生最大的快乐。生活中我们每一个人都应该坚强地扛起自己应尽的责任。

(7) 忧伤。村上春树说："有时失去不是忧伤，而是一种美丽。"当我们学会用积极的心态去对待"放弃"时，我们将拥有"成长"这笔巨大的财富。龙应台说："太疼的伤口，你不敢去碰触；太深的忧伤，你不敢去安慰；太残酷的残酷，有时候，你不敢去注视。"

例文

换个角度想

黄永武

人类一直追求四件东西：金钱、名声、权力、感情。现代人更期望用最短的时间，掠夺到最多，以为这便是幸福。何曾想到掠夺得越多越快，人就变得越冷漠无情。潜意识里不断鞭策自己，结果累积了太多的挫折与沮丧，内心便高涨着敌意。

许多心理学家在开处方，为现代人的沮丧与敌意寻找出口，或者建议你培养业余的艺术兴趣，古人就说过："怒气写竹、喜气写兰。"一肚子的怒火不妨向画里宣泄，把竹竿画成枪，竹叶画成剑，用美感的满足来冲淡敌意。或者建议你，苦闷空虚的时候，先整理你的桌子，办不好国家大事公司要事，清理一房间脏乱总可以吧？古谚说"贫勤扫地，亦救得一半"，书桌整齐、居室清洁，也可以精神一振，总比自觉毫无出路的懒骨头要多一分气象。

而我再建议你，凡事换个角度想想，也可以振奋精神。如果你觉得自己像一个孤岛，四周同伴都是敌人坏蛋，那么也不必想疏离逃避，试想美玉就是要靠粗犷的石子来磨的,玉与玉又怎么能磨成器呢？这样,换角度,凡侵凌你的、责骂你的,转眼便都变成造就你的人了,你就有勇气去和沮丧作战。

当你觉得活在世界上,没有人关心你私人的问题,处处都是被剥夺,十分孤独无助的时候,那么换个角度想想：窗槛上那盆花草,已经听熟了你的脚步声音,正为你回家来而喜悦着,夜窗独坐,何须顾影凄凉？窗上一弯眉月是你闺中密友,窗下几声虫啾是你诉愁的朋友,甚至寒风飕飕,助你悲啸,也是一位豪情的朋友,桌上的那本书,不正等着和你娓娓清谈吗？天清地旷,良友还多的是！

如果你老觉得不如大企业家那么有钱,就想想星相泰斗韩君平的故事：韩君平每天看相只收一百元钱,满了就垂下帘子,不再卖卜。有一次富翁送他许多车马衣粮,君平却笑笑说：“我是太多的人,你是不够的人,怎么反而是‘不够的’送‘太多的’礼物呢?”富翁望着他寒碜的居室迷惑不解,君平又对他说：“你虽有万金,但是昼夜汲汲营营,从不觉得够过,而我还有不少零钱滚在地上,灰尘快积到一寸厚了,你看,谁够谁不够?”韩君平换个角度看,金钱的够与不够,不在数字的多寡,全在内心的知足与不知足。

如果你老觉得权位名声不够大,那么做了秦国丞相的李斯,执着削平六国的权柄,成为臣子中的第一人,威名扬于四海,名位够大了吧？但李斯的老师荀子听到他拜相的消息,竟然好几天食不下咽,荀子一定是换了个角度去想,不然世俗的喜庆,为什么他却预知是悲剧呢？因为换了角度来看：赫赫的权势,常有戚戚的祸患;炎炎的盛名,能无忡忡的忧虑？所以每个人只须把分内的事做到最好,能力强的就做大事,不一定要做大官的,荀子的著书讲学,不是比李斯做大官更有趣味吗?

【美点赏析】 美学精神可以贯穿于我们的生活中,化作生存智慧。诗意地生存就是用美学的观点来认识自己,倾听自己,改变自己,塑造自己,创造性地解决生活中所遇到的问题。

(8)道德。陶行知说：“因为道德是做人的根本。根本一坏,纵然使你有一些学问和本领,也无甚用处。”康德说：“那最神圣恒久而又日新月异的,那最使我们感到惊奇和震撼的两件东西,是天上的星空和我们心中的道德律。”但丁说：“道德常常能填补智慧的缺陷,而智慧却远填补不了道德的缺陷。”古语云：多行不义必自毙。让我们牢记：道德是做人的基本,从身边的小事做起,让道德的种子在我们的心田生根,发芽,开花,结果。让道德之花永远绚丽,绽放！

例文

道德的好处

鲍鹏山

子曰："人能弘道，非道弘人。"

既然道不弘人，道为什么对人那么重要？我们为什么还要弘扬道德？

其实，当子路问孔子"君子亦有穷乎"时，孔子就毫不委婉地回答："君子固穷。"这不仅是在子路天真烂漫的额头上猛击一棒，也是对一般人理解的道德有效性的当头一棒。

但是，孔子对子路的回答里，"君子固穷"四个字后面还有六个字："小人穷，斯滥矣。"这六个字和前面四个字是对照着说的，是把小人和君子做对比说的。什么叫滥？滥就是河水泛滥。河水在河床里面流动时，是有它的规则和道路的，一旦泛滥，就没有规则了，没有正当的道路了。小人亦然：他的欲望不能实现，他的事业不能成功的时候，就会像河水泛滥一样，没有方向、没有原则，无所不为。

孔子是在告诉我们：一个人有没有道德，有没有道德的约束，有没有道德的信仰，结果是不一样的。君子固穷，但穷且益坚，穷不失志，"久约不忘平生之言"。他永远有尊严，永远有人格；即使在困窘之时，仍然有那样的一种精神，有那样的一种气质，仍然高贵而凛然不可侵犯；他不会变得猥琐，这就是君子。

他的人格不会因为穷而堕落。

他的精神不会因为穷而萎缩。

他的气质不会因为穷而猥琐。

这难道不就是道德给我们带来的最大好处吗？

小人正相反。在得志的时候，小人也许还有一些派头，一些模样，一旦"穷"，他就会失去方向，就会无所不为了，用孟子的话来讲，就是"放辟邪侈，无不为己"，就会下流，就会堕落。这个时候，不用别人来收拾他，他自己就会自轻自贱。

所以，最大的失败一定是人格的失败，最大的穷一定是人格上的穷，这就是君子和小人的区别。这就是道德的有效性：道德不会保证我们成功，但是道德能够保证我们不会堕落；道德能够保证我们在失败的时候仍然是有精神的。

在《论语·卫灵公》里面，孔子对子路还说了一句话："由，知德者鲜矣！"

显然，在和子路的对话里，孔子发现了一个严重的问题：对于道德的内涵，对于道德的最高境界，真正理解的人太少了。很多人都是从功利的角度去理解道德，做好人的动力就是好人有好报，而这“报”，还就是很现实的功利之报。

所以，孔子很感慨地对子路说，仲由啊，能够对道德作透彻理解的人很少啊。

孔子是在感慨：知道道德并不保佑我们成功，而只是保佑我们成人的人，很少啊！

知道成人比成功更重要的人，很少啊！

把追求成人看得比追求成功更重要的人，很少啊！

【美点赏析】 人们都希望生活在一个好的社会环境中，这个好的社会环境是由什么因素构建的呢？当然是人的道德。维护人的道德，就是维护人的善念；维护人的善念，就是维护人的立命之本。

(9) 悲悯。一个温存的目光，一句由衷的话语，能使人忍受生活给他的许多磨难（高尔基《梦》）。温婉的怜恤来叩门，坚厚的铁门也开放（莎士比亚《鲁克丽丝受辱记》）。

例文

仁慈之美

年少时，曾对伤害自己的人念念不忘，咬牙切齿，发誓有朝一日定给他些颜色看看。被恨意挟裹着，内心充满了愤怒不平。为了摆脱怨恨的日日纠缠，硬是逼着自己静下来，心无旁骛，埋头赶路。等到自己有能力给那个人颜色看的时候，回眸凝望，往事已随风化为天际的一朵流云，渺踪难觅，于是，只能对着流年里那个面目依稀的青涩少年微笑——放下就是仁慈，遗忘即为仁慈，放下心中的怨怼，遗忘曾经的伤痛，给别人更为宽厚的包容，心中才会云淡风轻，生命才会海阔天空。

长大后，一度热衷于听各种励志演讲，每次都热血沸腾，彻夜不眠，于是悬梁刺股，逼迫自己非得扬名立万，出人头地。直至流年不返，白发丛生，猛回头，竟是步步惊心。这些年虽然收获了很多，但也错失了许多珍贵的东西。蓦然回首，身心俱疲。于是，不得不强迫自己慢下来，停下匆匆奔走的脚步，等等自己一度迷失的灵魂。这时，沿途的旖旎风光，灵山秀水，佳木修树，忽略了的亲情友情，一一回到胸中。突然间醍醐灌顶，原来自己忽略了多少人生的好风景，错过了多少好景致——摒弃了浮华即仁慈，对自己的仁慈，给自己一些时间，像呵护眼睛一样呵护自己的内心，让漂泊无依的灵魂得以安放。知足惜福，而不是开足马力、盲目追逐，是对自己最大的仁慈。

年岁越大,敬畏的东西越多,心也在不知不觉间柔软。不再以一往无前的斗士姿态立身处世,做事也不再生冷坚硬,锋芒毕露,不再把自己放在事物的对立面,而是放低自己,以一颗纯洁的赤子之心融入万物之中,设身处地地为别人着想,以欣赏的目光看世间万物的蓬蓬勃勃,体察它们生命的悲欢离合。因此,允许一只小鸟落在肩头自由鸣唱,让一只蚂蚁不慌不忙地从脚边从容爬过,对一朵即将爆裂的花蕾微笑致意,看一只五彩的蝴蝶扇动翅膀在花丛徜徉——柔软即为仁慈。心怀悲悯,让美和善在心中诗意而热烈地流淌,如清泉奔流,如春潮浩荡,存善念,施善行,结善缘,美和善的果实高高地悬挂在生命的枝头,饱满妖娆,熠熠生辉。

一位哲人曾经这样说过,所谓的仁慈就是两个字:放和爱。放下怨恨,宽厚待人,达观处世;放下名利,抛弃浮华,从容淡定;心中有爱,悲天悯人,善待苍生。仁慈是世界上最温暖最动人的情怀,像沙漠中的绿洲,像夜航中的灯塔,像暗夜里的星辰,总能给人带来无限的温暖和希冀。

唯有仁爱,唯有慈悲,生命之泉才会磅礴丰沛,奔流不息,生命之树才会葳蕤盎然,欣欣向荣。怀抱仁慈心,人生才会步入更加广阔的天地,心灵才会如骏马纵横驰骋在草原,如雄鹰悠然翱翔在蓝天,自由,奔放,快乐,幸福。

【美点赏析】 对众人的悲悯远比自己一个人的坚强重要得多。何为得道,何为失道,缘何多助,缘何寡助,问一问有无悲悯便可立刻判明了。悲悯的人从来不会看重金钱、地位和名誉,他不会作茧自缚,他会热忱地帮助别人脱掉枷锁、远离不幸。悲悯是再生的永不枯竭的心灵资源,它纯净而美好、安全而包容,它让一个人跟许多假的、丑的、恶的东西区分开来;它让眼睛看得更远,让耳朵听得更真,让肌肤变得更敏感,让灵魂变得更温煦、润泽和圣洁。

(10) 个性。弗洛姆说:“人们生而平等,但又生来个性各有千秋。”爱迪生说:“良好的个性胜于卓越的才智。”作家柏杨说:“一个人的悲剧,往往是个性造成,一个家庭的悲剧,更往往是个性的产物。”

例文

个性是个要命的东西

孙世华

所谓个性,不过是独立的人格而已。它既是一个人的特殊性格,又是一个人的整体精神面貌;它不但区别于他人,而且还是一个人在不同环境中显现出来的、相对稳定的、影响人的外显和内隐行为模式的心理特征的总和。换句话说，就是明辨是非，爱憎分明，义无反顾，无怨无悔。

然而遗憾的是，我们从小却在劣根性的中庸之道氛围里，城府很深地熟习了太多太多的“顺情说好话，耿直讨人嫌”。于是，几乎每个人都明白这样一个非常浅显的为人处世之道：个性不能太强，不然，你就是“愤青”，就是“偏激”，就是“不合群”，就是与社会“格格不入”，就是“特立独行”。再接下来，性格就是命运。结果是枪打出头鸟，出头的椽子先烂！

尽管，群众的眼睛是雪亮的，可是，为了“明哲保身”，“洁身自好”，面对种种不尽如人意的，甚或是背离人性、公德、法制和历史的错误，你最好睁一只眼闭一只眼，个性不要鲜明，不要有棱有角。与此同时，还应该顺应潮流，喝上一口疯泉之水，与时俱进，跟着大家一起疯疯癫癫。即使头脑清醒，也要揣着明白装糊涂，如若不然，就是死路一条。戊戌六君子是有个性的人，秋瑾是有个性的人，李大钊、郁达夫、邵飘萍同样是有个性的人。只不过，他们死了，而没有个性的我们，却依旧庸庸碌碌，病染膏肓，完好无损地活着。毕竟，个性是个要命的东西，在生死存亡的功利考量下，许多人都在自欺欺人地圆滑世故着、老谋深算着、曲意逢迎着，而少有国学大师刘文典（当年安徽大学校长）当众飞起一脚，踢得蒋介石疼痛难忍、冷汗直流的个性。究其原因，恐怕还是“人心不古，世风日下”，抑或“好奇害死猫”的“厚黑学”在甚嚣尘上吧！

个性是个要命的东西。我不说你也知道，这些年来，为了反腐倡廉而“孤军奋战”的“独胆英雄”，到底有多少还在流血又流泪？他们都是个性鲜明的人，有着拒绝同流合污、独善其身的人格。但是，他们深明大义，却未必善始善终。不知道，我们的“非主流”还要强奸直抒胸臆、仗义执言、舍生取义的鲜明个性多久？还要坐而论道，围观看热闹，看人下菜碟儿，天塌大家死，“非诚勿扰”到何时？

——个性也许是个要命的东西。不过，没有它，社会就不能发展，人类就不能进步，民族的就无法成为世界的！

【美点赏析】 个性是一种品格，它不趋同，不媚俗；个性是一种精神，有了它就有了自我尊严，有了生命价值；有了它就摧不垮、压不倒、追求不泯、意志不衰。个性是一种力量，它能使你从羁绊中自拔，从无奈中奋起。个性是一种魅力，它以独特的方式展现自己，夺人耳目，昭示于人。群体的压力，他人的引导，依从的倾向，日常性的刻板，都在不同程度地消磨着个性。个性又是一个要命的东西，但，在审美的世界里，个性和独创性则被作为最宝贵的东西而加以呵护，所以，我们依然要保持个性。

（11）执着。意大利诗人但丁说：“走自己的路，让别人去说吧！”荀子云："锲而舍之，朽木不折；锲而不舍，金石可镂。"英国科学家牛顿说："胜利者往往是从坚持最后五分钟的时间中得来成功。"

例文

人生因执着而精彩，世界因执着而绚丽

独上西楼

什么是执着？也许我不能做出准确的回答，但我知道在我的执着词典里，嗜好不是执着，固执更不是执着！执着应该有这样的内容：执着就是一种磨炼，执着是一种境界，执着是一种力量，执着是一种催化剂，执着是一生一世的追求。它因人而异，有小有大，有迟有早。

执着是一种磨炼。它是后羿射太阳时，手中的那把弓箭；它是大禹三过家门时，手中那根船桨；它是愚公移山时，肩上的那根扁担；它是苏武牧羊时，手中的那根节杖；它是辛弃疾北望故国时，眼中的那点泪光；它是王羲之练字时，池中的那塘黑水；它是毛泽东万里长征时，手中的那根拐杖。它是爱迪生做实验时，桌上的那根钨丝；它是林肯练口才时，口中的那颗石子。

执着是一种境界。执着是屈原"虽体解吾犹未变兮，岂余心之可惩"的忠心，是历史原野上一座高耸的丰碑。执着是文天祥"臣心一片磁针石，不指南方死不休"的决心，是他战胜困难的力量源泉。执着是郑板桥"咬定青山不放松，立根原在破岩中"的信心，是他经受挫折击打仍然坚定顽强的精神支柱。执着是谭嗣同"我自横刀向天笑，去留肝胆两昆仑"的绝唱，是他以血护法的精神写照。执着是林则徐"壁立千仞，无欲则刚"的节操，是他杜绝私欲刚正不阿的人格体现。

执着是一种力量。"黄河之水天上来，奔流到海不复回"，要是不执着，哪有这种一泻千里，浩浩荡荡；"千锤万凿出深山，烈火焚烧若等闲"，要是不执着，哪有这种傲气，骨气；"千磨万击还坚劲，任尔东西南北风"，要是不执着，哪来这铁汉般的铮铮铁骨。要是不执着地攀上高山，哪来那种"会当凌绝顶，一览众山小"的豪迈气势；要是不执着地登上高峰，哪来"欲穷千里目，更上一层楼"的广阔视野。要是不执着地忘我写作，哪来"一吟双泪流"的欣喜若狂；要是不执着地忘我写作，哪来"文章不写一句空"的博大胸怀。要是不执着地忘我演算，哪来"歌德巴赫猜想"的攻克；要是不执着地忘我除冰，哪来"京株潭高速公路"的贯通。

执着是一种催化剂。因为执着，司马迁三次漫游后用全部精力写出了"究天人之际，通古今之变，成一家之言"的《史记》，从而完成了父亲的遗命，创造了他的精彩人生。同样因为执着，曹雪芹增删十次写出了"满纸荒

唐言,一把辛酸泪”的《红楼梦》,从而再现了封建家族的衰亡史,留下他的旷世之作。也是因为执着,李时珍历时三十年著有《本草纲目》,从而丰富了我国传统医学的药物药方,成为现今研究中药的必读书籍,在国际上有七种文字译本流传。更是因为执着,袁隆平带领他的科研小组,致力于杂交水稻的培育,研制成功杂交水稻制种技术,并大面积推广杂交水稻,使粮食产量不断增高,为中国乃至于世界粮食事业做出了巨大贡献。

不同的人有不同的执着。“我愿为宁波扫一辈子街道”,这是一种爱岗敬业的执着,它洋溢对本职深沉的责任感;“王师北定中原日,家祭无忘告乃翁”,这是一种弥足珍贵的执着,它洋溢对国家深沉的爱;“君当作磐石,妾当作蒲苇,蒲苇纫如丝,磐石无转移”,这是一种地老天荒的执着,它洋溢对恋人真挚的情。“落红不是无情物,化作春泥更护花”,这是一种甘当人梯,乐于奉献的执着;“会当凌绝顶,一览众山小”,这是一种积极进取,追求理想的执着;“零落成泥碾作尘,只有香如故”,这是一种不甘自弃,不甘于堕落的执着。陶渊明不为五斗米折腰,李白不摧眉折腰事权贵,顾炎武不做清朝的高官,朱自清不吃卖国救济粮。执着是刘胡兰面对铡刀的头颅,执着是江姐走向刑场时坚定的步伐。烈火中永生的布鲁诺,执着地发出“地球是绕太阳运转”的呐喊。潜心研究中的阿基米德,执着地喊出“等一下,我这道题研究完再杀我”的强音。所有这些人都是有执着精神并坚决为他们执着精神而斗争的人。他们执着不是为了自己,而是为了国家,为了民族,符合广大人民群众的利益。他们为了守护自己的那份天地,有些人家可以不要,有些人官可以不做,有些人生命可以抛弃,有些人真正做到了“富贵不能淫,贫贱不能移,威武不能屈”。这样的一些人,留下了千古美谈,被后世人所景仰,是永远不会从人民的心中消逝的。

执着是锲而不舍的追寻,是百折不挠的探索;执着是竭尽全力的投入,是大公无私的付出。我们执着于对自然的探索,执着于友爱亲情,执着于兴趣爱好,执着于理想追求……我们永远都应该坚守执着,尽管收获有迟有早、有小有大,但请相信坚守执着本身,就是对人生最好的诠释。

人生因执着而精彩,世界因执着而绚丽。

【美点赏析】 为了自己的目标,为了自己的志向,应该具有执着的精神。古有精卫鸟,相传为炎帝女,因在东海游泳,不幸溺亡,经常衔西山之木去填东海,这就是精卫填海的传说,也是执着于人生目标的一个精神典型。为了我们的事业与生活,我们永远应该坚守执着,也许收获有迟有早,有大有小,但我们坚守执着的本身,就是一种人生的大收获。

总分总的结构有一种匀称之美,引用的材料信手拈来,也展现出文采之美。

(12)朴素。庄子说:“朴素而天下莫能与争美。”狄龙说:“真理只有通过最朴素的形式才能放射出最耀眼的光芒。”托尔斯泰说：“朴素是美的必要条件。”

有这样一副对联：“发上等愿，结中等缘，享下等福；择高处立，寻平处住，向宽处行。”这是清代儒将左宗棠题于江苏无锡梅园的诗句。

“发上等愿”和“择高处立”，就是要格局远大，眼界开阔，“志当存高远”。我们做人立志、发愿要高远，要有大志、远志。

唐代诗人王维说：“眼界广者其成就必大，眼界狭者其作为必小。”我们常说，眼界决定境界，如果没有开阔的眼界，很难做出大的事业。只有发上等愿望，择高处立，才能开阔我们的眼界。

志向远大之人总有一天会干出惊天动地的宏图大业，而目光短浅之人永远只能是一凡夫而已。

“结中等缘”和“就平处坐”就是要脚踏实地积极稳妥。我们不要孤傲，不要把自己看得太高。而是要把自己摆在平处。做事求平稳，一步一个脚印，步步为营。想做大事、难事的人，就必须要脚踏实地地做好每一件容易的事、每一件简单的事。

“享下等福”和“向宽处行”。一切的奢侈和繁华，不过都是过眼云烟，粗茶淡饭最养人，平平淡淡才安康。而且，沉溺在奢侈和繁华中，还会损伤我们的身体。

非淡泊无以明志，非宁静无以致远。朴素、勤俭、安康就是最好的福气。

例文

朴　素

刘诚龙

出水的芙蓉，亭亭玉立，极尽妍姿；经霜的苍松，勃勃精神，独具风采；出岫的白云，悠悠行空，飘逸流韵；历世的峭石，默默无语，淡泊忘我。

清水出芙蓉，天然去雕饰，天然是种朴素；大雪压青松，青松挺且直，挺直是一种朴素；云无心以出岫，鸟倦飞而知还，无心是一种朴素；壁石立千仞，无欲则刚毅，刚毅是一种朴素。

真正的好诗，不是苦吟得来；真正的好画，不是修饰得来；真正的好歌，不是假声得来。真正的美人，并不依靠脂粉；真正的作家，并不依靠词藻；真正的贤者，并不依靠贴金。

丑，是天生的，不是你的错误，何必耿耿于怀；乖，是你的性格，是你的人格力量所在，何必忧心忡忡；天生一副笨嘴笨舌的样子，是你的本色，绝不可扭其天性以迎流俗；天生一副多情善感的样子，绝不可违背内心以示坚强；天生你耿介之性，绝不可让流言来改变你；天生你同情之心，绝不可让骗局来消融你；无论如何，不必让人家一个眼色来动摇信念；无论如何，也不必让面前几个铜板来改变形象。

彩虹有彩虹的美丽，白云亦有白云的韵致；大树有大树的风采，小草也有小草的可爱。山鸡披上孔雀的羽毛，不是西施；小鸭学着天鹅的嗓子，也永远成不了歌王。风度，让自然来体现吧，忸怩作态永远体现不了魅力；让本性来体现吧，装模作样更将是丑态毕现。

柑橘与柚子嫁接，变成的是另外一种植物；驴子与马杂交，变成的是另外一种动物；沐猴而冠，人非人，猴非猴；牛头马面，牛非牛，马非马。保存朴素，就是保存本色，就是保存自己的基因与血型，就是尊重自己，永远成为自己。

谎言，终有识破的时候；伪装，终有揭穿的时候；粉饰，终有褪色的时候；骗局，终有露馅的时候。

一副木椟不会比一粒珍珠更珍贵，一只瓶子不会比一份美酒更诱人，一片羽毛不会比一双翅膀更有用。

一句谎言不会比一份真情更动人，一种面具不会比一副肝胆更有力，一件服饰不会比一颗真心更温暖，一身皮囊不会比一个灵魂更重要。

真理是朴素的，真情是实在的，真正可以交际的心灵世界应该是素洁而实在的。

当浮华给予我们过多欺骗的时候，我们感到朴素的自信；当虚伪给予我们过多悔恨的时候，我们感到朴素的可爱；当假意假情给予我们过多伤害的时候，我们感到朴素的可敬。

朴素是一份力量，它抵抗一切外来的侵略永葆自己；朴素是一份感动，它抵达人的心灵深处感动人心。所以，我爱朴素，不爱虚华，正如我爱的是你的本身，不爱你身体里的硅胶或装上去的“芯片”。

【美点赏析】　“朴素”很抽象，如何化抽象为形象，本文采用了比喻、排比等修辞手法，将抽象深刻的道理阐释得浅显易懂。本文在写法上尽展修辞之美，精彩的比喻，颇有气势的排比，显示出形象美、含蓄美。

（13）起点。毛泽东说：“雄关漫道真如铁，而今迈步从头越。”老子云：“合抱之木，生于毫末；九层之台，起于垒土；千里之行，始于足下。”一个人起点低并不可怕，怕的是境界低。

例文

起　点

马国福

我们的生日是生命的起点；小溪流是大海的起点；种子是希望的起点；沙砾是高塔的起点；信念是成功的起点；春天是丰收的起点；一月，是一年的起点！

在生命的原野和人生的旅途上起点无处不在。一个人选好了起点就等于找准了成功的方向；一件事选对了起点就等于开创了美好结局的一半；一个目标划分好了起点就等于缩短了与成功的距离。

起点有高有低、有大有小、有好有坏、有近有远。起点往往以小而见大，好比千里大堤，微不足道的蚁穴是瓦解它的小起点，更是致命的起点；好比挺拔的参天大树，幼芽是它迎风淋雨能否成材的关键起点。如果幼芽弱不禁风，不经受风雨的洗礼，怎么能长成栋梁之材？站得高看得远，好比巍峨的山峰，如果没有山脚的沙石为起点，怎会有高瞻远瞩的壮阔画卷？

也许由于种种原因我们站在较低的起点上，我们不可能修改人生的长度，但我们可以改变人生的宽度和深度；如果不能拥有美好的人生，那我们必须拥有美好的人生观；如果不能拥有令人仰慕的高起点，那我们可以拥有追求高起点的信心和理想，让毅力作桨，信念为风，理想为船，以小河流为起点，长风破浪风雨无阻，定会抵达理想的彼岸。

亚伯拉罕·林肯是贫苦人家的孩子，他的起点已经很低了，但是他敢于面对无数的磨难、困苦和失败，致力于民族解放和独立，最终赢得了胜利，成为受人爱戴和尊敬的美国总统；贝多芬在追求艺术的道路上遭遇了耳聋、失恋、贫困等磨难，但是他以此为起点，扼住命运的咽喉，给世界人民留下了长盛不衰的经典乐曲；大发明家爱迪生更是不幸，经历了无数次失败、嘲讽、打击，最终他发明了电灯，给世界带来了光明。

精卫填海，起点只有嘴里的一口泥土，然而传说中的她还是以不起眼的一口口泥土填满了大海；愚公移山，起点只有一副担子，然而他并没有被王屋、太行两座大山吓倒，他的决心和恒心感动了上帝，最终他搬走了两座大山，开辟了一条坦途；卧薪尝胆，越王勾践的起点只有被敌人夺去的山河和三千越甲，然而他凭着卧薪尝胆的毅力忍辱负重，最终以区区三千越甲吞没了吴国，夺回了失去的江山。

不同的起点蕴涵着不同的力量，也预示着不同的结局。不同的人处在不同的位置，当然也感受着不同的命运。丑小鸭会变成白天鹅，灰姑娘会变成美丽的仙女，我们何必为站在低的起点上而抱怨、彷徨、自卑、叹息呢？

起点低不可怕，可怕的是失去向更高目标看齐的勇气；起点小不可怕，可怕的是没有化小为大的毅力。

身在兵营,胸谋帅事。调高你的起点吧,新的希望就在后面;转化你的起点吧,成功正在其中酝酿;分解你的起点吧,人生的崭新书页正期待你去书写!

【美点赏析】 奥巴马55岁就退休(Obama retires at 55),川普70岁才开始当总统(but Trump starts at 70)。世上每个人本来就有自己的发展时区Absolutely everyone in this world works based on their Time Zone)。《晋书·虞溥传》里说:“夫学者不患才不及,而患志不立,故曰希骥之马,亦骥之乘,希颜之徒,亦颜之伦也。又曰锲而舍之,朽木不知;锲而不舍,金石可亏。”起点低没什么,有远大的理想就会有不一样的人生。

(14)体育。伏尔泰说:“生命在于运动。”皮埃尔·顾拜旦说:“一个民族,老当益壮的人多,那个民族一定强;一个民族,未老先衰的人多,那个民族一定弱。”居里夫人说:“科学的基础是健康的身体。”蒂素说:“运动的作用可以代替药物,但所有的药物都不能替代运动。”亚里士多德说:“运动太多和太少,同样地损伤体力;饮食过多与过少,同样地损伤健康;唯有适度可以产生、增进、保持体力和健康。”

例文

为什么美国学生乃至整个国家如此重视体育运动?

王 迪

(王迪,新航道家庭教育研究院留学生观察员,美国威斯康辛麦迪逊大学教育心理学硕士,曾在麦迪逊当地高中任辅导员,目前在北京某高中担任升学指导和托福教师。)

初到威斯康辛(Wisconsin),正值秋季学期,我发现每逢周末都有高校间的橄榄球比赛时,住在校园的同学就能看到这样的场景:早上八点开始,一些兄弟会或者合租公寓的门前就会聚起三三两两的美国学生穿上代表UW(University Of Wisconsin Madison的简称),Madison的红色上衣,放着吵闹的音乐喝着啤酒。

因为威斯康辛州的法律禁止人们在马路上喝酒,所以喝酒的人都会自觉地留在门廊或院子里,大声地谈笑玩耍,看上去就是一场节日般热闹的学生party。如果你问起今天的比赛什么时候开始,答案很可能是七八个小时之后！也就是说，一场校际橄榄球比赛就足以让学生们提前七八个小时就兴奋起来！

这样的场景让初到美国的我很难理解，直到后来的日子里，我发现人们打招呼的方式是问彼此："嘿！上周末的球赛你看了吗?"所有的UW学生都自称Badgers(獾：威斯康辛大学和校队的吉祥物)。在橄榄球和篮球比赛中，置身于气氛沸腾的场地里，作为情绪激动人群中的一员，大声喊出"GO Badgers"时，我开始体会到体育活动对于美国学生意义非凡。

体育运动能力在美国社会价值观中代表了一个人的竞争力、责任心和团队合作能力。

对于在美国留学的学生，或者准备留学美国的孩子，热爱体育运动会增加很多社交话题，热门的共同话题能够让留学生更好地融入当地学生的社交圈。根据我在硕士期间所进行的研究结果显示，这种交流对留学生的整体适应水平有着非常长远的影响。

不论是约上三五个好友一起去健身房健身或打球，或是在学校的运动场为校橄榄球队呐喊助威，又或是到距离麦迪逊(Madison)很近的城市密尔沃基(Milwaukee)去看NBA球赛，都是认识新朋友的好机会，也是与同学增进感情的好方式，更能舒缓紧张学习所带来的压力。

除了社交上的价值，对体育活动的关注也能让学生产生对学校更深的归属感和荣誉感。当一个对冰球一无所知的学生，来到有着顶尖冰球队的加拿大麦克吉尔大学，周围人对冰球的狂热态度和气氛会渐渐感染他，在逐渐接触和了解中，如果他开始对冰球感兴趣，开始关注校队的信息，与朋友一同去观看校队比赛，那么在这样的过程中，他会对自己的大学产生强烈的荣誉感，在看到与冰球相关的事物时，会体会到一种归属感。这样的荣誉感和归属感，能够帮助大学新生，尤其是留学生更好地适应新的生活和融入新的环境。

体育运动，除了对自己的身心健康有益之外，更能让他人对自己形成一个良好的印象：有计划、有执行力、有团队协作能力(尤其是团队型运动，如足球、橄榄球)，并且在异性眼中也更有魅力。

我在做助教的时候，有一个学期课上突然多了很多旁听的学生，后来一打听，原来是有个校队的足球明星帅哥选了这门Adolescent Development(青少年发展)，这才有很多"粉丝"蜂拥而至！

现在的留学浪潮中，也开始出现了一些剑走偏锋的学生——他们有着出色的GPA和标准化成绩，更重要的是，他们还有一个稀有特质：一项坚持多年的体育运动。

不论是平民化的羽毛球、篮球，还是"贵族风"的击剑、马术，只要持之以恒，总会有所收获。越来越多的学生凭借高尔夫球比赛获奖，或是坚持多年练习的高超足球技术进入了顶尖的美国大学。但是这种对体育运动有意识地投入精力和热情，是中国留学生比较稀缺的一种精神。所以，有着运动精神的学生在申请过程中会让美国高校的招生官们眼前一亮！

在国内，很多人对于体育爱好的认识仅仅停留在跑步、游泳，强身健体的层面上，以前的我曾经也是这样认为。直到我在威斯康辛麦迪逊大学读了几年书，看了几场比赛，我才逐渐意识到美国学生乃至整个社会对于体育爱好的培养多么重视，以及这种重视的背后的意义所在。

体育爱好是一种活动，一种社交，更能培养学生对学校的归属感和荣誉感！当我站在那个红衣人群中，大笑着成为人浪的一员，喊着加油口号那一刻，我知道自己由衷地感到了骄傲。I'm so proud to be a Badger，always.

【美点赏析】 汉语的"美"字，本意为头戴羊角或羽毛载歌载舞的大人。这告诉我们，美是人的形象，美的本体之根源深深扎在人的活动之中。运动中的优雅、勇敢、顽强、灵巧等本身属于美学范畴，它为世界敞开了一道更深邃、广阔的体育风景。体育又是一种文化现象，运动我身体，愉悦我身心，让我们加入到体育运动的行列吧！

（15）欣赏。培根说："欣赏者心中有朝霞、露珠和常年盛开的花朵，漠视者冰结心城，四海枯竭，丛山荒芜。"罗丹说："对于我们的眼睛，不是缺少美，而缺少发现。"所谓大师，就是这样的人，他们用自己的眼睛去看别人见过的东西，在别人司空见惯的东西上能够发现美来。有句格言说：打动人最好的方式就是真诚的欣赏和善意的赞许。

例文

欣 赏

赵功强

五彩缤纷的世界和绚丽多姿的生活，让心怀纯真、向往美好的人得以感受无尽的自然美和人性美，欣赏便由此而生。

名山大川小桥流水，可悦人目；蝉吟虫唱风声雨声，可动人心；涛走云飞潮涌星移，可触人思；珍器古玩诗文书画，可怡人情。人世间一切挚情真意、美德善行也让人为之心热为之神往。用欣赏的眼光看自然与世情，我们会惊异地发现，大自然和生活馈赠给我们的竟是那么多，以至于我们常常迷茫了自己发现美的眼睛。

因为欣赏，美就超越了自然的时空局限走进纯真的心灵并久驻人心，欣赏者的心灵也因美的净化而成为最理想的归宿。是欣赏在真、善、美与纯真心灵之间架起了一座彩虹桥，让真、善、美通向圣洁的心灵世界。

因为欣赏，人发现了美，读懂了美，而美也感染了人，启迪了人。这是自然真谛与人生智慧相谐相融的绝妙境界，唯善于欣赏者才会有幸览胜其中。欣赏为欣赏者提供了足够的与美相伴的温馨感觉，让爱美之人与动人之美结下高山流水不解之缘。

真正的欣赏，是一种滤尽了一切利欲渣滓的透明情怀。对真、善、美，倾心而不盲从，礼赞而不迷信，远观而不亵玩，用可靠的理智恰到好处地调控着审美情感，既不凝滞，也不泛滥，纯然一种平和心态。

欣赏是一种健康心态，非品格磊落之人不能拥有。譬如以赏花为喻。有不惜掏钱买花却疏于培育以至花儿香消玉殒者，有见花美而心动继而动手折之者，还有徒羡艳美外表而心仪于罂粟者，种种变味的欣赏或源于狂热冲动，或源于自私浅薄，使人获益不多反受累遭害。

透过欣赏之物，可见欣赏者气度、品位及意趣。凡是善于欣赏者，都拥有一颗不凡的慧心。于他们而言，观一花即观一世界，见小草可见大精神。与常见之美面对，便享有一份与故知重逢的欣慰；与罕见之美面对，则仿佛与初识知音邂逅，有一种相见恨晚的惊喜。即使身处荒漠绝域亦能欣赏到平日常景常情难得体味的孤独苍凉之美。

一个善于欣赏的人自然是胸藏锦绣，感觉里天地就更开阔明朗更亮丽空灵。相反，一个欣赏细胞缺乏的人，很容易可悲地自沉于一个满目灰暗了无生气的世界。

像只有那种不含一丝尘杂平静如镜的水面才会将蓝天白云、茂林修竹、飞鸟游蝶等佳景美物不改变色地留住一样，只有没有遭受利欲渣滓的污染和浮躁之风侵袭的心灵才可以最真实地接纳一切真、善、美。有人赏物易，赏人难；有人赏远离自己生活之人易，赏身边人难；有人乐于自我欣赏而不屑于欣赏别人；还有人将欣赏异化为取悦和谄媚，异化为赤裸裸的吹捧和露骨的逢迎……种种病态的欣赏皆因心灵的水质失去了固有的洁净明澈而产生。

所以，拒绝冷漠，抛弃虚伪，远离邪恶，欣赏才会成为一块成色极好的宝石，为你折射出世界缤纷生活的绚丽。

【美点赏析】 欣赏意味着有能力去看到美好。第一层次，美的事物，你能看见美：欣赏大自然之美，欣赏艺术之美，欣赏美人之美，欣赏人的才华与德行……第二层次，不美的事物，你能看见美：好老师看见了顽劣学生的潜力，竞争者看见了竞争者的优点，困境中看见了希望，痛苦中看见了成长，生离死别中看见了智慧。第三层次，平凡的事物，你能看见隐藏的真相，看见美中之大美：爱因斯坦看见了 $E=mc^2$，弗洛伊德看见了潜意识，老子看见了道，释迦牟尼佛看见了众生皆具如来智慧德相。于是，培养自己具备完整的欣赏能力，成为自我修炼的方向。一位懂得欣赏的人，肯定能帮助自己，也帮助别人，活得更好，活得更精彩。欣赏的最高境界，我想，应该是，看见每个人都是发光的佛，看见一草一木一花一叶都是无所不在的道。

（16）自省。孔子云："吾日三省吾身。"鲁迅说："多有不自满的人的种族，永远前进，永远有希望。多有只知责人不知反省的人的种族。祸哉，祸哉！"海涅说："反省是一面镜子，它能将我们的错误清清楚楚地照出来，使我们有改正的机会。"特莱斯说："人生最困难的事情是认识自己。"

例文

以自省校准人生坐标

李慧勇

据史料记载，1935 年遵义会议召开后不久，周恩来与博古进行了一次长谈。周恩来推心置腹，大意是：我们党必须找一个熟悉农村革命的人当统帅；我长期做军事工作，但有自知之明，你虽有才华，但不懂军事；你我都是做具体业务的人，不合适做领袖、当统帅。

作为党的主要领导人之一，周恩来资历深、能力强，令人钦佩。而他自省自警、谦虚谨慎的品行，更令人叹服。在党的历史上，不少党员干部都葆有这种品质。他们毕生艰苦奋斗，也终生虚怀若谷，无论身居何位，都不忘以"自知之明"为警示，时刻鞭策自己。

然而，却总有少数党员干部不能正确认识自己，缺乏自我省思的能力。有的人自以为是惯了，高高在上、盲目自信；有的人好高骛远，能想、能说，就是不会做；有的人缺乏政治定力，一遇鲜花掌声便洋洋自得，迷失自我。古人云，"自高必危，自满必溢"。无法正确看待自己，往往是危险的前兆。回溯历史，杨修不自知，终遭杀身之祸；马谡刚愎自用，结果痛失街亭。事实一再证明，一个人如果自我认知模糊，不仅会裹足不前、做出错误决断，甚至可能影响全局，造成难以挽回的损失。

深刻了解自我，就需要经常察己、自省，让反思成为一种习惯。曾子曰："吾日三省吾身，为人谋而不忠乎？与朋友交而不信乎？传不习乎？"审视自己，如同对镜自照。照镜子难能可贵的是，看得到自身的亮点，更细览自身的瑕疵。一个人唯有无止境地自我追问，对自己的观察才能不断深入，对自身现状的把握才会理性、客观。穿越表象与迷雾、精准认识自己，有利于真正看清环境，进而避免被美言所欺瞒，也才能克己所短、扬己所长，从容校准自己的人生坐标。

在自我省察方面久久为功，是党员干部自我完善的阶梯。习近平总书记明确要求，“必须加强自律、慎独慎微，经常对照党章检查自己的言行，加强党性修养，陶冶道德情操，永葆共产党人政治本色”。对领导干部而言，广纳批评之声，才有真正的胸襟；自觉接受监督，才有真正的自信；做到从谏如流，才有真正的智慧。从这个意义出发，慎独慎微，当是每一位党员尤其是领导干部的必修课。敞开心扉、襟怀坦荡，咨诹善道、察纳雅言，涵养闻过则喜的雅量、见贤思齐的精神、择善而从的品格，让严的标准、实的精神融入心灵深处，终能抵达人生的崇高境界。

“知人者智，自知者明”。这是朴实无华的道理，也正是自我认知的箴言。

【美点赏析】“夫君子之行，静以修身，俭以养德，非淡泊无以明志，非宁静无以致远。夫学须静也，才须学也，非学无以广才，非志无以成学，淫漫则不能励精，险躁则不能治性，年与时驰，意与日去，遂成枯落，多不接世，悲守穷庐，将复何及！”

这不只是诸葛亮戒子的训示，也是他留给当今世人有关做人的道德警钟，当今社会物欲横流，人们是应该以此为镜，好好照照自己，只有这样才有可能领略到真善美的魅力。淡泊名利，宁静自省，这是人生的一道亮丽风景，它点缀出了四季如春的烂漫生活境界，拥有了它，我们就拥有了一生值得依托的生命灵魂的归宿。

（17）本色。浩瀚的大海保持着深邃的本色；巍峨的山峦保持着缄默的本色。本色是树，装饰是花，正因为那犀利的本色，鲁迅才成了中国的脊梁；正因为那傲然的本色，徐悲鸿才画出了一匹匹奔腾的骏马；也正因为那爱国的本色，冼星海才谱出了一曲曲抗日救亡的歌曲。保持本色，不被烦冗、复杂、不合适的装饰所左右，保持一种精神，这种精神会在人生旅途中大放异彩，伴随你一生。

例文

本 色

骆林森

自然现象，包括生命现象，都有自己独特的本色。天以蓝，地以黄，山以青，水以绿，虎以猛，人以善，各有本色。

特色孕育、存在于本色之中，本色衬托、支撑于特色之间。本色愈重，特色愈明；本色愈浓，特色愈亮。保持本色，才能创造特色。离开了本色，所谓的特色也就会黯然失色。

本色是生命的一种底色。对于一个人来说，这种底色，是品德、行为、知识、能力等方方面面基本因素的积累。生命有了底色，就会百折不挠、迎难而上，就会奋力拼搏、与时俱进，就会充满生机与活力。

本色是生命的一种底气。这种底气，表现为蓬勃向上的朝气，敢打敢拼的锐气，宁折不弯的正气。打足底气，生命就可以凸显踏踏实实、堂堂正正、大大方方的基本风格。底气足，生命可以气吞山河；底气没了，生命也就奄奄一息。

本色是生命的一种底线。守住底线，则出淤泥而丝毫不染，近雷池而半步不越，常在河边走就是不湿鞋。

本色既体现共性也展示个性。对生命无限热爱、对事业无限忠诚，是共性的反映；不重复别人、不重复自己、不重复昨天，是个性的张扬。

改革者的本色体现为一个"敢"字。他们敢于走前人没有走过的路，敢于干前人没有干过的事，敢于突破框框和本本，敢于打造出自己的一片天地，在突破中跨越，在跨越中成功。

耕耘者的本色体现为一个"勤"字。他们坚信有耕耘才会有收获，一份劳动一份所得，因而只问耕耘，不问收获。成功之峰勤为径，"春蚕到死丝方尽"。

奉献者的本色体现为一个"苦"字。他们深深地懂得"梅花香自苦寒来"，以苦为乐，以苦为荣，"先天下之忧而忧，后天下之乐而乐"。

本色体现风格，本色体现品格，本色体现人格。本色与生命融为一体，珍重生命，首先需要珍视本色。

人生在世，活出自己的本色至关重要。

【美点赏析】 老子非常赞赏婴儿的纯真本色，极力推崇和倡导返璞归真，"含德之厚，比于赤子"（德性丰厚的人，好像是初生的婴儿）。并且宣称自己"我独泊兮，其未兆，如婴儿之未孩"（唯独我淡泊恬静，对周围的环境无动于衷，就好像刚出生的婴儿还不会笑）。但生命原色毕竟是脆弱的，耐不住成长的砥砺，几经日月星辰的交射与风霜雨雪的涤荡，便容易慢慢脱离纯粹，发生即如子墨子所吁叹的色变，"染于苍则苍，染于黄则黄。所入者变，其色亦变"。

可见，人若想保持本持原始的本真非常困难。人的本色之美，其内涵与外延也难以一言蔽之。但富而无骄、贫而无谄、荣辱不惊、得失不计等，应当成为我们人生的本色。

（18）微笑。雨果说："有一种东西，比我们的面貌更像我们，那便是我们的表情；还有另外一种东西，比表情更像我们，那便是我们的微笑。"泰戈尔说："当他微笑时，世界爱了他；当他大笑时，世界便怕了他。"查尔斯·史考勃说："真正值钱的是不花一文钱的微笑。"

例文

微　笑

宋明哲

微笑是春天里的一缕和风，吹拂过来总叫人感到神清气爽、心旷神怡；微笑是夏日里的一股清泉，流淌而至总使人感到消暑解渴、清爽怡人；微笑是深秋里丰硕的果实，总让人感到在向你颔首致意、笑容可掬；微笑是寒冬里的一轮朝阳，沐浴其中总令人感到温和柔美，暖意融融。

对上司微笑是一种礼貌的尊重，对下属微笑是一种真诚的鼓励。对老人微笑体现着虔诚的尊敬；对孩子微笑饱含着深切的关爱。

看见陌生人微笑，你可能会得到同样微笑的回报；碰见老熟人微笑，你定会得到他主动亲切的问候。

境遇低迷时不妨微笑一下，它可以增添你的智慧和勇气，使你迅速摆脱心中的阴霾，扬起理想和事业的风帆；心情抑郁时不妨微笑一下，它可以推开你晴朗的心门，让你很快领略风雨过后彩虹的美丽。

我们都说，笑比哭好！但笑的程度不同，寓意也有所不同，其结果更是千差万别。大笑虽然荡气回肠，但心脏不好的人不宜行之；狂笑亦可放浪形骸，无拘无束，但其结果往往走向歇斯底里，使人分不清是笑还是哭；冷笑让人身上疙瘩顿起，那多是奸佞小人的嘴脸，使人避之唯恐不及；媚笑令人心生厌恶，那是吞噬人心的勾魂酒、惑乱心智的迷魂汤。

万笑皆下品，微笑品最高。微笑的神情最入眼，微笑的感觉最美妙。微笑像昆仑山上的一株小草，给万籁俱寂的山峦带来生机，让广阔无边的旷野彰显春意；微笑如珠穆朗玛峰上的一朵雪莲花，给冰雕玉砌的大自然增添活力，让玉树琼花的冰雪世界充满灵气！

古人对微笑的追求是笑不露齿，那是我们在杨柳青的仕女图上经常见到的韵致；外国人微笑的经典是蒙娜丽莎永远的微笑，她让命途多舛的达·芬奇得到了美的永恒。

微笑是大男人自信修养的内涵，微笑是小女子知书达礼的外现。男人微笑时往往体现出一种风雅、一种气质，女人微笑时每每流露着一种妩媚、一种甜美。

女人们总爱花大把的钱去美容院，却不知微笑是不用花钱却有神奇功效的美容妙方，它会让你青春常驻，美若飞燕；男人们总爱屏神敛气，皱着眉头去赚钱，殊不知微笑会帮你打开情商的通道，赢得诸多的商机，君不见，各大酒店、豪华商场，微笑服务已成为他们的经商秘籍。

微笑是快乐的晴雨表，微笑是健康的指南针！对他人微笑叫笑容可掬，体现的是善意；对自己微笑叫怡然自得，流露的是自娱。

微笑并不难，时时想着营造一个好的心情，做一个向上翘的嘴型，再眨一眨弯月般的眼睑就足够了！

不信，你试试，生活顿时别样精彩！

【美点赏析】　“笑”这个字造得真好，像一个人在微笑。一个人，男也好，女也好，老也好，少也好，只要是在微笑，就像花儿一样地美丽。在笑的家族当中，从审美的角度说，以微笑为最佳。谁以微笑向人，谁就是向社会展示美，增添美。微笑是善，体现着情感意蕴：真诚，谦和，友爱，宽容。孟子有言：“存乎人者，莫良于眸子。眸子不能掩其恶。胸中正，则眸子了焉；胸中不正，则眸子眊焉。”所谓微笑是正，即微笑的内蕴乃胸中之正：公道正派，平正公允。微笑形于面，和谐存乎心。毫无疑问，我们在生活中应多一些微笑。

（19）公平。礼记云：“大道之行也，天下为公。”林肯说：“力量来自公正。”西塞罗说：“让我们记住，公正的原则必须贯彻到社会的最底层。”明代薛宣说：“人心公则如烛，四方上下，无所不照。”晋代杨泉说：“有公心，必有公道。”

例文

公平世界

张志刚

世界的本质是公平的。

动物与植物相比的优势在于，动物能动，能走，能跑，能吞食植物，而植物只能呆在原地挨打，这样就造成了一种不公平。不过不要紧，植物不必为觅食而四处奔波，天给它喝的，地给它吃的，它是衣来伸手，饭来张口。而且它也不必为养家糊口犯愁，尽管它子女成群，但它们生下来就能自谋生路，决不拖累父母，这是动物绝对无法比拟的，因此植物得到了公平。

人与动物相比的优势在于，人有大智慧，能想出种种缺德的办法整治动物，欺负动物，把动物弄得家破人亡，妻离子散，还有苦难言，无处申冤。不过动物都有强健的体魄，兽类善跑，禽类善飞，鱼类善游，人类一样也比不上；何况动物还可以用传播疾病的手段反击人类，让人类痛苦死亡，于是动物也得到了公平。

人有美丑之分，穷福之分，善恶之分。

俊男靓女是生活中一道亮丽的风景线，他们引人注目，惹人爱怜，令人羡慕，因此他们风光十足，出尽风头，把相貌平平的人比得黯淡失色，灰不溜秋。但有趣的是，自古好女无好男，娇妻常伴拙夫眠，古往今来，不知多少人为此大发感叹，认为这是命运的不公。其实这恰恰是一种公平。试想，如果那些漂亮男子由于漂亮而受人欢迎，进而得到机遇，进而得到重用，进而得到金钱和地位，进而得到更热烈的欢迎，最后再拥有二位美貌贤惠的娇妻，世间好事全归他们，那别的男人不全得气死吗？而上帝决不会办这种不讲职业道德的事，他老人家始终坚持公平公正的原则：你有了漂亮的外表，就剥夺你的聪明；你有了金钱，就不再给你轻松；你是个理想的男人，理所当然配给你个不理想的老婆，至于娇妻就给那些拙夫留着吧，不然就不公平了。

人们都希望自己富有。富人可以挥金如土，坐好车，住豪宅，吃大餐，享受荣华富贵，处处受人尊敬。然而富人的烦恼并不比穷人少。富人应酬多，天天迎来送往，车水马龙，劳心费神，远不如小户人家清静。富人心理压力大，他们要么是怕赔了生意失去既有的财富，要么是怕被绑票或偷抢，要么是怕不法行为败露被绳之以法，总之他们终日提心吊胆，忽忧忽喜；而穷人一定没有也不必有这方面的顾虑。富人的家庭往往不如穷人美满，因为钱使富人追求奢侈腐朽的生活，他们养情妇、包二奶，眠花宿柳，由此造成夫妻不和，家庭解体，给家人亲属带来精神上的巨大痛苦；而穷人是粗茶淡饭，固守薄业，无淫乱之本，无家破之忧，可尽享天伦之乐，这是穷富之间的公平。

这世界上的恶人虽然比善人少，但他们得便宜往往比善人多。恶人心肠歹毒，厚颜无耻，奸诈卑鄙，在争夺利益时总是表现出大无畏的英雄气概，不多吃多占他们心里就不舒服，不让别人受点气他们就会觉得自己委屈。因此，在产生各种纠纷时，先让步的总是善人，吃亏的也总是善人。不过，善人也有自己的收获，俗话说善有善报。善人在纠纷上让步，得到的是大家的同情和敬重；善人在生意上不坑人，得到的是信誉；善人在朋友中讲厚道，得到的是真诚的友谊；善人在家庭中敬老爱幼，得到的是家庭的和睦。恶人往往得到众叛亲离、万人唾骂的下场，而善人永远不会遭此厄运，他们的道路总是越走越宽，越走越亮堂。

总之，这世界是一个公平的世界。日有日之灿烂，而无月之妩媚；山有山之巍峨，而无水之灵澈；男有男之雄健，而无女之飘逸；官有官之威风，而无民之悠闲；聪明者有其乖巧，而无愚钝者之安逸。鸡用爪刨，猪用嘴拱，猴子爬树，螃蟹横行，各有所长，各有所短，这方面失去了，那方面弥补，谁也不比谁好到哪里，谁也不比谁差到哪里，这是上帝的绝妙创意，实在公平极了。

【美点赏析】 马未都说："社会谋求公平是因为社会从未有过公平。我们不论怎样提倡公平，公平仅是相对而已，不公平却是绝对的；公平仅是瞬间的，不公平总是长久的；我们如没有这样的初步认识，公平这一问题将会苦恼你的一生。”和谐的社会永远需要有公平与正义，只有公平正义，才能真正创造一个和谐的世界！但愿平等的光辉能够照亮更多不平等的角落，让不同阶层的人并肩享有机会公平，让冷眼驱赶弱势群体的人走开，这是从主政者到全体市民都应该深思的问题。我们要努力做的，就是要让成千上万的鲜花能够为蓝天而开放！

（20）读书。颜真卿说：“黑发不知勤学早，白首方悔读书迟。”刘向说：“书犹药也，善读之可以医愚。”《汉乐府·长歌行》：“少壮不努力，老大徒伤悲。”陆游说：“书到用时方恨少，事非经过不知难。”苏轼云：“腹有诗书气自华，读书万卷始通神。”弥尔顿说：“书籍并不是没有生命的东西，它包藏着一种生命的潜力，与作者同样地活跃；不仅如此，它还像一个宝瓶，把作者生机勃勃的智慧中最纯净的精华保存起来。”都德说：“书籍是最好的朋友；当生活中遇到任何困难的时候，你都可以向它求助，它永远不会背弃你。”莎士比亚说：“书籍是全世界的营养品。生活里没有书籍，就好像没有阳光；智慧里没有书籍，就好像鸟儿没有翅膀。”培根说：“读史使人明智，读诗使人灵秀，数学使人严密，物理学使人深刻，伦理学使人庄重，逻辑学、修辞学使人善辩；凡有学者，皆成性格。”卢梭说：“读书不要贪多，而是要多加思索，这样的读书使我获益不少。”菲尔丁说：“坏书如同坏朋友，能使我们堕落。”

例文

我们为什么要读书

当我们读一本属于自己的书，便已经开始了一段寻找生命欢悦的旅行。我们的初念可能只是某个人的推荐或是某个寂寞的夜晚。星星的光很暗，晚风习习，虫鸣和蛙叫显得有些落寞。所以借助着暖黄的灯光，蜷缩在被窝里，拾起了那本长久不曾拿起的书。抱着惭愧又腼腆的笑容打开了她，像是和许久不见的恋人又一次亲昵牵手，兴奋但隐晦。我们挑选一本书，就像儿童从一堆糖果中选出一颗自己最爱的口味塞进嘴里，或者像一个女孩从精致的壁橱中挑选一件自己喜欢的晚礼服穿上，这种感觉曼妙且欢愉。

我们为什么要读书？读书不仅可以带来身心的欢愉，也能带来灵魂和品性的修炼，更在无形中改变着我们的人生轨迹。台湾作家龙应台在凤凰副刊上有这样一段对子女说的话——我怕你变成画长颈鹿的提摩，不是因为他没钱没名，而是因为他找不到意义。我要求你读书用功，不是因为我要你跟别人比成就，而是因为，我希望你将来拥有更多选择的权利，选择有意义、有时间的工作,而不是被迫谋生。读书,从小到大都像是一把丈量我们人生品质的标尺。

人都需要良师或益友,他们会帮助我们在生活中正身正形、排解忧患和孤独。这位良师益友也许是一个自然人,也许是一个正能量的兴趣爱好,比如运动,比如旅行,比如读书。当你悲伤的时候,你可以挑选一个暖心的故事走进去;当你失落的时候,你可以挑选一段励志的人生去学习;当你乏味的时候,你可以挑选一路精彩的冒险去同行。不管何种目的,当你开始读书的时候,你内心的纠结和迷惘也随之打开和舒展。梁文道先生这样描述读书这件事情:“读一些无用的书,做一些无用的事,花一些无用的时间,都是为了在一切已知之外,保留一个超越自己的机会,人生中一些很了不起的变化,就是来自这种时刻。”读书本就随性而起,又随心而深入,最后弥漫到自己的生活和精神,塑造成我们独有的品性和风骨。

生命的开始本就如一张白纸,需要时间去勾勒和填充色彩,等到油尽灯枯、曲终人散之际,这本生命的书籍到底是薄如蝉翼还是厚如萤石?短暂的人生,时间显得捉襟见肘,如何在有限的生命里收获更多的乐趣和能量,也许“捷径”就在书中。

文字没有情感和温度,但是文字下蕴藏的作者的心却是真实而可敬的,也许温润,也许激愤,也许孤独。俄国作家鲁巴金说过:读书是在别人思想的帮助下,建立起自己的思想。读书是一座桥梁,一座勾连起两个不同人生的桥梁。有趣的地方就在于,这两段人生也许风格迥异大相径庭。一个牧民也许读到了一个医生的内心,走了进去,完成了一段奇妙的旅行。每个人的世界其实都很小很局限,貌似可以窥探整个世界的博大,其实只是禁锢在一个杯中的鱼儿,看得到云彩和花鸟,却无法触及,也无法体会。而读书这座桥梁延展了我们局限的目光和心灵,在原本单调的人生苦旅中开出了别样的花朵。

所以,当你走到了人生的十字路口,或者感觉到了旅行的孤独,抑或是隔壁的美丽姑娘让你日夜思念沉醉,不妨捧起一本自己喜欢的书籍,去打开另一扇门窗,去开启另一段美妙的旅行。

【美点赏析】 有人说,不读书,照样可以刷微博、微信、公众号、转发、点赞、收藏,然而你收藏的只是小编们从经典书籍的瀚海中舀出来的点滴。那些让你感到惊艳的句子和说辞,在经典书籍里密集地排列着。阅读之美熠熠闪烁,像是邂逅了一场感情的宴席。阅读让你听到了自己内心的汹涌,如喷薄的日出。

世界这么乱,但阅读者不担心,因为他知道如何保持自身不乱;人性难以捉摸,但阅读者不担心,因为他早就懂得人性的复杂;全社会都在急吼吼地投资买房,但阅读者不担心,因为他明白市场的规律;男女关系总是让人抓狂或神伤,但阅读者不担心,因为他知道人世间还有各种美好的感情,以及感情不可强求。阅读者会更豁达，更不容易上当，对世界更加淡然，更加不会随波逐流。

越读书，你就越知道这个世界是如何运转的，越知道它的复杂性，也就越是会对人宽容。越读书，你就越知道自己想要什么，知道自己的优势和劣势各在什么地方，扬长避短，凸显好的一面。所以，阅读能够帮助你独善其身，“把生活中寂寞的辰光换成巨大享受的时刻”（孟德斯鸠语），跟这个世界更友好地相处，和这个世界一起玩。

第二节　追求独到的立意：深刻、新颖

凡是新的、不平常的东西，都能在想象中引起一种乐趣，能使心灵感到一种愉快与惊奇。文章是信息的载体，新颖是信息的生命，也是立意的生命，信息的新颖度直接影响到立意的新颖度，从而直接决定着文章的认识效应和传播效益。有新情新意，可以求新物新态，而有新物新态，却并不一定可以见新意新情。可见，立意是起决定性作用的。

高考考纲对作文的发展等级第一点“深刻”的具体要求是“透过现象深入本质，揭示事物内在的因果关系，观点具有启发性”。高考作文对“深刻”这一发展等级的认同是包含社会流行的正确观点与自己深切体会这两个方面的。议论性文章是说理透彻，论点深刻；记叙性文章是形象生动，思想深刻。高考作文鼓励见解深刻，并且是鼓励多种多样，或是深入本质，或是提示原因，或是说明结果，或是指出规律，或是预见发展，或是抓住要害，或是给人启发，等等。

考生们有良好的思想素质，如思维方式、理想信念等，就能决定他对客观世界的认识态度和思考深度。所以，要有意识地掌握一些科学的思维方式，如唯物意识、辩证意识、系统意识等，学会科学地看待事物、分析事情。还要养成思考分析的习惯，才能保持高度的敏锐感。同时，还要有丰厚的学识积累。见多识广才会有比较、有发现，才能见人之所未见、感人之所未感。还要热爱生活，感受生活，体验生活，关注生活，把握自己独特的生活境遇与人生体验，把握自己特定条件下的情绪状态与情感质量，始终保持一种生命活力和情感活力，才能有真知灼见，才能有新颖鲜活的情感和意念的产生，也才能有新奇深刻的立意。在审美活动中，陌生的眼光十分重要。所谓陌生的眼光，就是发现的眼光。

戴师初认为：“凡作文发意，第一番来者，陈言也，扫去不用；第二番来

者，正语也，停之不可用；第三番来者，精意也，方可用之。”这就告诉我们，在确定文章立意时，要在联系生活，获得灵感感触的基础上，进行情感化的孕育，将自己的情感融和于触发性物象中，孕育能感动人的意象，生发出给人启发的哲思。然后去粗存精，反复锤炼，由表及里，层层开掘，发现其具有代表性层面、普遍性意义层面和哲理层面等各层面的深刻内涵，升华立意的品位。

世界上没有万能钥匙，但愿下面提供的几种思维方法能对同学们寻求最好的立意有所帮助。

一、命题作文（话题作文）：多维度思考

如以“财富”为题（话题）的立意：

（一）从实的角度立意

正向立意：

追求财富，积累财富是公民的正当权利。

为社会而负责任地支配财富，是人生的至高境界。

用责任与诚信积累财富。

财富在于远见。

反向立意：

很多时候，拥有越多财富越会沦为财富的奴隶。

（二）从虚的角度立意

正向立意：

良好的人际关系是财富。

幽默有趣、个性多彩、长久相伴的朋友是财富。

乐观是一种财富。

微笑也是财富。

最值得珍视的财富是健康。

信誉也是财富。

智慧就是我的财富。

长征精神，是永不枯竭的精神财富。

反向立意：

挫折是一笔财富。

贫困也是一种财富。

（三）从实与虚结合角度思考

金钱是财富，但财富不仅仅是金钱。……

刘强东说：金钱可以改变人生，但多数情况下只会变得更糟而不是更好，钱并不能带来任何快乐。我得到了10.5万员工，就像我的兄弟朋友，我认为这比钱更重要。

学会从正、反、虚、实等角度思考，可以形成快速思考与立意的能力，能举一反三，面对任何作文题，都有话可说，能说得准，说得深，说得新。这种思维方式也可用于材料作文的立意，当然要找准最佳角度。

例文

你是几等快活的人

王开林

有人曾问钱钟书先生是否认为金钱万能，钱先生以一贯诙谐的口吻回答道："我都姓了一辈子钱了难道还会迷信它？"钱钟书先生学问深，志行高洁，手面也不窄，所以能用"太极推手"四两拨千斤。若换了旁人，即便是辱没列祖列宗的那号顽主，在财神爷面前，也总要恭恭敬敬烧上一炷高香，无论如何也不敢开罪这位高视阔步、腰悬大串大串金钥匙的老前辈。除非他存心不想过上好日子了。

"金钱是万恶之源。"我不知这话最初出自何人之口，但可以肯定，他特别怀旧，而且怀的是原始社会那样的旧，要不然就是受了一辈子憋屈，到老也无转机，便咬牙切齿，愤愤不满地诅咒一句，以泄心头之恨。

金钱真有那么坏吗？谁要是这样发问，显然十分幼稚，也十分滑稽。金钱只具有物性，不具有人性。同样的钱，在肮脏的手上是肮脏的，在干净的手上则是干净的；有人用它购买军火、毒品、砒霜，可以杀人；用它建造医院、育婴堂、养老院，则可以救人，完全视乎金钱拥有者的心地品行而定。

有钱，不仅仅意味着你锦衣玉食，而且意味着你在人世间将通行无阻，时时保持尊严；没钱，不仅仅意味着你布衣粗食，而且意味着你在人世间将寸步难行，常常遭受屈辱。

其实，金钱在指向物质的同时，也指向精神，而且许多时候都是以后者为归结点。世间只有少而又少的富贵人物能口不言钱，手不沾钱。晋人王夷甫称金钱为阿堵物，多少有点作秀的成分。他是权门子弟，根本无须为家用操心，便索性扮成玄学家，博取虚名自满。今人毛泽东视金钱为身外物，则丝毫未见有作态的嫌疑，试问，一代天骄，他还要钱干什么？世间也只有少而又少的智者能跳出金钱的五指山，渡得过欲望的什刹海，但那也多半是因为浊世乱世无正当的致富之道。如果能义而致富，仁而致富，颜渊、原宪竟不为，依然要栖住陋巷，箪食瓢饮，那就没有任何值得称道的地方了。岂不闻孔子也曾如此感叹："富而可求也，虽扫鞭之士，吾亦为之，如不可求，从吾所好。"所以说，孔子周游列国却求售无门，万不得已而安贫乐道，实属无奈的成分居多。

这个时代，两种人最容易被钱咬伤：一是太穷，你认识钱，钱不认识你，被它猛咬一口，应在情理之中；二是太富，与钱厮混得热络了，便贱待它，专派它做些狂嫖滥赌之类的肮脏事，哪天它不乐意了，也会将东家咬出一道致命伤。因此，你不要轻下定论，说钱这东西趋炎附势，专门迫害穷人。"富不过三代"的话，恰恰说明，钱对富人也未肯忠心耿耿地长期追随，它什么时候不高兴了，眼睛里就不认得任何人。

人可以不为财死，鸟可以不为食亡。那该是怎样的人，又该是怎样的鸟呢？梭罗那样只过简朴生活的圣人连朽骨都已不剩一根，凤凰那样只食练食的异鸟则只在传说中出没，更多的人都是凡人，更多的鸟都是庸鸟。怎么办？"君子爱财，取之有道"，这就很好，心态十分健康，有胆有实有才有手段有谋略有智慧，芸芸众生自然有得一比，但还须恪守游戏规则。比尔·盖茨成为世界首富，大家心服口服，倘若让意大利黑手党首领或某大国头号贪官成为世界首富，情形又将如何？毫无疑问，世间所有富人都将因此蒙羞。

追求财富，积累财富是公民的正当权利，只要手法干净，便无可厚非，甚至令人赞赏、然而永不满足的贪婪将危及社会，攫取非分所得，则相当危险，伸手被捉的事在现实中屡见不鲜，仍然有人满怀侥幸心理，白天如履薄冰，夜晚还要盗汗，老是梦见警察带着手铐来抓他，像这样担惊受怕，不义之财再多又有什么意思？财富既是个人的，也是社会的。挥霍与吝啬都不可取、财富既可成就人生幸福，也可颠覆人生幸福，就看你是否善于使用它。

世间第一等快活的人有钱就做善事，第二等快活的人有钱就做乐事，第三等快活的人有钱就做闲事，第四等快活的人有钱就做蠢事，第五等快活的人有钱就做坏事。试问，你是第几等快活的人？

【美点赏析】 针对"金钱是万恶之源"的说法，作者反向立意："有钱，不仅仅意味着你锦衣玉食，而且意味着你在人世间将通行无阻，时时保持尊严；没钱，不仅仅意味着你布衣粗食，而且意味着你在人世间将寸步难行，常常遭受屈辱。”得出“追求财富，积累财富是公民的正当权利，只要手法干净，便无可厚非，甚至令人赞赏”的结论。提倡有钱就做善事，有钱就做乐事，从而做一个有钱的快活人。

二、材料作文

材料作文的材料大致可分为五类，即寓言性材料、评述性材料、事件性材料、文学性材料和名言性材料。通过抓关键语句，寻找核心词语来审题立意，是材料作文审题立意的通用之法；全面理解材料，对材料进行多角度思考，是选取最佳立意角度的常用方法。异中求同、同中求异及辩证分析法，主要适用于由多则材料构成的材料作文题。

我教给学生的材料作文审题立意的思维方法分为三步：第一步，确定角度（是什么）；第二步，分析原因（为什么）；第三步，联通生活（怎么办）。下面仅就寓言性材料和事件性材料举例说明：

（一）寓言性材料

所谓寓言类材料作文，是指命题者给出一段寓言故事，要求学生根据寓言故事的寓意选择一个侧面或一个角度作文。学生要写好寓言类材料作文，就必须审好题、立好意。

第一步，确定角度（是什么。即要读懂寓言故事里讲的是什么，它的寓意是什么）。

读懂寓言，首先要懂得寓言这一文体的特点。“寓言，文学体裁的一种。以散文或韵诗的形式，讲述带有劝谕或讽刺意味的故事。结构大多短小，主人公多为动物，也可以是人或非生物。主题用意在惩恶扬善，多充满智慧哲理。”（《辞海》“寓言”（fable）词条）“寓者，寄也；言者，话也。”所以寓言就是“寄托的话”。作者把自己要说的话寄托在一个虚构的小故事里。寓言的表现方式是由此及彼，通过借古喻今、借物喻人、借小喻大或借此喻彼的手法，揭示事物丰富的内涵和蕴含的深刻道理。了解了这些，我们也就不难理解材料，不难审题了。

> 动物园里来了一位哲学教授，向动物们传授哲学。哲学教授讲了好多空洞的理论，接着说：“任何事物都必须从基础做起，就如任何建筑都必须从底层做起。”有一只青蛙听得不耐烦了，就向教授发问：“请问教授，真的所有建筑都必须从底层做起吗？”哲学教

授瞄了青蛙一眼："当然！井底之蛙！"青蛙反击说："正因为是井底之蛙，我才问你——难道打井也从底层做起吗？"哲学教授哑口无言。动物们纷纷说："是啊，即使是井底之蛙，它也有自己独特的见解，何况不是呢？"

要求全面理解材料，但可以选择一个侧面、一个角度构思作文。自主确定立意，确定文体，确定标题；不要脱离材料的含意作文，不要套作，不得抄袭。

这则寓言故事讲的是一个哲学教授和青蛙及其他动物们之间的故事，结果是这个哲学教授被青蛙和其他动物们驳倒。

第二步，分析原因（为什么）。

角度一：教授被驳倒是因为：（1）理论与实践脱离。（2）具体问题不能具体分析。（3）说话过于绝对。

角度二：青蛙把教授给驳倒了是因为：（1）勇于质疑。（2）敢于挑战权威。动物们反驳教授是因为：教授只信自己，小看他人。

第三步：联通生活（怎么办）。

这个故事就是要告诉我们：理论要与实践相结合，学会具体问题具体分析，对事物下的结论不要太过绝对，看问题也不能太过绝对；要敢于质疑，敢于挑战权威；要看到别人的长处。（联系现实分析）

（二）事件性材料

请大家看2014年新课标Ⅱ卷高考作文题：不少人因为喜欢动物而给它们喂食，某自然保护区的公路边却有如下警示：给野生动物喂食，易使他们丧失觅食能力。不听警告执意喂食者，将依法惩处。

要求：选好角度，确定立意，明确文体，自拟标题：不要脱离材料内容及含意的范围作文，不要套作，不得抄袭。

第一步，确定角度（是什么）。

给野生动物喂食，易使他们丧失觅食能力。不听警告执意喂食者，将依法惩处。

第二步，分析原因（为什么）。

从"野生动物"角度：野生动物是自然觅食者，应该靠自身去寻找食物，去获得生存机会，一切外来的帮助久而久之都会使其丧失自身能力。

从"喂食者"角度：而喂食者也要遵守这个自然规律，不应该去破坏这个丛林法则，所以应该顺应自然规律。

从“警示”方式角度：“给野生动物喂食，易使它们丧失觅食能力”，这是耐心的劝导，告诉你“不该”。“不听警告执意喂食者，将依法惩处”，这是直言的告诫，提示你“不能”。

第三步，联通生活(怎么办)。

材料分析完后，就该下手写作了，笔者认为学生关注材料本身“人与自然”入手写作是可以的，但更应该明白写作的深刻性之所在，要知道任何材料都不要轻易从材料本身就事论事，要想作文深刻，就要有自己的独特见解，就得从材料引申开去，把写作视角转向人与社会生活，多关注社会中的人、人际关系、社会发展规则等内容，这样写出的文章才会更有见地。

所以作文材料中的“野生动物”引申指向可以认同为“孩童”“‘成长中’的人”等，如现在很多孩子是“饭来张口，衣来伸手”，家长在孩子走向社会前“一切代办”，我们这个社会有许多大学毕业后不去就业的“啃老一族”等；“喂食者”可以引申指向“溺爱多于真爱的家长”，“不懂规律无心办了坏事的人”等。正所谓“受人养而不能自养者，犬豕之类也”。谁仰赖别人的餐桌，常常最后才轮到他吃饭。“父母之爱子女，则为之计深远。”切记，欲使之自立，必使之自骨；爱的背后，常有害的泥潭。

因此，新课标Ⅱ卷高考作文题立意是多角度的，可以是材料本身的“人与自然”，也可以是社会生活中家庭教育的“溺爱、爱的方式”可以是“尊重规律、规范”，从反面立意可为“拒绝依赖、自立”。因为“喜爱”而给动物“喂食”，因为“喂食”而导致动物丧失“觅食能力”。爱意的背后追加的却是伤害，良好的动机却产生了不好的结果。这就是生活的辩证法。教育孩子尤其如此。

比如写“爱与害”“动机与效果”“教育方式”“教育也需要立‘法’”等方面。

友情提醒：当大多数考生从“因喂食而伤害”中联想到家长的溺爱，如果联想到不喂食的伤害更大，于是选择材料的另一面作为立意的角度，反弹琵琶，呼吁家长和社会要给予儿童生存的基本物质条件和发展的精神帮助。这样的观点新颖别致，一定会令阅卷者眼前一亮，容易拿到高分。

警示的方式：

“警示”是从正反两个方面说的：一个方面是“给野生动物喂食，易使它们丧失觅食能力”，是给你以知识，是委婉的劝导，是“晓之以理”，告诉你“不该喂”;一个方面是“不听警告执意喂食者,将依法惩处”,是给你以警告,是直言的劝诫,是“导之以行”,告诉你“不能喂”。据此作文的立意可以写“警示的方式”“引导与告诫”“‘不该’与‘不能’”。我觉得以上立意应该是全面衡量材料后的结果。但这恐怕是一般考生所分析不到的。

现实生活中的好多事情都是如此,对某种行为的制止,仅有直面的告诫,缺乏人性的善意,使人不通情;仅有婉言的疏导,缺乏制止的力度,使人不达理。只有将二者结合起来,才是“动之以情、晓之以理、导之以行”,才是“疏导”与“约束”并行,才能达到警示的目的。

第七章　结构之美

一篇作文的质量高低,在很大程度上取决于构思的好坏。构思的精巧、独特和新颖是优秀作文的重要因素。

> “基址初平,间架未立,先筹何处建厅,何方开户,栋需何木,梁用何材,必俟成局了然,始可挥斤运斧。倘造成一架而后再筹一架,则便于前者,不便于后,势必改而就之,未成先毁,犹之筑舍道旁,兼数宅之匠资,不足供一厅一堂之用矣。”(李渔《闲情偶寄》,词曲部·结构第一)

文章的结构可以百态千姿。既可以随意驱遣,以气贯穿,如汩汩清泉,自由流淌;也可以起承转合、起伏照应,严谨精巧。好的文章结构可以为张扬作者的创作个性与审美追求增添艺术魅力。

第一节　叙事类散文结构之美

叙事类文章意蕴在材料的核心处,且写作有巧妙而机智的构思,有生动传神的细节,有浓郁而清新的文采,故事有真实感和亲近感。

一、时空交叉法

时空交叉法,就是在作文中把现实的时空和心理时空,或者把现在、过去、未来交叉错叠起来,错开了生活客观逻辑,打破了情节发展的本来次序,进而重新组成叙述的构思方法。

好处:能给人一种复杂多变、综合立体的感觉,从而充分展示生活的复杂性和人的丰富性,也具有很强的跳跃性,通过较大的时间跨度来表现主题,使主题能够在广阔的背景中,交织于虚幻与现实的生活场景中,而得以更为深刻详尽地挖掘。同时可以在行文的过程中避免平铺直叙的呆板僵硬。

注意：进行时空转换时，要讲究其内在的联系，不能割裂现实的时空和心理时空之联系；另一方面，可以适当地通过一些过渡性的词句，勾连段落，标志行文，引导读者紧跟文章的思路，既跳跃又顺畅地阅读全文，把握其思想内容。

例文

我的路我的门

浙江考生

看到这个题，我有一种莫名的近乎落泪的感动。

禁锢已久的已逝的和我憧憬着的闪着光的日子不知从哪里涌出来，让我既熟悉又陌生，既欣喜又不知所措。

早晨起床，对爸爸妈妈感慨一句："这么着，我就要高考了。"他们都笑了。

三年一瞬，曾经认为漫长的高考路已到尽头，我记得怀揣着分班成绩踏入教室时的踌躇满志；我记得第一节化学课校长坐在讲台上我们的小心翼翼；我记得发了高烧数学老师允许我睡一节课我的心满意足；我记得无数个夜晚我的挑灯夜读；我记得无数个清晨我的闻鸡起舞……现在回想，这一切或成功或失败的努力，或欣喜或忧伤的经历，于不经意间早已一寸一寸地为我铺平前方道路，承载着我最初的梦想让我坚强地前行了。

而今，我在路上奔跑着，我看到了不远处的那扇门，虽然我仍只是望着它遐想，但我知道，那是与未来，与更广阔天地的连接点。门口，有自由的风气，有大师的思想，有无所畏惧的新的征程。我渴望着在一片更广阔的领空翱翔，然后在我所最钟爱的一片绿荫中停歇；我渴望着在更辽阔的海洋遨游，然后在某处深潜下去，去和其他鱼儿嬉游争食，去和海底的珊瑚问好。门后，是又一块如此适合我的梦想的起飞之地。而现在，我已正在不远处眺望着它，过不多久，我就要一踮脚够到它了。

门与路，真是天生一对如此玄妙的组合。路上挥洒汗水，门后收获惊喜；路上风雨兼程，门后自有既定的目的之地，作为对执着的人最好的回报。路给了我明确的方向，门给了我拼搏的动力。而即将走完一程路、推开一扇门的我，无疑是个最满足的人了。

我的路上有温暖同行，我收到了妈妈关切的电话，我也看到从不参加什么祭拜的父亲在普陀双手合十给我许愿时弯下的宽阔脊背。那些时刻，我便握紧拳头，更奋然而前行。

我的门需要我自己推开。有一刻我终将试练我的锋芒，在另一个圣洁的地方，仰望头顶灿烂的星空，我将依然微笑着面对一切，亦会如伟人一般在真理的大海边玩耍。

但我知道，我依然不能停止奔跑，因为大学之门后，自有另一条充满挑战的路，那里有我未来的阴晴雨雪，路的尽头，一定会在梦的渡口闪光。

【美点赏析】 本文主旨明确，中心突出。作者充分领悟了材料的主旨，在审题时能紧扣材料的三个关键词——“门”“路”“大学的门”来立意，通过对曾经一路前行的往事的追忆，对未来人生之路美好愿景的渴望，表达了面对人生重要时刻时要勇于进取、不懈追求、敢于挑战的精神。此文为了展示这一审题立意，由眼前的作文题入手，引出对以往的联想，在对以往所走的路做充分叙述铺垫后，文笔一转，转到对未来大学之门的展望。接着恰到好处地阐释“门”与“路”的辩证关系，强化了文章的立意。最后又回到现实，倾诉自己的感恩之情，表达自己对未来的期望。全文反复点题，层层铺垫，一气呵成，自然流畅。

用蒙太奇的手法回放12年来的学生生涯，用细腻的特写描绘即将高开大学之门后的场景，用长镜头抒发未来前行的道路的憧憬……

二、先抑后扬

为肯定某人、事、景、物，先用曲解或嘲讽的态度尽力去贬低或否定它的一种构思方法。

好处：一方面能够真实而详尽地记录作者的认识过程，使人、事、物、景的特征在流动的情感变化中更鲜明突出，形象也更为丰满；另一方面可以将文中的落差发挥到极致，产生出人意料，又在情理之中的效果。

注意：运用这种方法，作者在构思与写作过程中，要注意抑扬前后应具有对照性，而且大多是采用相反对立的形式构成对照。另外，对于抑扬两者，不可等量齐观，而应该重在后扬。抑起衬垫作用。这里的比例、分量的掌握，只能通过自己不断的写作实践，去细细地体会、揣摩。

例文

眼光爸爸！不一样的眼光

王　琪

我就是那样的，最想流泪的时候，死撑着不肯流一滴眼泪；最要好的人离开时，咬紧牙关不肯说一句挽留的话；心里无数次嚷着想要投降，脸上却装着一副毫不在乎的样子。他的眼光，曾经让我充满怨恨，因为他总是用不一样的眼光看待我。

从小到大，爸爸的眼光一直都与众不同，我曾把得到他一个赞赏的眼神当作奋斗的目标，像渴望得到糖果的孩子一样渴望他肯定的眼光，然而总是得不到。

小学有一次患重感冒，睡在医院里打针，醒来后发现妈妈守在旁边焦急地看着我，爸爸走进来用手摸摸我额头，然后淡淡地说："退烧了，我们回去吃饭。"说着便拽起妈妈向外走，妈妈嘟囔道："女儿还在打针呢，我陪着她。"爸爸却说道："都十二岁的孩子了，谁还没个病没个灾的，陪什么陪啊！"说完扭头淡淡地扫了我一眼，拉着妈妈离开了。那一刻，我觉得我是个多余的人，孤身一人躺在病床上，冰凉的药液冷彻全身。从那以后，我便格外注意自己的身体，因为我怕自己再生病，再次碰触到那冰冷的眼光。

因为家里开销大，爸爸决定要出去挣钱。临走的那一天，他给我妈妈说了好多好多话，那眼神是我从来没有得到过的温暖，我心里别扭极了。直到他上车，也没有任何舍不得我的目光在我身上停留片刻。关上车门时，他只是淡淡地看了看我，说了句："别给你妈添乱。"少年的情绪翻涌奔来，我哭着跑回家，觉得自己是个被全世界遗弃的孩子。

从那以后，我便用功读书。我曾暗暗地想，一定要让轻视我的人后悔。皇天不负有心人，期末考试我拿了第二名。妈妈很高兴，打电话给爸爸报喜，从电话筒里传来一声冷冷的声音："哦，才第二啊。"我听到后愤怒地夺门而出。

我开始放纵自己，整天在网吧上网玩游戏。妈妈实在管不住了，才给爸爸打电话。当天晚上，他赶回来把我从网吧拎回来，关上房门就给了我一巴掌。看到他眼中从未有过的愤怒，我反而很满足，他终于给了我一个除了冷漠之外的不一样的眼光。我像一只愤怒的小豹子，倔强地站在他面前，恶狠狠地说："你打吧，反正你不待见我，打死了算了。"他扬在空中的手微微一晃，然后无力地垂下来，眼光里的怒气渐渐退去，取而代之的是他化不开的忧伤。

我一下子慌了神，轻声地喊了句"爸"，他良久才扭过头来，用红红的眼睛看着我，说："爸爸只是希望你坚强，有追求，不被别人的眼光左右，却没想到给你造成这么大的伤害。"听着他哽咽地说完这几句话，我心中因为怨恨而堆起的堡垒早已崩塌。"爸，我错了！"我跪在他面前，突然明白了那冷漠眼神背后的关怀与期望。他把我扶起来，帮我擦干眼泪说："你一直都是爸爸心中的骄傲。"那一刻，我才懂得，那不一样的眼光背后隐藏的深情是多么热切。

爱，也许就是这样简单，无须豪言壮语，无须嘉言懿行，一个不一样的眼光，便可温暖一生。

【美点赏析】　题目是“不一样的眼光”，本文写了爸爸不一样的眼光，总是以淡然、冷漠、冰冷的眼光对待自己。同时，也写了爸爸的三种眼光：平时对“我”总是冷漠的眼光；在“我”沉溺网吧时是愤怒的眼光；听了“我”的抱怨后是忧伤的眼光。紧紧扣住爸爸不一样的眼光来写，最后点出“不一样的眼光背后隐藏的深情是多么热切”。全文先抑后扬，叙事简练，视角独特，在简约的叙事中蕴含深意。

三、以小见大

以小见大就是以小题材表现大主题。小题材，可以是日常生活中的一件小事、一个细节，可以是整体的一个部分，也可以是一件小物品、一只小动物、一棵植物等。以小见大就是以个别反映一般，以一些细小的具体的事例来反映一个重大的主题。其特征是从细小的形象和故事里，能写出具有深邃隽永的意义，发挥思想教育作用，反映一个重大主题的文章。然而，生活中轰轰烈烈的大事是少有的，而环绕我们的多是平凡小事。但我们却能从平凡小事中发现“亮点”，悟出道理，揭示主题。

好处：把“以小见大”引入写人技巧，有助于我们从平凡小事中发现人物的“亮点”，激发作者用真情实感写人，把人物写得有血有肉、有声有色，使得感情表达得深厚、细腻、感人。更能从看似平凡却不平凡的小事中突出人物性格，进而揭示意想不到的主题，让主题达到深化的效果。

注意：首先，在观察和阅读时，要勤于和善于思考；其次，要重视细节描写；再次，“小”与“大”是辩证统一的。写“小”是为了见“大”，如果写了“小”却不能从中见出“大”来，这仍然是失败的写作。对人、事、景要能表达出独特的感受，发表议论，要能找到新的角度。

例文

有什么用

叶倾城

从钢琴老师家出来，春夜正好，像件薄薄的黑绢衫子，亲密贴身。有路灯，把夜色稍微推开一段，像捋上去的袖管。

我一路问小年课上学了些什么——遗忘与记忆同步，两小时内学到的知识就忘掉70%，为了达到最佳学习效果，必须立刻复习。我听完一堆“八分音符”（其实我也不知道那是什么），叮嘱她：“要好好学钢琴呀。”

她点头:“嗯,我长大了要当钢琴老师。”又说,“我也要好好学英语,要不然我去美国,大家听不懂我讲话怎么办。”很抱歉,她5岁,已经很自然地有了美国梦。整个社会的价值观,就这么直接地以儿童体现。历朝历代,都拿童谣当作天谶。

我老怀大慰,又加一句:“围棋也要好好学哦。”她学围棋也快一年了。

她扭头问我:“为什么?”

这应对出乎我意料,我一愣:“当然了,学就要学好嘛。”

她居然认真起来:“我又不想当围棋老师,去美国要下围棋吗?为什么要学好围棋?”

上一次被问类似的问题,是在新东方附近的茶餐厅,熙来攘往,隔邻多有洋人,外文单词单句混在中文的洪流里,像甜点上嵌的杏仁。与我同桌的是个15岁的女孩子,托福考了113分。我问:“听得懂?”她微微一笑,笑容里全是自负。

我一时多事,说了句:“其实你英文已经很好了,有时间可以看看古文,背背古诗词什么的。”

女孩诧异地看我,满脸都是那种“这人老糊涂了”的不解:“为什么?英语、数理化、游泳,都是工具,将来用得着,古文……”她撇撇嘴,“有什么用”4个字不曾出口,用身体语言体现。

如果她是成年人,我可以理解这是粗俗的挑衅,但女孩一脸的认真,我于是想了又想,说:“说一个你可能知道的诗人吧,纳兰容若——清朝宫斗片对普及中国传统文化还是有不可磨灭作用的。他有一句诗:‘等闲变却故人心,却道故人心易变。’你也许会在无意中听到,因为它的浅显,随意记下来,然后很快忘掉。你现在初三,马上面临分离,那些要好的、视为姐妹、以为是一辈子的好同学好朋友,会渐渐淡掉,总有一天,你会惊讶地发现他们都变了。而他们说:不,是你变了。也许你心里会五味杂陈,感觉孤单,仿佛一刹那被朋友和时间同时抛弃。你有那么多感受,却不知从何说起、向谁说、怎么说。你疑心只有你一个人经历过这一切。这时,你想起这句‘却道故人心易变’,于是,你明白了……文学的意义就在这里,说出你的心声,抚慰你的哀伤。我们脱离人猿已经很久了,我们所需的,不只是工具。”

女孩应该听懂了,但她听进去了吗?

如果技能与谋生无关,如果知识不用来生存,如果它不是通往美丽新世界的桥梁,那么,它有什么用?我尽量用小年能听懂的语言说:“围棋可以锻炼头脑,提高你的逻辑能力和推理能力,这是所有学问和智慧的基础。”这是一个先天不足的答案,因为她可以追问:学问和智慧,有什么用?

连上了年纪的人都会这样抱怨:光电效应有什么用?三角函数有什么用?为什么要学这些没用的东西?有时他们是焦灼的父母,在质疑教育制度,而我,只觉啼笑皆非。

天文有什么用？它让我们知道，我们的一生像微尘一样轻；美有什么用？刺绣或者音乐，带给我们的美感与惊喜，是擦过皮肤的战栗；那些你一生用不到的冷知识有什么用？你了解雪兔一冬一冬的变色，即使你不想当猎人（我估计雪兔也是保护动物吧），你是否会感到既轻微又巨大的悲哀，原来随机应变不过是与生俱来的智慧……甚至，眼泪有什么用？除了滋润眼部、让眼睛不会太干涩之外，它还可以洗净我们的灵魂。

所有无用的东西，都是有用的。

就像这一个美好的春夜，也许它真正的、唯一的用途，就是让万籁俱寂，它是宁静的幕布，让小年有机会问出她的“大哉问”：有什么用？

她会用一生，慢慢地找到属于自己的答案。

【美点赏析】　从全文构思上看，作者用以小见大的手法反映主旨很是独到。文章所反映的功利主义价值观在如今浮华的社会已十分普遍。作者在文中却选择让两个孩子去揭露社会上这种不良的学习风气，可见作者是故意为之，也是用心良苦。孩子是祖国的未来，而这么小的孩子已经有这么明显的功利思想，实在令人担忧。我们不禁和作者一起担忧人文精神的缺失会成为趋势。这些被功利思想影响的孩子能否身心健康地成长？如果没有正确的引导，孩子们将会渐渐迷失自己，精神家园走向荒芜。此时此刻，我们能真切感受到作者那颗富有高度社会责任感的真心。

四、对比手法

对比是文学作品创作中的重要表现手法，所谓对比，就是将两种不同的事物或同一事物的两个不同方面做比较、对照，使所要表达的事物内容更加鲜明、突出、丰满，从而收到突出事物的本质特征、彰显事理的内在逻辑的表达效果。叙事类文章常用对比构思法。其中包括两种不同的生活场景、生活过程的对比，以及同一生活场景和过程前后变化的对比。写景类文章，也常用对比构思的方法。大致上有横比（两种景物之比）和纵比（一处景物前后变化之比）两种。

好处：“事物是相比较而存在，相斗争而发展的”，没有比较，我们甚至分不清一个事物的高低大小、美丑好坏。而且生活中的万事万物也总是一分为二的，不仅对立的事物互为依存，而且任何事物本身也有对立的两个侧面。所以，使用对比，能更准确反映事物的本来面貌，而且使事物被表现得更突出、鲜明。

注意：第一，要努力揭示事物的本质；第二，要流露出真挚的情感，针对黑白、新旧、善恶、前进与后退、勇敢与怯懦、美丽与丑陋，作者的倾向、评价和思想感情要借助形象化手法，生动而分明地表现出来；第三，局部对比与全文对比、单项对比与多项对比，应根据主题需要妥善安排，不可生拉硬扯、勉强行文。

例文

怀想天空

江苏某考生

麦收时节，天空显得非常的明净。在麦田上空，偶尔悠然地游过几朵白云。[写景简洁，突现神采！]

麦收时节，中午常是烈日当空。我们勤劳的父母，不得不在烈日下劳动。[起笔先点出“烈日”两次，重复得好！]因为作为农民，这是他们的义务。[说得多么本分！]

我是一个农家子弟。我明白我们乡下的家长们要靠田地来生活，供我们上学。他们为了子女辛勤地劳动，但没有半句怨言。在家，我常听到他们说：“只要孩子搞好了，再苦再累，我们都愿意……”[可怜农家父母心！“搞好”，此词用得妙，传神。]

农家子弟努力学习吧！全力以赴吧！我们敬爱的父母为了我们能过上好日子，他们埋头在烈日当空的麦田里收割麦子。那种滋味，你们体会过吗？[此处喊“口号”了，但听来很顺耳，很入耳。前两节，均说“我们”、“他们”，请品味。]

在即将奔赴高考考场的前两天，我体会到了。又热又累。当时，我唯一的希望就是快点把麦子割完，到家洗个澡，然后在床上睡五六个小时。[这里的叙述有变化，先讲“感受”，具体“描写”滞后，为的是突出割麦之“苦”。]

6 月 5 日早晨，我爸起得很早。四点多钟就起了。他临下地时告诉我说：“你再睡会吧！六点钟起来做饭，然后洗洗衣服，八点钟到地里给我送饭。”[全是农家父亲的质朴话语，多情而又实在！有几个家长让孩子在高考前两天劳动的？]

我睡醒后，拿起表一看：5:50。大概在学校里起早起惯了吧。[一语带出高三生活]我快速穿上衣服。我把衣服泡在铁盆里。然后，我进入厨房做饭。[有板有眼，一事一句号。]

我做好饭，洗好衣服。又把汤盛到饭盆里，拿了 5 个馍，一齐放到篮子里。我赶紧吃过饭。碗都没涮，便骑车下地了。[又是一板一眼道来，不怕平淡、机械。]

当我到地里时，父亲已割了七八垄了。他脸上很多汗珠，衣服湿透了。他说："你来，吃过了吗？我割光这一垄，再吃……"[白描。父亲的言语，平淡中见"浓"！]

大概四五分钟吧，他割光了。他从篮子里拿出饭盆、馍头，边吃边说："孩子，你爸没本事，明天到县城后好好休息！后天好好考，别紧张……"[这就是当农民的父亲，在田野上，在烈日下，对"后天"高考的孩子进行的"临考告诫"！苍天和大地都在倾听……]

我在烈日下割了五个多小时麦子。[不愧是农民的孩子！没有考前烦躁，没有"营养品"，没有父母高招"安慰"，只有本本色色的"劳动"！]回到家，我没有吃饭。洗了个澡，就睡了。[与前文呼应，真是累得瘫了！]

现在，我在考场上做题。室内很凉快。["凉快"二字，极为重要，很沉重！]当考试结束后，我要在烈日下站两小时，来感受那种烈日当空的滋味。[此为一个大大的"亮点"，全文生辉，一切皆活。"怀想"出来了，"天"出来了，比天还"大"的农民出来了，比天还"亲"的父亲出来了。一切皆在不言中……]

【美点赏析】 此文很典型，不事张扬，不搞华彩炫目的"集锦"，不玩深沉，只是极为朴实地记叙了父亲割麦、自己割麦的情景。它真实、本色、真情、纯净。最大的亮点在最后："考场很凉快"，与麦地很热对比；"当考试结束后，我要在烈日下站两小时，来感受那种烈日当空的滋味"——天下还没有儿子这样来感激当农民的父亲，文章中还没有人用过这种笔墨，这种机智！太感人了，而且是长效的！中学第一线的语文老师，可以此作为教学范例，进一步把握好作文导向。（点评者为江苏省高考语文阅卷组组长何永康）

五、衬托手法

衬托可分正衬与反衬。正衬就是利用相类事物作为陪衬以充分反映所写事物。反衬就是从反面衬托，利用同主体事物相反或相异的事物做烘托以表达题旨。

试举鲁迅《故乡》（人教版初中语文第五册）为例："时候既然已经是深冬；渐进故乡时，天气又阴晦了，冷风吹进船窗中，呜呜的响，从篷隙向外一望，苍黄的天底下，远近横着几个萧索的荒村，没有一些活气。我的心禁不住悲凉起来了。"这段话描写悲景用以衬托作者悲凉的心情，这是典型的以悲景衬悲情，属于正衬。

再看："这时候，我的脑海里忽然闪出一幅神异的图画来：深蓝的天空中挂着一轮金黄的圆月，下面是海边的沙地，都种着一望无际的碧绿的西瓜，其间有一个十一二岁的少年，项带银圈，手捏一柄钢叉，向一匹猹尽力刺去，那猹却将身一扭，反从他的胯下逃走了。”这里描写的一幅月下美景图，目的是用来衬托少年时期的闰土活泼可爱的形象，这种以美景衬正面形象的写法，我们也把它叫作正衬。

而用美景写哀情，则属于反衬。请看：“我在朦胧中，眼前展开一片海边碧绿的沙地来，上面深蓝的天空中挂着一轮金黄的圆月。我想：希望是本无所谓有，无所谓无的。这正如地上的路，其实地上本没有路，走的人多了，也便成了路。”在这里作者用一幅月下美景图来衬托他离开故乡时的惘然、悲哀之情，这就是反衬。

衬托的作用，主要在于突出正面或反面事物，表达强烈的思想感情，使文章的中心思想深化。俗话说，“红花还须绿叶扶”，有了陪衬的事物，被陪衬的事物才会显得突出，才能得到充分的说明。

对比是表明对立现象的，一般来说，两种对立的事物并无主次之分，而是相互依存的。通过对比，相得益彰，两者更加鲜明突出。反衬则不然，甲乙两个事物之间，“并不是一半对一半”，而是乙衬甲，甲为主体，乙为衬体，有主次之分，陪衬事物是说明被陪衬事物的，使被陪衬事物更加鲜明、突出。这是对比与反衬的主要区别。其次对比的事物必须是同一性质、同一范围、同一角度的不同侧面。而反衬既可以是不同性质的事物也可以是同一性质的事物。对比与反衬，又有一定的联系，甲乙对比，同时又互相衬托，甲衬乙，乙也衬甲，甲乙陪衬也含有某种程度的对比。

表现在作文方面，衬托构思法有三种：1. 以人衬人；2. 以景衬人，这有两种情况，一种是“情哀则景哀，情乐则景乐”，另一种是“以乐景写哀，以哀景写乐”；3. 以景衬景，包括以动景衬静景，以明衬暗，以虚衬实等。

例文

回　家

山东一考生

他，还记得，二十年前，一大把的纸币和两双粗糙的手，两张渐已憔悴的面孔和一颗向往外面世界的心，就这样他选择了窗外，决意不在山里徘徊……

是的，他离开了这里的山清水秀，离开了这里勤劳质朴的村民，离开了父母，奔向了山外——那片诱人的辉煌灯火。

其实，凭他的本事，是完全有能力在大山里开辟自己的人生道路的。开山、植树造林，都可以使他功成名就；那漫山遍野的奇花异果，足可以让他富甲一方。

可是在他眼中，这里是贫瘠的，因为他的梦不在这里，而在山外。

出了山，他发现了梦想放飞的世界，被外面的金碧辉煌、灯红酒绿的繁华迷住了，他想：是的，自己是可以在这儿开辟出属于自己的一片天地的。

十几年的时间眨眼间已从指缝中溜走，而他也在自己不断的努力拼搏中成为了一个货真价实的老板。身着宝马服饰，端坐宝马轿车，身边还有几个善于察言观色的秘书，风光地驰骋在大而宽阔的柏油马路上，脸上容光焕发。

可是，渐渐地，渐渐地，他开始被那交错闪烁绚烂多彩的霓虹灯弄得有些茫然而不知所措。他的心开始生出一股莫名其妙的空荡荡的感觉。他的脑袋也晕乎乎的，对都市生活有了些许厌倦。

咦？噢，那高山上有丛生茂密的树，那水里有游来游去自由自在的鱼，那绿油油的草里有美丽多彩的绽放的花。那从不在意的画面在厌倦了尔虞我诈的心中一幅幅浮起来，居然拂去了一些心灵的尘埃。

他想起来了，临走时，父母那日渐憔悴的脸，那被生活磨出的手茧，还有临走前父母的叮咛："不想在外面呆了，咱就回家，啊！"

无声地，默默地，他啜泣着。

窗外有棵树，树上不知何时筑了一个鸟巢，小鸟们飞走了，回头眷恋似的环望着自己曾住过的家，扑腾几声飞走了。他又落泪了，当时怎么就没有留恋过家，没留恋过父母和家乡的山水呢？他似乎看到了父母那黯淡的眼神中透出的愿他归来的光。他决意回家了。

【美点赏析】 距离产生美。在小山村里生活的时候，没感觉到美，只是一心想着走出大山。当走出了大山，也成了有钱的老板的时候，便开始思念家乡了。那里的自然环境是美的，没有城市的嘈杂喧闹；那里的人际关系是美的，没有城市里的尔虞我诈，于是决意回家。这是一篇记叙文。当大家都在写议论性散文的时候，有那么几个人写记叙文，自然也会让阅卷老师喜欢。本文作为一篇记叙文，人物的心理描写、衬托手法（最后一段）的运用，都是非常成功的。

六、误会构思法

这种构思，就是在叙事的过程中，利用人们由于不知情、不了解而发生矛盾、冲突和误解来巧妙设计情节，构思文章。随着故事情节的层层展开，步步逼近"误会"的消除，直到最后揭晓谜底，给人以恍然大悟、豁然开朗的艺术享受。并且通过“误会”的消除，可以逐渐揭示出事件的本质意义与深刻的道理。

误会曲解的形式多种多样，它可以是一方误会另一方，也可以是双方互相误会；可以是一个误会，也可以是多个误会；可以是悲剧性的误会，也可以是喜剧性的误会。如莎士比亚的戏剧《奥赛罗》，写黑人统帅奥赛罗因受坏人亚古的挑拨，轻信妻子与他人私通，一怒之下便杀死了妻子苔丝德梦娜。莎剧《奥赛罗》就是一个由一方引起的悲剧性的误会。而电影《五朵金花》则是由一连串的误会曲解来展示情节的。白族小伙子阿鹏去寻找自己已定过情的“金花”，一路上他却误把“水上金花”“畜牧场金花”“钢铁金花”“拖拉机金花”当成了自己要找的情人，而这些金花的爱人也误以为阿鹏真的是要找她们。这层层的误会曲解，推动了情节的发展，造成了强烈的喜剧效果。

好处：往往能避免平铺直叙、一览无余，营造跌宕起伏、曲折多变的效果，从而增强故事的趣味性，引人入胜，增强读者阅读的兴趣。同时，往往能推动故事情节发展，逐步完成人物形象的塑造，引发读者心灵的震撼以至深沉的思索；也可以渲染紧张的气氛，造成强烈的悬念，有利于突出刻画人物和表现主题。

注意：1. 设置误会要巧妙自然。误会是错误的逻辑判断，但在不了解、不知情的情况下是合乎生活逻辑的。2. 设置误会要伏笔照应。运用误会法，关键在于如何设计一个曲折跌宕、生动感人的故事，开头要尽可能写足、写深误会，结尾要出乎意料，并与前面构成强烈的对比；中间一定要一波三折，不要急于露底，充分蓄势后再揭开“谜底”；开头误会越深，结尾感人越深，对主题揭示也越深刻。一篇名为《桥》的小小说写山洪暴发，逃命的人们涌向了独木桥，一位老汉正在指挥人们有序地逃命。突然，他看到了人群中的一个青年正要上桥，他冲上去一把将年轻人拉了下来……几天后，人们看见一位老妇人来上坟，祭奠被洪水冲走的父子。原来，老人在关键时刻，把生的希望留给他人，把死留给了他们父子。一个无私为民、勇于奉献的真正共产党员形象展现在我们面前，令人肃然起敬。

误会构思法——引人入胜。利用生活中发生的矛盾、误会来构思，塑造人物。如：车上有一位穿着讲究的年轻人，不给老人让座，人们都说他，后来下车时才知他是一位残疾人。又如：书店有人拿书，原来是大学生在书店打工，误会解除，助人为乐。

例文

枪

林双不

车子愈往南驶,我愈觉得不对劲。司机始终不怀好意地透过后视镜瞅着我,有几次似乎再也忍不住了,居然微偏着头,眼睛向后掠。

恐怕我是上了贼船,实在不应该冒冒失失搭乘这辆野鸡计程车。趁着星期日到台北处理一些事情,原本计划搭十一点半的最后一班平快夜车回员林的,谁知东拉西扯,赶到火车站时,那班火车已经开走了。怎么办呢?星期一一大早就有课,不赶回去怎么行?

真是的,就算一定得搭野鸡车,也应该睁大眼睛啊,居然司机一说是回头车我就上了,居然司机一说载不载客都无所谓我就让他开了。为什么我当时没有考虑旅途的安全问题呢?报纸上几乎天天有计程车司机在荒郊野外劫财抢色,甚至还要伤人的报道,为什么我这么大意?

果然,车子刚过中坜吧,我就感到异样了。就如同我前面所说,司机一再从后视镜瞅我,瞅得我心底发毛。当然,我身上的钱不多,又是一个大男生,实在不必害怕,如果他真正心怀恶意,如果他嫌钱太少不满意,无论如何,还是我吃亏。我悄悄打量他的体型,没有我高,但是比我结实多了,单打独斗,我未必就会输他,可是他不可能没带东西,而且我根本不想打。

就在这时候,我看到他的右手从方向盘挪开,往下伸,不知在摸什么东西,大概是扁钻或刀子吧?车窗外一片漆黑,正是苗栗一带的山间,歹徒下手最理想的所在。要动手了吧?我下意识坐直身子,冷汗开始往外冒。

什么事也不曾发生,他的手又伸了上来,放在方向盘上,没有拿什么东西。一定是他看出我有了戒备,不敢轻率下手,在等待更恰当的时机吧?难道我就这样束手待毙吗?也许我可以试着和他聊聊天,动之以情,让他不好意思动手。

于是我吞了口口水,和他搭讪:

"生意好吗?老乡。"

他似乎吓了一跳,过了好几秒钟才回答我:

"不好啊,几乎连油钱都跑不回来。"

"不会吧?你不是回头车?刚刚还有客人包了你的车去台北,不是吗?"

他不再回答,我突然想到可能不是真的回头车,一紧张,舌头打结,也沉默下来。沉默最适于培养紧张的气氛。为什么他不跟我聊天呢?是不是怕暴露他的口音或其他特征,增加警方缉捕他的可能?当然明白,我被抢之后必定会去报案的,好聪明狡猾的家伙!我恨恨地咬了咬牙,他又从后视镜飞快地掠了我一眼。

这一眼非常狠毒,我有生以来不曾看过更狠毒的眼神,使我再度直冒冷汗,再度后悔自己的莽撞。即使赶不回员林上课,请一天假又有什么大不了,何必一定要搭野车冒险?

算了,如果他真的要抢,就给他吧!好汉不吃眼前亏,财物嘛,生不带来死不带去,有人要就给他,犯不着因此打斗伤身。不行!这么一来,岂不是助长了恶人的气焰?“自反而缩,虽千万人吾往矣”,无论如何,都应该和他拼斗一番,给他一点教训。

两种想法交战缠斗还没有分出胜负,员林居然到了。可爱的员林!当计程车在公路局车站前一停,我立刻打开车门,冲了下去。松了一口气,才想到还没付钱,便绕过车后,走到司机窗口,伸手到旅行袋里掏钱。突然,车子往前冲,迅速拐一个弯,消失在不远的街角上。我最后看到的,是司机无比惊惶的神色。

怔怔地站在凌晨两点左右冷冷清清的员林街头,莫名奇妙地把车钱再放入旅行袋,才看见旅行袋的右方开口突出一截枪管,那是我在台北特地为孩子买回来的玩具枪,枪管太长,无法全部塞进旅行袋。

【美点赏析】 林双不先生的《枪》是运用误会曲解法的典范之作,其情节是由“我”与司机互相误会曲解而推进的。文章开篇就推出误会:

“车子愈往南驶,我愈觉得不对劲。司机始终不怀好意地透过后视镜瞅着我,有几次似乎再也忍不住了,居然微偏着头,眼睛向后掠。”

“我”担心自己“上了贼船”,司机也担心遇上了坏人,双方互生疑惧,互生曲解。“车子刚过中坜”,“司机一再从后视镜瞅我,瞅得我心底发毛”。司机何以一直瞅“我”?因为司机认为“我”是坏人;“我”何以“心底发毛”?因为“我”更加确信自己上了“贼车”。“我”和司机的误会进一步加深。而“就在这时”,“我”看到司机的右手从方向盘挪开,往下伸,“我”认为司机要准备动手,不知在摸什么东西。“我”也“下意识坐直身子,冷汗开始往外冒”。看来,在路过苗栗这一带山间时,司机已紧张到极点,“我”也已紧张到极点。“动之以情,让他不好意思动手。”但是,他不仅不想与“我”多说,而且还非常狠毒地“从后视镜飞快地掠了我一眼”。此时,更增加了“我”的确信,“我”已决计准备和他拼斗一番了。此时,“我”与司机的误会也已演绎到极点。员林到了,“我立刻打开车门,冲了下去”;司机也无比惊慌,“车子迅速往前冲,迅速拐一个弯,消失在不远的街角上”。翻越千重山,跨过万重崖,最后,作者巧妙地抖开了包袱,拎出引起误会曲解的原因:把人折磨得神魂俱惊的竟是玩具枪的一截枪管。真让人啼笑皆非。

《枪》整篇文字的情节均是由误会曲解构成的。开篇,直入“误会”,随着误会的层层加深,故事情节也层层推进,直至篇末,才“雾过天晴”,忽旋忽紧的情节才陡落下来。层层误会,层层曲解,层层设悬,笔法摇曳,一波三折。

七、悬念构思法

悬念设置，是指在选材构思时，把情节安排得含而不露，让读者以焦急的心情期待着它的发展，有“欲知后事如何，且听下回分解”之功效的构思方法。

构成文章悬念的技巧一般为“起悬—垫悬—释悬”。如《一碗阳春面》就是范例。文章开篇，写大年三十深夜12点，母子三人来到北海亭面馆吃面。这么晚了才来，而且是合吃一碗，引起读者的好奇，这是“起悬”。接下来写一年后他们二吃阳春面，作者仍然没有揭开谜底；再写一年后他们三吃阳春面，时间、地点、人物依旧，阳春面变成了两碗，这又是为什么？读者的好奇心被作者撩拨得按捺不住时，文章恰到好处地通过母子三人的对话交代了他们所遭受的厄运。但作者还嫌悬念设置得不够充分，往下是写母子三人十年没有来吃面，由此设下了新的悬念：他们为什么没有来？这里的前几部分都是“垫悬”，作者通过不断垫悬吊足了读者的胃口。他们的命运怎样了？直到篇末，读者紧悬的一颗心才放下，为主人公战胜厄运而欢欣，最后“释悬”。由于作者设置的悬念扣人心弦，从而使全文显得曲折有致。

例文

良　心

乡里的一个医生疯了。

他从地方医专毕业，分到了地处偏僻山村的一个医院。方圆几十里地，只有这么一家医院。

他待人热情，性格十分开朗，医术也不错。几年后，他找到了一个在信用社当会计的爱人，工作、生活都十分顺利，为什么会突然之间疯了？

他的爱人也很迷惑。她记得那天他和她一起看电视，是一部关于医疗事故的片子，一个女大学生因为喉管发炎，在医院里得不到及时救治而窒息死亡。

看完后，他就呆在那儿，她叫他也不应。突然间他冲出屋外，又哭又笑。

他被送到了精神病院，医生要求家属找出刺激源，这样更容易医治，家属对此束手无策。

她后来想到了那部关于医疗事故的电视剧，又找到了他锁在抽屉里的日记本。

没想到的是，厚厚的一本日记记载的都是忏悔。其中有这么一段：

1999 年 6 月 25 日下午，一个妇女急匆匆抱着一个五岁左右的女孩前来医治，说她的女儿吃了伴有老鼠药的西瓜皮。

我问了她小孩吃了那块西瓜皮多长时间了。妇女说："大概有五个小时了。"

按照常识，如果小孩吃了老鼠药应该发作了。可是，这个小孩没有中毒迹象。她还会叫妈妈，神志清醒。看到我拿着针筒她一个劲地哭。

我判断小女孩没有吃那块西瓜皮。于是安慰她，不会有事的。

妇女千恩万谢地走了。到了下班时分，那个妇女又回来了，她哭喊着叫："医生，快救救她！"

我见妇女怀中的小女孩嘴边残留着白沫，再翻看孩子的眼皮，瞳孔已经散了。

女孩死了，她真的误食了老鼠药。

我应该给小女孩洗胃的，但我心存侥幸，结果害了她。

有人记起来了，三年前的确有一个误食老鼠药的小女孩死在医院里，却不知道其中原因。

她把日记本交给医生。突然间，她大吃一惊，他疯的那天不也是 6 月 25 日吗？

难道这一切都是上苍安排好的？

【美点赏析】 一位乡里医生工作顺心、家庭美满，却突然得了疯病，叫人迷惑不解（悬念）。后来他的爱人查阅他的日记才知道：三年前他的错误判断致使一名误食老鼠药的女孩延误了救治时间而身亡。这件事使他良心不安，终致发疯。

八、片断组合构思法

片断组合，是指在题目规定的范围内，根据表达主题的需要，选择几个生动的典型的人物、事件或景物的片断组合成文来表现一个主题的构思方法。用这种方法构思的记人、叙事、写景的文章，可以在较短的篇幅内，多角度、多侧面地表现人物、叙述事件、描写景物。

运用片断组合构思法需要注意的是：

A. 所组合的片断的形式要统一：或者是人物形象的一系列片断组合，或者是事件的一系列片断组合，或者是景物的一系列片断组合等。

B. 片断本身的叙述必须是具体的、生动的、形象的。

C. 片断可以是横向排列，也可以是纵向排列。横向的排列要安排好主次、虚实的关系，纵向的排列要注意时间的先后顺序。

例文

行走在消逝中

浙江考生

（一）

暮色四合，我独身步入田野，三五把凉风夹杂些六月的惆怅与我擦肩而过。那不曾为谁逗留的，可是叫时间？

天空尚且弥留些彩霞不曾隐逸，脚步终于还是没有融入到初夏的大杂烩中，我，怀着我的那颗不曾走出三月的心，迷失在行走着的路上？

脚印指引着我走向了诗的安魂场，刚想轻吟一首小诗，却不料为三两株窃窃私语的小草所惊吓。它们，正相谈正欢；它们，正期盼着后半夜与露珠的狂欢。而我呢？我的心，又在期盼些什么？

田野里，到处弥漫着新翻的泥土的气息，淡淡地，和着些许清凉，令我有种说不出来的无奈；抬眼望去，暮色里，那起伏不平的田野里，那养育一方百姓的黑黝黝的泥土啊，你们，又将孕育怎样的生命？

家，对了，身后应该还有家的影子，可从我的眼里看去，又是那般的模糊。唯独那盏心灯，哪怕在风雨里，也应该不灭。

行走在消逝中，我，应该怎样，安放，我的灵魂？

（二）

暮色四合，我独身步入田野，三五把凉风夹杂些六月的感伤与我擦肩而过。那不曾为谁逗留的，应该叫时间。

天空尚且残留些彩霞不曾藏匿，脚步终于还是没有融入到初夏的交响乐中，我，怀着我的那颗走过五月的心，找寻在行走过的路上。

脚印指引着我走出了词的失乐园，刚想轻吟一首短词，却不料为十来株喃喃细语的小草所静寂。它们，正相谈正欢；它们，正期盼着后半夜与露珠的拥抱。而我呢？我的心，也应该有它自己的栖息地。

田野里，到处弥漫着新翻的泥土的气息，淡淡地，和着些许清凉，令我有种说不出来的懒散；抬眼望去，暮色里，那起伏不平的田野里，那养育一方百姓的黑黝黝的泥土啊，你们，又将孕育多姿的生命。

家，对了，身后肯定还有家的影子，没有回转身去，却感觉到它在我心里深深的烙印。那盏心灯，哪怕在风雨里，也可以不灭。

行走在消逝中，我，渴望这样，安放，我的灵魂。

（三）

暮色四合，我独身步入田野，三五把凉风夹杂些六月的欢畅与我擦肩而过。那不曾为谁逗留的，唯独有时间！

天空尚且留恋些彩霞不曾安睡，脚步终于还是没有融入到初夏的大合唱中，我，怀着我的那颗行走在六月的心，澎湃在涂满希望的金色的道路上！

脚印指引着我走进了梦的欢乐谷，刚想微笑一个永恒，却甘愿为满目的幸福歌唱的小草所驻足。它们，正充满理想；它们，正期盼着后半夜与露珠的亲吻。而我呢？我的心，也一定会有它自己的栖息地！

田野里，到处弥漫着新翻的泥土的气息，淡淡地，和着些许清凉，令我有种说不出来的惬意；抬眼望去，暮色里，那起伏不平的田野里，那养育一方百姓的黑黝黝的泥土啊，你们，又终将灿烂成五彩的生命之花！

家，对了，心里还装着家的温馨，暖暖地，轻抚着六月的情怀，从来不曾隐喻在梦里。那盏心灯，哪怕在风雨里，也终于不灭！

行走在消逝中，我，将要这样，安放，我的灵魂！

【美点赏析】 文章形式新颖，采用了古诗里的一咏三叹、重章叠句的手法，巧妙地宣泄了内心真实的情怀。

首先，文章很诗意化。采用了诗词里常用的重章叠句的手法，渲染铺排自己的情绪，由“应该怎样”的迷茫，再到“渴望这样”的追寻，再到“将要这样”的果断，于不变中找到了自己的灵魂归宿。

其次，语言很诗意化。选用了一些清新的意象，委婉地传递细腻的情感。“彩霞”“小草”“泥土”既有消逝的美好意象，又有启迪哲思的象征物象，更有承载安放灵魂、盛开生命之花的寓意之物，让人感觉像是诗歌的河流在涌动。

九、比拟式构思法

比拟构思法，指作者借用丰富的想象，把物当成人来写，或把人当成物来写，或把甲物当成乙物来写，以不同于常规的视角来关注所写的对象。

好处：比拟式构思，常常使作文能从一个独特的角度入题，既新颖又形象。如以“母爱”为话题的“母爱如一条河”“母爱如佛”；以“书”为话题的“书的滋味”“书的色彩”“生活是一本书”等都不失为一个独特的立意。拟人式构思的“过程与结果的对话”“规则的遭遇”等也都是较为独特的构思。

注意：1. 所拟对象须恰当；2. 所用视角须统一。

例文

百元钞票的自述

2001年高考优秀作文

阴暗潮湿的地下室里泛着发霉的味道,伴着“咯吱呀,咯吱呀……”的噪声,我诞生在这个世上,朦胧中,我听到一个刺耳的声音,“去,拿到市场上,以大换小,以假换真”。没过多时,一道刺目的阳光直射得我两眼发黑……

我终于看清了自己!一身漂亮的粉红色衣裙使我在众兄弟面前格外出众,我快乐地眨着眼睛。不错,我是一张百元大钞,在这个世上有着无与伦比的魅力,呵,我好高兴,只是……

我的主人用我换来了一斤青菜,以及大把零碎的纸币,然后,他拍拍屁股就走。不多时,我就听到菜农的一声惊呼:“天啊,是假钱!”浓重的罪恶感随着这声惊呼漫上了我的心田,漂亮的衣裙也似涂上了一层污渍。“把我上交给银行吧,那儿才应该是我这个违法物的归处。”我在心中呐喊着,可是没人能听到。

菜农的生意很好,没多久就“清仓”了。他从一堆钞票中找到我,拿在手里反复揉搓着,然后,他走向一家忙碌着的肉店,用我换来了一斤好肉……

肮脏的污垢遮住了粉红的亮色,我惊恐地睁大了眼睛,我的主人不断地在更换,从肉店老板到小职工,到大局长,又到大局长的儿子,最后又到了局长儿子的班主任手里,在此,我有幸听到了一个故事:有一个年轻人跋涉在漫长的人生路上,他拥有了“健康”“美貌”“诚信”“机敏”“才学”“金钱”“荣誉”等七个背囊,当他所乘小船超载时,他思索一会儿,把“诚信”抛进了水里。故事讲完后,老师教育学生道,“记住,‘诚信’是为人之根本,没有了诚信,即使你拥有再多的财富,最终你也将会成为最贫穷的人……”

听到老师这样说,我想,我罪恶的旅途该是一个终结了。但,我却惊讶地看到老师在验钞机的闪闪警示灯下竟熟视无睹,放我过关。随后,我过关斩将,所向披靡,又一次流向市场。天啊,这是怎么回事?!每一个人都知道我是假钞,但每一个人都拿着我去骗另外的人,诚实没有了,信用没有了,人们在互相欺骗着……

当你看到我的自述时,我仍在市场上游荡着,背着沉重的罪恶感,我一直地在想老师的那句话,“诚信是为人之根本,没有了诚信,即使你拥有再多的财富,最终也将成为最贫穷的人”。可是,谁能救我呢?

【美点赏析】 这篇考场作文的美点有三方面:一是构思精巧,材料新鲜:

用拟人化的写法，从钞票的诞生写到它的生存环境，通过写钞票的感受来巧妙地反映社会现实。二是主题发人深省：比如“无与伦比”“过关斩将”“所向披靡”等词语，揭示了那些失去“诚信”后的人们助纣为虐的丑恶行径。三是感情真诚恳切：在假钞痛苦的呐喊声中，我们似乎看到了作者那颗呼唤“诚信”的美好心灵，不由自主地融入作者渲染的这种氛围，真心希望中华民族传统美德——诚信之花，开遍神州大地。

十、巧合构思法

巧合构思法，就是运用巧合手法，使故事更具有戏剧性，给文章增加情趣。在阅读时，给人以恍然大悟、豁然开朗的感觉。“巧合”既是偶然，又要合理。在叙述时，有所暗示，突出合理性，“巧合”就更容易使人接受，更能使文章妙趣横生。

例文

一杯牛奶

一天，一个贫穷的小男孩为了攒够学费正挨家挨户地推销商品，劳累了一整天的他此时感到十分饥饿，但摸遍全身，却只有一角钱。怎么办呢？他决定向下一户人家讨口饭吃。当一位美丽的女子打开房门的时候，这个小男孩却有点不知所措了，他没有要饭，只乞求给他一口水喝。这位女子看到他很饥饿的样子，就拿了一大杯牛奶给他。男孩慢慢地喝完牛奶，问道：“我应该付多少钱？”年轻女子回答道：“一分钱也不用付。妈妈教导我们，施以爱心，不图回报。”男孩说：“那么，就请接受我由衷的感谢吧！”说完男孩离开了这户人家。这时，他不仅感到自己浑身是劲儿，而且还看到上帝正朝他点头微笑，那种男子汉的豪气像山洪一样迸发了出来。其实，男孩本来是打算退学的。

数年之后，那位女子得了一种罕见的重病，当地的医生对此束手无策。最后，她被转到大城市医治，由专家会诊治疗。当年的那个小男孩如今已是大名鼎鼎的霍华德·凯利医生了，他也参与了医治方案的制定。当他看到病历上所写的病人的来历时，一个奇怪的念头霎时间闪过他的脑际。他马上起身直奔病房。

来到病房，凯利医生一眼就认出了床上躺着的病人就是那位曾帮助过他的恩人。他回到自己的办公室，决心一定要竭尽所能来治好恩人的病。从那天起，他就特别地关照这位病人。经过艰辛努力，手术成功了。凯利医生要求把医药费通知单送到他那里，在通知单的旁边，他签了字。

当医药费通知单送到这位特殊病人手中时，她不敢看。因为她确信，治病的费用将会花去她的全部家当。最后，她还是鼓起勇气，翻开了医药费通知单，旁边的那行小字引起了她的注意，她不禁轻声读了出来：

“医药费——一满杯牛奶。华德·凯利医生”

【美点赏析】 凯利医生救助曾用一杯牛奶帮助过他的女子。年轻女子以一杯牛奶帮助男孩时的爱心与作为医生的凯利为当年帮助过他的女子支付昂贵医药的爱心同样可贵。感恩一切，接受过帮助就应该将帮助与爱传递下去，这才是爱的真正意义。在我们的生活中也得到过很多人的帮助，而我们却经常除了说声感谢之外并不放在心上，特别是对父母，甚至认为他们为自己的付出是理所应当的。我们以后也要学习凯利医生的知恩图报，也要经常给别人施以爱心，且不图回报。

十一、意外迭出法

意外迭出法，通常在小说中运用较多，这是一种奇妙的构思方法。往往设计一个又一个意外的情节甚至意外的结局，增加情节波澜，引人入胜，令人回味深思。

意外迭出的叙写要推动情节的曲折发展，让人感到扑朔迷离。但要让人感到合情合理。

例文

心　安

王建兰

草长莺飞的季节，她带着6岁的男孩到公园放风筝。天好蓝，风好柔，大地似一袭绿绿的地毯，柔软又舒适。他们尽情地嬉戏，累了，便躺在地上讲故事。阳光那么温暖，明晃晃地照在身上，让人生出几分倦意，她从恍惚中醒来，身边没了男孩。四周望去，也没有看见孩子的身影。程程——程程——，没有回声。她慌乱起来，边跑边喊，呼声越来越急促，越来越尖锐。忽然，她听到有人喊道：“有个孩子掉到湖里了。”

她奔向湖边，看到层层荡漾的涟漪，像是男孩柔弱的生命发出的最后呼声，她什么都不顾了，纵身跳到水中。抓住那个孩子，托出水面，拼命地往上蹿。幸好，游艇赶来了。

许是极度的惊吓，许是耗尽了体力，她昏厥过去。一阵撕心裂肺的哭喊声把她惊醒，她看到一位母亲抱起了那个湿淋淋的生命。她惊呆了，一下子清醒过来，冲上前去，她看清了，那孩子不是程程。她发疯似的扒开围观的人，哭喊着："程程——""我在这里。"这次她听清楚了，是他。她就那么站着，眼泪哗哗地流下来，止也止不住。

救护车把她和落水的儿童送到了医院，闻讯的记者来了，让她谈谈救人的感受。

她有点胆怯，语无伦次："哪还顾得想什么？只要把孩子救上来，舍上我的命也愿意。"

多质朴的话语，记者似乎觉得找到了闪光的语言，被救儿童的母亲更是感激涕零。她慌了，忙说："不是这样的，你不必这样，如果知道是你的儿子，我是不会跳下去湖去的，水那么凉，我还不会水，我以为是程程呢……"

仿佛石破天惊，在场的人一片哗然，记者也大吃一惊，为她的真实坦诚。

"那么是母爱让你奋不顾身以至于忘了自己不会游泳？"

"不，不是，是责任。"她说："我只是个保姆，如果小孩出了事，我会愧疚一辈子，一辈子不会安宁。所以，我宁愿舍弃自己的生命也让孩子平安，也为对得起孩子的家长。"病房里一下子静得出奇，医生和护士停下手里的活，对她肃然起敬，她的话似乎比故事本身更感人。

记者又说：即使你不说出救人的出发点，别人也不会知道，而且会因此被人称颂，何必那么直白？

"只为心安。"她又指着被救儿童的母亲说，"也让她心安。"记者不语，眼里波光闪闪，故事中的"故事"才是他想要的弥足珍贵的闪光点。他说：他感动，为她勇于救人；他心动，为她真实人性的自然流露。

古人说：心安是福；马丁说：无愧是良心床上最好的枕头。

对于一个生命，似乎没有比心灵的自由快乐更重要的事了。

【美点赏析】《心安》写的是一位不会游泳的保姆奋不顾身勇救落水儿童的故事。美点在于：妙用误会法，精于构思，巧于兴波造势。作者是一个善于叙事的高手，简单的情节能不时出现曲折，一波未平，一波又起。作者把"她"的保姆身份一直隐藏着，于是面对记者的采访误会连连，到最后所有的悬念解开，所有的误会消除，小说在高潮中闭上帷幕，叫人掩卷回味。此外，文中还多处注意了照应的圆合，比如"她带着6岁的男孩到公园放风筝"而非"6岁的儿子"，为下文她的保姆身份设伏；"她奔向湖边，看到层层荡漾的涟漪"，并没有看到程程的头脸，为下文误救他人设伏；"抓住那个孩子，托出水面，拼命地往上蹿"，此处用了一个"蹿"而非"划"或"游"，为下文她坦言不会水设伏。前后照应周密，读来丝丝入扣，合情合理，这也使得文章的四次波折更加自然，毫无故弄玄虚之感。

十二、主客易位法

主客易位法，是指文章的"主动者"在经过一定的情节变化之后，在结尾由“主动者”变成“被动者”，颠覆故事本身的主旨，生发出新主题的构思方法。它不过于追求故事的生动性，只注重人物关系的清晰明了，但在故事发生的过程中，人物与人物之间的这种清晰明了的关系由最初的顺势指向变成逆势指向，从而产生意外之美。

例文

志愿者

（日本）今井惠子

40 岁的家庭主妇墩子每天都百无聊赖，无所事事。

工作上正春风得意的丈夫每天不是出差就是加班，要么就是陪客户应酬，很少正儿八经地在家里待着。正上中学的儿子又正是对母亲敬而远之的年龄。

为了打发时间，墩子准备找份工作干干或者参加成人文化讲座。可是出去工作，必然要受辛苦，参加文化讲座呢，又要花钱。正在伤脑筋的时候，一向热衷于志愿者活动的佐藤夫人建议墩子参加她组织的志愿者活动。志愿者活动说出去又好听，又不用花钱，还能为不幸的人们带来快乐，简直太有意义了。墩子立刻打起精神，向佐藤夫人问道：“那是什么内容的志愿者活动呢？”

“我现在的计划是用我们的力量去温暖镇上那些一个人孤独生活的老人。一个月去拜访他们几次，拉拉家常，给他们带点好吃的饭菜。没什么难的。”

“这样啊，我也能做。”就这样，墩子参加了佐藤夫人组织的志愿者活动。墩子的志愿服务对象是一位名叫片桐的 75 岁的老人。片桐老人原来是一名教师，夫人已经去世了，女儿也出嫁了，一个人过着孤独的生活。

墩子立刻做了自己拿手的豆腐包寿司，兴冲冲地去了片桐老人家。片桐老人给墩子的第一印象，是个有点顽固的老头儿。接触了几次之后，他们的关系越来越融洽。墩子絮絮叨叨拉家常时，片桐老人是一个绝好的倾听者。对于墩子做的饭菜，片桐老人也是赞不绝口。

这样的志愿者活动进行了两个月之后，墩子的性格变得越来越开朗。墩子一变开朗，墩子家的气氛也为之一变。家里的气氛变得越来越轻松，丈夫和儿子在家的时间也越来越长。

这天，对好久没登门的佐藤夫人，墩子一个劲地感谢道：“我现在才知道为别人做一点事情是这么快乐！”

听到墩子这么说，佐藤夫人也感到很高兴。

从墩子家出来后，佐藤夫人径直去了片桐老人家。

在午后暖暖的阳光下，片桐老人正坐在屋檐下悠闲地喝茶。他听了佐藤夫人的一番话之后，也非常满意地说："那真是太好了，我觉得参加这个拯救不幸的家庭主妇的志愿者活动真是太有意义了。"

【美点赏析】 本文简直是一部悬疑片：前面平淡无奇，最后一段抖包袱！世界需要热心肠，一个人在帮助别人的同时，自己也能享受到莫大的快乐。参与志愿工作既是"助人"，亦是"自助"，既是"乐人"，同时也"乐己"。参与志愿工作，既是在帮助他人、服务社会，同时也是在传递爱心和传播文明。志愿服务可以有效地拉近人与人之间的心灵距离，减少疏远感，对缓解社会矛盾，促进社会稳定有一定的积极作用。因此，在你感到落寞的时候，如果你积极地去帮助别人，就一定能够换来好的心情。

十三、一线串珠法

所谓一线串珠，是指在记叙文的布局谋篇中，以一条主要线索贯穿全文，把一些相对分散、独立的材料串联起来，使之相辅相成、彼此烘托，形成一篇完整文章的写作方法。

运用一线串珠法，先要准备好串珠的"线"，就是说先要确定好文章的线索。文章的线索可以是一个具有意义的实物，可以是一件事，也可以是一种情感，还可以是一个细节，如一句话、一个眼神、一个动作等。例如，写一个从旧社会成长起来的人的曲折人生，可以他头戴的一顶毡帽为线索；可以他吃饭的"碗"为线索；还可以他的一句话为线索，甚至以他的一个习惯性的动作为线索……选作线索的事物，要有特点、意义和代表性。

有了线，然后就要准备"珠"，这就是文章的材料。选用材料时，往往不选完整的事件、人物的经历，而是选取片段、场景、画面。这些片段、场景、画面彼此独立、各不相干，但又要有联系；同时，这些片段、场景、画面要有层次性，不能处于同一梯度。这样，文章才能真正做到"形散而神不散"。例如，以"碗"为线索，写一个人的曲折人生，反映他对生活、命运的抗争，我们可以从这几个方面组接材料：抗战之前，他端着破碗乞讨，碗里装的是冷漠、屈辱；抗战时期，他端着酒碗，酒与血泪一起喝，走上战场；中华人民共和国成立后，他在单位，端着"铁饭碗"，碗里是悠闲的生活；改革开放后，"铁饭碗"打破了，他怀念过去的生活……时代不同，经历不同，碗的内涵也不同。材料分散独立，又密切联系，富有层次性。

有了线，有了珠，还须按顺序"串珠"。就是用线索把这些分散独立、彼此联系着的一个个材料按照一定的顺序组织起来，形成一个有机的整体。这些材料通常是按照时间顺序、空间顺序和逻辑顺序来组织的。材料与材料之间层层递进，文章的意蕴逐步深化。例如上述材料，明显有时间的先后顺序，在程度上逐层递进。按时间顺序来组织材料，文章脉络清晰，结构严谨，主旨突出。当然，为了表达的需要，我们也可以进行倒叙安排。如把“改革开放后，‘铁饭碗’打破了，他怀念过去的生活”安排在开头，倒叙入题，引入回忆，具有吸引力。

最后，在记叙时方法不能雷同。每个材料的叙述应注意详略分明，各有侧重。有的可能是写意，有的则要细致描摹，有的需要气氛渲染，有的重在揭示内涵……

例文

季　节

福建一考生

还没到深秋，林子里到处都是落叶。人道“天凉好个秋”，老根的肚子里却在煮开水。吸完一袋烟的老根看着在旁边削地瓜的小根道：“娃儿，明天俺们可以去上学了，你以后要好好读书，以后考大学，移民，不要一辈子在这边没出息！”小根眼睛亮了亮，并没出声。清晨的林子里到处都是鸟叫声，似乎在送别多年的朋友，老根正领着小根，背着包去搭车上县城，一片落叶悄然落进了小根的包里，存了一段岁月。

小根上的是所民办高中，不仅教学质量差而且学费贵，但中考落榜的他没有别的选择。看着父亲拿出一沓皱皱的钞票交给老师，他的心都酸了，但脑子却很清醒，时刻告诉自己一定要好好读书，不负所托。这还是个秋季。

树林里的鸟叫得更欢了，老根在扫落叶。他扫着扫着就会在脸上露出笑容，似乎那不是落叶，而是儿子的成绩单。

小根每个月都会寄信回家，不让孤独在家的老根担心。顺便报上自己每个月月考的分数。告诉父亲，儿子行。

春天将来，年关已过，小根又得踏上去往学校的路，但学费还没着落，开学日期已近。老根还没在家歇过脚便一直往亲戚家奔，希望借足钱给儿子交学费。小根还是去上学了，只是去的路上心很疼。这是一个差点下雪的春天。

老根刚收完了六封信，正准备煮上地瓜粥给将回来的儿子吃，却又收到了第七封信，小根退学了，要去打工，老根红着眼看着信：“爸，我读不读大学不要紧，重要的是不能再让你受苦受累，不然我会后悔一辈子的。”这是一个没有蝉叫的夏天，没有人敢吵到老根，因为他的眼睛里有火。

小根真的去打工了，但没有经验的他差点被骗去做“传销”。当他提着包回到林子的时候已是第二个秋天，辛苦两个月的他只带回两行泪。

今年的秋天不一样，林子里没有落叶，小根带着他离开后学校寄来的学费全免通知书上学去了。他相信，明年的夏天是凉爽的，愉快的……

【美点赏析】 一年四季，变化无常，选择从秋天写起，到秋天结束，这是一条明线，也是本文的一大亮色；以“小根”求学的经历为暗线，作者通过叙述老根父子一年来看似平静实则动荡不安的生活，将时下中学生在家庭、学校、社会三方面的教育表现得淋漓尽致，同时凸显出老根这个憨厚的典型农民形象。前者紧扣自然的季节，后者隐喻“小根”人生的季节（命运），使“季节”这一主题更为突出，拓宽了主题范围。

十四、故事新编法

故事新编这种形式往往以人们熟知的某一人物或事件为依托，融入现实生活情境，达到再现生活的目的。运用这种构思写成的文章，大都妙趣横生，具有辛辣的讽刺意味。另外还会给人以既新鲜又陌生，既新奇又引人深思的艺术效果，使你的作文从众多的作文中脱颖而出，给人以鲜明的印象。阅卷老师在紧张的阅卷之余看到这种富有新意的作文，会不禁拍案叫绝，给以高分。

例文

高考录名人

2007 年高考重庆一考生

时间不是问题，朝代不是距离。参加 2007 年重庆高考的有孔庙中学的优秀学生方仲永、闰土、孔乙已、诸葛亮、范进。监考老师也有大名鼎鼎的崔判官和白无常，面无表情地盯着考场，哪怕是一只蚊子也难以飞进来。考场的一角还有一个冷冰冰的监控探头睁着硕大的玻璃眼虎视眈眈。于是闰土耷拉着脑袋，怀里揣着个兔子。孔乙已自言自语地说：“紧张乎哉！害怕乎哉！”方仲永也许紧张吧，在一遍一遍地做深呼吸。诸葛亮的脸上也沁出了汗，用手当羽毛扇，慢慢地摇着。范进毕竟是复读了多年，不知是成竹在胸还是心已麻木，闭着眼睛养神。整个考场出奇地静，谁眨个眼皮都听得见。

随着时间的奔跑，机读卡发下来了，草稿纸发下来了，条形码贴好，试卷也发下来了,一个个的心都快跳出来了。

第一堂是语文,当听到开始答题的时候,方仲永、诸葛亮、范进都是成竹在胸,奋笔疾书;孔乙己咬着笔杆,眉头皱得紧紧的;闰土敲打着自己的脑袋,小声地哼着:“我左看、右看、上看、下看,上面写的文字真奇怪,我想了又想,猜了又猜,答案它还是不肯来,不肯来。哎,没办法,只有抓阄了。”

真可谓光阴似箭时间如梭,不,应该是“逝者如斯夫”,还有40分钟了,孔子老师说的,作文不能少于40分钟,他们都开始作文了。这次的作文题是“酸甜苦辣说高考”,他们可高兴了!尤其是范进,那可是五味俱全,不要说酸甜苦辣,就是加上“喜怒哀乐”也千言万语说不尽。他们提起了笔。方仲永写的是“《伤仲永》之酸甜苦辣”,孔乙己写的是“茴香豆与高考之香”,诸葛亮写“卧龙高考记”,范进写的是“再论中举之甜与苦”。只有闰土苦思冥想,最后写了一首打油诗:

“学生本无才。妈妈要我来。错题交上去。鸡蛋滚下来。”

考试终了,考生鱼贯而出了考场。一群抢新闻的记者蜂拥而至。

记者:谈谈你们对高考的看法、经历、见闻、感悟和认识。

方仲永:我觉得高考能改变我们的命运。

闰土:我觉得应该取消高考,恢复推荐上大学。

孔乙己:我觉得只有通过高考,才能改变我这样的人的命运。

诸葛亮:想当年没有科举,我还是跻身上流社会了。

范进:高考比中举难多了。

记者:范进同学,这次失败了,你会有何反应?

范进:已经复读了多年了,如果再不中,我写《新聊斋志异》去。

后记:每个人都对高考持不同的态度,但是高考是通向成功的钥匙,又是给予努力的肯定,高考路上的酸甜善辣是人生的起点。

【美点赏析】 这是一篇应试作文,其突出的地方就是采用故事新编的方式,运用幽默的语言,结合作文话题“酸甜苦辣说高考”,将自己对高考的感悟和体会,借助一些历史人物和文学作品中的人物来表达。其构思并不新,但由于语言具有文采,整个风格具有一种诙谐的味道,使得这篇作文进入了高分类。

十五、一波三折法

古人说:“文似看山不喜平。”不平就是曲折,有波澜。无论侧重写人的记叙文,还是侧重写事的记叙文,都少不了写故事。故事情节平淡无奇,叙述直来直去,读来没有情趣;故事情节曲折回旋、波澜起伏,才会扣人心弦、引人入胜。

美国一家杂志悬奖文字简短、情节曲折的文章,结果题为《猎狮》的文章获首奖。全文如下：

> 伊丽薇娜的弟弟佛来特伴着她的丈夫巴布尔去非洲打猎。不久，她在家里接获弟弟的电报：“巴布尔猎狮身死——佛来特”。伊丽薇娜悲不自胜，回电给弟弟：“运其尸回家。”三周后从非洲运回一个大包裹，里面是一具狮尸。她又赶发一个电报：“狮收到。弟误，请寄巴布尔尸。”很快，又收到非洲回电：“无误。巴布尔在狮腹内。”

这篇短文以电报为线索，缀连出猎非洲、猎狮身死、运狮回家、尸在狮腹等情节，写得一波三折，摇曳多姿，而且情节戛然而止，令人回味无穷。

要写好情节曲折的记叙文，须在认识、思路、技巧三方面下功夫。

首先，要有这样的认识：一切客观事物本来是互相联系并具有内在规律的。因此，我们在写事时要注意事件的前因后果，来龙去脉，以及此事与他事的联系。《猎狮》正是基于对“猎狮身死”后“身死狮腹”的认识，而把情节写得曲折变化的。

其次，情节的曲折生动还取决于作者思路的清晰和严密。《猎狮》作者思路清晰严密，他将“猎狮—身死狮腹—运狮—尸在狮腹”的奇特情节叙写得明明白白。

再次，情节曲折同写作技巧有很大关系。组织材料是使情节曲折的关键。《猎狮》一文的故事本来是很寻常的，但作者却能化平淡为奇特，这都是作者把来回电报内容及误解、释误等情节加以巧妙组合的结果。

如何使自己的文章“不平”，使所叙故事“一波三折”呢？办法很多，如“巧合法”“误会法”“悬念法”“曲直法”“张弛法”“虚实法”“开会法”“烘托法”等，其中“悬念法”和“误会法”值得同学们借鉴。

由此可见，一波三折构思方法不是单一的，大多数情形下含有多种方法的组合意味。

先说“悬念法”。悬念就是设置悬而未决的矛盾，引起读者的关注。巧设悬念，能使文章曲折生动、起伏跌宕、引人入胜。这种先设置悬念，然后逐层推进、释疑，这种构思法，既可以使文章显得紧凑，又可以提高读者的阅读兴趣。

再说“误会法”。这是通过偶然反映必然性的一种构思方法。一连串的“误会”常把简单的情节叙述得跌宕生姿、一波三折。

同学们写记叙文，在叙事过程中普遍存在平铺直叙的毛病，为了避免这个毛病，除巧设悬念，巧用“误会法”之外，还可以抓住叙述对象的心理变化，可使文章的叙事具体、曲折。例如莫泊桑的《我的叔叔于勒》，作者写菲利普夫妇就是抓住他们心理的变化来叙事的。先写菲利普夫妇非常盼望于勒回来，接着写菲利普夫妇对于勒的赞颂，再写游船上遇到于勒时由恐惧而至诅咒的心理变化。正是抓住了这种心理变化，才把故事的过程叙述得有声有色。

将一波三折法放在最后，意在提醒大家，以上若干种构思法，在一篇文章中可以将其中的几种结合起来使用，希望在作文时细心体会。

例文

拒绝平庸

江苏一考生

“唰唰唰……”老师那娴熟的笔触和优雅的动作令同学们羡慕不已。大家在老师调配的色彩世界里旋转着，沉醉着……

忽的，犹如玻璃瓶在划过抛物线之后华丽跌倒，又好像优美的交响曲中出现了令人悔恨交加的跑音，原本和谐的画面上出现了一些很随意的笔触。一时间，同学们难以接受，唏嘘不已：“老师昨天喝酒了吗？”“啊，失败啊！”“受不了，眼好疼……”

这时，老师转过身来，用浓黑的炭笔在另一张被订在墙的纸上写道：“绘画性的补充。”同学们你看看我，我看看你，那迷惑的眼神仿佛都在说：“没听说过啊，什么意思？”显然大家都不知道。这时，老师又转过身去拿起刷子作起画来。

我心想：要是我，会趁现在没干的时候赶紧刮掉。可是老师并没有那刮刀啊，更没有揉成团扔进纸篓，看来他只是在改画。可是，出于水粉的特性：覆盖性能差，最好一次性成功，否则只会越改脸色越难看而已。哎，本来是份佳作的，就这么给毁了吗？

这时，进入最后的调整阶段，同学们有的昏昏欲睡，有的在发呆。最后，终于老师扔下了刷子，转过身来，站到了三米以外的地方。同学们顿时来了精神，眼睛里闪烁着专家独有的“智慧”的光芒：嗯，视觉中心突出，主体物层次丰富，调性明确，空间感强烈，罐子的质感，水果的新鲜都被表现了出来，佳作啊！同学们兴奋起来。咦，刚才不和谐的音符哪里去了？原来融入了画面。细细品味，那衬布在那几笔的带动下仿佛有了生命，向四周铺展开来。那些笔触让画面有了些灵气、活力，少了分呆板、死气。心里不禁叫好,点睛之笔啊!

这时,老师站到了讲台,笑着说:“同学们,这堂课的目的就是要破你们那份小心翼翼,破你们的那份执着,艺术创作需要激情,更需要你们放开胆子画出你们独特的一面,你们每个人都是不同的。看这张画,如果按你们的想法画下去,再好也是平庸之作。而当你甩开手画时,会发现有许多神来之笔,那是你意想不到的,也是不可预料的,那才称得上是精彩,这就是‘绘画性的补充’。”

在那一瞬间,我恍然大悟,人生不也是如同作画,我们往往小心翼翼,患得患失,不敢跨越一步,甘于在自己的小天地里打转,平平庸庸地浪费了一生,事实上,当你放开心胸,敢于活出自我,你会发现你能做的有很多,你能创造的有很多。你会发现天地如此广阔,你会在不经意间创造出属于你自己的那一份精彩。

放开手,大胆前进吧!拒绝平庸,你会创造属于你自己的人生!

【美点赏析】 本文将一个具体的“拒绝平庸之作”的事件作为载体,表达了对“拒绝平庸”的认识和思考,选材新颖,立意准确且不乏深刻。记叙部分行文生动,表达流畅。通感手法的运用增强了语言的表现力,欲扬先抑的情节设计更是为叙述增添了几分波澜起伏的色彩。本文的不足在于:最后的感悟过多,作者生怕阅卷者“看不懂”他的立意,非要在结尾处来一个“总结升华”,结果画蛇添足,尤其是最后一段,高调而空洞地喊口号,实在是狗尾续貂。如果没有最后两段,本文的意味会显得隽永,就可以上升到一类卷了。故此,判为二类卷上,62 分。

● 第二节　让场面描写再现生活的画面美 ●

场面描写,就是对一个特定的时间,一定环境与地点内许多人物活动的生活画面的总体情况的描写。场面描写一般由人、事、境构成,它是叙事性作品的基本构成单位,是刻画人物、展开情节、表现主题的主要手段。它往往是叙述、描写、抒情等表述方法的综合运用,是自然景色、社会环境、人物活动等描写对象的集中表现,叙事类文章场面描写可以再现生活画面。场面描写重在描写,描写的根本在于选好“点”,抓住特征,写出氛围与情感。

一、点面结合

运用“点面结合”来描写场面最经典的当属《红楼梦》第四十回“史太君两宴大观园　金鸳鸯三宣牙牌令”一节了。原文如下:

……众人先是发怔，后来一听，上上下下都哈哈的大笑起来。史湘云撑不住，一口饭都喷了出来，林黛玉笑岔了气，伏着桌子哎哟，宝玉早滚到贾母怀里，贾母笑的搂着宝玉叫“心肝”，王夫人笑的用手指着凤姐儿，只说不出话来，薛姨妈也撑不住，口里茶喷了探春一裙子，探春手里的饭碗都合在迎春身上，惜春离了座位，拉着他奶母叫揉一揉肠子。地下的无一个不弯腰屈背，也有躲出去蹲着笑去的，也有忍着笑上来替他姊妹换衣裳的，独有凤姐鸳鸯二人撑着，还只管让刘姥姥。

【美点赏析】　在这一段中，开首“众人先是发怔，后来一听，上上下下都哈哈的大笑起来。”一句总说了场面的热烈与欢快，这是对整个面的总述；接下来便选取了湘云、林黛玉、宝玉、贾母、王夫人、薛姨妈、探春、惜春等八个点进行了细致的描写，以很好地支撑起上面的面；最后一句“地下的无一个不弯腰屈背，也有躲出去蹲着笑去的，也有忍着笑上来替他姊妹换衣裳的，独有凤姐鸳鸯二人撑着，还只管让刘姥姥”。这样点面结合的框架，对于当时满堂的欢快情境便让读者可视、可闻、可感、可知而生感同身受、身临其境之感了。

二、环境衬托

麦子是人们心中不可或缺的植物。秋风起，麦子播下地，残忍的秋风扫落叶过后，麦子长高了一截，面色也浓绿了一成。寒冬来临的时候，常常会伴着大雪和刺骨的寒风一股脑儿地来了，呼呼的寒风凛冽地喊叫着，河面上一层薄薄的白冰，世界万物好像在一瞬间就被肃杀成一把干尸，就连秋风中倔强着开花的菊儿也熬不过寒冬的惨烈和无情，死去了。而唯独麦子，仍然为这个世界坚守了一派浓绿，一汪春情。（宋殿儒《长冬麦语》）

【美点赏析】　本段的环境描写中借写“秋风”“寒冬”的无情、惨烈，赞美麦子坚守不屈的品格。又以菊花的死反衬麦子的坚守。表达了对麦子的赞美和喜爱。

三、巧用修辞

月亮终于逃离地平线，只一眨眼，它便将天空接管。星子渐渐退到舞台边缘，一场月的独舞即将开始。月像一盏高悬的荧光灯，把白亮的光洒在戈壁上，洒在团场的林带里，白杨树的眼睛愈发深沉。月色下，有枭鸟悲鸣，麻雀此时摒了声；月色下，马路变成了一条白亮的带子，晚归的人有了一条月光之路。白杨树皮在月光下愈发亮了，衬得眼睛更黑了。（周玉娴《白杨树的眼睛》）

【美点赏析】 本段运用比拟、比喻的修辞方法，可谓形象生动。

四、细节描写

“只见她拄着拐杖艰难地走下楼。楼梯并不高。但对于她来说每一步都是一次挑战吧！她先将拐杖拄在下一级台阶上，再用腋下顶住拐杖，用力地将那条独腿挪到下一级台阶。我看到她的双手紧紧抓住拐杖，手上的青筋清楚可见。

她要做什么？只见她一手抱住栏杆，一手将拐杖放下来，接着，她蹲下身……她，竟将香蕉皮捡了起来。我的好奇心仿佛一下子被击碎了。我觉得自己好像是一个恶魔，站在这个角落，阴险地看着这样一个天使走进危险。”（选自江苏高考作文《好奇心》）

【美点赏析】 描写“她拄着拐杖艰难地走下楼”的情景和“将香蕉皮捡了起来”的行为，运用细节描写生动而层次清楚地展现了这一情景这一行为的具体过程，以及这一过程中表现出来的每一动作。本段通过选用准确的动词或形容词；拉长过程、细化动作；放大神态、突出“她”坚韧、美丽、高尚的特点，产生感人的力量。

五、动静结合

例一：“楼上空无一人，窗外湖光山色，窗下水清见底，河底水草摇曳；风帆过处，群群野鸭惊飞；极目远眺，隐隐青山若现。”

【美点赏析】 ① 选取湖面上代表性事物；② 运用视听结合、俯仰视角结合、远近结合、动静结合等多种描写手法；③ 句式对称、工整，语言表达生动、优美，富有表现力。

例二：一幢幢房屋上笼起了炊烟，摇摇荡荡地把自己揉进了云彩，带着晚霞的光辉，由玫瑰般的深红到浓厚的墨绿，到清雅的黛青，到夕阳最近处的乳白。太阳就这样落下来了，胡同口的老井外壁显得更加古朴黝黑，每个人的身上都镀上了一层淡淡的色彩，夕阳过分的柔美更加突出了小城的寂静。远处，放牧归来的老人唱着一首我不知名的歌，也许并不能称之为歌，如今的歌曲早已无法诠释它的韵味，它是如此的悠远、深长，他在夕阳的映照下进入村庄，年迈使他不得不用力抓着身前的黄牛的尾巴，边挥着细细的牛鞭慢慢地在土地上移动着，后面的牧羊犬也这样慢慢地跟着，尾巴一摇一晃着。

【美点赏析】 ① 选取了炊烟、云彩、晚霞、夕阳、老井、行人、村庄、黄牛、牧羊犬等代表性的事物；② 运用了比喻、比拟的修辞手法；③ 从动静结合、视听结合、高低结合、远近结合的角度描写了夕阳下的小城及村庄的寂静与安谧。

六、多觉并用

例一：到得灰云扫尽，落叶满街，晨霜白得像黑女脸上的脂粉似的。清早，太阳一上屋檐，鸟雀便又在吱叫，泥地里便又放出水蒸气来，老翁小孩就又可以上门前的隙地里去坐着曝背谈天，营屋外的生涯了；这一种江南的冬景，岂不也可爱得很么？（郁达夫《江南的冬景》）

【美点赏析】 ① 选取了落叶、晨霜、太阳、鸟雀等江南冬日代表性的事物；② 运用了比喻的修辞手法；③ 从视听结合、高低结合的角度描写了江南冬景的明朗、和煦，并从人们的活动和作者内心感受的角度突出了江南冬日的悠闲和可爱；④ 语言自然、舒缓，耐人寻味。

例二：“一路上都是鲜红的收割机，突突突，吼个不停，所过之

处，留下一地黄亮亮金灿灿的麦茬，散发着湿润的麦秸香。”（雷抒雁《麦天》）

【美点赏析】 ① 语段描写了收割机、麦茬、麦秸等麦天代表性景物；② 运用拟人的修辞方法；③ 从视觉、听觉、嗅觉多角度描写麦收情景；④ 画面色彩鲜明，语言上拟声词和叠词的使用使表达生动而富有韵味。

第三节 议论类文章结构之美

结构是思路的体现。结构是外在的表现，思路则是文章内在的行文逻辑。由此可见结构是何等的重要。对高考而言，结构的优化与选择更加重要，在常见的议论文行文结构中，最常用的是并列式结构、递进式结构与对比式结构。

需要指出的是，在高考中，如果你写的是议论文，最好用后两种结构思路写文章。

一、并列式结构

材料之间的关系属于并列关系，不存在谁隶属于谁的问题，而是联合起来共同表现作文主题，这就是并列式结构。这种结构的优点一是清晰，一目了然，二是可以采用多素材入文。

例文

把握“度”的功夫

力 行

中国文化的一大特点是笼统而简明，西方人能写一篇论文的事情，中国人可能寥寥数语就讲完了。一部博大精深的《道德经》，只有区区5000字。若是用黑格尔的思维和叙述方式，可能写几十本厚书都不止。中国语言有时只几个字便彻照幽微、力透纸背、饱含玄机，令人思之无穷，比如“上善若水”。有时一个字便包含了无尽的智慧和韵味，如中国人在做任何事的时候，都讲究要把握“度”，这个“度”便令人回味无穷。

《说文 · 又部》上解释：“度，法制也。”其意指标准、限度、幅度、法则等意思。《国语 · 周语》有：“用物过度妨于财。”贾谊《论积贮疏》：“生之有时，而用之无度，则物力必屈。”相传儒家心传秘诀中“允执厥中”的“中”就有度的意思，“中庸”也有度的意思。

“度”就是利与害的分界线。

其实，在我们的日常生活中，处处都会碰到如何把握好“度”的问题。

若把握不好“度”，事物的结果往往会走向预想的反面。例如，我们讲要发挥市场在资源配置中的决定性作用，但如果一味放任自流，让其起全部作用，财富就会越来越集中，造成贫富差距畸大，引起社会动荡，最后还是会影响经济发展。我们讲要更好发挥政府在经济中的调控作用，但如果政府管得过多过死，全搞行政命令，就会影响经济活力，最终阻碍经济的发展。所以，关键是要把握好市场和政府之间的“度”。

若把握不好“度”，好事就可能变成坏事。例如，父母关心爱护孩子是好事，有利于孩子的健康成长，但溺爱过度，就可能使孩子学坏，成为不学无术的纨绔子弟。我们平时教育做人要有骨气、有个性，不能逆来顺受，不能低三下四，不能生活在别人的影子里，但如果一个人过于清高孤傲就会惹人嫉恨，没有朋友，人至察则无徒。这样，反而不利于他在社会上的发展。

若把握不好“度”，正确的就可能变成错误的。真理和谬误常常只有一步之遥。例如，我们要适应农业现代化的要求，在农民自愿的基础上搞适度规模经营和新农村建设，这无疑是正确的，但是如果不尊重农民意愿，搞强迫命令，非法剥夺农民土地、赶农民上楼，这就犯了错误。又例如，有的家长为了孩子的未来幸福，过分干涉孩子的职业选择、婚姻自由，对孩子造成伤害，往往是好心办了错事。

若把握不好“度”，有利的事情就可能变成有害的。例如，生了病要吃药打针，治疗疾病，但如果没按医嘱或没把握好用药的量，本该服一片，你为了早日治好病服了十片，这就会造成药物中毒，甚至导致生命危险。工作勤奋努力是好事，但若不注意劳逸结合，过度劳神伤身，就会身心疲惫，积劳成疾，结果适得其反。

因此，在实际生活中，把握好“度”很重要。度就是分寸，就是好与坏、正确与错误、利与害的分界线。把握好“度”既是一个认识问题，又是一个实践问题，光认识到把握好“度”的重要性，并不一定在实践中就能真正把握好“度”。

“度”就是恰到好处。

把握好“度”是一个长期修养的过程，至少需要有以下几方面的真功夫：

要有实事求是的态度。把握好“度”，首先必须对所面对的事物有透彻的认识，并掌握事物发展变化的规律性，也就是说，要知道“度”在哪里。这就必须用实事求是的态度去分析事物，研究事物，做到胸中有数，从而找到把握度的节点。

要有超越功利的境界。这就是说要客观公正地对待事物,不能有私心,不能怀着个人目的去处理事物。人一受到功利的影响,必然会偏离事物原本的真相,必然不能按事物的本来面目而把握好事物的度,从而失之无度。要做到这一点就必须有很高的道德修养,不为名利所动,不为权势所屈,不为困难所惧。有了这种淡定的境界,才能始终保持头脑清醒,做到"允执厥中",不失其度。

要有洞明练达的智慧。"非知之难,行之惟难。"把握好"度",是学问,是智慧,它没有秘诀,是说不出、写不来的。这种智慧是人的学问、实践、天赋、悟性等综合素质的体现。这种智慧是在实际生活的挫折中积淀和磨炼出来的,是反思失败中悟出的,是苦难对人的回报。常言道"世事洞明皆学问,人情练达即文章",即如是也。

总之,所谓"度",用一句话来概括,就是恰到好处。正如司马相如形容绝代美人那样:"增之一分则太长,减之一分则太短;著粉则太白,施朱则太赤。"如果对"度"把握到这个程度,那就达到出神入化的境界了。

一个"度"字定格了一个人的能力品位,"度"字中见德行。"度"字中见学问,"度"字中见智慧,"度"字中见成败。

【美点赏析】 这篇文章属于并列式结构的范文。作者在提出本文的中心论点后,在论述"为什么"部分,以"若把握不好'度'……"作为反复重现的句子格式,从三方面展开论述。在论述"怎么办"部分,也从三个方面展开论述。这是典型的"三大三小"式的结构形式。所谓"三大",即全文由三大部分组成;"三小"指的第二部分由三个并列的段落组成。本文行文的特别之处在于中间有两个"三大",形成一种对称美。这样的行文格式,便于阅卷者迅速把握作者的思路。

二、对比式结构

正反对比式是一种常见的横式结构,也是初学议论文的人喜欢运用的一种结构模式。众所周知,自然界事物无不处于矛盾之中,有成功就有失败,有高尚就有卑贱,有美好就有丑恶,有正面就有反面。在议论文写作时,运用对比式结构,就是把两种对立的事物或同一事物的互相矛盾的两个方面进行对照比较,肯定什么,否定什么,提倡什么,反对什么,就显得格外分明。具体地说,就是在论证过程中既要正面说理,又要反面阐述;在对比分析中,表明正确的观点,从而达到写作的目的。

正反对比式的结构,既可以体现在段内句与句之间,也可以体现在段与段之间。简单地说,就是"正面说了反面说"或"反面说了正面说",它对于议论的深入,论点的突出,说服力的增强,都是有莫大的裨益的。

注意:第一,围绕中心论点选择比较材料,确定对比点。所选对象必须是两种性质截然相反或有差异的事物,论证时要紧扣文章的中心。第二,正反论证应有主有次。若文章从正面立论,主体部分则以正面论述为主,以反面论述为辅;若文章从反面立论,则以反面论述为主,以正面论述为辅。

例文

品味时尚

2009年江苏一考生

我并不是个迂腐至极的"老夫子""老古董"。我也喜欢时尚,与"时代共同至尚",但我却难以舍弃那些为时间过滤后的时尚——经典文化。

十里洋场,灯红酒绿,风流韵致……隐约在这大上海风月中的还有曼妙的身姿,仿佛能看见那一个个身穿旗袍的花容月貌。这就是张爱玲一生钟爱的旗袍,那个旧上海时代的风尚。将满族的服饰加以剪裁,依着女人的身材,贴合每一寸肌肤,那似乎已不是一件衣裳而是一枝勾勒出女人婀娜身形的画笔。这样"露骨"的服装在那个讲求"礼义廉耻""三从四德"的时代,却有些胆大包天,然而当它成为一种时尚,受人青睐和追捧,进而迅速蔓延时,一切礼教似乎都不管用。

如今,很少有人穿旗袍了,想要感受那种女性的妩媚和娇柔也只能通过那些老旧图片和电视剧大饱眼福,现代人有当代的"时尚",如迷你裙、低胸衣、补丁裤……那些漂洋过海,历经长途跋涉而至的欧美时尚和顺风吹来的"韩流"。

我并不是一味否定这些时尚,它们固有其存在的道理,然而它们又能存在多久,它们只是大海吹拂的一浪接一浪的波浪;然后化作泡影淡出历史舞台。

我在寻找像旗袍这样经典的时尚它能长久地存在,从未被人遗弃,那些沉睡的经典似乎在等待;当一个个奇思妙想和创新的箭射中它们,它们定会再次刮起经典的时尚之风。这样的时尚总值得人去品味,犹如一杯经典的咖啡:香醇,美味,令人回味无穷……

在重金属充溢的时代,谁还会为一把二胡叹息,为一首二胡曲而掬一把廉价的眼泪呢?人们一窝蜂地追求潮流,流行文化,而视古典文化传统如草芥。其实,我们都深陷追求时尚的"迷网"中而不懂得品味时尚。

还记得一首《二泉映月》曾经打动过多少人的心,浸润多少人的眼……六朝金粉,王谢侯府的秦淮有太多的声色犬马,那不是二胡弦上开放的花,三秋桂子、十里荷塘有太多的绮丽繁华，那不是二胡弦上奏的音韵。二胡是属于平凡人开心时的工具，潦倒时的支撑。

就这样一种沉淀下来的经典时尚，属于普通人的时尚为什么时至今日，它为何会如此苍凉。

在文化交流频繁的今天，我们似乎更需要静下心来品味“时尚”，为传统文化寻一片天空。

【美点赏析】 这篇议论性散文，切合题意，立意较高，且思路明晰，语言富有变化。考生在经典时尚与当下时尚的对比观照中表达了自己的认识，提出“时尚”应当是美的、创新的、令人回味的，批判当下的有些时尚追求其实是跟风，是不懂得品味时尚。文章选择旗袍作为主要的对比点，展开了有层次的品味。先说美的时尚是长久的，盲从的时尚是短暂的；经典时尚总是在那里等待我们的召唤；“经典时尚”不属于庸俗、浮华，最后启示人们静心品味，回归经典时尚。但局部表达不够清楚。判为一类卷，综合评分 63 分。

三、层进式结构

层进式结构是指文章的各个层次之间环环相扣、步步深入，或从现象到本质，或从原因到结果，或从一般到特殊，等等。它的基本结构是提出问题—分析问题—解决问题。层进式结构比并列式结构和对照式结构更能体现思维的缜密，能使文章更灵活，更具个性化色彩。

使用层进式结构时要注意两点：

（一）文章的层次有内在的逻辑关系，各层次是不能随意调换顺序的，所以作者在写作前就安排好材料间的先后关系。

（二）层进式结构方式不易让人一目了然，所以每段开头的句子一定要写好。既紧扣行文的要求，又要能体现出文章的层进式结构。

例文

该说就说

2016 年江苏一考生

冯小刚在《一九四二》发布会上面对诸多记者关于“为什么要用如此直接的方式揭当年的痛处”的提问，淡淡地回了一句：“没什么值得掩饰的。”

的确如此，痛了，就直接说出来，让人们看到痛处，如此才能去治疗，否则一直捂着伤口，不为他人所知，着实让人赞许你的坚强勇敢，却也使得伤口溃烂，错过治疗的最佳时期，从此留下难以抚平的伤痕。

季羡林便是一位不掩饰自己苦痛的人，回忆当年被批斗时，他在《牛棚杂忆》中写道："这次的批斗颇令我不满意，没有戴高帽，没有坐"喷气式"，只有半个小时的教育。"季老用如此通透的态度轻描淡写了当年所受的屈辱与折磨，纵然写得幽默风趣，但仍能使我们窥得当年的黑暗。季老豁达而不郁结。相比之下，傅雷上吊，老舍跳湖，顾圣婴自杀，也许就因在痛苦中沉默，最终踏上了不归路，他们的逝去让中国一度为之叹息，如果他们能够将痛苦宣泄出来，也许他们的人生就是另一番天地了。

人生在世，往往会经历种种的痛，国家、民族也难免如此，民族的痛就更不该掩饰了。正如索尔仁尼琴所言："如果一个国家拥有了一个讲真话的作家，那么他们就拥有了两个政府。"事实正是如此，当年索尔仁尼琴因《古拉格群岛》这本真实揭露了俄国黑暗社会的著作而被削去国籍、流放到国外。这就显出了当年俄国的心虚了。然而即便作家被赶出国门，《古拉格群岛》也从未停止出版。忧国之痛同样弥漫着中国作家的心扉，郁达夫写《沉沦》，中国青年身在东瀛，在与日本侍女的交往中，竟然吟起了典雅的对于故国的愁思："一饭千金图报易，五噫几辈出关难。茫茫烟水回头望，也为神州泪暗弹。"亡国之危，弱国民众的心灵压抑，激起了郁达夫深沉的悲怆。两位作家肩负重任，他们痛苦的血脉，流淌在自己作品的字里行间，充满着痛苦和激愤的情感。

痛了，就要直接说出来，只有说出来才能引起重视，才能得到治疗，日本拒不承认侵华事实，这不仅仅是我们的耻辱，更是他们的悲哀。一个民族连自己的痛处都不敢说出来，那么他们还有什么未来可言？鲁迅先生说："真的猛士敢于直面惨淡的人生，敢于正视淋漓的鲜血。"我想，真正有担当的人，敢于说出自己的痛处，敢于面对自己的痛处。不说出来如何敢勇敢面对？

该说就说，没什么值得掩饰的！

【美点赏析】　开门见山，旗帜鲜明。文章开门见山，旗帜鲜明亮出自己观点：痛，没什么值得掩饰的。并且谙熟议论文的层进式结构，让议论走向深入，寸峰起雾，扇云致雨。举例精当，引证到位。考生列举了季老在痛苦中有言，傅雷等人却于痛苦中沉默，抉择不同，天地迥异，切合立论，彰显了作者的见识和才气。正反对比，拿捏精准。由个人之痛延展到国家、民族之痛，索尔仁尼琴、郁达夫身处痛苦境地，却胸怀天下黎民，日本民族则相形见绌，不愿也不敢承认自己的痛，它将会永远被钉在历史的耻辱柱上。拿捏精准，两相对比，便将心忧民族之痛淋漓尽致地表达出来。语言灵动优美，文句表现力很强。

第四节　让议论文的核心段落散发出理趣之美

在议论文中，核心段落承载着论证和分析的重任，事关全文成败。标准语段的五种句子：观点句 + 阐释句 + 材料句 + 分析句 + 结论句。观点句——明确（一句话，干净利落）；阐释句——阐释说明观点句，连接中心句与材料句，起到承上启下的作用；材料句——摆事实的部分，事例典型，叙述精炼；分析句——紧扣观点讲道理，可以分析原因，也可以正例反设，或反例正设；总结句——归纳，点破主题。

“知羞耻成人”，一直都是仁人志士立身做人的宝贵经验和修身养性的重要法宝（观点句）。清代学者朱起凤年轻时在一家书院教书，因为没有弄清“首施两端”和“首鼠两端”两词通用，而错判学生的作文，遭到众人的奚落（材料句）。他知羞耻而发愤图强，潜心于词语研究，编成了300多万字的《辞通》，为汉语言文字的发展做出了重要贡献（材料句）。他所取得的事业成就，与他当初的知耻图强分不开（分析句）。所以说，知羞耻不仅是做人的基本，在某种意义上也是成就事业的起步（结论句）。（《知羞耻成人》）

这只是一个核心段落写作的例子，不能受它束缚，写作时可以根据论证的需要灵活处理。下面几种论证的思维方法写成的段落，可以增强文章分析说理的力度。

一、假设论证

清代文学家纪晓岚的《阅微草堂笔记》载有这样一则故事：

一富户遭强盗抢劫，一家大小全被堵在屋内，唯15岁的做饭婢女睡在厨房，悄悄溜走，唤来全村乡亲，擒贼救主。主人感戴婢女的恩情，要娶婢女为儿媳，儿子也同意，于是，当天就为儿子与这位婢女成了亲。有人问：“为什么办这么急?”主人说：“事不宜迟，迟则生非。”

主人这种雷厉风行的做法是明智的，假如他优柔寡断，迟一天，孩子大伯来了，会说尊卑不分；孩子他大姨来了，姑来了，老邻旧居来了，尊卑贵贱，门户高低，属相犯忌，择日良辰的说道全来了，这门亲事十有八九“泡汤”。

后一段议论，用假设分析法分析了这位主人之所以那样做的原因，而且仔细分析在这种假设情况下，将会出现哪些结局，从而证明原来做法的正确性。运用假设法分析，不仅能透彻地揭示事物的道理，而且能够使文章增加新鲜趣味。

假言论证，就是运用假设分析法对事例进行分析。如果举的例子是正面的，那么就应从反面来假设分析；如果举的例子是反面的，那么就应从正面来假设分析。如《六国论》：“向使三国各爱其地，齐人勿附于秦，刺客不行，良将犹在，则胜负之数，存亡之理，当与秦相较，或未易量。”属于反例正说。又如《烛之武退秦师》：“若舍郑以为东道主，行李之往来，共其乏困，君亦无所害。”属于正例反说。

常用的关联词语：“假使……那么”“如果……那么”，其他句式还有“如果……就”等。

二、因果论证

任何现象的产生都离不开相关原因，反之，特定的原因又成为某种结果产生的条件。可以说，因果分析的思维方法在任何类型的议论文中都可大显身手。以因果分析为主体的思维形式，对涉及论题的各种事物间的因果联系做深入的分析探究，或由果溯因，或由因推果。常用的关联词有“之所以……是因为……”“因为……所以……”。如为了证明“人要立志”这一论点，有人举了这样一个事例。

> 据说，牛顿小时候并不聪明，有一次，父亲叫他在门上打个洞，让猫和狗出入方便些，他却打了两个洞，说是因为有两只小动物。（材料句）尽管如此，牛顿在立志探索科学奥秘的过程中，因为刻苦钻研取得了累累硕果。（分析句）一个人立了志，就像机器上安了发动机，就有了使不完的劲。（分析句）牛顿就是因为（标志词）在这“使不完的劲”的推动下，取得了巨大的成功，成为著名的科学家。（结论句）

三、类比论证

用同类事物或具有共同点的两类事物做比较分析，根据某事物已具有某同类事物的若干特性，从而推论出某事物也可能具有某同类事物其他特性，这就叫类比论证。例如《善于建设一个新世界》：

人没有生来就会吹竽的。南郭先生不会吹竽，本来无可厚非。但是，他不该不会装会，弄虚作假，冒充内行，而且一味装下去，靠蒙骗过日子，以致落得个逃之夭夭，贻笑天下的结局。

从这里，我们的同志可以得到一点启示。这就是，不管做什么事情，都要有一个老老实实的态度。不懂就是不懂，不能装懂。中国共产党干了五十八年的革命。五十八年里，新情况、新任务层出不穷。打阶级敌人，打民族敌人，搞土改，搞经济，搞文化，哪一件不是从不会到会的？从一无所知，到知之不多，到知之甚多，这是一个不断转化的过程。当前，全党全国工作的中心转移到四个现代化，又出现了许多我们不懂的东西。我们很多同志坐井观天，孤陋寡闻，不懂的东西太多了。不懂怎么办？承认就是了。正如列宁在十月革命后所说的："要建成共产主义社会，就要坦率地承认，我们还非常不善于管理，不善于当组织者和管理者。"承认不懂，才能从不懂变懂；承认不会，才能从不会变会。装，只能使自己永远是外行，永远不懂，永远无知。

【美点赏析】 作者指出，打阶级敌人，打民族敌人，搞土改，搞经济，搞文化，都是从一无所知，到知之不多，再到知之甚多，所以推论出搞"四化"也要经过这样一个过程，也就意味着一定可以搞成。

当然，用这种方法推出的结论，还有或然性，还需要未来的实践来检验。那么，使用这种方法为什么还有说服力呢？因为它从类比中向人们预示出了可能性，因而可以激起人们很大的兴趣去争取、去促其实现。

四、比喻论证

比喻论证，也叫喻证法，是指用具体生动的事物来形象地证明抽象道理的论证方法，其本质是化虚为实。

孩子不是裸机，父母想格式化就格式化，想装什么就装什么。孩子不仅有自己的操作系统，还能创造和衍生出自己的应用程序。父母要做的是给予孩子全然的接纳和支持，尊重孩子的天赋秉性、个性特质，相信每个生命都有内在自我成长的动力、能力和秩序。好的教育是唤醒、影响和熏陶，而不是控制、灌输和塑造。

五、归纳论证

归纳分析，就是列举多个典型论据之后，归纳总结出共同点，论证要证明的论点。例：

【论点】　感情的亲疏和对事物的认知

【材料】　"千古谁堪伯仲间"的诸葛孔明英明一世，却在街亭这一关键战役中重用本无实才的好友马谡，致使其六出祁山而寸功未建，成为千百年来任人唯亲者之鉴。

一代明君唐明皇即位之初礼贤下士，励精图治，才有了开元盛世。后来却为了"一骑红尘妃子笑"，不惜大兴土木，劳民伤财，荒废朝政，结果落得个"马嵬坡前草青青"的凄凉结局。

北宋神宗原本竭力支持当朝宰相王安石的变法之举，却经不住其祖母光献太皇太后的眼泪软化，终于动摇了、灰心了、放弃了，一部《青苗法》被付之一炬，十一世纪最杰出的政

治家的社会理想化为泡影。

【分析】　无论是诸葛亮挥泪斩马谡，还是唐明皇善始却不能善终，还是王安石变法最终失败，历史都以残酷的事实一次又一次地告诫我们：人情的亲疏远近足以令人麻痹，令人迷茫，甚至令人昏聩。然而，是不是我们每个人都应该对人间的真情视若无睹，做个"无欲则刚"的人呢？答案是否定的。

【结论】　如果我们将感情亲疏与对事物的判断分而析之，辨而认之，定能做到超然其上。练一练：结合材料，仿照示例，写一段归纳论证的语段。

【论点】　自立自强

【材料】　蜀主刘备，一代英豪，儿子刘禅却是"扶不起的阿斗"；名将周瑜，足智多谋，儿子周胤却荒淫自恣、终遭流放；唐太宗李世民，雄才大略，十四个儿子却无一成器；名相寇准，智慧过人，子孙却骄奢淫逸，沦为庶人……

【分析】 不论是蜀主刘备之子刘禅，还是名将周瑜之后周胤；不论是唐太宗李世民之后人，还是名相寇准的子孙，历史都以残酷的事实一次又一次地告诉我们一个“虎父犬子”的现象。这些“犬子”们，躺在父辈功勋的温床上，自我放纵，不思进取。他们不懂得，只有自立自强，才能创造属于自己的人生。

【结论】 由此可见，无论出身如何，都要自立自强，编织未来。

六、多法论证

洪应明有言“只以我转物，不以物役我。”人若过分纠缠外物，便常为外物所扰。千姿百态的车，满足了实用性能后，逐渐有了附加功能，财富地位等象征性使人们日渐迷失，功利与物欲，繁华与喧嚣反使人沉迷，为外物驱使，许多人痛心现世的浮躁功利，因为在万物面前难以自持，难以御物，在霓虹灯淹没了万花的古香的今日，人们或许时而渴望“候鸟衔来远方的种子，人归去吧，归去也”。倘使外物使人疲惫，那倒不如不用了，如卞之琳笔下所言，许多人不喜尘嚣繁华亦怕为物所役，其实外物哪里有这样可厌呢？不过是人们创造出来的东西。（2017 年江苏考生《君子使物》片断）

本段文字综合运用了引证法、因果论证法、假设论证法，增强了说服力。

七、辩证分析

掌握了议论文的论证结构、论证方法，却不一定能写出令人满意的文章。因为想写好一篇议论文，除了要有正确、鲜明、富有针对性的观点，还需要有识见。还要加以必要的分析，来充分证明观点的科学、合理，这样，文章才能具有相当的深度和说服力，使自己的观点无懈可击、让人信服。文章也会有一种思辨之美。

（一）运用联系的观点来分析问题

有时候，我们总是错误地理解了恫吓者，以为是杞人忧天，以为是唯恐天下不乱。其实哲学家研究“死”，其着眼点还在于“生”，并没有人提倡“全体死亡”。认为“社会已经陷入‘绝境”的思想者，也只是提出一恫吓，摆出一挑战态度，骨子里未尝不含有“但愿这种恫吓，能产生一点效果”的意思。这就像逢人便诉说“生活没有意思”的人，本意并非打算立即去死，而是在苦苦地探索着人生的意义一样。

有时候，我们觉得恫吓者很无聊，很不负责任，仿佛他们有意开了一个很轻松的玩笑。其实恫吓者很庄重，也很苦恼，他们何尝不愿意甜甜地唱支赞歌，抑或说些不着边际的不讨人嫌的动听话？可是他们不能，正是“心所谓危，不敢不言”。忧国忧民是很苦很累的一件事啊！谁不信谁来试试。

有时候，我们觉得恫吓者大多是一些丧失了信念的悲观之人。其实，一个人越是研究死亡，他对人生的态度常会愈加积极。丧失希望的人大可随波逐流或醉生梦死，完全没必要声嘶力竭地奔走呼号了。

这几段文字对恫吓者的种种分析，让我们清楚地看到恫吓者深隐在现象之下的本质，对现象与本质间既对立又统一的关系做出了准确的分析判断。这就是运用联系的观点来进行辩证分析的。

鲁迅的《拿来主义》一文，就是采用一分为二的观点分析问题的。从全文来看，对文化遗产的态度应该是既“占有”，继承好的，又“挑选”，剔除坏的；既不是无选择地兼收并蓄，也不是盲目地全盘否定。在论述“鱼翅”“鸦片”“烟具和姨太太”的正确态度时，既反对“‘左’倾”，又反对“‘右’倾”，全面科学地阐述了“拿来主义”的正确观点。因此全文充满辩证法。

辩证分析的方式还有很多，诸如内因与外因的关系，原因与结果的关系，偶然性与必然性的关系，可能性与现实性的关系，等等。辩证分析的要求就是要对事物的以上关系做出合乎客观规律的分析判断。

辩证唯物主义认为，世界是普遍联系的，而且这种联系不仅是普遍的、客观的，而且是多种多样的。例如，“‘鱼儿离不开水，瓜儿离不开秧’，鱼和水、瓜和秧的联系是间接联系。‘唇亡齿寒’既指出了唇与齿之间的内部联系，又表明了唇齿与气温之间的外部联系。‘天时不如地利，地利不如人和’，说的是‘人和’与战争胜负的联系是要联系，‘天时’、‘地利’与战争胜负的联系是次要联系。‘时势造英雄’，时代与英雄的联系是必然联系，谁在这一时代成为英雄则是一种偶然联系。‘读书破万卷，下笔如有神’，说的是读书与写作之间的因果联系。‘牵一发而动全身’，蕴含着整体与部分的联系”。（引自人教社《思想政治》）其中，整体与部分、系统与要素的关系，是客观事物普遍联系的一种重要形式。因此,我们在分析问题时,要坚持“整体论”“系统论”和“条件论”的观点,善于发现并正确揭示事物之间或事物内部各要素之间的联系,从而收到论述效果,达到论证目的。这种运用联系的观点分析问题的方法,又叫作“横向联系法”。运用这种方法,可以“左顾右盼”“东张西望”,多方面探求事物之间的联系,使议论向四周铺开,从而增加认识的广度,获得全面的认识。

1. 原因与结果的关系

高考说明中提出了“揭示问题产生的原因”这一要求,也就是要同学们学会寻根溯源。因果论证的思维训练就是基于这种情况而设计的。

(1) 由原因推出结果

我们要学会分析原因,找出其中的联系,再由原因推出结果。

> 一个失去了“文化地层”的国家将无法在世界的潮流中找到栖身之所,因为武力只能掠夺土地,而文化则能带动国家的强盛。苏联军事腾飞期间,有人采访当时的美国总统是否对此现象感到担忧,他却正色道:“苏联街头的青年已在跳美国的民族舞蹈,有什么可担忧的?”显然,美国对苏联的文化浸透在一定程度上也致使了苏联解体。

这一段先分析原因,接着推出结果(划线的部分)。

(2) 用结果推论原因

> 自然界的狼来了,会叼走小羊;体育比赛中的“狼来了”,会夺走奖牌。然而,世界上的事情很复杂,很多情况下“狼来了”是一件好事。正是由于“狼先生”的到来,才使我们领教了“狼”的各种招数,在和强手的对峙中暴露出我们的不足和弱点,找出差距,迎头赶上。因“亡羊”才去“补牢”,这不正是我们常说的“交学费”么?“错误和挫折教训了我们,使我们比较地聪明起来了,我们的事情就办得好一些。”(毛泽东)这难道还不是“狼来了”的功劳么?从这个意义上说,还是时而有“狼先生”光临才好。

划横线的部分就是这一段的论点,即结果。在提出论点之后接着加以解释,说明其原因。因果论证实质上是一种纵向思维,它是了解事物的原因、性质、结果的一种思维方式。这种方式决定着议论文说理的深浅。它要求人们以原材料为依据,以原材料的逻辑为线索进行合理的推理和多方向的合理引申。

现在快速积累的物质迷失了人们的眼,科技在给人们带来便利的同时,又如马鞭驱赶人们去攫取更多的物质。但是我们不能把自己猛冲的欲望归罪为车速太快,更深层次的原因还在于我们内心宁静秩序的失守,我们因为欲求而创造出汽车等更快的交通工具,也因为欲求而改变了缓慢的生活状态。(2017 年高考江苏一考生《马车并未消失》片断)

2. 现象与本质的关系

例如课文《改造我们的学习》一文:

"这两种人都凭主观,忽视客观实际事物的存在。或做讲演,则甲乙丙丁、一二三四的一大串;或做文章,则夸夸其谈的一大篇。无实事求是之意,有哗众取宠之心。华而不实,脆而不坚。自以为是,老子天下第一,'钦差大臣'满天飞。这就是我们队伍中若干同志的作风。这种作风,拿了律己,则害了自己;拿了教人,则害了别人;拿了指导革命,则害了革命。总之,这种反科学的反马克思列宁主义的主观主义的方法,是共产党的大敌,是工人阶级的大敌,是民族的大敌,是党性不纯的表现。大敌当前,我们有打倒它的必要。"

这段文字先指出主观主义的表现,然后从纵的方面进行深挖,指出它的危害、实质。这种从现象到本质的思维方法,使议论的内容十分深刻。

例文一

于妥协中迸发

学生习作

江河蜿蜒盘绕,妥协于大地之崎岖,然终一路向东,成势不可挡之态归入大海,人生亦如此,于妥协中不忘讲授、不悔本意、不识初心,方能孕育出大智慧。

木心于《狱中札记》这样评价自己当时的生命姿态:"我白天是奴隶,

晚上是王子。”白天对于现实的妥协，并非是对夜晚翩然起舞的亵渎，生命于妥协中往往能开出绚丽的花朵。然而现实并非如此，沉沦于物质盛宴的人们，往往在声色犬马中无法自拔，卑躬屈膝，对物质的追求本为人之所欲，这便是对现实的妥协。然妥协是为生命灵魂修炼的墓奠而并非镣铐，人们往往妥协变成生命的常态，于是我们看到，庸俗消费主义潮流下精神河流裸露出的河床，“物质至上”的至理名言导致人们在灵魂荒原上的迷惘游荡……如此种种，是人们在与现实的妥协中失去如河流般“大江东去”的坚决与勇气，是人们面对空虚生活下的心灵之花的枯萎，灵魂之声的消散。

也许有人会说：“生命惟此激扬与平淡两种状态，对现实的妥协，伴生出的往往是人性猥亵、丑陋的面孔。”此言谬矣。有人曾如此评价弘一法师的人生轨迹：绚烂之极，归于平淡。平淡的人生，是狂热与嘈杂到达极点后的一种回归，一种妥协。而智慧地妥协、坚守着本心的人却能够走出低地，立于精神的高地俯察众生，这时候屹立于纷繁世间的，是经苦难冲刷后仍旧完整的人生轮廓。

面对现实与本心的抉择，需要拒绝“二元思维”的不利影响，于妥协中绽放精神之光。面对被无故戴上的“反革命”帽子，施蛰存惟只拍净身上灰土，以“非皎皎者易污，非峣峣者易折”的姿态保持独立的人格；面对军警凶恶的眼光与傲慢的神气，梅贻琦唯喏周旋，两面游走，眼中灼射出的是保护学生守护清华的决心及对师生“幸告无罪”的简单愿望；为着“文革”阴影挥之不去的穆旦，暗中留下绝笔诗数十首，维护心中文化的净土，再者，对于中华民族的复兴梦想，需要于各国各民族利益中寻找立足点，于利益的妥协中寻找前进的契机。以退为进，摒弃“中国梦”于心中不灭不息。

于妥协中迸发，于后退中前进，于“素履所往，心之所向”中找到生命的真谛。

【美点赏析】 天下的江河很少有直直的，大多是拐来拐去的。为什么？水要跟大地妥协。当然，最后水还是往东流了，那是挡不住的。这是一组矛盾的概念，立意可以采用由果溯因的方法。为什么天下的江河大多是拐来拐去的但最后还是东流去了呢？这是因为水要跟大地妥协。那滔滔江水，从源头出发，不管最终流向哪里，它所经过的路途都不会一马平川。在流水前进的过程中，它会遇到高山，虽然流水不能“冲垮”高山，但它总能找到一个适合自己的出口。江河蜿蜒盘绕，妥协于大地之崎岖，然终以势不可当之态归入大海。由此我们可以悟出：高山，是流水要前进时所面对的困难阻碍，它拐来拐去看似妥协，其实是以自己的方式来突破眼前的障碍，不停地向前流动，直至汇入大海——青山遮不住，毕竟东流去。联系我们的人生、社会，做人处事，也应该像流水一样，既要充满韧劲，具备一定的刚度、率性，又要学会灵活，具有较强的变通能力，只有这样，才能化险为夷，不断往前走，越过险阻，走上坦途。

例文二

机　遇

上海考生

对有的人来说，机遇是可望而不可即的“仙山”，而对另一些人来说，机遇是直驶成功之地的航船。人生的道路从来都是变幻莫测、祸福难知的。有些人的道路坎坷，磨难颇多，另有些人却似有神助，一帆风顺。产生这些差别的原因有很多，其中机遇是不可忽视的一个重要原因。在许多人的心中以为机遇即是运气，都是老天爷决定的，可得而不可求。其实不然。实际上机遇并不神秘，有些像数学中的几率，是由许多主客观因素结合起来而有一定规律的产物。

正所谓“塞翁失马，焉知非福”，机遇本身并无好坏之分。例如伟大的爱国诗人屈原，他“竭忠尽智，以事其君”，可换来的却是猜忌，黜官流放，可谓“穷矣”。但又恰恰是这些不幸，给了他贴近百姓，锻炼意志的机遇。他创作了众多的反映民情，控诉黑暗，表其心志的名著，受到世人的敬仰。

机遇不是“飞来峰”，并不是凭空产生的。它是由各种因素的累积，由量变转为质变而产生的一种前提，一个条件。一个人的活动会时刻影响着周围的环境，环境也同样施于人各种影响，这种影响就是所谓的机遇。世人常说：“刘备得诸葛亮，犹如鱼得水，此百年之遇也。”然而，若诸葛亮并非才华横溢，如何受人推荐；刘备若非思贤若渴，众人何必大力荐人。可见，机遇亦是对自己言行的“投桃报李”。

受到社会环境、时代及社会制度的影响。李白、杜甫、苏轼等在不公正的社会环境中报国无门。“鬼才”李贺更是屡遭排挤，忧郁而死。这样的例子不胜枚举。再观当今，尤其是实行改革开放政策以来，国人振奋，万民欢畅，争做改革大潮的弄潮儿，正所谓“时势造英雄，英雄造时势”。我们新一代的青年在这政通人和的环境中，必须更好地加强自身修养，抓住这稍纵即逝的历史机遇，那么祖国的强盛便是指日可待了。

【美点赏析】 这篇文章语言上最大的长处，在于处处充满辩证性，不把话说绝、说死。如开头就说：“对有的人来说，机遇是可望而不可即的‘仙山’，而对另一些人来说，机遇是直驶成功之地的航船。”一句话就把人与“机遇”的关系说得辩证而明了。最后一段中，话说得也很到位，“尤其”一词，既收到突出强调的效果，又省却了诸多非但不必反显累赘的语句。还如文中多处准确使用了定语、状语,对语意加以修饰或限制,所有这些,都显示了作者高超的语言驾驭能力。

总之,生活中充满了辩证法,要想对人生、社会抒发一点见解,要想写好内容深刻、有见地的议论文,就必须掌握辩证法。

(二)用发展的观点分析问题

唯物辩证法认为:世界上的万事万物都是不断发展、变化的。事物的静止状态是相对的,而运动是绝对的。自然界中的一切生物、非生物随眼望去保持常态静止不变,但处于一定的时空,则会发生微妙的变异、奇特的变化。这种变化,有时一时半刻是觉察不到的,但潜移渐进历经一定时日,就会展示出惊人的变化,乃至质的飞跃。自然界如此,人类社会也如此,人的认识也自然应随着外物的发展变化而发展变化。可以说没有任何一种事物永远停止在一个水平上,因此我们应该这样分析认识问题:当我们在学习和工作中遇到困难时,为什么不能悲观失望?当我们取得成绩时,为什么不能沾沾自喜?当我们在前进中遇到挫折时,为什么不能丧失信心?这种分析才是运用发展的观点对问题进行辩证的分析和透视。

在运用发展的观点分析问题的过程中,我们可以从以下几个方面切入:

1. 充分认识事物是可以变化发展的

例文

不根据简单事实作结论

在现实生活中,常有这样的现象:有的人凭着一点简单的事实就轻易下结论。巴尔扎克曾经有过这样的经历:他看了一个小学生的作文本,仅根据书写的迟钝、笨拙,就得出这孩子将来出息不大的结论,但有趣的是这个小学生就是他自己。无独有偶,丘吉尔中学时就读于英国著名的一所私立中学,他的各门功课都不出色,毕业时老师们认为他以后不会有什么出息,但几十年后,丘吉尔当上了英国首相;二次世界大战后,他还完成了《英语民族史》等著作。那些老师和巴尔扎克一样,犯了思想方法绝对化的错误,根据简单的事实轻易下结论。

世界上的一切事物都在运动变化。地球有"沧海变桑田"的说法,人类社会也是由简单到复杂、由低级到高级不断发展的;同样,人们的认识也经历着由不知到知,由知之不多到知之较多,由认识的肤浅到比较深刻的变化发展过程。那么巴尔扎克本人和丘吉尔的老师们为什么会犯同样的错误呢?那是因为他们以静止的观点看人,仅仅根据简单的现象便做出肯定的结论。现实生活中像这样的现象是屡见不鲜的。在教育孩子时,不是有人赌咒发誓地说“你将来有出息,把我的名字倒着写”吗?再比如,有的人看到发达的资本主义国家的生产力暂时超过社会主义国家,再看到苏联“解体”,东欧社会主义国家“倒退”,就以此断定社会主义制度不如资本主义制度,或者怀疑社会主义制度的优越性,这显然是错误的、片面的。所以,如果仅根据眼前某一简单现象做出结论:现在是这样,将来也是这样,那就违背了以发展的眼光看问题的观点和原则。

不能根据简单的事实判断事物还因为事物的现象复杂而多变,甚至是虚假伪装的,仅仅看到某一现象而看不到其他方面的现象,就简单去判断事物,那毫无疑问,结论也是片面的、错误的。事实胜于雄辩,巴尔扎克的自身发展证明了这一点,如果因为小时候书写的迟钝、笨拙就认为没有出息,不会有发展,那么巴尔扎克怎么能成为伟大的文学家呢?丘吉尔如果因为老师的“定论”而停滞不前,那么怎么会成为二次世界大战的“将军”,当上英国首相呢?如果爱因斯坦、爱迪生、华罗庚因小时候读书遭到“冷遇”而灰心丧气,不思进取,他们会成为科学家、发明家、数学家吗?同样,我们在学习期间如一有成绩就骄傲自满,或者一遇到挫折就悲观失望,那还能有发展吗?所以说,静止片面的观点,会扼杀人们前进的积极性,它阻碍事业的发展和成功,危害极大。

当然,我们还应该认识到,一种事物是不可能孤立存在的,它总是与周围的事物发生一定的联系,这就要求我们把某种事物与其周围事物联系起来分析研究,然后再做出判断下定结论。只有这样,所下的结论才可能真实正确。

随着经济建设事业的迅速发展,我国社会的各个方面都将发生巨大而深刻的变化,要跟上时代的步伐,必须用发展的观点看问题。用“老眼光”看新生事物,会使自己的思想陷入僵化或半僵化的状态,有掉队的危险。因此,满足现状的观点,停滞不前的观点,悲观失望的观点,无所作为的观点都是错误的。

【美点赏析】 本文在论述“不应根据简单事实做结论”这一中心论点时,安排了三个层次:一是看问题要用发展的眼光,反对片面性绝对化;二是现象是复杂多变的,不能简单化;三是一事物总是与周围的事物发生一定的联系,要用联系的观点去分析事物发展变化的全过程。文章始终围绕“发展”行文,反复申述了要用发展的观点分析事物的道理。深刻,有见地,令人信服。

2. 运用量变质变规律加以分析

辩证唯物主义认为:量变和质变是事物变化发展的两种状态。世界上任何事物的变化,都是首先从量变开始的,都是量变和质变的统一。这启示我们：做事情要坚持适度的原则，要重视量的积累，要不失时机地促成飞跃。因此，我们在分析问题时，可以将这一规律的实际意义渗透其中。例如，一篇谈“中学生写作要勤于积累”的文章，其开头是这样分析的：

明明是要求谈对中学生作文的看法，怎么写起蜜蜂、鹰眼、镜子来了？写下这个题目，我就感到好笑，可是提起我和同学们在写作中存在的问题，我就联想到这几件与写作似乎风马牛不相及的东西。

先说蜜蜂吧。这种小生灵最大的特点就是勤于积累。据统计，蜜蜂每采1公斤蜜，就要飞十多万里，采数万朵花。写作同样要积累。凡尔纳一生写了几十本科幻小说，名震全球，可是很少有人注意到他一生竟摘录了数百本笔记，有几百万字。马克思写作《资本论》，到大英博物馆查阅资料，竟把座位下的水泥地蹭出了一道凹痕。而为什么有的同学每逢作文，常常感到无话可说？我想，这与他们读书少很有关系。如果没有“读书破万卷”，又怎能做到“下笔如有神”呢？没有平日量的积累，是不会有作文“信手拈来”的挥洒自如的。

例文针对学生在写作训练中普遍存在的一些问题，以蜜蜂为喻，论述了勤于积累对提高写作水平的重要性。在分析道理的过程中，作者就运用了量变质变规律的有关原理。

3. 抓住内因外因的作用进行分析

内因与外因相互作用的结果便是事物的发展，但是，两者在事物发展中的地位和作用是不同的，其中内因决定着事物的性质和发展方向。因此，当我们运用内因外因的原理进行辩证分析时，应当根据实际情况加以灵活处理，正确对待，既要考虑两者的联系，也要注意两者的区别。

例文

近墨者未必黑

中国有句古话：“近朱者赤，近墨者黑。”这说明环境对人有很大的影响。那么，“近墨者”必定要“黑”吗？我看不见得，因为大量事实证明了“近墨者”也有不“黑”的。田园诗人陶渊明，置身于当时黑暗官场，不要人民尘芥之物，可谓“出淤泥而不染”；海瑞，刚正不阿，敢于向邪恶势力宣战，于黑暗社会中高悬起一方“青天”。虽然,陶渊明后来消极避世,海瑞的那方“青天”也显得苍白无力,但至少他们能在黑暗社会中保持高尚节操,这确实难能可贵。

在近代和现代,“近墨者黑”这句话就愈显其偏颇了。鲁迅是从地地道道的旧家庭过来的,他起先憎恶熟识的阶级,继而就认识到“惟新兴的无产者才有将来”,于是他杀回马枪,向着原属于他的阶级进攻,进行改造那旧阶级、旧社会的斗争。从鲁迅身上,我们非但看不见半点“近墨者黑”的影子,相反,我们看到的是一个经过改造的伟大的共产主义战士的形象。

而在今天,更有许多忠诚于人民事业的人,不怕“近墨”,主动去接触那些失足、犯错误的人,耐心教育他们,帮助他们,关心他们,使那些“墨者”认识到自己的错误,重新成为共和国的好公民。这些“近墨者”的品质更显其高尚,心地更显其赤诚。

为什么陶渊明、海瑞、鲁迅能“近墨”而不“黑”呢?我认为他们都有崇高的理想,有推动历史前进、促进社会文明、为广大人民着想的幸福观,还具有淡泊名利、舍生取义的决心和勇气。若不是两袖清风,何能一身凛然正气?若不是傲视权贵,不为五斗米折腰,何能挂印归隐?若不是“心事浩茫连广宇”,何能“我以我血荐轩辕”?

综上所述,“近墨者”是否“黑”,取决于内因。辩证法告诉我们,外因是变化的条件,内因是变化的根据,外因通过内因而起作用。因此,近墨者未必都黑!

【美点赏析】 例文是一篇高考优秀作文。它的最大的特色就在于论证“近墨者未必黑”的观点时,注意到内因在事物发展过程中的主导地位和巨大作用,以此作为立论的依据(关键在于人自身的主观努力),所举的三个典型事例也都能扣住“内因”而展开分析。

第八章 语言之美

一篇好的作文,除了需要具备深刻的主题、新颖的题材、创新的结构,还有一项重要的要求,就是语言优美靓丽,文采飞扬。在文中恰当地美化语言,会有力地升华主题和渲染情感,并会形成文章浓郁的个性风采。

第一节 意象与意境

一、意象的美学特征

散文与诗歌一样,也是借助于意象来传达感情,暗示思想的,所以,描述意象,组合意象就成了散文表情达意的一种艺术方式。就写作主体的创作方式及其艺术效果来看,有如下几种。

（一）再现性意象

这是一种注重于呈现型的、忠实于客观事物的本原状态的描述性意象。写作主体不对知觉形象做太多的改造,只是做些描绘和渲染,情绪性地、生动地再现客观事物,如果它展现的是物象,那么物态物貌,声色情状会具体鲜明、栩栩如生。如果它展示的是生活场景、事件情境,那么,它会逼真自然,接近原生状态,表现作者的心灵对现实生活的最直接的反应。它一般是用比较明晰的比喻、联想等表现技巧来创造意象,直接传递作者的情感信息。如《藤野先生》:

> 东京也无非是这样。上野的樱花烂漫的时节,望去确也像绯红的轻云,但花下也缺不了成群结队的“清国留学生”的速成班,头顶上盘着大辫子,顶得学生制帽的顶上高高耸起,形成一座富士山。也有解散辫子,盘得平的,除下帽来,油光可鉴,宛如小姑娘的发髻一般,还要将脖子扭几扭。实在标致极了。

这里展示的就是一组再现性意象：烂漫的樱花，像绯红的轻云；不少"清国留学生"在东京都市里，樱花盛开时节的中国留学生情状。他们出洋求学，却又热衷于打扮、赶时髦，滑稽可笑，却还自以为是。作者逼真地再现其情状，活灵活现，而又入木三分，嘲讽之意溢于言表。

（二）表现性意象

这是以再现性意象为基础的，它与再现性意象的不同在于作家的思想情感不是直接地倾注在意象上，而是通过意象曲折地暗示和表现出来的。这些意象大多呈现出主观与客观并举、再现与表现并用的审美特征。如林希的散文《石缝间生命》：

> 它们的躯干就是这样顽强地从石缝间生长出来，扭曲着，旋转着，每一寸树衣上都结着伤疤。向上，向上，向上是多么的艰难。每生长一寸都要经过几度寒暑，几度春秋。然而它们终于长成了高树，伸展开了繁茂的枝干，团簇着永不凋落的针叶。它们耸立在悬崖断壁上，耸立在高山峻岭的峰巅，只有那盘结在石崖上的树根在无声地向你述说，它们的生长是一次多么艰苦的拼搏。

这石缝间的树是再现性的描写展示的真实意象，它的躯干是扭曲的、旋转的形状，"树衣上都结着伤疤"……同时，作者在再现客观物象的同时巧妙地融进了自己的主观情感，那"躯干就是这样顽强地从石缝间生长出来"，"终于长成了高树，伸展开了繁茂的枝干"……这些又具有了表现性意象的特征。这"石缝间生命"实际上是作者顽强精神、拼搏意志的物化形态。

（三）象征性意象

它是指通过某种联想方式而约定的代表某一实体事物或某种精神内容的意象。作者的理性思考、感性情绪全部通过这一特定的意象暗示出来。它的意义在表述中依托于具象，却又超出了具象本身。如刘再复《沙漠里的仙人掌家族》：

> 这是一个钢铁似的家庭，每一个成员都是生命的奇迹。
>
> 他们永远面临着无情的炎热、干旱和饥渴的打击，永远面临着死神的觊觎和劫难。
>
> 他们常常无花、无叶、无果，只有刺，那是反抗炎热和干旱的剑，与死神搏斗的剑。但是他们也会凭借一阵甘霖般的雨水，在一夜之间，从棘刺间迸出花苞，开出银盏似的花朵。他们举着生命之

杯，为活着，为身体的坚韧和心的坚韧祝福。

在他们的家庭中，还有英雄的英雄，如大仙人鞭：他可以长得很高，像沙漠里的摩天楼；他可以活得很久，甚至超过两百年。两个世纪的炎热，都无法把他烤焦，两个世纪的岁月，死神终于无法战胜他的剑戟。

钢铁似的家庭，比死神强大，说不定他们果真是仙人的城邦，沙漠中不朽的精灵。

这是一个意象群：沙漠中的仙人掌家族。仙人掌们的生存环境：沙漠。生存条件：恶劣、水势、干旱、饥渴。生存状态：无花、无叶、无果，只有刺。生命精神：坚忍、顽强、热情、乐观。他们反抗炎热和干旱，与死神搏斗，使得感性形象的审美特性特别突出。一系列意象都具有象征意义，在给人以具体的艺术美感的同时，启迪人们去深入思考。

二、创设奇妙的散文意境

散文是靠清新、深远、独特的意境来感染读者的。意境是以物境、情意这两个实体因素为基础，以感应、孕育、激变这些变体因素为主导，经过适时、适机的化合而生成的。

就物境而言，散文是趋向于实境表现，着意于具体的、真实的客观景、境的描绘。其意境创造发端于实境，而又回归实境，即从实境而生情发意，而后又借助于融情融意的实境描写来创造意境，追求一种“真力弥漫，万象在旁”的艺术美感。它贵在能让读者产生“身临其境”的感觉，直接把握客观世界的本相。当然，散文也并非完全自然主义地照搬生活，而是要比实际生活更集中概括，更深切生动。

就主观情意而言，在意境构成中“情为主，景为宾”。散文要用深刻而具有个性化的情感来建造深厚而独特的审美意境，点滴之得，些微之感，可以信手拈来，寄寓物景，智者之思，哲人之理可以用散文意境蕴含，芸芸众生的一己之思，一时之感，也可以用散文来表现。

散文就是这样，可以包容大情大理，也可以包容小感小意，只要你能寻找到合适的物境，融情融意地写来，就会有感人的意境。意境的生成有这样的几种可能性途径：

一种是真挚而又深蕴于心的情意偶然被特定的物、景、境触发而产生悸动，发生强烈的感应。意与物巧妙遇合，于是，“以我观物，故物皆着我之色彩”，文笔所到之处，物象就是意象，物境变成意境。

另一种是触境而生意生情，再经过孕育、感悟而使物境变为意境。

也有的是因情因意而寻景寻物，甚至虚设物境来寓情寓意。当作者的心情与这些外物天然妙合时，就创造出了一种美妙的意境。

散文又称美文，其景美、物美、情美，意也美，而这些美色、美质都是以语体美作为载体的。

● 第二节　化抽象为形象 ●

化抽象为形象，多指说理抒情时避开笼统、直接、抽象的表述，通过可感的形象把所写事物的特征与内涵表达出来。这种表达方式可以避免语义上的直、露、浅，使语言形象传神，情韵丰厚、感染力强。

一、叙事抒情类化抽象为形象

（一）勾勒意象使形象

例段：

祖国是什么？是一条蕴含无限风光的风景线。她有花的秀丽、树的端庄，也有春的温馨、秋的金黄。她是三秋桂子十里荷花的妩媚，也是五岳独尊的高峻，她是黄土地挂着红辣椒的窑洞，也是黑土地猎户暖烘烘的木房。她是豪雨后的露珠和彩虹，也是闪闪发亮的雪城朝阳；她是夜泊水乡时的明月，也是大漠孤烟中的一抹星光。

这段话将无形的“祖国”具化为一个个具有中国鲜明特征的意象，异彩纷呈、千姿百态，语言有画面感，有历史，有文化韵味，极大地增强了文章的感染力。

例文

大地的语言

戴荣里

大地是沉默者吗？大地有千万种语言！

孤傲的石头是它的语言，挺立的大树是它的语言，柔软的庄稼是它的语言，溢香的荷花是它的语言，天的澄明也包含着它的语言。草原是它的散文，大山是它的长篇，流水是它的诗歌。

我习惯了行走，每天脚踏大地，路过蝶飞蜂舞的花园，与晨练忙碌的人们擦肩而过。在大地上行走，我感觉到悠然、恬静和踏实。在大地上仰望苍天，你会领略大地的广博、蓝天的悠远。风吹大地，会把一个人的心从冬吹到春；踱步于炎热的夏天，大地开始沉吟；秋来了，蟋蟀开始唱歌。我愈来愈喜欢一步一步地行走了，如那沉默不语的蚂蚁。荷花池从枯萎中醒来，又从鲜亮中走向枯萎，亭子里的二胡声牵来夏风，落叶迎来初冬的笛声。在城市公园欣赏城市里的庄稼，它们排列在城市的田野里。

我享受过秋天城市里的收割，这种收割更注重仪式感。和乡野里的收割不同，收割者脸上透出收获的欣喜而缺少农民惯有的疲劳感。清晨沿着公园行走，亲近草尖上的露珠，亲近成长的一切，我小心翼翼地嗅闻着野草的清香，欣赏草们的身姿。大地是很会说话的智者，它操着万千语言，呈现大地的千姿百态。仰躺在大地上，倾听大地的心声，不知不觉已泪流满面。

可更多时间，我感觉大地长着一双眼睛，它用双眸凝视着人类对它的摧残。我对着大地歌唱，我向大地祈祷，我甚至静默成一块孤独的石头融入大地。我知道，大地虽然喜欢说话，但有时也以沉默代表着诉说。

大地始终没合上自己的眼睛。它有时双眸如水，平静如牛，观察着人类的贪婪；它有时怒睁双眸，扭动着痛苦的身躯挣扎；它有时微笑着，笑看婴儿的蹒跚、雏鸟的飞翔。大地划开胸膛，大地失去了原本的色彩，风停了，水变混浊，高楼挺起身子挤碎了大地最坚强的肋骨，我听到了大地战栗的声音。在人类所谓智慧开垦的欲望之河里，请抚摸大地的胸膛，凝视它逐渐干涸了的双眸。此刻，大地无语，我亦无语。

人类在大地上生存，习惯了向大地永不停止地索取，在获得中又不断催生新的贪婪。人类以改造自然为借口，不断毁坏着大地，也在毁坏着人类自己。人类是否想到，大地是永不停歇的河流，这里有日夜生长的树木、四处鸣叫的飞鸟，而大地上的人群，更是依靠大地的品质，才得以展开自己的羽翼。我抱愧在大地的胸膛里生活了几十年，我为我从未读懂过大地的眼睛而惶恐。

是的，大地的双眸，此刻正看着人类，看着我，看着和我一样的芸芸众生。大地是谁的子女，又滋养了谁，未来将以怎样的姿态与人类对话？我凝视着大地，大地也凝视着我。

自从离开了故乡，我似乎习惯于整洁的城市地面，以为享受到了高贵的生活，然而我并没有想到，城市用硬化面阻断了大地的呼吸，捂住了它的口鼻，让大地不得已保持缄默，城市上空现代工业的雾霾更是让大地纯净的眸子蒙尘。在这片土地上，再也长不出庄稼，滋生不出清脆的鸟鸣！

我期待大地再发出属于自己的语言，回复原生态，尽管我知道，在时代前行的洪流中，这样的愿望大概是落伍者的思想，然而，我依然想站在大地这一边。

我看到，生活在沙漠之海的人们对异地造访者扯断沙漠中孤独之树上的枝条，表达出了极度的愤怒，我就想，其实大地的眼睛就是沙漠上的那棵树啊！

呵护一棵沙漠上的树需要几百年，而折断一棵沙漠之树却只要一瞬间。我愿做大地的护卫者，让大地明澈的双眸看着我，对我倾诉。

我会坚守，对着大地，对着苍天。

（二）巧用摹状呈形象

摹状，是直接摹写事物情状的修辞格。把声音直接摹状下来，即把人、物的某种声音，给予真实的摹写，不再运用比喻、拟人等间接手段，这种方法，叫摹声。如果人们通过听觉感受到了客观事物的颜色和形状，把这颜色、声音直接摹写下来，也不再运用对比、衬托等间接的手段，这种方法，则叫作摹形。

1. 通过摹声，可以创造出理想的意境，使读者获得真实感和艺术享受

第一，以声传意，即借助声音的模拟，使人们产生一种联想，传达一种特定的思想意义。如“山羊上山，山碰山羊足，咩；水牛入水，水淹水牛鼻，哞”，初看朴实无华，亲切风趣，细细一想，借助牛与羊声音的模拟，似乎能让读者联想到美丽的山光水色，宁静的乡村生活，让人产生一种向往。

第二，以声状物，即借模拟声音的作用描绘事物，增强人和事物的实感，给人以有声有色的艺术感染。

> 呼延庆听罢此言，气贯斗牛，火冒三丈……哇地一声惨叫，如同霹雷一般，双膀一用力，就听“喀嚓”一声，紧接着可就热闹啦！光当——稀里哗啦——咕噜噜——吱吱吱吱——吱吱吱吱！那位说了：“怎么的啦，越听越糊涂！”别着急，我一说您就明白了。呼延庆双膀一用力，“喀嚓”一声，桌子腿折了；光当——桌子面摔在地上了；稀里哗啦——碟子、碗全打了，咕噜噜——酒嗉子的嘴儿正掉到墙角儿的小洞里，酒全灌到了洞里去了！吱吱吱吱，洞里有一窝小耗子，灌得小耗子吱吱直叫。（民间评书《呼延庆打擂》）

本段文字，作者用摹声的手段，逼真地模拟了因呼延庆火冒三丈而折断桌子后引起的一连串声音，传神地再现了当时的生动场面，给读者或听众留

下了很深的印象。

第三，以声传情，即运用声音，渲染一种气氛，表达一种感情。

> 慧和抱素静坐着，这幽静的环境使他们暂时忘记说话。忽然草间一个虫鸣了，是细长的颤动的鸣声。跟着，池的对面也有一声两声的虫鸣应和。阁阁的蛙鸣，也终于来到，但大概是在更远的沟中。夏初晚间的阵风，虽很软弱，然而树枝也索索地作响。（茅盾《幻灭》）

本段中声音的描摹衬托出人物心境的恬静与安适。

2. 摹色时，要注重描摹客观事物的各种色彩，即运用恰当的色彩词，把五彩缤纷的世界，描绘得色彩斑斓，使人如临其境：

> 江水像一条蓝幽幽的飘带环绕山间，在闪，在飘，在歌，在舞；被淡淡的雾霭缠绕的两岸青山、房舍、田畴、绿树，全都映进宽阔的江水中，隐隐绰绰，如诗如画……

本段写富春江的鹳山夕照图，写活了富春江夕照的奇异景色。

3. 摹形，是以图形来表示意义，即借助视觉直感，对事物的形状进行描摹

如大运河穿过威尼斯像反写的"S"，贴切、新鲜、形象的图示，与比喻一道把威尼斯这座"水网之城"的"别致"特色生动地描绘出来了。

再如："两块肩胛骨高高凸出，印成一个阳文的'八'字"，是对患有严重肺结核、瘦弱不堪的华小栓的直接绘形，给读者以如见其人的立体感。

（三）对比显形象

1. 对比写人，彰显人物个性，使语言形象

> 母亲也常常说："只要这个好心的于勒一回来，我们的境况就不同了。他可真算得一个有办法的人。"……
>
> 我母亲吓了一跳，直望着我说："你简直是疯了！拿十个铜子给这个人，给这个流氓！"她没再往下说，因为父亲指着女婿对她使了个眼色。

这是《我的叔叔于勒》中的两段话，将母亲对于勒的前后态度进行对比，体现了母亲虚伪冷酷、唯利是图的性格特点，作者运用对比的语言构成鲜明的形象，给人以强烈的印象。

2. 对比写景，制造视觉冲击，使语言形象

梅雨潭闪闪的绿色招引着我们……这平铺着，厚积着的绿，着实可爱。……我曾见过北京什刹海拂地的绿杨，脱不了鹅黄的底子，似乎太淡了。我又曾见过杭州虎跑寺旁高峻而深密的“绿壁”，重叠着无穷的碧草与绿叶的，那又似乎太浓了。其余呢，西湖的波太明了，秦淮河的又太暗了。（朱自清《绿》）

本段文字将梅雨潭的绿与其他名胜之绿对比描写，突出了梅雨潭的绿不太淡，不太浓，不太明，不太暗，正是恰到好处。多处不同“绿”的列举，色彩纷呈，给我们留下了绝美的意境和广阔的联想空间，给我们制造了强烈的视觉冲击，使得语言形象鲜明。

（四）博喻使形象

博喻，就是用几个喻体从不同角度反复设喻去说明一个本体，它不同于明喻、暗喻、借喻等各种比喻，博喻运用得当，能给人留下深刻的印象。运用博喻能加强语意，增添气势。博喻能将事物的特征或事物的内涵从不同侧面、不同角度表现出来，这是其他类型的比喻所无法达到的。

运用好博喻手法可使语言表达生动形象，但要注意以下几点：

1. 借助广泛联想

比喻以联想为基础，博喻更需要广泛的联想与想象。

“试问闲愁都几许？一川烟草，满城飞絮，梅子黄时雨。”（贺铸《青玉案》）

本句用“一川烟草”“满城飞絮”“梅子黄时雨”等三个事物博喻闲愁之多。

山上有了小屋，好比一望无际的水面飘过一片风帆，辽阔无边的天空掠过一只飞雁，是单纯的底色上一点灵动的色彩，是山川美景中的一点生气，一点情调。

这段话把山依次比喻为一望无际的水面、辽阔无边的天空，把小屋依次比喻为一片风帆、一只飞雁，在山和小屋、水面和风帆、天空和飞雁之间找到同构关系，说明小屋的动态感、生机感。

2. 从多个视角设喻

博喻需要用一连串的喻体，从不同角度反复设喻去表现同一个本体，我

们要学会从正、反、虚、实、远、近、上、下、中、外等多视角去设喻。

两岸都是悬崖峭壁，累累垂垂的石乳一直浸到江水里去，像莲花，像海棠叶儿，像一挂一挂的葡萄，也像仙人骑鹤，乐手吹箫……说不定你忘记自己在漓江上了呢！（杨朔《画山绣水》）

用“莲花”“海棠叶儿”“一挂一挂的葡萄”“仙人骑鹤”“乐队吹箫”五个喻体来比喻“累累垂垂的石乳”这一个本体。“莲花”“海棠叶儿”“一挂一挂的葡萄”有远有近，有河中的，有岸上的，从平视的实的角度描绘，色彩迷人。“像仙人骑鹤”从虚的角度写出缥缈的特征。“乐手吹箫”又是用音乐从听觉的角度描绘。从上、中、下、远、近虚实角度分别调动了读者的视觉、嗅觉、听觉。

3. 多层面就地取比

可以根据地域特点取比，能从多个层面展开。

例如：“我站在布达拉宫金顶的平台上，翘首仰望苍天，只见飘絮在碧空的白云，有的像年少的淑女，轻歌曼舞；有的像高原的雄鹰，展翅盘旋；有的像草原的骏马，放蹄奔驰；有的像雅鲁藏布的流水，横贯苍穹……”这段文字描写的是在西藏布达拉宫金顶的平台上见到的景象，运用博喻的手法，或写白云曼妙多姿，或写白云动感十足，或写白云长阔辽远；而且，作者有意选择那些与西藏相关的喻体，比如“像高原的雄鹰”“像草原的骏马”“像雅鲁藏布的流水”等，比喻随情应境，地域特色鲜明。

接着又写了布达拉宫金顶落日时的白云的神韵：“点点朵朵的云，似披着红裳的羊群；层层叠叠的云，似孔雀开屏；透过云层的霞光，似刺破长空的血刃；宝石红、石榴红、玛瑙红……一切与红相关的色谱，在拉萨上空的调色盘上，全部能够找到。这是太阳为白云包装的。”这段中的一些比喻同样具有地域特点，突出了落日时白云染上的灿烂金色。

文中，作者还写了西藏两处最出名的云。一处是珠穆朗玛峰峰顶的彩云，“她像高高飘扬的一面旗帜。被称之为旗云。旗云忽儿像海浪汹涌，忽儿像骏马奔腾，忽儿像袅娜炊烟，忽儿像轻柔面纱。”一处是樟木口岸的白云，“轻纱缭绕山头，像在河谷中流水一样的白云，大团的，小股的，像一条白龙，沿着山坡爬动，姿态万千。”这些具有地域特点的博喻，很好地展示了珠穆朗玛峰顶旗云的壮美，樟木口岸白云的优美。

（五）比拟使形象

比拟是把甲事物模拟作乙事物来写的修辞方式。包括把物当作人来写（拟人）；把人当作物来写（拟物）和把此物当作彼物来写（拟物）几种形式。事实上，前一种形式是把事物“人化”，后两种形式则是把人“物化”或“把甲物乙物化”。

1. 拟人

拟人是把事物当成人来写，赋予物以人的思想、感情、活动。

人具有会说话，会思想，会劳动，会创造和富有感情的本质特点，为了表达的需要，将人的本质特点转移到其他事物，让它们具有人的某些特点，可以将事物描写得具体、生动、形象，使人感到亲切，容易受到感染。

（1）以动物拟人

……一只探险的蜜蜂正绕着布满的柳树枝头的金色的花朵嗡嗡着。看不见的云雀在天鹅绒般的绿油油的田野和盖满了冰的，收割后的田地上颤巍巍地歌唱着；田凫在那积满了塘水的洼地和沼泽上面哀鸣；鹤和鸿雁高高地飞过天空，发出春的叫喊。脱落了的毛还没有全长起来的家畜在牧场上吼叫起来了；弯腿的小羊在它们那掉了毛的咩咩地叫着的母亲身边跳跃；……真正的春天已经到来了。（托尔斯泰《安娜·卡列尼娜》）

（2）以植物拟人

高粱好似一队队的“红领巾”，悄悄地把周围的道路观察，向日葵摇着头微笑着，望不尽太阳起处的红色天涯。矮小而年高的垂柳，用苍绿的叶子抚摸着快熟的庄稼；密集的芦苇，细心地护卫着脚下偷偷开放的野花。（郭小川《团泊洼的秋天》）

（3）以无生物拟人

枪口对准星星，星星大吃一惊！看它呀，躲躲闪闪，看它呀，跳跳蹦蹦。星星，不要害怕，战士的眼睛最清！我们揍的是空中强盗，瞄你，只是练功。星星笑了，笑着跳上了准星。眼睛——星星，一条线，牵来了多少黎明！（石祥《瞄星星》）

有时，还可以用人和物直接对话的形式，把物写成人。如：“船儿哟！轻些儿进，巧些儿退，莫把这，满满的珠花儿碰碎。”这是诗人直接向船儿发话。

各类事物无不具有自己的“个性”。如鸟会飞，虫会鸣，树会开花，水会奔流，太阳会发出光和热，真理会被传播……拟物常常在一定的言语环境中进行，可以给人以形象感、新奇感，收到生动的富有情趣的表达效果。

2. 拟物

第一种情况：拟物是把人当作动物、植物或无生物来描写，赋予人以动物、植物或无生物的某些特征。

（1）人拟为动物

金色的太阳照耀着金色的麦浪，
丰收的歌儿在田野里荡漾；
维吾尔族姑娘插上金色的翅膀，
在广阔的天地里飞翔。（阿不都热西提《女拖拉机手》）

（2）人拟为植物

那肥大的荷叶下面，有一个人的脸，下半截身子长在水里。荷花变成了人，那不是我们的水生吗？又往左右看去，不久，各人便找到了各人丈夫的脸，啊，原来是他们！（孙犁《荷花淀》）

第二种情况是将物拟为物。包括以生物拟为无生物，以无生物拟为生物，以物拟为抽象事理，以抽象事理拟为物。

（1）拟无生物为动物

予观夫巴陵胜状，在洞庭一湖。衔远山，吞长江，浩浩汤汤，横无际涯；朝晖夕阳，气象万千。此则岳阳楼之大观也。（范仲淹《岳阳楼记》）

（2）拟抽象事理为物

三百年过去了，台伯河还像当年一样淙淙地流着，亚平宁半岛上的阳光也像当年一样和煦。罗马经历过战争，流血，唯物主义者——战士布鲁诺的思想在自由的人民当中翱翔。（郑文光《火刑》）

例文

瓦是雨的键

古保祥

瓦向来头角峥嵘，在乡下，瓦是独占鳌头的弄潮儿，它通常以胜利者的姿态站立在檐头，居功自傲是它的本性，它迎接着万物之魂人的到来，不折不扣地绽放着它的芳姿，因此，若你在乡下某一处院子前，给你印象最深的莫过于屋顶的瓦了，各式各样的，或谦恭，或华丽，或者古朴。

没有瓦的村庄不叫村庄。

瓦沿袭了千年，从未间断过华夏的文明，它承载着过多的文化与负荷，通常弯曲如韵、从善如流，它从一而终地折射着一种风尚，除了视觉享受外，从未向世人倾诉过内心深处的逻辑与感觉。

但雨却到来了，砸在心里，砸在瓦上，砸了在千载的复苏上。

雨是世间的精灵，不请自来，古代没有准确的天气预报，所以说古人出门时，通常背负着沉重的包裹。人怕雨，雨也怕人，人怕雨溅湿了个人的生气与心事，雨怕人糟糕了它们的苦心经营，一脚踩下去，有时候，便是一段文明的跌落。

瓦是雨的情人，最好的情人便是原配，雨没有原配，瓦填了房，幸运地越俎代庖，而我，则成了它们的拥趸。

肆意的打击，将瓦磨成了乐器，声音悦耳，爽心，但这是一种相对的概念，倘若你心事重重，这便是一种折磨人的凶器，将你的爱恨情愁统一砸成一片刀山火海；倘若你风光无限，儿子孝顺、父母健在，爱人对你的爱情也如小鸟依人般羞花闭月，雨与瓦的合奏便成了绝配，你听得如痴如醉，香眼迷离，听得让人想起了如烟往事，风烟俱静，爱意正浓，春花秋月。

雨不算是世间的常客，没有太阳那样的缠人，如果是在江南，在夏季，雨便战胜了瓦，但这通常只是一种暂时的忘却，瓦很快整好了属于自己的青天白日，雨走时，只留下一片片香吻在瓦的腮上，一梦千年，水滴石穿。

这样的好梦一直缠绕着少年的心事，让人醉生梦死，瓦与雨演绎着世间真情，从江南到塞北，从农村到城镇，瓦是雨的键，老天在弹，百姓在弹，弹兴衰成败、演世间万象。

某一个黄昏，晚风习习，瓦一片片剥落，速度超过了雨的到来，雨再来时，看到一片片瓦沉浸在泥土里，雨从此后知道，在某个地方，雨从此失去了瓦，城市化的浪潮来袭，一幕幕，悲怆绝伦，世事悠然，天地悠然。

雨继续敲击着世间万物，雨通常适应能力极强，没有雨到达不了的地方，没有雨忘不了的往事，雨会忘了瓦，就像某个负心的人，始乱终弃，变化无常；瓦却没有忘记，就像某个痴心人，等到天地为自己不荒不老。

瓦是世间的玩物，最终像某片叶与花一样，掉落在人为控制的情怀里，就如孩子玩剩的玩具，再也找不到适合自己的用武之地，一枕黄粱。

在高楼林立的城市空间里，我到处寻找一片瓦的踪迹，瓦失了原色，披上华丽的外衣，富丽堂皇、倾国倾城却高高在上，我望不到它的面孔，然而雨知道，因为瓦是最接近雨的载体，古代是，现代依然。

只是觉得，再没有悠长的梦，沿着世袭的空间在一条小巷中响起，母唤乳归的声音无从谈起，何谈属于你我乃至整个民族的春秋大义？

泪眼朦胧中，我看到自己变成了一片瓦，摇曳在城市的街头。

【美点赏析】 这是一篇语言优美、意蕴深长的咏物抒情散文。“瓦”的形象美。作者运用比喻、拟人等修辞从多方面描绘出了“瓦”的立体形象。“瓦”的意蕴美，“瓦”不仅是乡村房屋上的瓦，更是见证了历史风雨的瓦，千百年来，它传承着华夏的文明，带给人无限的遐想，有着辉煌的历史。然而，随着现代化的进程，城市化浪潮的来袭，“瓦”再也找不到适合自己的用武之地了。作者正是借“瓦”表达了对美好事物的向往和对美好事物逐渐沦失的痛惜之情。

（六）叠词使形象

叠词的形态格式：叠词是汉语的一种特殊词汇现象，使用非常普遍。汉语的名词、数词、量词、形容词、副词、动词，以及象声词都有重叠变化。叠词的表达作用：增强语言的韵律感，节奏美，读起来朗朗上口，富有音乐美；起强调作用。

叠词并不是简单的重复，它的恰当运用，能和谐音律，表达丰富的思想内容，收到较好的艺术效果，给人以美的享受。

1. 描摹声音

运用叠词来描摹自然界的各种声音，再现事物运动的情景，使人有身临其境之感。如：

例 1：车辚辚，马萧萧，行人弓箭各在腰。（杜甫《兵车行》）

例 2：唧唧复唧唧，木兰当户织。（《木兰诗》）

例 3：忽见山上起一阵大风，刮得树木刷刷乱响。（李汝珍《镜花缘》）

2. 表现颜色

颜色是事物最外在的表现，事物也往往借助颜色来表现自身独有的色泽和韵致。特别是将表现颜色的字词叠用，可以强化其颜色的效果，形成更加鲜明别致的形象之美。

如白居易的“一道残阳铺水中，半江瑟瑟半江红”（白居易《暮江吟》），用“瑟瑟”形容江水的颜色好像碧玉一般。

再如：夜幕垂垂地下来时，大小船上都点起灯火。从两重玻璃里映出那辐射着的黄黄的散光，反晕出一片朦胧的烟霭；透过这烟霭，在黯黯的水波里，又逗起缕缕的明漪。在这薄霭和微漪里，听着那悠然的间歇的桨声，谁能不被引入他的美梦去呢？只愁梦太多了，这些大小船儿如何载得起呀？（朱自清《桨声灯影里的秦淮河》）本句在“夜幕”“烟霭”“明漪”等色彩鲜明的名词之外，还特别选用了“黄黄”“黯黯”“缕缕”三个情采兼具的叠音词作为点睛之笔，空灵纤巧地将秦淮河绚丽变幻、如诗如画的美景编织出来呈现在读者眼前，给人以十分浓厚的色彩感和含蕴无边的意境美，使人赏之不尽、味之无极，修辞效果十分突出。

3. 描摹形态

运用叠词生动形象地描绘人和景物的各种形状、形态，是常见的一种修辞功能。

例1：孰不有古，南山峨峨。（司马空《诗品》）

例2：那溅着的水花，晶莹而多芒；远望去，象一朵朵小小的白梅，微雨似的纷纷落着。（朱自清《温州的踪迹》）

叠词在绘形方面，不只是局限于物。如：江空袅袅钓丝风，人静翩翩葛巾影。（陆游《舟中对月》）再如：余老五高高大大，方肩膀，方下巴，到处方。陆长庚瘦瘦小小，小头，小脸。八字眉。小小的眼睛，不停地眨动。（汪曾祺《鸡鸭名家》）

4. 表现动作

动词的叠用有着非常丰富的表达效果，如“在公园里坐坐，喝喝茶，听听戏”，可以表现动作行为的长时间持续进行或经常性反复进行；如“练练歌，跳跳舞，时间过得倒挺快”，表现动作交替持续进行；如“看看这张封面就知道这书好不好了”，表现动作在较短时间中进行，或在较短时间内完成；如“我去跳板上踩踩，看它会不会塌下去”，表现动作在短时间内多次反复。

5. 描摹情状

运用叠词还能有助于生动、细致地描绘人物的情感或神态，使人物的形象栩栩如生，跃然纸上，从而令读者如闻其声，如见其人，达到真切感人的修辞效果。

例1：寻寻觅觅，冷冷清清，凄凄惨惨戚戚。（李清照《声声慢》）

例2：天长地久有时尽，此恨绵绵无绝期。（白居易《长恨歌》）

例3：前不见古人，后不见来者。念天地之悠悠，独怆然而涕下。（陈子昂《登幽州台歌》）

例4：高衙内引了一班儿闲汉，自见了林冲娘子，又被他冲散了，心中好生着迷，怏怏不乐，回到府中纳闷。（《水浒传》第七回）

例5：他发现他是孤孤零零一个人活在这个乱糟糟的世界上，这可真是难啊！（汪曾祺《云致秋行状》）"孤孤零零"习惯上说"孤零零"，作者增加了一个音节，有突出强调"孤"的意味，加强了云致秋孤独寂寞而又无以诉说的痛苦程度。

例文

听听那冷雨（节选）

余光中

惊蛰一过，春寒加剧。先是料料峭峭，继而雨季开始，时而淋淋漓漓，时而淅淅沥沥，天潮潮地湿湿，即连在梦里，也似乎有把伞撑着。而就凭一把伞，躲过一阵潇潇的冷雨，也躲不过整个雨季。连思想也都是潮润润的。每天回家，曲折穿过金门街到厦门街迷宫式的长巷短巷，雨里风里，走入霏霏令人更想入非非。想这样子的台北凄凄切切完全是黑白片的味道，想整个中国整部中国的历史无非是一张黑白片子，片头到片尾，一直是这样下着雨的。这种感觉，不知道是不是从安东尼奥尼那里来的。不过那一块土地是久违了，二十五年，四分之一的世纪，即使有雨，也隔着千山万山，千伞万伞。十五年，一切都断了，只有气候，只有气象报告还牵连在一起，大寒流从那块土地上弥天卷来，这种酷冷吾与古大陆分担。不能扑进她怀里，被她的裙边扫一扫也算是安慰孺慕之情吧。

……

杏花，春雨，江南。六个方块字，或许那片土就在那里面。而无论赤县也好神州也好中国也好，变来变去，只要仓颉的灵感不灭，美丽的中文不老，那形象那磁石一般的向心力当必然长在。因为一个方块字是一个天地。太初有字，于是汉族的心灵他祖先的回忆和希望便有了寄托。譬如凭空写一个"雨"字，点点滴滴，滂滂沱沱，淅淅沥沥，一切云情雨意，就宛然其中了。视觉上的这种美感,岂是什么 rain 也好 pluie 也好所能满足?翻开一部《辞源》或《辞海》,金木水火土,各成世界,而一入“雨”部,古神州的天颜千变万化,便悉在望中,美丽的霜雪云霞,骇人的雷电霹雹,展露的无非是神的好脾气与坏脾气,气象台百读不厌门外汉百思不解的百科全书。

听听,那冷雨。看看,那冷雨。嗅嗅闻闻,那冷雨,舔舔吧,那冷雨。雨在他的伞上这城市百万人的伞上雨衣上屋上天线上,雨下在基隆港在防波堤海峡的船上,清明这季雨。雨是女性,应该最富于感性。雨气空而迷幻,细细嗅嗅,清清爽爽新新,有一点点薄荷的香味,浓的时候,竟发出草和树林之后特有的淡淡土腥气,也许那竟是蚯蚓的蜗牛的腥气吧,毕竟是惊蛰了啊。也许地上的地下的生命也许古中国层层叠叠的记忆皆蠢蠢而蠕,也许是植物的潜意识和梦吧,那腥气。

……

在古老的大陆上,千屋万户是如此。二十多年前,初来这岛上,日式的瓦屋亦是如此。先是天黯了下来,城市像罩在一块巨幅的毛玻璃里,阴影在户内延长复加深。然后凉凉的水意弥漫在空间,风自每一个角落里旋起,感觉得到,每一个屋顶上呼吸沉重都覆着灰云。雨来了,最轻的敲打乐敲打这城市。苍茫的屋顶,远远近近,一张张敲过去,古老的琴,那细细密密的节奏,单调里自有一种柔婉与亲切,滴滴点点滴滴,似幻似真,若孩时在摇篮里,一曲耳熟的童谣摇摇欲睡,母亲吟哦鼻音与喉音。或是在江南的泽国水乡,一大筐绿油油的桑叶被啮于千百头蚕,细细琐琐屑屑,口器与口器咀咀嚼嚼。雨来了,雨来的时候瓦这么说,一片瓦说千亿片瓦说,说轻轻地奏吧沉沉地弹,徐徐地叩吧挞挞地打,间间歇歇敲一个雨季,即兴演奏从惊蛰到清明,在零落的坟上冷冷奏挽歌,一片瓦吟千亿片瓦吟。……

【美点赏析】 读《听听那冷雨》,不仅会使你动于心,而且会让你感于形,爽于口,悦于耳,极富感性体验。本文最见特色的另—种美质就是创造了一种语言美的极致。

一是利用汉字特有的声韵特点,造成一种极富音乐感的音韵美质。余光中用新奇大胆的叠词组合写雨形、雨态、雨声、雨情:“淅淅沥沥”“淋淋漓漓”“清清爽爽新新”。“雨敲在鳞鳞千瓣的瓦上,由远而近,轻轻重重轻轻”,写得情意缠绵,音韵缠绵,读起来特有韵味,品起来也特有情味。创造性的叠词连绵把一个“雨”字,从形到意到神,描画得遂情遂意,融情融意:“譬如凭空写一个雨字,点点滴滴,滂滂沱沱,淅沥淅沥淅沥,一切云情雨意,就宛然其中了”。把“汉族的心灵,祖先的回忆和希望”都寄托在这特能代表汉字美质的“雨”字上。作者还巧妙地建构一种谐音辞格,如“风里雨里,走入霏霏,想入非非”“隔着千山万山,千伞万伞”,形成妙手天成的意韵效果。将“凄凉、凄清、凄楚、凄迷”这样的近义词连用,也使得词意的传情效果特别细腻、深切。“嗅嗅、闻闻、舔舔”这种感觉借移手法的运用，这样一种特别的词语设置，看似无理，却特有情，都使语句产生了奇妙的艺术效果。

二是诗化的言语描述方式，更是创造了一种醉人的意境美。或将概述性语言形象化造成意境，如“饶你多少豪情侠气，怕也经不起三番五次的风吹雨打”“一颗敏感心灵的一生，楼上，江上，庙里，用冷冷的雨珠子串成”。或用拟喻描述，把实景虚幻化，构成美妙诗境，以寄托缠绵诗思。如“雨来了，最轻的敲打乐敲打这座城市，苍茫的屋顶，远远近近，一张张敲打过去，古老的琴，那细细密密的节奏，单调里自有一种柔婉与亲切。”或借用，或化用古诗词入文，也使得文中平添几分诗意。

（七）多觉使形象

从多种感觉如视觉、听觉、嗅觉、触觉，甚至错觉、幻觉等，进行场景描写，形象表现场景的特点与氛围。能够充分、细腻而逼真、全方位地描写场景特点，营造一种特有的场景气氛，让人读了感觉如临其境，产生亲切而丰富的审美愉悦。

1. 调动多种感觉器官感知体验景物特点

具体的场景中，每一样景物都有自己的特点，主要表现在形状、颜色、音响、气味、姿态、质地等方面，如果能调动多种感觉器官去感知，去体验，既观其形，察其色，又听其音，嗅其味，形、色、香、味俱全，就能描写出景物的特点。

例文

月光下的探访

李汉荣

今夜风清露白，月明星稀，宇宙澄澈，月光下的南山显得格外端庄妩媚。斜坡上若有白瀑流泻，那是月辉在茂密的青草上汇聚、摇曳，安静，又似乎有声有色，斜斜着涌动不已，其实却一动未动，这是层出不穷的天山雪啊！

我爬上斜坡，来到南山顶，是一片平地，青草、野花、荆棘、石头都被整理成一派柔和，蝈蝈弹奏着我熟悉的那种单弦吉他，弹了几万年了吧。这时候曲调好像特别孤单忧伤，一定是怀念着它新婚远别的情郎。我还听见不知名的虫子在唧唧夜话，说的是生存的焦虑，饥饿的体验，死亡的恐惧，还是月光下的快乐旅行？在人之外，还有多少生命在爱着、挣扎着、劳作着、歌唱着,在用它们自己的方式撰写着种族的史记?我真想向它们问候,看看它们的衣食住行:既然有了这相遇的缘分,我应该对它们提供一点力所能及的帮助,它们那么小,那么脆弱,在这庞大不可测的宇宙里生存是怎样的冒险,是多么不容易啊。然而,常识提醒我,我的探访很可能令它们恐惧,最大的帮助就是不打扰它们。慈祥的土地和温良的月光会关照这些与世无争的孩子的,这么一想我心里的牵挂和怜悯就释然了。

我继续前行。我看见几只蝴蝶仍在月光里夜航,这小小的宇宙飞船,也在无限地做着短促的飞行,在力所能及的范围内探索存在的底细,花的底细。此刻它们是在研究月光与露水相遇,能否勾兑出宇宙中最可口的绿色饮料?

我来到山顶西侧的边缘,一片树林寂静地守着月色。偶尔传来一声鸟的啼叫,好像只叫了半声,也许忽然想起了作息纪律,怕影响大家的睡眠,就把另外半声叹息咽了回去——我惊叹这小小生灵的伟大自律精神。但我想它的灵魂里一定深藏着我们不能知晓的智慧。想想吧,它们在天空上见过多大的世面啊。它们俯瞰过,超越过多么多么多的事物,它们肯定从大自然的灵魂里获得了某种神秘的灵性。我走进林子,看见一棵橡树上挂着一个鸟巢。我踮起脚尖,发现这是一个空巢,几根树枝一些树叶就是全部的建筑材料,它该是这个世界最简单的居所了,然而就是它庇护了注定要飞上天空的羽毛;那云端里倾洒的歌声,也是在这里反复排练。而此时它空着,空着的鸟巢盛满宁静的夜光,这使它看上去更像是一个微型的天堂。

如果人真有来生,我期望我来生只是一只太阳雀鸟或知更鸟,几粒草籽、几滴露水就是一顿好午餐。然后我用大量时间飞翔和歌唱。我的内脏与灵魂都朴素干净,飞上天空,不弄脏一片云彩,掠过大地,不伤害一片草叶。飞累了,天黑了,我就回到我树上的窝——我简单的卧室兼书房——因为在夜深的时候,我也要读书,读这神秘的寂静和仁慈的月光。

【美点赏析】 例文二的第二段,主要调动了视觉——"青草、野花、荆棘、石头都被整理成一派柔和",听觉——"蝈蝈弹奏着我熟悉的那种单弦吉他""虫子在唧唧夜话",这样两种感觉角度也调动了错觉与想象——蝈蝈"一定是怀念着它新婚远别的情郎"和虫子"在唧唧夜话",感知夜晚南山景物寂静而充满诗意的特点。

2. 调动多种感觉器官体察场景气氛

调动多种感觉器官体感知景物及场景特点,要把它表述下来,总不能彼此割裂,前后矛盾,得有一个整体的构建,这就要用心体察整个场景氛围,确定一个总的基调。

例一：见前文（李汉荣《月光下的探访》）第一段。这一小段主要从视觉——“风清露白，月明星稀……”，也从听觉——“安静”（听不出什么声响），还从错觉——“似乎有声有色”（静极而动，化静为动），诸如此类的感觉角度，构成一种总体印象，营造出一种极为静谧而又富于诗意的氛围，而这也就成了全篇的基调。

例二：空气洁净得如同不复存在一般，果园里到处是人声和大车叽叽嘎嘎的响声。这是那位果商兼果园主雇了农夫来装苹果，以便夜间运往城里，——运苹果非得夜间不可，那时躺在大车上，仰望着满天星斗，闻着飘浮在清新的空气中的焦油味，听着长长的车队在沉沉的夜色中小心翼翼地、叽叽嘎嘎地向前驶去，真是再惬意也不过了。有个雇来做工的农夫，一只接一只地喀嚓喀嚓大嚼苹果。这可是老规矩了。果园主非但不阻止他，反而还劝他吃：吃吧。吃个饱，——不吃才傻呢！哪个割蜜的不吃几口蜂蜜。

这一小段场景描写有声音，有色泽，有气味，无论是听觉——“到处是人声和大车叽叽嘎嘎的响声”，视觉——“满天星斗”，还是嗅觉——“清新的空气中的焦油味”，都让人感到一种热闹、明朗的气氛，将我们一下子带入了田园牧歌式的生活氛围。结合全篇可知，这段场景描写为全文定下了欢快的、清新的格调。

（八）通感使形象

通感，就是在人们的审美活动中使各种审美感官，如人的视觉、听觉、嗅觉、触觉等多种感觉互相沟通，互相转化。钱钟书先生说过：“在日常经验里，视觉、听觉、触觉、嗅觉、味觉往往可以彼此打通或交通，眼、耳、舌、鼻、身各个官能的领域，可以不分界线……”，通感是“一种感觉超越了本身的局限而领会到属于另一种感觉的印象”。从接受美学的角度看就是指感觉器官的互换。即把各种感觉（听觉、视觉、嗅觉、味觉、触觉等）沟通起来，用甲感觉去描写乙感觉，这种修辞手法叫“通感”。

有人认为“通感”就是一种“特殊的比喻”，其实不然。“通感”与“比喻”两种辞格的不同点在于：通感，即感觉的转移；比喻，就是打比方。

1. 化听觉形象为视（触）觉形象

女子们朗朗的笑声，像水上的波纹，在工地上空荡漾开去。（魏钢焰《绿叶赞》）

“笑声”与“波纹”是一种听觉和视觉的沟通。感觉的互换构成了生动新颖的意象,引发读者丰富的联想,语言富有强烈的感染力。

> 这平铺着、厚积着的绿,着实可爱。……她滑滑的明亮着,像涂了“明油”一般,有鸡蛋汪那样软,那样嫩……(朱自清《绿》)

湖水微漾、光亮、洁净,这些都是视觉可见的,可作者用“滑滑的”“有鸡蛋汪那样软,那样嫩”这样出其不意的触觉上的感觉去形容绿,似乎有一种触手可及的柔嫩感,顿时把读者引入一种新的境界,使人充分感受到梅雨潭的明澈、可爱,如同亲眼见到它的湖光潋滟一样。同时,语言也优美传神,生动形象。

2. 化视觉形象为听(触、味)觉形象

> 塘中的月色并不均匀;但光与影有着和谐的旋律,如梵婀玲上奏着的名曲。(朱自清《荷塘月色》)

这是视觉移植为听觉,月的光华和阴影,朦胧婆娑,相互映衬,以小提琴演奏的“名曲”的旋律来形容它们的和谐声响,来表现月光树影组合的协调,给人一种悠扬、优美的感觉,同时烘托出一种温馨、幽雅的氛围,将读者带到一种美好的幻景。

> 性急的桃花们都生怕错过了节候,争先恐后地在枝头登场,沸沸扬扬,熙熙攘攘,千朵万朵闹响幽静的田野。(李元洛《吹箫说剑》)

作者本意是描写桃花开放之盛,但却用“闹响”一词把视觉向听觉转移,从而把桃花描绘得有声有色、具体形象。与“红杏枝头春意闹”之“闹”异曲同工。

3. 化意觉形象为视觉形象

> 例一:问君能有几多愁,恰似一江春水向东流。(李煜《虞美人》)
>
> 例二:(单调和孤独)像唯一的骆驼,在无限风飘的沙漠中,寂寞地寂寞地跨过……(艾青《马赛》)这简直是一幅可视性极强的图画,形象地烘托出作家孤独而茫然的情绪。这里,通感好似悬起的线条,比喻的绣针,使之缀联了抽象和具体;又像高耸的桥梁,沟通

了观念和形象——进而使空泛的意觉(孤寂)大踏步地走向实在的视觉和触觉,给读者以殷实之美。

4. 多觉互通使语言形象

扑的只一拳,正打在鼻子上,打得鲜血迸流,鼻子歪在半边,却便似开了个油酱铺,咸的、酸的、辣的一发都滚出来。郑屠挣不起来,那把尖刀也丢在一边,口里只叫:"打得好!"鲁达骂道:"直娘贼!还敢应口!"提起拳头来就眼眶际眉梢只一拳,打得眼棱缝裂,乌珠迸出,也似开了个彩帛铺,红的、黑的、紫的都绽将出来。

两边看的人惧怕鲁提辖,谁敢向前来劝。

郑屠当不过,讨饶。鲁达喝道:"咄!你是个破落户!若只和俺硬到底,洒家倒饶了你!你如今对俺讨饶,洒家偏不饶你!"又只一拳,太阳上正着,却似做了一个全堂水陆的道场,磬儿、钹儿、铙儿一齐响。鲁达看时,只见郑屠挺在地上,口里只有出的气,没了入的气,动弹不得。(施耐庵《鲁提辖拳打镇关西》)

郑屠挨了鲁智深这三拳后,只有疼痛不堪的感觉,但作者却不去写他的痛觉,而用"通感"这一特殊的修辞手法,淋漓尽致地描述郑屠被打后的味觉、视觉和听觉,把伸张正义、惩罚邪恶的鲁智深的形象反衬得栩栩如生,令人拍案叫绝!

王小玉便启朱唇,发皓齿,唱了几句书儿。声音初不甚大,只觉入耳有说不出来的妙境:五脏六腑里,像熨斗熨过,无一处不伏贴;三万六千个毛孔,像吃了人参果,无一个毛孔不畅快。唱了十数句之后,渐渐的越唱越高,忽然拔了一个尖儿,像一线钢丝抛入天际,不禁暗暗叫绝。哪知他于那极高的地方,尚能回环转折;几啭之后,又高一层,接连有三四叠,节节高起。恍如由傲来峰西面攀登泰山的景象:初看傲来峰削壁千仞,以为上与天通;及至翻到傲来峰顶,才见扇子崖更在傲来峰上;及至翻到扇子崖,又见南天门更在扇子崖上:愈翻愈险,愈险愈奇。

那王小玉唱到极高的三四叠后,陡然一落,又极力骋其千回百折的精神,如一条飞蛇在黄山三十六峰半中腰里盘旋穿插,顷刻之间,周匝数遍。从此以后,愈唱愈低,愈低愈细,那声音渐渐地就听不见了。满园子的人都屏气凝神,不敢少动。约有两三分钟之久,仿佛有一点声音从地底下发出。这一出之后，忽又扬起，像放那东洋烟火，一个弹子上天，随化作千百道五光十色，纵横散乱。这一声飞起，即有无限声音俱来并发。那弹弦子的亦全用轮指，忽大忽小，同他那声音相和相合，有如花坞春晓，百鸟乱鸣。耳朵忙不过来，不晓得听那一声的为是。正在撩乱之际，忽听霍然一声，人弦俱寂。这时台下叫好之声，轰然雷动。（刘鹗《白妞说书》）

作者着意调动人们的众多感官——先把听觉形象“歌声”比作富于动态的触觉形象“五脏六腑”，说像熨斗熨过，听歌声像五脏六腑的感觉——舒畅通润；继而又比喻为味觉形象“人参果”，说听歌声像吃了人参果那样甜润清爽；接着又比喻为固体静态的视觉形象“钢丝”，富于动态的视觉形象“飞蛇”和“东洋烟火”，描绘出歌声的尖细、高亢（像一线钢丝抛入天际）、回环转折，婉转悠扬（如一条飞蛇在黄山三十六峰半中腰里盘旋穿插）、多姿多彩变幻无穷（随化作千百道五光十色，纵横散乱）。作者就这样大胆将不同感官的事物交叉比附，使听觉与视觉、触觉、味觉的院墙解体，冲破了一般比喻的单一和拘谨，使歌声腾飞于更阔大的艺术天空，在更多的感官中震动共鸣，进而获得更广泛更生动的美学效果。这样的歌声，不仅可听，而且可品可视可触了。这就是多感移植、多觉互通带来的多元性艺术美感。

例文

随风吹笛

林清玄

远远的地方吹过来一股凉风。风里夹着呼呼的响声。

侧耳仔细听，那像是某一种音乐，我分析了很久，确定那是笛子的声音，因为箫的声音没有那么清晰，也没有那么高扬。

由于来得遥远，使我对自己的判断感到怀疑：有什么人的笛声可以穿透广大的平野，而且天上还有雨，它还能穿过雨声，在四野里扩散呢？笛的声音好像没有那么悠长，何况只有简单的几种节奏。

我站的地方是一片乡下的农田，左右两面是延展到远处的稻田，我的后面是一座山，前方是一片麻竹林。音乐显然是来自麻竹林，而后面的远方仿佛也在回响。

竹林里是不是有人家呢？小时候我觉得所有的林间，竹林是最神秘的，尤其是那些历史悠远的竹林。因为所有的树林再密，阳光总可以毫无困难地穿透，唯有竹林的密叶，有时连阳光也无能为力；再大的树林也有规则，人能在其间自由行走，唯有某些竹林是毫无规则的，有时走进其间就迷途了。因此自幼，父亲就告诉我们“逢竹林莫入”的道理，何况有的竹林中是有乱刺的，像刺竹林。

这样想着，使我本来要走进竹林的脚步又迟疑了，在稻田田埂坐下来，独自听那一段音乐。我看看天色尚早，离竹林大约有两里路，遂决定到竹林里去走一遭——我想，有音乐的地方一定是安全的。

等我站在竹林前面时，整个人被天风海雨似的音乐震慑了，它像一片乐海，波涛汹涌，声威远大，那不是人间的音乐，竹林中也没有人家。

竹子本身就是乐器，风是指挥家，竹子和竹叶便是演奏者。我研究了很久才发现，原来竹子洒过了小雨，上面有着水渍，互相摩擦便发生尖利如笛子的声音。而上面满天摇动的竹叶间隙，即使有雨，也阻不住风，发出许多细细的声音，配合着竹子的笛声。

每个人都会感动于自然的声音，譬如夏夜里的蛙虫鸣唱，春晨雀鸟的跃飞歌唱，甚至刮风天里滔天海浪的交响。凡是自然的声音没有不令我们赞叹的，每年到冬春之交，我在寂静的夜里听到远处的春雷乍响，心里总有一种喜悦的颤动。

我有一个朋友，偏爱蝉的歌唱。孟夏的时候，他常常在山中独坐一日，为的是要听蝉声，有一次他送我一卷录音带，是在花莲山中录的蝉声。送我的时候已经冬天了，我在寒夜里放着录音带，一时万蝉齐鸣，使冷漠的屋宇像是有无数的蝉在盘飞对唱，那种经验的美，有时不逊于在山中听蝉。

后来我也喜欢录下自然的声籁，像溪水流动的声音，山风吹拂的声音，有一回我放着一卷写明《溪水》的录音带，在溪水琮琤之间，突然有两声山鸟长鸣的锐音，盈耳绕梁，久久不灭，就像人在平静的时刻想到往日的欢愉，突然失声发出欢欣的感叹。

但是我听过许多自然之声，总没有这一次在竹林里感受到那么深刻的声音。原来在自然里所有的声音都是独奏，再美的声音也仅弹动我们的心弦，可是竹林的交响整个包围了我，像是百人的交响乐团刚开始演奏的第一个紧密响动的音符，那时候我才真正知道，为什么中国许多乐器都是竹子制成的，因为没有一种自然的植物能发出像竹子那样清脆、悠远、绵长的声音。

可惜的是，我并没有能录下竹子的声音，后来我去了几次，不是无雨，就是无风，或者有风有雨却不像原来配合得那么好。我了解到，原来要听上好的自然声音仍是要有福分的，它的变化无穷，是每一刻全不相同，如果没有风，竹子只是竹子，有了风，竹子才变成音乐，而有风有雨，正好能让竹子摩擦生籁，竹子才成为交响乐。

失去对自然声音感悟的人是最可悲的，当有人说“风景美得像一幅画”

时，境界便低了，因为画是静的，自然的风景是活的、动的；而除了目视，自然还提供各种声音，这种双重的组合才使自然超拔出人所能创造的境界。世上有无数艺术家，全是从自然中吸取灵感，但再好的艺术家，总无法完全捕捉自然的魂魄，因为自然是有声音有画面的，还是活的，时刻都在变化的，这些全是艺术达不到的境界。

最重要的是，再好的艺术一定有个结局。自然是没有结局的。人能绘下长江万里图令人动容，但永远不如长江的真情实景令人感动；人能录下蝉的鸣唱，但永远不能代替美丽的蝉在树梢唱出动人的歌声。

那一天，我在竹林里听到竹子随风吹笛，竟忘记了时间的流逝，等我走出竹林，夕阳已徘徊在山谷。雨已经停了，我却好像经过一场心灵的沐浴，把尘俗都洗去了。我感觉到，只要有自然，人就没有自暴自弃的理由。

【美点赏析】　本文从微雨、凉风中听笛的悬疑写起，于寻常的见闻中点染上诡谲的色彩，让人猜想。接着去探寻那能够穿透平野，穿过雨声，“在天地间扩散”的笛声。行文便合上了平中见奇的步调。“整个人被天风海雨似的音乐震慑了，它像一片乐海，波涛汹涌，声威远大”，运用比喻，把竹海比作乐海，形象地写出了竹林在天风海雨中声势浩大的特点，表达了作者对自然之声的赞叹。“雨已经停了，我却好像经过一场心灵的沐浴，把尘俗都洗去了”，运用比喻，把“聆听竹笛”比作“心灵的沐浴”，形象地写出了竹笛声能让自己深刻地意识到带给自己的启发之大，感悟之深。

当天风海雨似的“一片乐海”不期而至时，作者已借自然的平常之物再造足以“震撼”人心的奇妙之境。怀着爱、追求与对人生的悲悯情怀，作者开始了奇崛的思考：重要的是，人要感动于自然，自然既然没有结局，那么涵盖生活、艺术的诸方面，其真与美的追求，何尝有个止歇。

（九）细节使形象

细节描写是指抓住生活中的细微而又具体的典型情节，加以生动细致的描绘，它具体渗透在对人物、景物或场面描写之中。细节，指人物、景物、事件等表现对象的富有特色的细枝末节。它是小说、记叙文情节的基本构成单位。没有细节就没有艺术。同样，没有细节描写，就没有活生生的、有血有肉有个性的人物形象。成功的细节描写会让读者印象深刻，提高文章的可读性。

1. 拉长过程、细化动作

这是指对于一个特定的生活情节或人物行为，细化其发生过程，具体描写其过程中的每个环节，细化这一过程中的每个动作，使这一情节或行为的过程清晰地展现在读者面前，更好地起到传情传神的效果。

例文

好奇心

江苏一考生

在那个不寻常的中午，在她坚定地迈出每一步时，阳光碎了。

很喜欢这样一句话，每个女孩都是天使。但当我第一次看到她时，我觉得她不是。

她是那个坐在教室角落里的女生，不美，而且她只有一条腿。也许正是因为这，我的好奇心才会像雨后的小草一样“嗖嗖”地长了出来。

那天的阳光好像格外刺眼，中午放学后我走得迟了点，刚好看见她拄着拐杖缓缓地走向楼梯。这时，我的好奇心告诉我：为什么不跟过去看看她怎么下楼梯呢？于是，我悄悄地跟了上去。

只见她拄着拐杖艰难地走下楼梯。楼梯并不高。但对于她来说每一步都是一次挑战吧！她先将拐杖拄在下一级台阶上，再用腋下顶住拐杖，用力地将那条独腿挪到下一级台阶。我看到她的双手紧紧抓住拐杖，手上的青筋清楚可见。

这时，我的好奇心不但没有减退，反而更加强烈了。不知是谁将吃剩的香蕉皮随手扔在了楼梯上，大概是想恶作剧吧！不知道她会不会注意到，我屏住呼吸看着她艰难地一步一步地走下去。近了，近了……

她要做什么？只见她一手抱住栏杆，一手将拐杖放下来，接着，她蹲下身……她，竟将香蕉皮捡了起来。我的好奇心仿佛一下子被击碎了。我觉得自己好像是一个恶魔，站在这个角落，阴险地看着这样一个天使走进危险。

阳光透过窗射进来，我仿佛一下子被照亮了。我不再好奇她会怎样走下楼梯，赶紧思考怎样去弥补我的好奇犯下的错误。

于是，我飞快地朝她走去。她正努力着站起来。也许是因为太累了，她怎样努力都没有用。这时，我伸出手想把她拉起来。她抬起头，用疑惑的眼神望着我。我轻轻地对她微笑，她便也微笑着将手递给我。于是，我就这样扶着她走下了楼梯。虽然，我们没有说一句话，但我却从她手心的温度中感受到了来自她内心深处的温暖。这温暖慢慢地将我融化，将我的好奇心融成了一颗有爱、有温暖的心。

走出教学楼，她微笑着对我说：“谢谢。再见。”接着便向路边的垃圾筒走去，她小心翼翼地将香蕉皮扔进垃圾筒，然后又迈着坚定的步伐走出校门。耀眼的阳光洒在她瘦小的身上，我仿佛看到了她变成了一个天使。只不过她是一个单翼的天使。她头顶上的隐形的光环温暖了我的心。

我站在金色的花树下，将那颗好奇心小心翼翼地放进心中的角落，用她给我的充满爱的心温暖自己。

【美点赏析】 本文每一处描写，都是那样的细腻、真切，每一处心理的变化都是那样的自然、动人，每一句话都是那样耐得起咀嚼、品味。文中的细节描写尤其成功，“她拄着拐杖艰难地走下楼梯”情景和“将香蕉皮捡了起来”的行为，运用细节描写，生动而又层次清楚地展现了这一情景这一行为的具体过程，以及这一过程中表现出来的每一个动作。正是这过程的拉长、动作的细化，突出“她”坚韧、美丽、高尚的特点，产生感人的力量。

2. 添加成分

增加修饰成分，使原本干瘪的句子变得丰满而有韵味。对一个人来说，“七分长相三分打扮”。对一个语句来说，修饰成分也是必不可少的。一个句子的主干由主谓宾组成，要说清楚一件事，只要有主谓宾就基本可以了；但要说得形象生动，就有必要添加定状补等成分，从而使句子提供更多的信息，使读者获得更立体的感受。

梨花院落融融的月光，和着柳絮池塘淡淡的清风，流入我的心中，轻轻地拨动我那根尘封在岁月的心弦，敲响我的心键，奏出曲曲远古的清音。

本段如果只是想交代清楚的话，只要这样说就可以了：院落的月光和着池塘的清风，流入我的心中，拨动那根心弦，奏出清音。而文章添加了许多定语，将单调干枯的语言变成了立体化的表达。院落是开满“梨花”的，让人仿佛闻到了香味；月光是“溶溶”的，颇有置身其中的恬静感；池塘边的“柳絮”飘飞，是因为有“淡淡”的清风，仿佛温柔地拂过我们的脸庞；心弦“尘封”已久，颇有些“岁月”了，仿佛“远古”时传来的幽幽清音。添加的这六个定语，构成了一个意象群，渲染了一种情境，增强了表达的形象性和文章的感染力。

江南，秋当然也是有的；但草木凋得慢，空气来得润，天的颜色显得淡，并且又时常多雨而少风，一个人夹在苏州上海杭州，或厦门香港广州的市民中间，混混沌沌地过去，只能感到一点点清凉，秋的味，秋的色，秋的意境与姿态，总看不饱，尝不透，赏玩不到十足。秋并不是名花，也并不是美酒，那一种半开半醉的状态，在领略秋的过程上，是不合适的。（郁达夫《故都的秋》）

本段中草木“凋得慢”，空气“来得润”，天的颜色“显得淡”，连续三个补语的运用，将江南之秋味不如北国之秋味点了出来。

例文

父亲的自行车

杨黎星

纵使父亲的自行车已经锈迹斑斑、面目丑陋地停在寂寞的巷道里，不再有人注意，我依然会睹物生情，想起它带给我的那一份温柔的父爱与沉甸甸的感动。

父亲的自行车陪伴着我度过初中三年的点点滴滴和风风雨雨。每一天，父亲骑着它载着我往返于学校、家两点一线之间，父亲载着的不仅仅是一份责任与重量，更是浓浓的舐犊之情，这情这爱，似汹涌的海浪，一次次拍打在我懵懂心灵的岩石上，激荡起朵朵感动的浪花。

炎炎的夏日，我看到父亲衬衫背后被汗渍浸湿的大块地图，如同一朵荷花在微风中，在我的心口轻轻摇曳。

寒冷的冬天，我感受到北风吹到面颊上父亲的大口喘气，宛如一股暖流涌进我全身的每个细胞，温暖包围了我的心房。

狂风暴雨中，我感觉到父亲硕大的雨衣下潮湿的心情，感觉到父亲紧皱眉头中担心的神色，我多想在他的心灵上方撑一把不大，但足以遮风挡雨的伞，永远虔诚地守护他，就如同他做我的保护伞一样。

……

不论白昼还是黑夜，无论晴空还是雨天，父亲的自行车上的狭小空间，总包容着深厚的亲情，总传递着温馨的暖流。

每次，我习惯性地跳上车子后座，紧紧地揽住父亲的腰，视线所及只有路两边缓缓后退的风景，和父亲坚定的脊背。几十次，几百次，几千次，我早已看惯那永无变化的风景，但我却永远永远也不会厌烦父亲宽厚的背，有时他单薄的衣服被风吹起来，像是涨满了的船帆，我知道那里包含的是满满的希望；有时因过度用力，肌肉一块一块隐隐地凸起来，我知道那是对我永不停止、永不断开的爱。

有时候，我会觉得父亲就像一辆自行车，默默地承担着生活的重量，却仍然充满着希望和激情。他为家人、为他人四处奔波，为自己的愿望和梦想而努力。在我的眼中，父亲总是年轻的，就像自行车刚买来时崭新的样子。

可是，有一天我发现自行车旧了，父亲也老了。父亲的两鬓悄悄地在阳光下闪着柔和的银光，他的腰也时不时禁不住地佝偻起来，但又强迫自己把腰猛地挺直，看得我好心酸。自行车骑得越来越慢，行驶时，总发出撕心裂肺般的“吱呀吱呀”的声音，仿佛将要耗尽能量一般，搅得我心里好像少了什么。

一天天重复，一天天坚持，直到父亲已气力虚弱，直到自行车已锈迹斑斑。于是，它被放到没人在意的巷道的角落里，享受应该属于它的自由空间。

破旧的自行车斜靠在墙上，就像年老的父亲靠着墙，满怀慈爱地注视着我。

我愿当父亲永远可以依靠的这面墙。

【美点赏析】 本文处处充溢着父爱的温馨，于平凡处感人至深。将父亲与自行车联系起来，借物喻人。内容上前后对比，首尾呼应。语言上简练优美，抒情直接自然，堪称佳作。第一段中“锈迹斑斑、面目丑陋”的自行车、“温柔”的父爱与“沉甸甸”的感动也形成了反差，让人感叹人事的沧桑变化和情感的历久弥新。第五段中“硕大的”雨衣、“紧皱的眉头”与“潮湿的”心情、“担心”的神色形成反差，将父爱的伟大传达在不着一言之中。而“狂风暴雨”与“虔诚”的感动这两个状语，既设置了一个特定的情境，又传达出“我”的感恩之心。

3. 虚实相间

请看上文《父亲的自行车》第二段描写父爱。父亲用自行车载“我”，是实；那么“父亲载着的不仅仅是一份责任与重量，更是浓浓的舐犊之情”，就是虚；如果说“这情这爱”“拍打在我懵懂心灵”上是实的话，那么“似汹涌的海浪，一次次拍打在我懵懂心灵的岩石上，激荡起朵朵感动的浪花”就是虚，虚写强化了对父爱的修饰，使情感的表达更加真挚强烈。

第九段中，“单薄的衣服被风吹起来”是实，“像是涨满了的船帆，我知道那里包含的是满满的希望”是虚；“肌肉一块一块隐隐地凸起来”是实，“我知道那是对我永不停止、永不断开的爱”是虚。这种虚实相间的手法，语言形象，情感真实深刻。

它们不怕山高，把根扎在悬崖绝壁的隙缝，身子扭得像盘龙柱子，在半空展开枝叶，像是和狂风乌云争夺天日，又像是和清风白云游戏。有的松树望穿秋水，不见你来，独自上到高处，斜着身子张望，有的松树像一顶墨绿大伞，支开了等你。有的松树自得其乐，显出一副潇洒的模样。不管怎样，都让你觉得它们是泰山的天然的主人，好像少了谁都不应该似的。（李健吾《雨中登泰山》）

这个描写泰山松的写景片段，按“虚＋实＋虚＋实＋虚＋虚”的结构来写，运用了比喻和拟人的手法，以虚来修饰实，将泰山松的形象淋漓尽致地表达出来，泰山松扎根绝壁、昂首向上的姿态跃然纸上。

例文

父亲的单车

何岑蕙（湖南师大附中）

父亲的单车见证了父亲与母亲不曾轰轰烈烈却恩爱相守的爱情。父亲曾用它载着腆着大肚子的母亲前往医院，从此，我就注定与父亲的单车结缘。搭乘父亲的单车，是我童年快乐的一部分。父亲的单车是飞鸽牌的。父亲骑车十分稳当，每次搭乘父亲的单车，幸福便写满我的脸。

岁月悠悠，我早已淡忘了单车曾有的辉煌，如今，我所见到的是它的斑斑锈迹，沧桑得如同一位老人。

我开始拒绝搭乘父亲的旧单车。因为在这私家小轿车风行之际，父亲的旧单车会让我很没面子。

终于有一天，要开家长会了，我因为月考考得棒，心情格外好，便破天荒地没有拒绝父亲。

偶然一瞥，父亲跨上单车的习惯依旧，动作却不再麻利，我的心颤了一下。单车的轮子在飞快地旋转，我忽抬起头，视线里是父亲的整个后背，熟悉而温暖。因为座鞍的关系，此时的父亲比我高出一大截，我又找回了童年时崇拜父亲的那种感觉。瞬间，我好像又回到了那个被精心呵护的孩提岁月。

蓦然，我发现父亲的头上已有好多银丝，微微的，背脊也有些弯曲。父亲正蹬着单车，我看不见他的面容，只能看见他竭力的样子。风掀起父亲的衣襟，不时轻轻拂着我的脸颊，我知道父亲是快乐的，为他身后的女儿。这种快乐如耳旁微风的歌唱。我突然有一种想哭的冲动，伴着父亲一句：这路上车多，你每天上学可得留心点儿。我的泪水就涌了出来。

迷蒙的泪光里，我明白了，父亲不会因岁月更替而留下如旧单车般的锈迹，反而愈见鲜明亮泽。我幸福地轻靠在父亲的后背上，静静地咀嚼着永远只属于我的爱的甜蜜：这是一个太多物欲的世界，数不清的人为追逐财富而奔忙，并在不觉中冷漠了亲情和爱心。攒动的人头，汹涌的是许许多多的名利。在今后的岁月里，我会将父亲清瘦的背影连同他的单车永存于记忆，拥有并珍视父亲的这份厚爱，义无反顾地走父亲教给我的人生一路，即便清贫相守，我也此生无悔。

【美点赏析】 描写父亲、表达父爱的写作多用叙事，或描写，或追忆。本文以旧单车为抒情的线索，旧单车满载着父亲对母亲恩爱相守的爱情，刻下岁月斑驳的痕迹。旧单车的沧桑也是父亲容颜和身体的衰老，但父爱越来越浓。

本文以细节打动人，以真情感染人，点滴之间充满了对父亲的感激、眷恋和珍视。作者表达感情时，或直抒胸臆，或委婉含蓄，呈现出时隐时显的抒情节奏，使得文章舒缓有致。

二、议论说理类化抽象为形象

（一）具体列举法

例段：如果你是一只萝卜，就力求做个水多肉脆的好萝卜；如果你是一棵白菜，就力求做一棵瓷瓷实实的包心好白菜；如果你是一滴水，你就应该滋润一寸土地；如果你是一线阳光，你就应该照亮一分黑暗；如果你是一粒粮食，你就应该哺育有用的生命；如果你是一抹春色，你就应该点缀艳丽的春天；如果你是一颗最小的螺丝钉，你就应该坚守在自己的岗位；如果你是一根小小的蜡烛，也要照亮全世界的黑暗，因为那是你的价值。（考生《位置有高低，价值无优劣》）

例文

当生活遇到挫折

四川考生

当你遇上挫折，你会怎么办？或许，你会选择逃避，找了个避风的港湾；或许，你会选择哭泣，用泪水清洗伤心欲绝的心灵；或许，你会选择求救，寻求可以依靠的独木舟，抑或只是一根树枝；（①）

……

傅雷曾长叹：不经历磨难的逃避是轻佻的。哭泣之后你又将如何？求

助？也许会有，也许不会！我们能做的，就是拍拍胸脯，坦然地面对！（②）

曾记否？海明威的《老人与海》的主人公——老人桑提亚哥，面对着猛勇的恶鱼，硬是拖着疲惫的身体与之进行不懈的抗争，整整八十一天！他胜了，胜得坦荡！他像一面旌旗，立在海岸上，面对着浩瀚的大海和汹涌的波涛，无语，只是挺着胸脯，以撼人的气魄迎着海风猎猎作响！（③）

“一个人可以被战胜，却不可以被打败。”强而有力的音符从桑提亚哥的嘴里，不，是从心里涌出。他虽是虚构的人物，但他的精神却是真实的，他的精神是活的，震撼人心的！

桑提亚哥，一位沧桑的老人，以他的实际行动演绎了他的誓言：一个人可以被战胜，却不可以被打败！小说中的老人犹如此，我们呢？我们现实的人呢？（④）生活就像一条溪流，有过平淌，也会有激进，更会有阻力。生活如同大海，有风平浪静，也会有海浪，更会有海啸！我们不能奢求生活的一帆风顺，毕竟，那样太不现实了。现实的我们何必苦苦追求不现实的东西呢？

挫折来临时，我们不要害怕！记得一句话：“当死神露出他的尖牙对我笑时，我能做的就是报以一笑！”很欣赏作者的风度，也想学着吟一句：当挫折一步步靠近时，我们能做的是操起自信的矛和坚强的盾，勇敢迎上去！（⑤）

是的，自信和坚强是战胜挫折的有力法宝，怯弱和退缩只能助长挫折的气焰。试想，一个人还没有与挫折交锋就已发抖，又怎么能战胜挫折呢？当生活遇到挫折，有桑提亚哥的精神扶持你，你还会选择退缩、逃避吗？相信你不会！当生活遭遇挫折，不要哭泣，操起自信和坚强的心灵武器，迎上去，迎上去，迎上去……

身后的桑提亚哥老人笑了。

……面前的困难挫折恶魔怕了……（⑥）

【美点赏析】 ① 以设问开头，直接提出人生话题。②“就是拍拍胸脯，坦然地面对！”观点鲜明，语挟豪气。③ 还是《老人与海》的故事，可见典型事例的选用重要。④ 谈及自己，针对性强。⑤ 人生应取的态度。⑥ 这结尾两句是比喻，含义丰富。

含英咀华：“当生活遇到挫折”仅仅是一个假想话题，留下一段空白，你去填上。这个文题很有艺术性。不同的人也许有不同的答案。文章用的是大家熟悉的《老人与海》的故事，从文章引证内容来看，作者已经形成了自己颇具特色的阅读兴趣，并且从中形成了自己的个性与观点。或引述，深情饱满；或分析，理性十足。语言洗练，韵味充分。堪称佳作。第一段采用列举法，使论证形象化。

（二）句意延伸法

有时候，在语言表达时，我们会觉得语言单薄，意犹未尽。如果我们能顺着句意，运用相关联想，由此及彼，由一而二，通过整句、对句、排比句等手段，对文字表述的对象不遗余力地多层次修饰，就能强化语意，丰富内涵，渲染感情。

例文

时间过去了

唐俊超（复旦附中）

大卫在戒指上刻有一句铭文：一切都会过去。

是什么带走了他们？我想，大概是时间。当年酾酒临江横槊赋诗的曹操，早已化为一缕青魂潜藏在人们的想象与记忆中；横扫欧洲、心志与阿尔卑斯齐高的拿破仑，终不免在故乡的土地上沉睡。不论秦皇汉武，还是恺撒亚历山大，所有的伟业都在时间的冲蚀之下归为一片虚无。（有误，拿破仑故乡是科西嘉，葬于巴黎荣军院。）

是的，一定是时间。自然赋予我们躯体，使我们能尽情地享受物质的快乐；但自然同时给予了我们限制，当身体的机能走向衰败时，也就是生命走向尽头时，曾经的功名伟业也随之离去，消解在茫茫历史长河里，留给后人一句无奈的感叹：俱往矣！

时间过去了，冲走一切功名利禄。（论“会过去”）时间真的有这么可怕吗？因为我分明看到，在时间的激流间，有几块礁石屹然伫立。（比喻好）

那是牛顿，他建立的经典力学体系，成为工业革命的理论基石；那是麦克斯韦，他的电磁理论为信息时代的到来建构了坚实的基础；那是毕达哥拉斯，是笛卡尔，是沈括，是徐光启……他们的成就，没有在时间的冲刷下消逝，反而在岁月的风尘中历久弥新。

时间过去了，却带不走科学的力量，理性的启蒙。

在那块礁石上，放着一枚戒指，上面写着：“一切都不会过去。”那是一位智者的名言。

我想到陶潜与鲁迅。陶渊明不愿为五斗米折腰，致仕归家，过起采菊东篱，悠然南山的生活，只为自己心中的一亩三分地；鲁迅深感民族的危难，弃医从文，用带刺的笔写下血一样的文字，为了中国的崛起和复兴。前者坚守，后者激进，相同的是对内心神圣道德的捍卫，对精神崇高的向往。

时间过去了，带不走对善的执着追求。（分科学文学两层论“不会过去”）

曹操去了，我们依然从演绎的字里行间对他进行反复解读，每个人的心头都有一个曹操;拿破仑去了,他留下一个让后人不断评说的背影。时间远没有那么可怕,在时间的彼岸,生命与生命在此时完成了对接与延续。不变的是对真善美的执着渴求,这是人类存在的意义。不论历史的长河怎样奔腾,我们总要呐喊:

时间,纵使你脚下已有一千名挑战者,那就让我成为第一千零一名!

时间的长河依然在奔腾,冲走一些,冲不走一些,不舍昼夜。

【美点赏析】 一切在时间中发生,消失,永恒。本文从"时间"切入,用"激流间礁石屹然伫立"的形象,将抽象的理性思考物象化。文章照顾到两个方面,没有惯用的套语,运用诗意的语言,透露出内心的追求。这不是仅靠华美的词语能达到的境界。且看第四、五、六三段说到,在时间之流的冲刷下,"几块礁石屹然伫立",什么样的礁石能经受住时间洪流的冲刷呢?文意显然不止于此,所以作者紧接着运用相关联想以牛顿、麦克斯韦、毕达哥拉斯,乃至笛卡尔、沈括、徐光启对礁石加以修饰,可谓古今中外,应有尽有,议论饱满,道理更加坚实,说明这不是个例,而是普遍现象,从而达到议论的目的。

(三)虚实相间法

叙事性体裁的作文离不开"描写"这一常用的表达方式,而议论性文章也常常运用形象化说理的手段,在描写或形象化议论时,通过比喻、比拟、想象等手段,将眼前所见之实景描写出来后,又转化为心中所想之虚像,以虚像修饰实景;或者反之,将已经议论之虚像转化为具体可感之形象,以形象修饰虚像。这样虚则以实饰之,实则以虚饰之,则能虚实相间,互为修饰;形意相通,互为表里。

西洋读者也觉得中国诗笔力轻淡,词气安和。我们也有厚重的诗,给情感、思恋和典故压得腰弯背断。可是中国诗的"比重"确低于西洋诗;好比蛛丝网之于钢丝网。西洋诗的音调像乐队合奏,而中国诗的音调比较单薄,只像吹着芦管。这跟语言的本质有关,例如法国诗调就比不上英国和德国诗调的雄厚,而英国和德国诗调比了拉丁诗调的沉重,又见得轻了。何况中国古诗人对于叫嚣和呐喊素来视为低品的。我们最豪放的狂歌比起你们的还是斯文;中国诗人狂起来时只不过有凌风出尘的仙意,我造过 aeromantic 一个英文字来指示这种心理。你们的诗人狂起来可了不得!有拔木转石的兽力和惊天动地的神威,中国诗绝不是贵国惠特曼所谓

“野蛮犬吠”，而是文明人话，并且是谈话，不是演讲，像良心的声音又静又细——但有良心的人全听得见，除非耳朵太听惯了麦克风和无线电或者……（钱钟书《谈中国诗》）

这段文字以议论为主，但并不枯燥，这和修饰的运用有很大的关系。其中“可是中国诗的‘比重’确低于西洋诗；好比蛛丝网之于钢丝网。西洋诗的音调像乐队合奏，而中国诗的音调比较单薄，只像吹着芦管”，就是虚实相间的典范。关于诗的“比重”的对比是虚的，而用“蛛丝网”与“钢丝网”的对比来比喻是以实写虚，很形象。中西诗歌的“音调”用乐队和芦管来作比，也是以实写虚的手段，正是这种虚实相间的表达，让本来纯文艺性道理变得形象可感，非常亲切。此外，文段中“给情感、思恋和典故压得腰弯背断”及“中国诗人狂起来时只不过有凌风出尘的仙意”都是通过添加补语的方式，来化虚为实。

第三节　修辞之美

上一节，我们讲到了对比、比喻、比拟等修辞可以增强文章的形象性，这一讲我们重点讲解写作中常用到的几种修辞，如反复、排比、反问三种修辞可以壮大文章的气势美；引用的修辞方式可以给文章增添文采。这里要强调的是，由于选题的需要我们只介绍这几种，大家在作文时用到的修辞远远不止这几种，并且常常是综合运用。

一、反复

反复修辞，是为了强调某种意思、突出某种情感，特意重复使用某些词语、句子或者段落等。词语反复：为凸显某种感情或某种行为，连续两次以上使用同一词语，达到强调的目的。词组或句子反复：有时为了表达内容或者结构安排的需要，要连续两次以上使用同一个词组或句子。语段反复：在诗歌和小说中最为常见。

反复和排比两种修辞手法都含有相同的词语，形式上相似，容易混淆，两者的区别关键在于其表达的侧重点不同。

反复是为了强调某个意思或突出某种情感而重复使用某些词语或句子，所要表达的侧重点在于重复的词语或句子上；排比则是把结构相同或相似、内容相关、语气一致的三个或三个以上的短语或句子排列起来使用，侧重点不在相同的词语上。

反复分两种：第一种是连续反复（中间无其他词语间隔），例句：山谷回音，他刚离去，他刚离去；第二种是间隔反复（中间有其他的词语），例句：好像失了三省，党国倒愈像一个国，失了东三省谁也不响，党国倒愈像一个国。

例一：《义勇进行曲》中“起来！起来！起来！……冒着敌人的炮火前进！冒着敌人的炮火前进！前进！前进！进！”就多次使用反复，使感情步步升华增强。

例二：世界上最可爱最神秘最伟大的土地，是中国。踏不到的泥土是最香的泥土。远望岂能当归，岂能当归？就如此刻，山外是平原，平原之外是青山是青山。俄亥俄之外是印第安纳之外是艾奥瓦是内布拉斯加是内华达，乌鸦之西仍是乌鸦是归巢的乌鸦。唯他的归途是无涯是无涯是无涯。半世纪来，多少异乡人曾如此眺望？胡适之曾如此眺望。闻一多如此眺望。梁实秋如此眺望。五四以来，多少留学生曾如此眺望。珊瑚色渐渐吸入加稠的怅青，西南仍有一派依恋的余光。（余光中《塔》节选）

在这一小段里，作者用了六个直接重复和一个间接重复，文笔优美，辞采飞扬，感情充沛，写出了作者漂泊海外的独特体验。抒发了一个游子对祖国强烈的思念之情。这些反复以词、短语、句子的形式出现，却构成更加复杂综合的形式——反复群，使文章行文缜密、情绪强烈。

例文一

回家的花朵

李雪峰

四月的时候，星星点点的蒲公英便绽开了，它们像细碎的阳光，金黄在春天湿漉漉的氤氲着丝丝缕缕乳白色雾气的田塍上，印满牛羊蹄印的纷乱村间小道两侧，甚至在山坳背阴处那些还没有融化的一片一片的残雪里，甚至村庄生满幽绿苔藓的墙基或台阶缝隙里，或者那些泥土斑驳墙头生满了蓬草的残墙败垣上。

蒲公英开花了，它从草长莺飞的春天，绽开过长长的夏天，它那微小鹅黄的花盏，甚至金黄到秋天的深处。漫山遍野的野菊染尽乡村山野的时候,还有三三两两的蒲公英开着呢,它们或瑟瑟地开在一个风霜落不到的岩石下,或开在一蓬枯白得如同旧白线的枯草篷子里,像飘落在地上的一朵野菊,像一簇簇微微燃烧的火苗。它们黄茸茸地亮着,泥土就还醒着,村庄就还醒着,鸟儿和虫子就还醒着,直到一场漫天漫地的鹅毛大雪之后,它们在白皑皑的雪层下沉睡了,泥土就也沉沉地睡去了,村庄以及世界上的一切也都沉沉睡去了。

蒲公英是春天最早醒来的,它醒了,大地就醒了,村庄的春天就醒了,村庄新一轮的岁月就醒了。村庄的女人们在乍暖还寒的初春就早早把它们带进邻近的城市里,那时它们有的刚刚冒芽,有的刚刚鼓起三五个青豆般嫩嫩的蕾,有的刚刚绽开了黄茸茸的一两朵花。它们被摆放在城市拐角处的冰冷马路牙子上,但更多的是被放在两个简陋的竹筐里,或是散乱地挤在一个个肮脏得已看不出颜色的蛇皮袋子里,在村庄女人们高一声低一声的胆怯叫卖声中,流浪在城市的喧嚣声或那一条条仄斜而沉寂的幽长小巷里。

它们是到城市寻找它们的亲戚的。

那些从乡村走进城市的人,那些在城市里生活了多年,但根须还没有从乡间泥土里全部拔出来的人,那些在市声里沉睡,但梦的脚趾还常常沾满泥土的人,他们都是蒲公英的亲戚,他们常常会买一小扎甚至几小扎的蒲公英,把它晾干了冲茶,或把它洗净剁碎了掺杂着作为吃食,败火祛毒,给身心重新赋予乡野的清爽之气和生活的自然气息。

我也是蒲公英的一个亲戚,从120多里远的乡下老家到这小城里来生活,转眼二十余年了,从一个乡间的木讷青年,成了小城市井中的一个年届不惑的人。去年深秋时,我买回了十几扎蒲公英,那是些十分新鲜的蒲公英,叶子虽然已经被霜蛰得有些灰黑了,但褐色的根茎却饱满丰盈,沾着些湿漉漉的泥土,许多蒲公英已经鼓了些米粒大小的青蕾。我把它们淘洗干净,摊放在竹筛里静静地晾晒。有一个午后,我发现已经晾晒了几天的蒲公英,有几朵竟然又开花了,那金黄色的花朵,在根叶已经被晒得一片灰黑的竹筛里分外地耀眼,它们在秋天的阳光里闪着金黄的光泽,像一粒粒淡定的阳光,又像一粒粒金色的星星。

又过了许多天,我发觉那些蒲公英已经彻底风干了,而那许许多多的花蕾都已绽开过,花朵早谢了,成了白絮絮的一朵朵绒球,向晚的风轻轻一吹,那些绒球便沸沸扬扬成一朵一朵的白絮,飘飞起来,像一片片飞扬的微雪,从竹筛里飞扬到阳台上,然后飘过高高的楼顶,飞进了远远的天空里,随着一缕一缕的风飞走了。

它们是要飞成天上的白云,是要随着那些流浪的云朵,飞回到遥远的乡间的田塍上、山坳里,是要回到自己的乡野老家吗?

花朵是植物的心灵,是一棵草或一棵树的灵魂,而蒲公英的灵魂已跟着一缕晚风或流云迢迢回到了它的老家去。来年,它们将又会在河畔、在山涧萌芽,展叶,开花,重新点燃自己的乡野或田园。而一个辗转离乡的人,一个为生计漂泊游离自己故园的人,他们什么时候能让自己的心灵回到自己的老家,什么时候能让自己的灵魂回到那生育和养育我们生命的那一片泥土上呢?

灵魂或许是不会流浪的,它既已注定永远属于某一粒土,不管岁月多么地苍凉,不管脚步多么地蹒跚,不管回家的路是多么地漫长,不管生命是多么地沉重,它们都是一定要飞回去的,回到那一粒熟稔温热的泥土上,回到那一缕低低盘旋的炊烟里,回到那一条歪歪的田塍上,回到那一声苍老的召唤里……

【美点赏析】 本文中第二自然段有两处使用了反复,第一处是"它们黄茸茸地亮着,泥土就还醒着,村庄就还醒着,鸟儿和虫子就还醒着",第二处是"它们在白皑皑的雪层下沉睡了,泥土就也沉沉地睡去了,村庄及世界上的一切也都沉沉睡去了",句子着笔写蒲公英,却使其置身于"泥土""村庄""鸟儿""虫子"之中,"醒着"和"睡"两词分别重复三次,使得蒲公英如同众星捧月,突显了小小蒲公英之于"泥土""村庄""鸟儿""虫子"的作用和价值,作者对于蒲公英那绵绵的情意可谓明白显露。

总之,运用反复,有时可直接而真切地将情感表露出来,让人在阅读的过程中,能够感觉到文字中流淌着一种真情,或爱或恨,或喜或怒,或乐或悲,或向往或厌弃,或褒扬或贬抑,呼之欲出,溢于言表,从而表现文字的真切之美。

例文二

我心底的风景

江 迪

宁静的夜,静得出奇;深黑的天,繁星点点.我倚在河边的柳下,仰望星空,无聊地数着星星。时常闭上眼睛,享受着这潺潺水声。惬意,曼妙。

柳条,摇曳着,拂过我的脸颊,不经意间被触醒,揉揉双眸,起身漫步。渐渐地,耳边传来一种忽快忽慢、忽高忽低的声音。这节奏,很齐;这旋律,很清。循着声音的方向,我四处寻觅,声音越来越大,打破了这宁静的夜。终于,在一株草下,它出现了。我轻声慢步,屏住呼吸,生怕惊扰了这奇怪的小生物。我蹲下,用手颤抖地拨开小草,但它并没有因惊吓而逃脱,依然放声高歌.我被它的勇气折服了。

这声音,越听越发刺耳,平常人听来有些不耐烦,可那夜的我并没有感到不快。我觉得,这才是自然中最纯、最真、最美的乐音,静夜被它击破。

它用自己的歌声证明了它的存在,证明了有它的地方才最热闹。

微风飘过,将我唤醒,但它,依旧没有停止歌唱。就连那株草也为它遮风,生怕清风破坏了这美妙的交响乐。我伫立在河边,望着碧波的涟漪,它们在伴奏,不是吗?它们在欢笑,不是吗?甚至连小草们也融入了蝈蝈的世界,如痴如醉。

这平凡的夜,这无奇的声,唤醒了沉睡中的生命。尽管它的力量微不足道,但它能让万物跟着它的步伐,一同享受夏夜的美。也许你会说,那只是一只虫子的叫声而已,那么烦躁,躲之唯恐不及,何谈感慨呢?你错了,虽然只是一个不起眼的小生命,它却勇敢地高歌,因为它热爱生命,它要让自己活得更有价值。虽然我不太懂它们的世界,但它们那种强烈的生命力量,我能感受得到。

夜深了,蝈蝈或许已进入了梦乡,但我的耳畔仍回荡着那激昂的乐曲,余音绕梁,不绝如缕。它是夏夜里一只放声高歌的蝈蝈,它是夏夜里一幅美丽的画卷,它是我心底最别致的风景。

【美点赏析】 夏夜的虫鸣最是普通,但是在作者看来却是大自然最美的馈赠和对生命激昂的歌唱,也是作者心底最美的风景。作者运用情景结合、拟人、反复等艺术手法把蝈蝈的鸣叫渲染成一种充满韵律和情感的歌唱,把微风和水面的涟漪也融进这曲颂歌中,描写十分传神。同时,更是从这曲乐章中感受到了生命的力量和生活的美好,这也从侧面反映了作者有一双发现美的眼睛和一颗热爱生活的心。(点评者为王瑶)

二、排比

排比是一种修辞手法,利用意义相关或相近,结构相同或相似和语气相同的词组(主谓/动宾)或句子并排(三句或三句以上),达到一种加强语势的效果。它主要有以下几种类型:

1. 短语排比。如《从百草原到三味书屋》:“碧绿的菜畦,光滑的石井栏,高大的皂荚树,紫红的桑葚。”作者用四个偏正短语构成排比,把百草园四种景物次第描绘出来,层次分明,有条不紊;色彩艳丽,形态逼真,视觉上给人以美感。

2. 句子排比。如《安塞腰鼓》:“骤雨一样,是急促的鼓点;旋风一样,是飞扬的流苏;乱蛙一样,是蹦跳的脚步;火花一样,是闪射的瞳仁;斗虎一样,是强健的风姿。”作者利用句子排比,从速度、声响、色彩等方面,把安塞腰鼓所表现出的力与美演绎到了极致。

3. 段首排比。就是将相似的句型或短语放在文章若干段落的开头,形成全文结构的主体框架。如《学会认输》主体部分三个分论点分别安排在三个段落的开头："学会认输，就是知道自己在摸到一张臭牌时，不要再希望这一盘是赢家。""学会认输，就是在陷进泥塘里的时候，知道及时爬起来，远远地离开那个泥塘。""学会认输，就是在被狗咬了一口时，不去下决心也要咬狗一口。"三个分论点构成段首排比，使文章既有鲜明的条理性，又有严密的逻辑性，把"学会认输"这个中心论点阐述得更加透彻。

4. 段落排比。如《春》最后的三个自然段："春天像刚落地的娃娃，从头到脚都是新的，它生长着。""春天像小姑娘，花枝招展的，笑着，走着。""春天像健壮的青年，有铁一般的胳膊和腰脚，领着我们上前去。"三个段落组成排比，表现了春天的"全新""美丽"和"力量"。

5. 论据排比。如《生于忧患，死于安乐》中："舜发于畎亩之中，傅说举于版筑之间，胶鬲举于鱼盐之中，管夷吾举于士，孙叔敖举于海，百里奚举于市。"用排比句列举了六个历史人物的事迹，他们的出身都很卑微（种田、筑墙、贩卖鱼盐、犯人、隐居者、奴隶），但经过艰苦磨炼，都干出了一番大事业。论证了人要成大器，就必须经受艰苦的磨炼。为下文"天将降大任于斯人也……曾益其所不能"的论断提供了有力的事实论据。

第3、4、5种排比形式更适用于议论文。

（一）叙事抒情类文章中排比的作用

1. 用排比写人，可将人物刻画细致。如："这里，一茬接着一茬长出来的不只是庄稼，还有爷爷奶奶对土地、对家乡、对老屋深沉的爱。他们以最简单、最传统、最朴实的方式生活，年龄不是他们的阻碍，儿孙们的劝阻也不能使他们放弃，他们就这样执拗地与老屋相伴相守。"

2. 用排比写景，可将景物描写得细致入微，能收层次清楚、描写细腻、形象生动之效。如："山朗润起来了，水长起来了，太阳的脸红起来了。""像柳絮一般的雪，像芦花一般的雪，像蒲公英的带绒毛的种子一般的雪，在风中飞舞。"

3. 运用排比抒情，节奏和谐，显得感情洋溢。

看《我和书的故事》结尾一段："我和书的故事实在是太多了，为书而欢乐，为书而哀愁，为书而被处罚……"既总结了全文，又抒发了和书之间的不解之缘。

又如："保卫家乡，保卫黄河，保卫华北，保卫全中国！"

“我们不会忘记，朝鲜大嫂为帮助志愿军失去了她的双脚；我们也不会忘记，朝鲜大娘为了保护志愿军，失去了她的孙子；我们更不会忘记，朝鲜小姑娘为了营救志愿军，失去了她的妈妈。”

再如：“他的品质是那样的纯洁和高尚，他的意志是这样坚韧和刚强，他的气质是这样的淳朴和谦逊，他的胸怀是那样的美丽和宽广。”

（二）议论类文章中排比的作用

用排比说理可以把论点阐述得更严密更透彻；用排比抒情，可以把感情抒发得淋漓尽致。

排比句读起来朗朗上口，有一股强大的力量，能增强文章的表达效果。

运用排比说理，可将道理说得充分透彻。比如：“我们的干部要关心每一个战士，一切革命队伍的人都要互相关心，互相爱护，互相帮助。”（《为人民服务》）又如：“一日之计在于晨，一年之计在于春，一生之计在于勤。”

例文

争做引路领头羊

梁佩锋

你独占鳌头，引领大众；你随波逐流，参与其中；你静默旁观，沉思利弊；你冷眼质疑，大声批评。不同的人因心态不同，对活动的表现不同，担任的角色也不同。而我更愿意积极参与，愿做独担大旗的领头羊，愿做引路前行的弄潮儿。

引领大家，不为了那钩心斗角，争权夺利的奢望，不为了那傲视群雄，高人一等的自负。人生在世，天地公心，只要人各其才，才得其用，无贵贱大小之分，皆能有为于当世。引领大家前行，各尽其才，各得其所，投身于改造世界，造福社会的壮举。孙中山海外漂泊，引领海内外有志之士掀起燎原之火，推翻腐朽落后的没落清朝，致力于创建民主共和的中华民国。他们争做时代的领头羊，他们是引路的弄潮儿。

引路前行，一个人需活得像支军队，承担起艰巨的责任与重担。担当是黑暗航程上闪烁的航灯，坚定而光明；担当是肆虐洪水中厚实的堤坝，沉重而坚固；担当是百年老树中的茎干，茁壮而坚挺。因为担当，钟期荣散尽家财育人才，引路香江教坛五十年；因为担当，鲁迅弃医从文斥劣根，引路国人走向光明。担当是他们心中的航标，引领着他们，也引领着他们身后的我们不断前进。

争做引路的领头羊，大刀阔斧的魄力与睿智长远的目光是引路前进，乘风破浪的广阔长帆。马云智逐世界电子商务之潮，以睿智目光放眼中国，领先创办中国式神话阿里巴巴；以大刀阔斧的魄力，严查欺诈造假，为淘宝注入“戒欺”、“诚信”之风，引领中国电子商务乘风破浪，走向世界之巅。消散前行的迷雾，砍断前路的荆棘，雄壮无畏的魄力与睿智长远的目光，让引路更加清晰，让前路更加顺畅。

身担引领重任，不免饱受批评质疑，而于喧嚣中专注前路，则是对流言最好的反击。师昌绪顶着国外嘲笑我国新材料研究无能的压力，安静地研究，专注地前行，终成歼20空气涡轮铁片的领先人。此份专注，此份安静，便是其引路前行最好的保护。

朝阳般的我们，正是这一时代肩负重任的领头羊。维我“为中华之崛起而读书”之念，保我引领时代之责，争做引路前行的领头羊，引领中国走向更辉煌的未来。

【美点赏析】 本文从面对一项活动引领大家走在前面的角度立论。第一段将原材料中的不同观点改为句式整齐的排比句，第二人称的巧妙运用，方便作者在段尾提出自己的中心论点：“我更愿意积极参与，愿做独担大旗的领头羊，愿做引路前行的弄潮儿”。

第二段采取“定义分析”的思路，用孙中山和曼德拉两个事例，具体阐述引领者在社会活动层面上的引领作用。第三、第四、第五段，采取“措施分析”的思路，围绕“引领者应该具备的素质”这个话题展开论述，即引领者的责任与重担、引领者的魄力与睿智长远的目光、引领者的专注心态。平行段落的展开，使得文章主体部分结构清晰。结尾则是铿锵有力的总结。

整篇文章围绕中心论点，层层展开，逻辑分明，尤其值得一提的是小作者的语言功夫，贴切的比喻信手拈来，排比句式使得文章紧凑有力，对偶的“凑句技术”更是出神入化。略有遗憾的是，文章的个别例子对“活动”扣得不是太紧，段与段之间缺少必要的衔接与过渡。总体来说，文章从感觉角度讲，朗朗上口，颇有美感；从思维角度讲，引人深思，有说服力，是一篇优秀的议论文。（中山纪念中学语文教师　郭云祥）

三、反问

反问句就是用疑问的句式，表达肯定的观点。反问句表面看来是疑问的形式，但实际上表达的是肯定的意思，答案就在问句之中。反问的形式比一般的陈述句语气更强，更能引起人们的思考。

1. 有的反问句是单一进行的，叫单一反问，它常常出现于需要突出某一反问语意的地方。

2. 有的反问句是连续进行的，叫连续反问。这种反问其意思如果并列，可使文势起伏跌宕，一波未平一波又起；意思如果递进，则语意层层深入，语气不断增强，形成雄浑挺拔之势。

> ① 有句格言说：沉默是金，想想也是。人生处世，有时，沉默是一种睿智；有时，沉默是一种豁达；有时，沉默是一种洒脱；有时，沉默又是一种顾全大局……
>
> ② 但生活又是复杂的。再换一种角度想一想，有时候，又未必是“金”。事涉原则，你却缄口无语，这种沉默是“金”么？当别人遇到难处，需要你帮助时，你却哑口无语，这种沉默是“金”么？看见坏人作恶，好人遭难，你却不敢吭声，这种沉默是“金”么？自己的正当权益、人身尊严受到践踏，却逆来顺受，不言不语，这种沉默是“金”吗？显然，这类沉默是没有一点“含金量”的，只有杂质而已，或是自私，或是懦弱，或是糊涂，实在是不足取。
>
> ③ 试想在社会生活中，面对不良的现象，面对假恶丑，如果人人都抱着沉默的态度，不讲良知与道德，只顾自己保身，岂不是社会的悲哀？可见，人生处世，当沉默时则沉默，不该沉默时绝不沉默，奉劝周围的人，用心理解“沉默是金”，才是一个人应有的道德情操，也算是人生的一种境界吧……

这几段文字中，第③段运用的是单一反问；第②段运用了连续反问：此文段中并列举出了事涉原则，缄口不语；遇难需助，哑口无语；坏人作恶，不敢吭声；权益被践，逆来顺受等四个方面的“沉默”，一句接一句反问“这种沉默是‘金’么”，似排炮连发，文章气势激越，有强大的说服力。

> 我们在孟加拉的原野上难道没有什么需要表达吗？我们不能为人类社会送去一则喜讯？在世界大合唱里，惟独孟加拉保持沉默？
>
> 我们脚边的大海有没有什么话对我们倾吐？我们的恒河不曾从喜马拉雅山携来盖拉莎的仙曲？我们头上没有无垠的蓝天？天幕上繁星书写的无穷岁月的灿烂文字被人抹掉了？
>
> 过去，现在，国内，国外，每天给我们送来人类各民族的许多信函。我们只能在两三份蹩脚的英文报纸上发表文章作为答复？其他国家在无垠时空的背景上镌刻自己的名字，孟加拉人的姓名只配写在申请书的副本上？人的灵魂同可憎的命运展开搏斗，世界

各地吹响的号角呼唤着战士，我们却成天为菜园里竹架上悬吊的葫芦打官司、上诉？

沉默了许多年之后，孟加拉大地的生命已经充实了。让它用自己的语言讲述抱负吧，融会了孟加拉人的心声，世界之歌将更加动听。

这几段文字中大量运用反问，表明孟加拉的文明需要表达，孟加拉的灿烂不容抹杀，孟加拉的历史必须铭记，表达了渴盼图书馆更好地记录孟加拉的历史，更好地显示孟加拉文明的情感，反问的连用，逐层深入地将文章的气势推向高潮。

3. 有时反问可置于段首或篇首，开门见山，阐明某一主要意思。

4. 有时反问可置于段末或篇末，统摄前文，掀起波澜，激发情感，深化主题。

例文

怎一个“情”字了得

2003 年高考满分作文

寓言材料中，富人所以认为儿子聪明而怀疑邻人，完全是感情先入为主的缘故。然而，寓言毕竟是寓言，它虽然蕴含一定的生活道理，给人以思想的启迪，但并不等于生活的全部，诚然，人们对事物的认知，往往受感情的左右，可“感情”代替不了“认知”的“理”，相反，“理”大于“情”，“情”趋从于“理”，怎一个“情”字了得呢？

怎一个“情”字了得？据《吕览·去私》载：晋平公让大夫祁黄羊推荐南阳县县令，祁黄羊毫不迟疑地说：“叫解狐去当，他一定能够胜任。”晋平公惊讶地反问道：“你说的是解狐吗？他不是你的仇敌吗？”祁黄羊笑了笑说：“您让我推荐的是县令，并没问谁是我的仇敌呀！当县令，我认为解狐最合适，他能干得很好。因此才推荐他。”果然，解狐很有才干，成为百姓拥戴的好县令，又一次，晋平公让祁黄羊推荐一位法官。祁黄羊想了想，说：“让祁午做吧，他是再合适不过了。”晋平公听后又很震惊，说：“祁午不是你的儿子吗？你推荐他不怕别人说闲话吗？”祁黄羊认真地回答说：“您问谁能当法官，我就把最能胜任的人推荐给您，您并没问我祁午是不是我的儿子呀！”事实上，祁午正如父亲所料，他办案精细果断，政绩斐然。孔子闻此曾赞叹道：“善哉，祁黄羊之论也！外举不避仇，内举不避子。”是啊，祁黄羊两次推荐人，虽然都直涉感情，但他的认知、判断却完全不受感情的左右，可见认知之“理”是“情”外之物，它因人而异，并非总受“情”的束缚。

怎一个“情”字了得？战国时齐国的邹忌，“修八尺有余，而形貌昳丽”。其貌美，就是用今天的“酷毙了”“帅呆了”来形容也不为过，尽管妻、妾、客人都一致认为他“美于徐公”，他也自我感觉良好，然而，当他见到徐公，“孰视之”，“又窥镜而自视”后，就不得不自以为不如甚至“远甚”了，无疑，邹忌是希望自己比徐公美的，他也一定有着那种感情上的自爱，但难能可贵的是，他竟能突破感情的樊篱，冷静清醒地分析自己的“美”，并做出实事求是的认知判断。德国大哲学家康德曾说：“每个人必须承认，一个关于美的判断，只要夹杂着极少的利害在里面，就会有偏爱而不是纯粹的欣赏判断了。人必须完全不对这事物的存在存有偏爱，他在这方面纯然淡漠，以便在欣赏中，能够做个判断者。”这一点邹忌做到了，他在“纯然淡漠”的心态下所表现的自知之明，不仅赢得后人的赞誉，也是“认知”高于“感情”的有力佐证。

怎一个“情”字了得？晋代历史学家陈寿的父亲因犯错误，受到诸葛亮的严惩而郁闷致死，然而陈寿并未因为孔明是仇人，就歪曲历史，他“按事情的本来面目”，写诸葛亮“东联北拒、高瞻远瞩，励精图治、赏罚分明、鞠躬尽瘁、死而后已”，从而突出了人物的雄才伟略、高风亮节。陈寿也是人，以其历史学家的心灵，当然有着丰富的感情，“杀父之仇”他能忘吗？当然不会！可他竟能抛开个人的爱恶，如此“歌颂仇人”，大讲实事求是，也绝非“认知”出现了毛病。这，只能说明“感情”左右不了“认知”，其影响是有其局限性的。

哦，怎一个“情”字了得！

【美点赏析】 这篇文章首段将反问句“怎一个‘情’字了得？”放在段末，借反问提出观点；主体部分每一段都用反问句“怎一个‘情’字了得？”开端，统摄全段；最后用反问句“怎一个‘情’字了得！”收束全文，激发情感，深化主题。

四、引用

文章中引经据典，即插入成语、故事、谚语、典故、格言和经典著作的片段，这种方法在修辞上，叫作引用。

（一）叙事抒情类文章中的引用

写作时借用别人的语言来表达自己的意图的修辞手法就是引用。引用能使表达言简意赅，生动活泼，丰富多彩，从而增强表达效果。引用可以充实内容，突出主题，锦上添花。化用是一种不直接引用诗词的方法，它是将诗词句加工并运用到现代白话语言中，相当于“暗引”，属于引用的高级形式。化用能营造优美的意境，使文章充满诗情画意，给读者以美的享受，而且能很好地显示深厚的文学功底，给文章增色。

例一：“等闲识得东风面，万紫千红总是春”，走进春天，你会发现春天的色彩，瑰丽、灿烂；“千里莺啼绿映红，水村山郭酒旗风”，走进春天，你会发现春天的形象，清新、明丽；“浅深春色几枝含，翠影红香半欲酣”，走进春天，你会发现春天是美好、馨香的；“春色满园关不住，一枝红杏出墙来”，走进春天，你会发现春天还是自由、灵动的。（引用）

例二：还记得那支梅吗？凌霜傲立，却引得群英嫉妒，她不怨；同样是她，即使是零落成泥碾作尘，她也不恨。因为她的骨子里流着一股血。透着一种精神；因为有一团火在芳香中燃烧，那是她的全部啊！是的，她用她的全部在诠释着一如既往的香味——因为执着。（化用）

（二）议论类文章中的引用

议论类文章中正确运用引用这种修辞方式可以使语言简练生动，增强文章的说服力。一是引用正确的议论以阐明自己的观点；二是引进对方的观点作为靶子，加以批驳。这又可以分为明引与暗引。

1. 明引：明白说出引文的出处，或用引号加以标明的引用。

例文

美丽生活不可欺

广东一考生

惊鸿一瞥，顾盼生光，唇红欲滴，笑靥如花，如此“佳人”，原无非出自“美颜神效”，这让多少人感叹，浮华年代，真实不再！

其实，真实，也是一种美。

纪伯伦曾说：“真实，也是一种美。”真实，恰恰美在它的坦诚，美在它的自信。当人们乐于用各种美图软件修改五官，便沦入自欺欺人的虚伪之中，而恰恰正是这种虚伪淹没了真实，让社会陷入千篇一律的“人造美人”的审美之中。缺乏真实的美，是浅显而缺乏内涵的，不能算上是美好的东西。谈起真实之美，我不禁联想到杨绛在《我们仨》中描述一个家庭的喜怒哀乐，真情实感，美得让人动容。同样，生活的真实不应掩盖在各种虚假中，应当让真实之花自在绽放。

再深一层来说，各种美颜工具的“横空于世”，正源于人们内心对美的肤浅认识。

人们对美的认识越来越多地停留在外貌、身材等外在形态，以致让他们忘记了真实的样子恰恰是最美最自然的。且看古人，梅雨飞絮，闲愁几许的诗人贺铸，恰恰不是一位身材魁梧、英俊潇洒的男子，相反，史书记载中，他是位貌极丑，色青黑的诗人罢了。可又何妨？如此容貌不阻他诗句中的柔情似水、美不胜收。同样，人的审美不应停留在浅表的外貌“修改”，如此虚假，倒有做作矫揉失真的丑态。让真实回归到美的行列，人们审美时要认可真实，善于发现真实中遗憾的美。正如《匆匆那年》里曾说：“真实生活正正美在它的残缺与遗憾。”人们的审美也应接受生活中那份真实的不完美。

而真实的缺位，也与社会过分崇尚单一审美标准有关。“白富美”“高富帅”成为衡量美的标准，这无形中扼杀了真实生活中各种美的存在。在单一审美标准的驱使下，大量PS美照泛滥成灾，人们用现代技术描画起一副虚伪的皮囊。而日本大学生研发的这一“反美颜”工具，不仅仅是对社会单一审美的挑战，更是对社会真实的呼唤。微博上有句话很率真：“宁可胖得有个性，也不要瘦的雷同。”美好，因为真实生活中人人各异。而真实中参差不齐的差异，不应被单一审美的虚假扼杀。

让公众真正接受真实，关键是要提高社会的审美水平，让人们对美的认识不局限于清丽的五官那么外在的层次，要知道，一个人的气质与涵养不是美图秀秀可以掩盖的。真实中的美，源于一个人的气度与修养，源于他的洒脱。

纵无杏眼流光，香艳红唇，人也可以真实自在地活出美不胜收的人生。

正所谓，美丽人生不可欺。

【美点赏析】　本文有三大方面值得肯定。首先，扣题准确，紧扣“自拍美颜”，从“真实与美”的角度立意与论述，关键词相当准确。

其次，思路清晰，论述重点突出。先正面谈“真实，也是一种美”，此美在于坦诚、自信；接着从深层次分析美颜工具流行、真实缺位的原因有二：人们内心对美的肤浅认识，社会崇尚单一审美标准；最后，提出公众要接受真实，提高全社会的审美水平。

再次，本文具备优秀作文的亮点：材料充实多样，从古代贺铸到现代杨绛的轶事与创作，从经典的纪伯伦到当代流行的《匆匆那年》的引语等，体现了考生的积累与思维的灵动。语言追求文采，注重修饰语的运用，成语、四字短语等的运用增加了文章的感染力，一定程度上弥补了分析尚不算很深入的遗憾。书写美观大方，卷面整体感好。

2. 暗引：把引用的话编进自己的文章里，既不说是什么人讲的，也不指明出处,又不用引号标明。

在使用引用时,不论明引或暗引,往往不是一字不差地引出原文。有时可以只引原文的意思,有时可以反其道而行之,有时又可以对原文略加改动。

第四节　风格之美

(一)自由絮语类

“我所要告诉你的,并不是那里的风土人情,那是写不尽的,但是你到那里一看也就会明白的,不必哆唆地多讲。我要说的是一种很有趣的东西,这便是船。你在家乡平常总坐人力车,电车,或是汽车,但在我的故乡那里这些都没有,除了在城内或山上是用轿子以外,普通代步都是用船,船有两种,普通坐的都是‘乌篷船’……小船则真是一叶扁舟,你坐在船底席上,篷顶离你的头有两三寸,你的两手可以搁在左右的舷上,还把手都露出在外边。在这种船里仿佛是在水面上坐,靠近田岸去时泥土便和你的眼鼻接近,而且遇着风浪,或是坐得少不小心,就会船底朝天,发生危险,但是也颇有趣味,是水乡的一种特色。”(周作人《乌篷船》)

本段文字没有华丽的辞藻,没有刻意雕琢,只是用平常的、通俗的话语,娓娓道来,柔和而又亲切。他在淡淡地告诉你,他坐在家乡的乌篷船上时,就是这样的感受。这种感受真真切切,闲适而又平和,而且特有情趣,特有氛围,就像是你也真的坐在了这样的小船上,既开心又担心。

(二)清新真朴类

用不加粉饰装点的话语,晶莹透亮如泉水般流淌的清新语调,以真率、朴实来打动读者。

例文

拣麦穗

张　洁

当我刚刚能够提着一个篮子歪歪趔趔地跑路的时候,就跟在大姐姐们身后拣麦穗了。对我来说,那篮子未免太大,总是磕碰着我的腿,时不时就让我跌上一跤。我也很少有拣满一个篮子的时候。我看不见田里的麦穗，却总是看见蚂蚱和蝴蝶。而当我追赶它们的时候，拣到的麦穗，又会从篮子里掉回地里去了。

有一天，二姨看着我那盛着稀稀拉拉几茎麦穗的篮子说："看看，我家大雁也会拣麦穗了。"然后她又戏谑地问我："大雁，告诉二姨，你拣麦穗做啥？"

我大言不惭地说："我要备嫁妆哩！"

二姨贼眉贼眼地笑了，还向围在我们周围的姑娘、婆姨们眨了眨她那双不大的眼睛："你要嫁谁嘛？"

是呀，我要嫁谁呢？我忽然想起那个卖灶糖的老汉。我说："我要嫁那个卖灶糖的老汉！"

她们全都放声大笑，像一群鸭子一样嘎嘎地叫着。笑啥嘛！我生气了。难道做我的男人，他有什么不体面的地方吗？

卖灶糖的老汉有多大年纪了？我不知道。他脸上的皱纹一道挨着一道，顺着眉毛弯向两个太阳穴，又顺着腮帮弯向嘴角。那些皱纹，给他的脸上增添了许多慈祥的笑意。他的头，剃得光光的，像半个葫芦。当他挑着担子赶路的时候，后脑勺上的长长的白发，便随着颤悠悠的扁担一同忽闪着。

我的话，很快就传进了他的耳朵。

那天，他挑着担子来到我们村，见到我就乐了。说："娃呀，你要给我做媳妇吗？"

"对呀！"

他张着大嘴笑了，露出了一嘴的黄牙。他那半个葫芦样的头上的白发，也随着笑声一齐抖动着。

"你为啥要给我做媳妇呢？"

"我要天天吃灶糖哩！"

他把旱烟锅子朝鞋底上磕了磕："娃呀，你太小哩。"

我说："你等我长大嘛！"

他摸着我的头顶说："不等你长大，我可该进土啦。"

听了他的话，我着急了。他要是死了，那可咋办呢？我那淡淡的眉毛，在满是金黄色的茸毛的脑门上拧成了疙瘩。我的脸也皱巴得像个核桃。

他赶紧拿块灶糖塞进了我的手里。看着那块灶糖，我又咧着嘴笑了："你别死啊，等着我长大。"

他又乐了。答应着我："我等你长大。"

"你家住哪哒呢？"

"这担子就是我的家，走到哪哒，就歇在哪哒！"

我犯愁了："等我长大，去哪哒寻你呀？"

“你莫愁，等你长大，我来接你！”

这以后，每逢经过我们这个村子，他总是带些小礼物给我。一块灶糖，一个甜瓜，一把红枣……还乐呵呵地对我说：“看看我的小媳妇来呀！”

我呢，也学着大姑娘的样子，要我娘找块碎布给我剪了个烟荷包，还让我娘在布上描了花。我缝呀，绣呀……烟荷包缝好了，我娘笑得个前仰后合，说那不是烟荷包，皱皱巴巴，倒像个猪肚子。我让我娘给我收了起来，我说了，等我出嫁的时候，我要送给我男人。

我渐渐地长大了。到了知道认真地拣麦穗的年龄了。懂得了我说过的那些个话，都是让人害臊的话。卖灶糖的老汉也不再开那玩笑——叫我是他的小媳妇了。不过他还是常带些小礼物给我。我知道，他真的疼我呢。

我不明白为什么，我倒真是越来越依恋他。每逢他经过我们村子，我都会送他好远。我站在土坎坎上，看着他的背影，渐渐地消失在山坳坳里。

年复一年，我看得出来，他的背更弯了，步履也更加蹒跚了。这时，我真的担心了，担心他早晚有一天会死去。

有一年，过腊八的前一天，我约摸着卖灶糖的老汉那一天该会经过我们村。我站在村口上一棵已经落尽叶子的柿子树下，朝沟底下的那条大路上望着，等着。

那棵树的顶梢梢上，还挂着一个小火柿子。小火柿子让冬日的太阳一照，更是红得透亮。那个柿子多半是因为长在太高的枝子上，才没有让人摘下来。真怪，可它也没让风刮下来，雨打下来、让雪压下来。

路上来了一个挑担子的人。走近一看，担子上挑的也是灶糖，人可不是那个卖灶糖的老汉。我向他打听卖灶糖的老汉，他告诉我，卖灶糖的老汉老去了。

我仍旧站在那个那棵柿子树下，望着树梢上的那个孤零零的小火柿子。它那红得透亮的色泽，依然给人一种喜盈盈的感觉。可是我却哭了，哭得很伤心。哭那陌生的，但却疼爱我的卖灶糖的老汉。

后来，我常想，他为什么疼爱我呢？无非我是一个贪吃的，因为生得极其丑陋而又少人疼爱的小女孩吧。

等我长大以后，我总感到除了母亲以外，再也没有谁能够像他那样朴素地疼爱过我——没有任何希求、也没有任何企望的。

我常常想念他，也常常想要找到那个皱皱巴巴的，像猪肚子一样的烟荷包。可是，它早已不知被我丢到哪里去了。

【美点赏析】 有人说，《拣麦穗》是一首人与人之间纯真感情的赞歌，这也是我将全文都摘录下来的原因。前两段划线的句子完全是村童的口语，仿佛天籁，像泥土一样朴实，显示出烂漫童真，读来有股浓浓的乡村生活气息扑面而来，让人也返璞归真。

（三）自然典雅类

例文

我们这样近，我们这样远

冷　夏

阳光像梦一样，安静地落入我平凡琐碎的生活深处，在这个春天的下午。

我坐在阳台上，手里捧着一本梭罗的《瓦尔登湖》。多少年来，每次阅读它，我都会闻到那片树林的青涩气，那面湖水波光淡然冷静，潮湿的新鲜的水气。我感到一种非常遥远的愉快，可以在一本书里自由地跑步呼吸。

许多的事情，过去了就过去了，不可能重现。惟有音乐和文学，适合等待、遥望、冥想。

一直认为梭罗还活着，他活在一个地方，离我的住处遥远，离我的感觉很近的某个地方。对他文字的爱恋，就像我对生命的向往一样，永远不会消失。

阳光穿透玻璃的窗子，使我感觉温暖。手禁不住要伸出去握住什么。这个多么重要，在我表面生活的背后，意识到自己蕴藏着丰富的情感，而这些情感一直活在心里。

梭罗的文字，是干净安静的雪，可以清凉燥渴的灵魂。可以听见来自纯粹生命深处的自然歌吟——"曾有个牧羊人活在世上，他的思想有高山那样崇高，在那里他的羊群，每小时都给予他营养。"

那与我失之交臂的时光和旧梦，充满恍惚怅然的珍惜之感。

想到夏洛蒂·勃朗特、奥而科特，从古堡到庄园，马车的轱辘慢慢辗转，那些沐浴在舒适阳光里的蔓草丛生小径，夏天开满野蔷薇，秋天以山楂和黑莓著名，冬天最令人赏心悦目的是完全的寂静和无叶的安宁。

可以步履缓慢、从容。可以用一个上午的时间写一封并不长的信，用一个下午的时间眺望牧场上丝绒似的草坪和栅栏两侧的冬青。晚上坐在炉火旁怀揣着心事，躲避祖母探询的目光，阅读或编织。却努力等待着有马车夫忽然的脚步声，急匆匆撩开寒冷的夜色带来了温暖克制的爱情的回音。

我合上《瓦尔登湖》，从阳台尽力向远方眺望。这个春天的午后和以往没有什么不同，宽阔的街道依然人群如织，车水马龙。很多次我试着站在高处，超越自己有限的目力，尽力透过繁华而富有生命的城市，思索那些纷纭热闹的核心究竟是什么。

生存的紧迫和焦虑带来一张张匆忙麻木的面孔，不知道在那样面孔的身体里，除了对名利的疯狂追逐，是否还留有一点时间对珍贵东西的失落进行偶尔打捞，是否还留有一点空间可以温情的抗拒或冲淡什么。

世界嘈杂多变。人们拥有广泛的人际关系，却缺乏深刻的情感交流。人们在虚拟的互联网上寻找知己，为或许根本不存在的爱情痛苦沉沦，而不在乎结局如何。人心越来越疲惫困顿，情感越来越冷酷灵活。

我对实际生活中过分热络的友情，对虚拟世界激情的可靠性一直保持平和的怀疑态度。

夜晚，当一切安静下来，我对自己说：写吧，无论写什么。文字是心灵的古典音乐，是柏油路上的清泉。为了不失去它，用自己的方式来等待和怀念。喜欢阅读的人，也可以从我的文字中看见一个人心里曾经想过的事，仅此而已。

写下什么获得什么都不重要，重要的是无声的语言带来巨大的思维空间，像从瓦尔登湖面吹来新鲜跃动的风，把我从电脑前端正的坐姿里分离出去，在另外的世界里自由飞跑。我看见那个叫做梭罗的人，无论风雨雷电，穿行于郁郁葱葱的大自然中。他十分安静地面对着那片湖水和那片山林。就一个人，十分简单。

手指一次次触摸熟悉的键盘，心里充溢着更新鲜更深刻的感动和疼痛。忽然的，想起海子的一首诗：

从明天起，做一个幸福的人
喂马，劈柴，周游世界
从明天起，关心粮食和蔬菜
我有一所房子，面朝大海，春暖花开

不是每个人都注定要相遇的，心灵与心灵的相遇是一件多么不容易的事。有时想着写着，会写出满眼的泪来。

我们在现实中隔绝，在灵魂里相望。永远。

【美点赏析】 优美的语言是本文最闪亮的特点，作者已经触摸到自然语言的灵魂，唤醒沉睡在心灵深处的自然语言，“阳光像梦一样，安静地落入我平凡琐碎的生活深处”，不假修饰的语言，如万斛泉源，滔滔汩汩，“阳光穿透玻璃的窗子，使我感觉温暖。手禁不住要伸出去握住什么”，全从性情中流出，经过心灵的滤化，如出水芙蓉，清新自然。这种诗意的语言是人与自然交会时所产生的一种灵气，是一种朦胧的渗透，恍惚的笼罩，在与自然的凝神中，感受到一份神秘、一种悸动、一份原真，生命的密码就在这种解悟中散开。

人的心灵是需要润泽的。知音在现实中失落，又在阅读经典中活跃起来，这是一圈理想的光轮，凝注着它，便弥合了现实的创痛。本文如幽香，如清梦，给人以淡淡的怅惘和甜蜜，作者以自己的承诺“在灵魂里相望，永远”。与枯寂的回应形成强烈的对抗，激起人们的心灵震颤，这种无悔的执着呈现的是一种默契、一种承诺、一种信念、一种意志，能唤起人悲剧的崇高。

（四）精巧雕琢类

散文语体中，有一种特别讲究语言的声韵、节律，追求一种可诵可咏的音乐美感；讲究斟词酌句，精雕细刻，追求语义的最佳表现力；讲究语言流动的宛转曲折，追求语体整体的谐和谨严。

例文

鼎湖山听泉

谢大光

江轮夹着细雨，送我到肇庆。冒雨游了一遭七星岩，走得匆匆，看得蒙蒙。赶到鼎湖山时，已近黄昏。雨倒是歇住了，雾漫得更开。山只露出窄窄的一段绿脚，齐腰以上，宛如轻纱遮面，看不真切。眼不见，耳则愈灵。过了寒翠桥，还没踏上进山的石径，泠泠淙淙的泉声就扑面而来。泉声极清朗，闻声如见山泉活脱脱迸跳的姿影，引人顿生雀跃之心，身不由己，循声而去，不觉渐高渐幽，已入山中。

进山方知泉水非止一脉，前后左右，草丛石缝，几乎无处不涌，无处不鸣。山间林密，泉隐其中，有时，泉水在林木疏朗处闪过亮亮的一泓，再向前寻，已不可得。那半含半露、欲近故远的娇态，使我想起在家散步时，常常绕我膝下的爱女。每见我伸手欲揽其近前，她必远远地跑开，仰起笑脸逗我；待我佯作冷淡而不顾，她却又悄悄跑近，偎我腰间。好一个调皮的孩子！

山泉作娇儿之态，泉声则是孩子如铃的笑语。受泉声的感染，鼎湖山年轻了许多，山径之幽曲，竹木之青翠，都透着一股童稚的生气，使进山之人如入清澈透明的境界，身心了无杂尘，陡觉轻快。行至半山，有一补山亭。亭已破旧，无可瞩目之处，惟亭内一副楹联"到此已无尘半点，上来更有碧千寻"，深得此中精神，令人点头会意。

站在亭前望去，满眼确是一片浓碧。远近高低，树木枝缠藤绕，密不分株，沉甸甸的湿绿，犹如大海的波浪，一层一层，直向山顶推去。就连脚下盘旋曲折的石径，也印满苔痕，点点鲜绿。踩着潮润柔滑的石阶，小心翼翼，拾级而上。越向高处，树越密，绿意越浓，泉影越不可寻，而泉声越发悦耳。怅惘间，忽闻云中传来钟声，顿时，山鸣谷应，悠悠扬扬。安详厚重的钟声和欢快清亮的泉声，在雨后宁静的暮色中，相互应答着，像是老人扶杖立于门前，召唤着嬉戏忘返的孩子。

钟声来自半山上的庆云寺。寺院依山而造，嵌于千峰碧翠之中。由补山亭登四百余阶，即可达。庆云寺是岭南著名的佛教第十七福地，始建于明崇祯年间，已有三百多年历史。寺内现存一口"千人锅"，直径近 2 米，可容 1100 升，颇为引人注目。古刹当年的盛况，于此可见一斑。

晚饭后,绕寺前庭园漫步。园中繁花似锦,蜂蝶翩飞,生意盎然,与大殿上的肃穆气氛迥然相异。花丛中,两棵高大的古树,枝繁叶茂,绿荫如盖,根部护以石栏,显得与众不同。原来,这是两百多年前,引自锡兰国(今名斯里兰卡)的两棵菩提树。相传佛祖释迦牟尼得道于菩提树下,因而,佛门视菩提为圣树,自然受到特殊的礼遇。其实,菩提本身并没有什么高贵之处,将其置于鼎湖山万木丛中,恐怕没有多少人能够分辨得出。

鼎湖山的树,种类实在太多。据说,在地球的同一纬度线上,鼎湖山是现存植物品种最多的一个点,已辟为自然保护区,并被联合国教科文组织选作生态观测站。当地的同志告诉我,鼎湖山的森林,虽经历代变迁而未遭大的破坏,还有赖于庆云寺的保护。而如今,大约是佛法失灵的缘故吧,同一个庆云寺,却由于引来大批旅游者,反给自然保护区带来潜在的威胁。

入夜,山中万籁俱寂。借宿寺旁客房,如枕泉而眠。深夜听泉,别有一番滋味。泉声浸着月光,听来格外清晰。白日里浑然一片的泉鸣,此时却能分出许多层次:那柔曼如提琴者,是草丛中淌过的小溪,那清脆如弹拨者,是石缝间漏下的滴泉;那厚重如贝斯轰响者,应为万道细流汇于空谷;那雄浑如铜管齐鸣者,定是激流直下陡壁,飞瀑落下深潭。至于泉水绕过树根,清流拍打着卵石,则轻重缓急,远近高低,各自发出不同的音响。这万般泉声,被一支看不见的指挥棒编织到一起,汇成一曲奇妙的交响乐。在这泉水的交响之中,仿佛能够听到岁月的流逝,历史的变迁,生命在诞生、成长、繁衍、死亡,新陈代谢的声部,由弱到强,渐渐展开,升腾而成为主旋律。我俯身倾听着,分辨着,心神犹如融于水中,随泉而流,游遍鼎湖;又好像泉水汩汩滤过心田,冲走污垢,留下深情,任我品味,引我遐想。啊,我完全陶醉在泉水的歌唱之中。说什么"山不在高,有仙则名",我却道"山不在名,有泉则灵"。孕育生机,滋润万木,泉水就是鼎湖山的灵魂。

这一夜,只觉泉鸣不绝于耳,不知是梦,是醒?

梦也罢。醒也罢。我愿清泉永在。我愿清泉常鸣。

【美点赏析】 诵读本文时,你会发现其音乐感很强,几乎每一句的语调都有强有弱,有高有低。请看加线的文字,前半段句式短,节奏快,读来轻快流亮,亦如深夜听泉,叮咚作响。后半段,一组排比句式,音节舒缓,句式绵长,读来有盘旋宛曲、山谷流泉的感觉。仔细品味,你会发现,这段文字中每一词一句都是极讲究的。"泉声浸着月光""草丛中淌过的小溪""石缝间漏下的滴泉""万道细流汇于空谷""激流直下陡壁,飞瀑落下深潭",这些句子中的动词运用,生动而又富于变化,准确而又极具表现力。名词的选择、虚词的搭配也是极其妥帖,一词一景,一句一境。如"草丛中""石缝间""空谷""陡壁""深潭"等环境的区别,"小溪""滴泉""细流""激流""飞瀑"水形水态的描画,体察得细致,表达得清确。至于"柔曼如提琴者""那清脆如弹拨者""那厚重如贝斯轰响者"等语句中，形容词使用得非常精当，感受入微，描画也很传真。尤其是所用喻体，是极具音乐美质的各种乐器，更能引发读者美妙的联想与想象，而且紧紧扣住"听泉"，从作用于读者的听觉角度入手，又充分发挥读者的视觉想象，将属于时间艺术的音乐与属于空间艺术的画面场景糅合起来，用精美的语词建构成一个立体的艺术世界。真可谓字字珠玑，非精雕细刻不能成就这样的语言艺术。

（五）灵动变化类

用新的言语组合方式造成一种变化多端的灵动效果，这是因为现代人生活多元，审美需求也呈多维性趋向。

余光中在《丹佛城》一文的开头写道："城，是一片孤城。山，是万仞石山。城在新的西域。西域在新的大陆。新大陆在一九六九年的初秋。你问：谁是张骞？所有的白杨都在风中摇头，萧萧。但即使是新大陆也不太新了。四百年前，还是红番出没地，佚隐与阿拉帕火的武士纵马扬戈，呼啸而过。然后来了联邦的骑兵。忽然发一声喊：'黄金，黄金，黄金！'便招来了淘金潮，喊热了荒冷的西部。于是凭空矗起了奥马哈，丹佛，雷诺。最后来的是我，来教淘金人的后人如何淘采公元前东方的文学——另一种金矿，更贵，更深。"

写的景色是多么空阔辽远，句式遣词是多么富有气势，"所有的白杨都在风中摇头，萧萧"，句式独特，语气铿锵，神形兼备；余光中尤其擅长于动词的妙用，他能将恰当的动词用在最合适的地方，使作品充满奇思妙想，新意迭出。忽然发一声喊："黄金，黄金，黄金！"这种超现实的语言描述，造成一种虚幻而真切的场面感和现实感。还运用一种反常规的语言铺排方式："城在新的西域。西域在新的大陆。新大陆在一九六九年的初秋。"新奇，美妙，而具艺术张力，其语境艺术容量很大。

再看作者为了表现他在洛矶山看到下雪时的喜悦心情，设计了一组特别的语句："白。白。白。白外仍然是不分郡界不分州界的无疵的白，那样六角的结晶体那样小心翼翼的精灵图案一英寸一英寸地接过去接成千里的虚无什么也不是的美丽，而新的雪花如亿万张降落伞似的继续在降落，降落在洛矶山的蛋糕上那边教堂的钟楼上降落在人家电视的天线上最后降落在我没戴帽子的发上。当我冲上街去张开双臂几乎想大嚷一声结果只喃喃地说：'冬啊冬啊你真的来了我要抱一大棒回去装在航空信封里寄给她一种温柔的思念美丽的求救信号说我已经成为山之囚后又成为雪之囚白色正将我围困。'"这段文字有个显著的特点：该断句时不断句该加标点的不加标点，任由思维恣意汪洋，读来很有气势，把"雪"写得酣畅淋漓；连用12个意向，从不同的角度写雪，写出了"雪"的丰富意蕴。特短与特长的语句组合，特短句只一个字，"白"三次重复，便将初见雪时的惊喜情状，雪的耀眼的"白"强化、凸现，造成强烈的色彩效果和语言的声响、节奏的艺术效果，让读者调动视觉、听觉、心理感觉等，全方位地感受那特定的情境。

（六）妙语风趣类

语言是智慧的结晶，也是作者才华的展露。连珠妙语，给读者美的愉悦和心智的启迪，或让你忍俊不禁，或让你掩卷品味，可让你百看不厌，于轻松随意中怡养心神。

1. 仿拟幽默

这是一种"仿"某现成的词语、名句、名篇的结构形式，以其装置新的内容，而"拟"出一个临时性的新"说法"来传情达意的修辞手法。由于写作或说话者以"旧瓶装新酒"手法来表情达意，情意表达形式的"熟悉化"与情意表达内容的"陌生化"，使话语平添了显著的新异特质，表达的新颖性、生动性、风趣性便自然凸显出来，在接受上，由于表达者所建构的话语是既存的旧形式而注以完全不同的新内容，新旧两种话语在格调意趣上出现最强烈反差，幽默诙谐或嘲讽的效果让人击掌称赞。

（1）仿词，指在特定语境下更换现成词语中的某个语素临时仿造出新的词语。

① 相类仿词，即临时仿造的词语和原有词语的某个成分在意义上类似或有关。

例一：他这一战，早忘却了王胡，也忘却了假洋鬼子，似乎对于今天的一切"晦气"都报了仇；而且奇怪，又仿佛全身比啪啪的响了之后更轻松，飘飘然的似乎要飞去了。

"这断子绝孙的阿Q！"远远地听得小尼姑的带哭的声音。

"哈哈哈！"阿Q十分得意的笑。

"哈哈哈！"酒店里的人也九分得意的笑。（鲁迅《阿Q正传》）

例二："民意测验"岂能"名义测验"（《工人日报》）

② 相反仿词，即临时仿造的词语和原有词语的某个成分在意义上相反或相对。例如：

例一：所以当天从大伯父家吃晚饭回来，他醉眼迷离，翻了三五本历史教科书，凑满了一千多字的讲稿，插穿了两个笑话。这种预备，并不费心血，身血倒赔了些，因为蚊子多。（钱钟书《围城》）

例二：对嘛，文化革命就是改造人的大革命。那几年，我不就被改造成家庭妇男了吗？不信，你们问文婷，我什么不干？什么不会？（谌容《人到中年》）

（2）仿句，指仿拟有名的句子形式以造新句。比如：

股票跌了，有再涨的时候；工作没了，有再找的时候；老婆跑了，有再娶的时候。但是聪明的，你告诉我，我们的风险融资为什么一去不复返呢？

这是仿朱自清《匆匆》开头一句："燕子去了，有再来的时候；杨柳枯了，有再青的时候；桃花谢了，有再开的时候。但是，聪明的，你告诉我，我们的日子为什么一去不复返呢？"风趣而无奈地表达了现代人的烦恼。

我向我的学霸室友请教如何能成为一个学习天才，他拍了拍我的肩说："哪里有什么天才，我只是把你睡觉的时间用来学习而已。

这是仿鲁迅的名言："哪里有天才？我是把别人喝咖啡的工夫都用在工作上的。"

一个人的酒量有大小，但只要有不怕醉的精神，就是一个爽快的人，一个实在的人，一个讲感情的人，一个脱离了妻管炎的人，一个有益于哥们的人。

这是仿毛泽东《纪念白求恩》里的话："一个人能力有大小，但只要有这点精神，就是一个高尚的人，一个纯粹的人，一个有道德的人，一个脱离了低级趣味的人，一个有益于人民的人。"

又如关于教师的几种描述：

鲁迅版：进了学校，办公桌上有两堆本子，一堆是作业，另一堆也是作业。初夏已经颇热，脊背上却一层又一层冷汗。班主任例会照例是不会少了，优秀班主任排名榜全然没有我的名字。责任似乎并不在我，譬如使惯了刀的，这回要我耍棍，能行么？

赵忠祥版：全校上下人人心里白茫茫一片，像冰雪笼罩着的阿拉斯加。成绩下滑不是谁能负责的,绝望之中,我们只好紧紧闭上眼睛,像一头濒死的海豹,坠入无边的冰冷与黑暗。

最炫民族风版:静静的课堂是我的爱,一份份作业慢慢打开。什么样的老师是最呀最无奈,心里绞痛的无法释怀……

朱自清版:这几天心里颇不宁静,看着教室里越来越多睡觉的学生,像牛毛,像花针,像细丝,密密的斜织着,却无从做起。于是忆起《长歌行》里的句子:少壮不努力,老大徒伤悲……这样想着,猛一抬头,却见教室外炽热的眼神,校长要喷火了!

(3) 仿篇,指仿拟现成的篇章。

例文

荷塘月色(月考版)

云哥的博客

这几天心里颇不宁静。今晚坐在教室里自习,忽然想起刚刚经过的月考,在这月考的惨败下,总该另有一个计划吧。夜色渐渐地加深了,围墙外马路上车子们的鸣叫,已经听不见了;同学们在教室里翻着书本,迷迷糊糊地打着呵欠。我悄悄地披了校服,打开门出去。

沿着围墙,是一条狭窄的小石子路。这是一条幽僻的路;白天也很少走,夜晚则更加寂寞。田径场四面,没有几棵树,空空荡荡的。而我的心里,充满着郁闷,和一些不知道缘由的烦躁。没有考好的心情,本来就沉甸甸的,有些伤心。今晚却更甚,因为月光也只是淡淡的。

田径场只我一个人,笼着手踱着。这一片天地好像是我的;我也像超出了月考后的自己,到了另一世界里。我爱学习,也爱玩乐;要高分,也要友谊。像今晚上,一个人在这迷茫的夜色中,什么都可以想,什么都可以不想,便觉是个超脱的人。白天里一定要用功的复习,一定要说着考好的话,现在都可不理。这是独处的妙处,我且受用这清冷夜色中的反思好了。

曲曲折折的求学路上,堆砌的是厚厚的希望。月考命题老师出手老狠,像重重的鲁达的拳。密密的考友中间,零星地点缀着些叹息,有得意地微笑着的,有无奈地咬着嘴儿的;正如一个个的角斗士,又如已末路的英雄,又如刚中榜的举人。科科试卷发下,送来缕缕悲伤,仿佛远处高楼上哀怨的箫声似的。这时候希望与现实也有一丝的颤动,像闪电般,霎时传过父母的那边去了。考试与失望是肩并肩密密地挨着,这便宛然有了一道深深的鸿沟。课桌之上是厚厚的资料,遮住了,不能见一点儿脸色;而奋斗却更见风致了。

奋斗如流水一般，静静地消逝在这一片试题的海洋上。极度的恐慌蔓延在心灵里。成功和奋斗指数仿佛在胆汁中洗过一样；又像笼着轻纱的梦。虽然是艰苦路，前方却有一团看似触手可及的希望，所以不愿醒来；但我以为这恰是到了好处——希望固不可少，失望也别有风味的。消息都是提前透出来的，高处凯歌的开夜车族，落下参差的斑驳的黑影，峭愣愣如魔咒一般；悲观的陡直的分数线，却又像是落在梦里。各人的振幅并不均匀；但起与伏有着和谐的旋律，如梵婀玲上奏着的哀曲。

打开手机，登录论坛，熙熙攘攘、密密麻麻都是考友，而失意的最多。这些考友将一个有关月考的贴吧重重围住；只在凌晨小憩，漏着几段空隙，像是特为网络维修留下的。等待分数的脸色一例是阴阴的，乍看像一团烟雾；但虚高的信息，便在烟雾里也辨得出。论坛上看隐隐约约的像是一片轻松，只有些伪装罢了。小道消息里也漏着一两点不明的意向，没有太精彩的，是渴望成功的眼。这时候最热闹的，要数考试还不错的精英级考友与游荡网上的所谓消息灵通人士；但热闹是他们的，我什么也没有。

忽然想起高考的事情来了。高考是众人追抢的焦点，似乎很早就有，而每逢家有生时最盛；从六月里可以约略知道。高考的是急于跨进神圣殿堂的莘莘学子，他们是想拼着小命，喘着粗气去的。参加高考的学友不用说很多，还有那些已经毕业了但理想不灭的复读生还掺和着。那是一个热闹的季节，也是一个疯狂的季节。《高考赋》里说得好：于是痴男怨女，狂学猛考；高考试题，神鬼莫测。待欲考又改制，汝既备而不考。

于是又记起《月考曲》里的句子：做题案头秋，资料过人头；低头看分数，分数小如豆。今年若做高考考生，这时的分数哪算得"过人头"？只苦了一些努力的影子，是不行的。这令我到底惦着月考了。——这样想着，猛一抬头，不觉已是快下晚自习时间；轻轻地回到教室，教室里什么声音也没有，大家已绝望好久了。

2. 行业术语幽默

行业术语指各学科的专门用语，常用确定的词或短语表示明确的概念。当今人们运用语言时，特别喜欢求新求异，喜欢赋予语形和语义以陌生感，从而收到突兀而有趣的美感效果。

每次考试前，我都对自己说：该开启学霸模式了！可是总有另一个声音提醒我：对不起，您的配置过低，无法运行该软件！

妙语连珠、幽默风趣的语言俯拾即是，这里仅举两方面较为实用的语言表达形式，希望大家在平常的阅读与生活中细心积累与体会，很多活跃灵动的语言常常会给人们带来许多意外的惊喜和愉悦。

大家切不可把幽默风趣误解为搞笑，以为它的作用就是让人看着大笑。如果想得那么粗浅则不是真正意义上的幽默。它是用真实、同情与宽容去对待自己和他人的弱点的一种特殊的表达形式，它往往是在微笑中对可笑的行为进行批评、劝阻甚至是嘲笑、讽刺。例如：

> 有一次，在伯父家里，大伙儿围着一张桌子吃晚饭。我望望爸爸的鼻子，又望望伯父的鼻子，对他说："大伯，您跟爸爸哪儿都像，就是有一点不像。"
>
> "哪一点不像呢？"伯父转过头来，微笑着问我。他嘴里嚼着，嘴唇上的胡子跟着一动一动的。
>
> "爸爸的鼻子又高又直，您的呢，又扁又平。"我望了他们半天才说。
>
> "你不知道，"伯父摸了摸自己的鼻子，笑着说，"我小的时候，鼻子跟你爸爸的一样，也是又高又直的。"
>
> "那怎么——"
>
> "可是到了后来，碰了几次壁，把鼻子碰扁了。"
>
> "碰壁？"我说，"您怎么会碰壁呢？是不是您走路不小心？"
>
> "你想，四周围黑洞洞的，还不容易碰壁吗？"
>
> "哦！"我恍然大悟，"墙壁当然比鼻子硬得多了，怪不得您把鼻子碰扁了。"
>
> 在座的人都哈哈大笑起来。
>
> （周晔《我的伯父鲁迅先生》）

"碰壁"是双关语，表面上是说碰墙壁，实际上是讲同反动派做斗争，革命者遭到迫害。"四周围黑洞洞的"也是双关语，表面上是说四周环境黑暗，实际指黑暗的旧社会。这几段话，鲁迅先生用幽默的语言，利用双关和误解造成幽默，在谈笑中抨击黑暗的旧社会，表现出鲁迅乐观主义的精神。然而，因为"我"当时还小，所以误解了伯父的话，引起了笑话。所以，如果单纯追求使人发笑的效果，就容易走到庸俗无聊的地步。运用幽默，还要注意对象和分寸。对敌人的幽默往往是轻蔑的，对自己人，对同志的幽默则是轻松的，使用时要加以区别。

附录一　现当代散文家风格

鲁迅——永恒的魅力
马叙伦——近似古代的笔记
周作人——冲和平淡的首席代表
夏丏尊——平淡中自有章法结构
胡适——自然流畅,不用重笔
刘半农——寓庄于谐,不拘规矩
郭沫若——挥洒过快,却又清新诱人
许地山——笔意所到,戛然而止
孙伏园——一种特有的雅趣
周瘦鹃——温柔而少冷峻之色
袁昌英——豁达大度,挥洒流畅
叶圣陶——朴实之中自有醇美
邹韬奋——以早期杂感随笔为胜
张恨水——言之有物,取径冲淡
陈　源——一味倾吐着自己的爱与憎
林语堂——精彩片段多在议论
郑逸梅——意味隽永,情趣盎然
徐志摩——活泼华丽,充满灵气
郁达夫——多为才情之作
茅　盾——直拗硬朗而少圆润轻灵
方令孺——笔触细腻,感情深挚
许钦文——笔墨淡而节奏偏慢
成仿吾——纵笔而下,直抒胸臆
曹靖华——浓重的抒情色彩

庐　隐——最妙的还数小品
朱自清——淡泊之中时露清丽
王统照——不名一状，也不成派
郑振铎——稍加用心，可再提升
孙福熙——徐徐叙来，老成大度
田　汉——早年流丽，晚年质朴
丰子恺——给人以恬淡而有味的享受
瞿秋白——文学、政治、哲学的组合
闻一多——从冷峻、理性到烈火
老　舍——俚而不俗，俗中有雅
俞平伯——自由舒缓中时见雅意
冰　心——亲切，自然，温柔
苏雪林——议论中有见解，显灵气
魏金枝——终究以议论为长
曹聚仁——纷陈杂出，散淡相宜
阿　英——直笔多而曲笔少
夏　衍——闪过光亮
蒋光慈——强烈丰富的感情
鲁　彦——人情味与人性色彩
巴　人——冷嘲热讽，愤世嫉俗
梁实秋——以思想、学富、议论取胜
许　杰——把灵魂与生命注入文中
石评梅——文风清妙，字句美丽
胡　风——理性支配下的澎湃诗情
赵景深——客观真实，时带趣味
沈从文——秀丽隽永，洒脱自如
冯雪峰——刚健有余，柔美不足
梁宗岱——清丽迷人中的朦胧诗意
黄药眠——明朗、感奋的基调
聂绀弩——自成趣味与奇响
台静农——自有详略，自有剪裁
钟敬文——清朗绝俗，自有追求

朱　湘——时老成,时犀利,时柔和
黎烈文——朴素流畅,偶耍花枪
孔另境——忠实的纪实者
丁　玲——注意穿插人物与画面
凌叔华——当以才情取胜
沙　汀——善用轻笔,不喜重笔
艾　芜——朴素、轻便的文字
巴　金——真诚亲切的交流
杨　刚——踩着感情的火轮滚动
叶灵凤——以一小点来忽远忽近地放射
冯　至——朴素中见华美
楼适夷——时简时繁,绝不冗长
施蛰存——懂得语言的妙谛
臧克家——精练流畅,时露诗情
梁遇春——快谈,纵谈,放谈
李广田——流畅恬淡,抒情中蕴含诗意
李健吾——颇懂散文的节奏与韵味
吴伯箫——左右挥洒,皆成妙文
徐铸成——简洁约束,自能传神
蹇先艾——一种带有议论的叙述
陈伯吹——浅显易懂,色调明朗
谢冰莹——平实畅达中的热情与活力
黄　源——喜欢讲究条理
缪崇群——朴素之美,人情之美
杜　衡——语言老成,转换随意
萧　军——跳跃时方显灵气与聪明
廖沫沙——东拉西扯为杂文
田仲济——写法多样,句法多变
陆　蠡——属于自己的一种议论
傅　雷——很懂得语言选择的重要性
周立波——欠文采,却有板有眼
秦瘦鸥——趣味多而深刻少

附录二　现当代散文概述

1. “老年散文”

主要作家有孙犁、冰心、萧乾、杨绛、陈白尘、巴金、黄裳、柯灵、徐铸成、忆明珠、黄永玉等。

创作特点：

(1) 其作品有助于人们从艺术散文的角度真实而细致地了解历史。

(2) 散文较多地表现出一种阅尽沧桑之后的人生智慧，聚集着一代知识分子独到的人生经验与精神财富。

(3) 从总的美学形态看，他们的散文多呈现出恬淡之美，表现出一种具有丰富内涵的平静。

(4) 这些作品大多语言简洁凝练、幽默传神，结构开合自如，既有从心所欲的洒脱，又不乏严谨的匠心。

2. 中年作家的散文

大致是指20世纪30年代前后出生的作家。进入新时期，他们在审美观念和艺术形式上经过艰难的蜕变之后，许多人的散文取得了较为突出的成就。由诗歌转入散文创作的有邵燕祥、公刘、流沙河、吕剑等人，小说家则有汪曾祺、林斤澜、王蒙、蒋子龙、李国文、冯骥才、刘心武等人。

3. 学者散文

进入新时期，不少从事人文学科和社会学科研究的学者在专业研究之余进行散文创作，以艺术的感性的方式表达自己对人生与社会的理性思考，逐渐形成了知识分子关心现实问题，参与文化、文学交流的新趋向。

除“老年散文”中提及的学者外，中年学者从事散文创作并产生较大影响的有周国平、刘小枫、王小波、陈平原、徐友渔、朱学勤、雷达等。

4. 文化散文

是从文化的视角来观照表现对象，伴以历史文化反思的散文作品，在美学风格上往往表现出理性的凝重与诗意的激情浑然一体的气度。主要作家有余秋雨、周涛、张承志等人。

5. 女性散文

主要作家有杨绛、宗璞、张洁、唐敏、斯妤、叶梦、筱敏等。

女性散文特点：

（1）对女性社会角色的思考；

（2）以女性自身的经历体验和心理特征作为观察社会人生、历史自然的视角；

（3）其想象方式具有女性的心理特征，偏爱或擅长顿悟、直觉等。

6. 新生代散文

新生代指20世纪60年代前后出生的一批散文作家，他们大多数从学院起步，具有明显的探索和创新意识，主要作家有苇岸、冯秋子、鲍尔吉·原野、钟鸣、王开林、潘向黎等。

其散文特点在精神上和审美趣味上表现为“回忆的终结，抒情的解体，反复的自我追问，理性精神的增长”。

主要参考书目

1. 刘叔成、夏之放、楼昔勇,等:《美学基本原理》,上海人民出版社,2001 年。

2. 朱志荣:《中国审美理论》,上海人民出版社,2013 年。

3. 周宪:《美学是什么》,北京大学出版社,2015 年。

4. 徐林祥:《中国美学初步》,广东人民出版社,2001 年。

5. 于文书主编:《大学美育》,泰山出版社,2008 年。

6. 朱光潜:《谈美》,中国青年出版社,2011 年。

7. 庄志民:《审美心理的奥秘》,上海人民出版社,1985 年。

8. 莫林虎:《中国诗歌源流史》,中国社会科学出版社,2001 年。

9. 孙绍振:《孙绍振如是解读作品》,福建教育出版社,2007 年。

10. [清]李渔:《闲情偶寄》,陕西旅游出版社,2002 年。

11. 祝德纯:《散文创作与鉴赏》,中国社会科学出版社,2000 年。

12. 张红宇:《会思维才会作文》,江苏大学出版社,2015 年。

13. 罗晓晖:《高中写作新教程》,四川人民出版社,2007 年。

14. 邓志刚主编:《高中语文读本:阅读与识见提升》,海南出版社,2009 年。

15. 邓志刚主编:《高中语文读本:阅读与构思谋篇》,海南出版社,2009 年。

16. 邓志刚主编:《高中语文读本:阅读与情感激活》,现代教育出版社,2010 年。

17. 邓志刚主编:《高中语文读本:阅读与语言表达》,现代教育出版社,2010 年。

18. 陆大勇主编:《最新高考满分作文》,东北师范大学出版社,2011 年。

19. 唐文儒主编:《高考新材料作文全解全析》,光明日报出版社,

2013 年。

20. 王林发主编:《中学作文教学设计方案》,中国轻工业出版社,2012 年。

21. 钱觉民,李延祐编:《修辞知识十八讲》,甘肃少年儿童出版社,1984 年。

22. 徐飞:《从此爱上作文》,江苏凤凰教育出版社,2015 年。

23. 徐飞:《原点作文》,东南大学出版社,2015 年。

24. 华任重主编:《高考满分作文捷径》,龙门书局,2007 年。

25. 杨志芳主编:《读写练——高考作文写作训练》,江苏人民出版社,2015 年。

26. 裴海安主编:《走向有效的作文教学》,湖南人民出版社,2011 年。

后　记

我从事语文教育已经整整30年了。我喜欢写作，也喜欢研究，我的论文及课题大多围绕作文教学展开，但是这些论文及课题有利于我的日常教学，对广大学生帮助却不是很大，于是我就有了编写一部较为系统的作文指导用书的想法。

《普通高中语文课程标准（2017核心素养版）》中的“审美鉴赏与创造”作为语文四大核心素养之一，倍受广大语文教师的关注，我希望自己能为中学生的审美教育做点贡献。中学阶段是人生中非常美好的时期，广大中学生已具有发现美、思辨美的能力，我想引导同学们通过体会美来提高自己的审美能力，培养审美情趣，为大家诗意栖居打点底子。为此，本书在上编为同学们介绍了一些审美方面的知识，下编呼应上编提供了大量的与作文有关的审美感性材料。同学们可以通过慢慢地品味、欣赏这些作文材料，提升自己的审美能力，将体悟到的审美情趣融入作文，从而提高自己的写作水平，也让自己的作文美起来。

在写作过程中，我得到了江苏省中小学教研室张克中先生的指点，张克中先生百忙之中亲自给本书撰写序言；宿迁市中小学教研室朱晓荔女士、宿豫区教研室张明先生也给本书的写作提出了指导性的意见；江苏大学出版社汪再非先生给予了很大的帮助；江苏省著名特级教师、教授级高级教师张悦群先生多次鼓励我要写好本书；江苏省特级教师、教授级高级教师、苏州中学的程振理先生多次为我写作本书出主意；宿豫中学教育集团的王跃武先生、顾天成先生也给了我很大的支持。

本书在写作过程中，参阅了若干本美学方面及写作方面的著作，在此对相关作者一并表示感谢！

由于本人水平有限，加上时间仓促，书中问题及不当之处在所难免，恳请大家批评指正。

2017年11月